王は愛する

上

キム・イリョン

佐島顕子 翻訳

新書館

王は愛する 《上》

もくじ

上巻

"The King loves"
by IRYUNG KIM

Original Korean edition published by PARANMEDIA Co.
Japanese translation rights arranged with PARANMEDIA Co.
through B&B Agency in Korea.

王は愛する

上

第一章　少年たち

高麗の都※開京《ケギョン》を南北に分ける川鴛渓《エンゲ》のほとりに、名馬を売り買いする馬市がある。どんな馬が集まるのか見渡せる絶好の場所は、鴛渓《エンゲ》にかかる水陸《スリュッ》橋だ。

まだあどけなさが残る二人の少年がそこで立ち止まった。身なりこそ地味だが、きれいに背筋の伸びた立ち姿、馬市に向ける真剣なまなざしは、見物がてら遊びに来た平民とは思えない。

白皙《はくせき》の美少年のなめらかな鼻筋、ふくよかな紅い唇に浮かぶ微笑は、あるがままを受け入れる広い心がうかがわれ、会う人皆が魅了される。だが切れ長で目尻がやや上がる涼やかな瞳は、そろそろ多感な思春期を抜け、その繊細な感性を胸にしまう青年期の入り口に立っていることも見てとれる。

もう一人の少年は、心赴くままに行動する美しい友を守るため、一歩退いて脇に立つ。細い眉、青みがかった白目との境もくっきり美しい漆黒の瞳は、つねに真実を見据えて誠実に生きる静かな強さを持ち、友とはまた違う魅力がある。

二人は、客足が切れて暇になった馬商人たちの雑談にさりげなく耳を傾けた。

「昨日、二頭の馬を引っ張って帰ったのは張《チャン》大将軍様の婿どのだって？　代金は払ってもらったんだろうな？」

「それだよ！　まったく！　しかも婿どころか、婿に仕える召使いときたもんだ。やつが『張《チャン》大将軍様が命令で今日モンゴルに出発するので、今すぐ馬が要《い》る！　代金は屋敷に取りに来い』って無理矢理馬を選んで行っちまった。だからあわてて屋敷まで追いかけたのに門を閉められて。やっと出てきた執事の野郎が、『大将軍様は何日も前に出発しました。今日になって当家が馬を買うことなどありません』とけんもほろろでさ」

「げっ、やっぱり踏み倒しだったのか」

「その大将軍様が居留守ってことは？」

「だよなあ。袋叩きにされず帰れただけましさ」

「じゃあ損した銀はどうなる？」

「次に来た客の値段に上乗せするしかねえな。その客の運が悪いってことで」

「ここで黙ってたら、次は三頭取られるぞ。※街衢所《がいくしょ》に、代金踏み倒しのお裁きを訴えたほうがよくないか？」

※開京《ケギョン》：高麗時代（九一八年～一三九六年）の都で、ソウルから六〇キロ北西にある。現在の名前は開城（ケソン）で朝鮮民主主義人民共和国にある。
※街衢所：都の通行の監視と犯罪の取り締まりをしていた役所。

「こらこら、世間知らずは身を滅ぼすぞ！　張《チャン》大将軍様は皇女様のお気に入りだ。俺らのほうがぶちのめされて終わりさ。身分が低けりゃ我慢するしかないんだよ」

「皇女様」とは、モンゴル帝国※クビライ・カアン（フビライ・ハーン）皇帝の愛娘で、十五、六年前に高麗国王と結婚して正妃の座についた。その時、もともと皇女に仕えていた者たちも、皇女の怯《ゲ》怜口《ルンコウ》（従者）として高麗に乗り込んできたが、張《チャン》将軍もその一人だ。モンゴルでは姫君に仕えていた一ウイグル人だったのに、姫が高麗正妃になったおかげで将軍様に大出世。それで名前も、高麗風に張舜龍《チャンスルリョン》と変えていた。

そんなわけで、皇女様の威を借りて横車を押す大将軍様は民の評判が悪かった。それが今では、その一族の召使いまで勝手放題とは。

馬商人の愚痴が途切れたのをしおに、二人の少年も馬市を離れ、街のほうに歩き出した。色白の美しい少年の微笑みは消え、唇を噛んで険しい表情だ。やがて彼は、吐き出すように言った。

「さっきの街角では、国王側近崔世延《チェセヨン》が他家の奴婢《ぬひ》を強奪した話。馬市では大将軍家の代金踏み倒し！　宮廷の大官たちは、民のなけなしの持ち物を取り上げるのが仕事か!?　こんな世の中でいいはずあるか、リン？」

「お釈迦様は、『欲に憑かれる者は、みずから炎に飛び込む蛾と同じ』と教えました。いつか彼らは地獄の業火に落ちるでしょう」

「リン、今日聞いた話をみな記録してくれ。おれがやつらを業火に突っ込んでやる」

薔薇色の頬、切れ長の美しい目で厳しい現実批判をしたのは、高麗の世子《セジャ》（世継ぎ）謜《ウォン》、のちの忠宣《チュンソン》王である。
璘《リン》と呼ばれた少年は世子ウォンの無二の親友で、王族※守司空王瑛《スサゴンワンヨン》の三番目の子息である。
今日、世子がお忍びで王宮を抜け出し開京《ケギョン》の街に出たのは、人々の暮らしぶりを見るためだった。

高麗の都・開京《ケギョン》の北西には、松岳山《ソンアクサン》と娯緑山《オロクサン》が屏風のようにそびえ、厳しい北風を防いでくれる。日当たりの良い南東には、なだらかな徳岩峰《トガムボン》と、ゆるやかな平地がどこまでも広がり、実り豊かな地域である。この地が都として栄えたのも当然だろう。

しかも遥か北方の聖地・白頭山《ペクトゥサン》から脈々と地下を流れてきた良い気運が、開京《ケギョン》の地の風穴で初めて世にあらわれる。それで王宮も、神聖な気運を断ち切らないように地形を一切削らず、自然に導かれるように建てられた。

そもそも、そのようなうるわしい地だからこそ、水神・龍神の神聖な血を継いだ太祖王建《ワンゴン》が現れて高麗を建国し、すでに四百年になる。

では神聖な王室がいつまでも美しく立派に治めているかといえば、現実は違ってしまった。

十三世紀、強大なモンゴル帝国がユーラシア大陸を席巻すると、たちまち中国を飲み込んで、高

※カアン：モンゴルの最高統治者。大カン。テュルクやモンゴルの人々の間でカン（汗）は君主を指す言葉だが、カアンはカンたちのかしらのことである。
※守司空：王族に与えられる正一品の名誉職。

麗にも侵入した。

もっとも、田畑を踏みにじるモンゴル軍を押しとどめようと三十年近く必死で戦ったのは民であり、宮廷は江華島《カンファド》に避難するばかりだった。しかも戦乱で本土の田畑は荒れ果てたのに、江華島《カンファド》宮廷は容赦なく税を取り立てた。

とうとう、疲弊しきった高麗はモンゴル帝国傘下に入るしかなくなった。ウォンが生まれる十数年前の話である。多数の命が失われ消耗していた民は、王室の降伏と終戦をむしろ歓迎した。

戦後のモンゴル皇帝は王室に忠誠を求める代わりに、王室の後ろ盾になった。王室が高麗を安定支配する限り、モンゴルへの反乱は起こらない。そのあおりで、およそ百年にもわたって王室を軽んじて権力を独占していた武臣政権は倒れた。

そして王は開京《ケギョン》に帰還して政治を再開したものの、荒廃した国土復興や秩序回復、モンゴルの要求に応えるため、重税を課すことになった。

それで今日、リンとウォンが街の実態を調べるため半日歩いて聞いたのは、国王・王妃の権威をかさにきた高官たちが民を苦しめる話ばかりだった。

しかもそんな不正行為は裁かれない。モンゴル出身の王妃からして、彼らの上を行く強欲と贅沢三昧で、国王は政治をほったらかして狩りに熱中だという悪口ばかりだ。

両親の評判の予想以上のひどさに直面すると、さすがのウォンも暗澹《あんたん》としてくる。

だが、それでもウォンの友でいてくれるリンの横顔を見るうちに、ウォンも笑顔がよみがえった。

それでウォンは立ち止まり、リンに片眉をしかめて見せた。リンがけげんな顔で見返すと、ウォンはリンにぐっと顔を寄せた。

「王宮の外では敬語を使うなと言ったのに。また忘れたな？」

「申しわけありません」

「違うだろ」

リンは苦笑した。

「ごめん。気をつける」

世子邸下に友だち言葉を使えと強いられると、リンは困った顔をする。それが楽しくて、ウォンはまた小さな意地悪を言う。

「おれのことは名前で呼べ」

「邸下、そういうわけには……」

リンは、ウォン以外に聞こえないようにささやき返した。「恐れ多くも世子邸下のお名前を口に出すなど許されません」という拒絶と諫言の意味だ。

「まさかおれの名前を知らないとは言わせないぞ」

ウォンの目がいたずらっぽく爽やかに笑う。

「邸下なんて呼んだら、おれが世子だって人にばれるじゃないか。それに友だちなら名前で呼ぶものだろ」

「いくら御命令でも……」

「命令じゃない。友だち同士で命令があるか？　おれの言う意味、わかるよな？」

ぎゅっと結んだ紅い唇にウォンの我《が》の強さがのぞく。「命令じゃない」と言うくせに、言う通りにしないと怒りだして何日もぶつぶつ文句を言うのだ。世子の性格をよく知るリンはあきらめ混じりに笑うと、「わかった」と答えるような顔を見せた。

世継ぎの王子なのに決して威張らないウォンは、リンをほんとうの友だちだと思っている。そういうウォンを、リンはいつも尊敬してきた。たまに、身分にふさわしい礼儀まで無視しろと子どもっぽいことを言って、リンを困らせることもあるが。

やがて二人は十字街《シプチャガ》に出た。※都の東西・南北の大通りが交わる賑やかな地域だ。特に十字街《シプチャガ》から北の王宮に向かう南大街《ナムテガ》は高級品や舶来品の並ぶ豊かな人々の街である。

だがウォンとリンは十字街《シプチャガ》を南に折れ、王宮から遠ざかる方向に歩いて行った。そのあたりには庶民の暮らしを支える店がひしめいている。普段より人がごった返しているのは、「粥布施《かゆふせ》」の日だからだ。

粥布施とは、仏法を尊ぶ王室や大きな寺が功徳を積むため、折々に貧しい人々に粥を施すことである。十間ごとに垂れ幕で囲いを作り、仏様を安置し、そばに白粥を満たした大瓶《おおがめ》と柄杓《ひしゃく》と器をたくさん置いておく。民にとっては実にありがたい施しだ。

今日の粥の施主はウォンである。ウォンが指示した通りあちこちに粥が置かれ、人々が集まっている。その様子を友と並んで見ているうちに、ウォンも次第に穏やかな気持ちになった。

やがてウォンは、さらに南へ歩き出した。その先は駱駝橋、町はずれの方角だ。それでリンは尋ねた。

「王宮に帰らないのですか?」

「また違うぞ、リン」

答えるかわりにリンの敬語を咎めたウォンは、表通りの瓦葺《かわらぶ》きの家の間にひっそり見える路地のひとつに入った。

茅葺《かやぶ》き屋根の低い軒がもたれ合うようにつながる町。華やかに見える都も、裏通りに一本入れば貧民街がつきものだ。どうしても友だち言葉が口から出ないリンは、しかたなくそのままついて行った。

ウォンとリンがこの裏通りに気づいたのは数ヵ月前だった。頼る息子をなくした年寄りや、親をなくした子どもたちが住みついて、かろうじて露命をつないでいた。子どもたちは骨と皮ばかりにやせこけ、顔には生気もなくぼんやりしている。

そんな地域があることに心を深くいためたウォンは、粥布施の回数を増やすように命じた。それで今日、ひさしぶりにまとまった時間がとれたウォンは、ここにも必ず立ち寄ろうと決めていた。粥布施の効果が少しでもあったかどうか、知りたかった。

曲がりくねった路地を縫うように歩いていた二人は、わあっと駆けて来る子どもたちとすれ違った。お腹いっぱいお粥にありついたようで、血色も良い。それを横目で確かめたウォンがにこりと

※東西の大通りは、開京の西門・宣義門から東門・宣仁門に到る。南大街は、王宮東の正門・広化門から東にのびた道を南に折れた南北の大通りである。

した瞬間、注意深いリンがささやいた。

「この子たちは路地の奥から来たようです」

え？　ウォンは片眉を上げた。

たしかに大通りの粥布施とは、方向が合わない。いや、香ばしい粥の匂いも路地奥から漂って来る。しかし、こんな狭い路地奥まで粥を配れとは指示してないが？　ウォンとリンは足を早めた。

すぐに小さな天幕が見えた。湯気のあがる粥の器を手にした子どもや年寄りが次々と出てくる。ウォンはためらいなく天幕の垂れ幕をめくると中につかつかと入った。リンも警戒しながら従う。

天幕の隅に、粥でいっぱいの鉄の大釜がかかり、木の椀がどっさり積んである。

四十がらみのずんぐりした女が粥をよそって台に並べ、二十歳ぐらいの手伝いの娘が、適当に冷めた粥から順に人々に渡している。人々のまとうボロが釜の湯気で蒸れて臭う。そこに混じった二人の美少年はどう見ても場違いだ。

中年女はナツメの種のような小さな目をチラッと向けると、柄杓で粥をすくいながら警戒するように言った。

「表通りの粥があるのに、路地裏に来る御身分じゃないだろ」

だが、二人が美少年だと見た手伝い娘はさっと粥を渡してくれた。ウォンもためらいなく椀を受けとって微笑みかける。ぱっと笑顔になった娘は、中年女をつついた。

「ばあやさんったら。お嬢様が、誰にでも食べさせてやりなさいって言ったのでしょ？」

娘はウォンの美貌から目を離せない。それでウォンはさりげなく娘のほうに尋ねた。

「お嬢様？　世子様じゃないのか？」

「世子様のお粥は表通りよ。ここは寧仁伯《ヨンインベク》のお嬢様のお粥なの。だって、このへんの人が大通りに出たら、臭うと悪口を言われたあげく、スリにでも来たのかと追い出されちゃう。だったら最初から路地裏でお粥を炊くようにって、お嬢様があたしたちを寄越したの。三日おきにやってるわ」

「粥を置いとけば勝手に食べるだろうに、いちいち器についでやるのか？」

「お嬢様がね、『慌てて熱い粥を頬張ったら火傷する、少し冷ましてからあげなさい。熱い釜は子どもに危ないし』って」

ほう。ウォンは驚いて口笛を吹きかけた。

「よく気がつくひとだな。寧仁伯《ヨンインベク》のお嬢様は」

「もちろんよ。せっかく世子邸下が粥布施をなさるのに、その恩恵にあずかれない人がいてはだめって、路地奥に場所を決めたの。世子様が表通りで粥布施をなさる日に、お嬢様もここでお粥を出すわけ」

ぺらぺら娘がしゃべるのをさえぎって、中年女がつっけんどんに言った。

「お嬢様は表立つのがお嫌いだから、世子邸下のお布施だと思うように、ってね。さあ、食べ終わったら出てお行き。狭い天幕なのに邪魔だってば」

ウォンは少し壁際に寄ったものの、今びっくりしたことを尋ね返した。

「お嬢様のお布施なのに、世子の名前でやっているのか？」

「世子様を見習っただけだから、って」

また娘が教えてくれた。ウォンはちょっと嬉しくなり、リンに目配せした。

「なんて控えめなお嬢様だろう！」

リンはうなずいた。親友の苦しい対策を察して、ウォンはフンと鼻を鳴らす。

『敬語を使うなと言ったら、口をきかずに済まそうってか？』

だがウォンは、聞けばなんでもしゃべる娘に関心を戻した。

「美しい心ばえは外にもにじみ出る。しとやかで美しいお嬢様だろうな」

「そうよ。とってもきれいなはずだったのに……はぁ」

「はず？　違うのか？」

「お顔に大きな傷があるの」

「えっ！」

「小さい頃、奥方様との旅の途中で盗賊に襲われたの。奥方様は亡くなって、お嬢様は助かったけど……」

「それはひどい」

「ひどいでしょ。かわいそうなお嬢様！　いつも黒紗《しゃ》で顔を隠して、お屋敷の外にも出られない。まあ、顔に傷があれば貢乙女《みつぎおとめ》には行かなくてすむかも……。それがせめてもの幸いというか」

「寧仁伯《ヨンインベク》は王族でもかなりのやり手だ。そんな屋敷のお嬢様を指名する役人はいないだろう？」

「それが、そうも安心していられないのよ！　あの王妃様がうちの莫大な財産を狙ってるって噂だもの。あの欲張り皇女なら、傷もののお嬢様でも無理矢理貢乙女《みつぎおとめ》としてモンゴルに追い出して、跡取りの消えたお屋敷の財産を没収するんじゃないかって、旦那様はひやひやで……」

「チェボン！　お偉い方々の噂をするんじゃない！　首が飛ぶよ！」

中年女が柄杓をカンッと釜に叩きつけて叱り、娘は肩をすぼめた。さすがに年の功、中年女の小言は正しい。面と向かって母后の悪口を言われたウォンとしても、どう答えたものかとぎこちない。

モンゴル帝国傘下に入った高麗国は、帝国の東端を守る国として優遇され、たんなる属国にはならなかった。高麗国王には正妃としてモンゴル皇女が与えられ、帝国内の序列的には、皇帝、皇子、皇女に次ぐ「皇帝の婿」という高い地位になる。

とはいえ皇女のほうが高麗国王より地位が高いので、王は皇女に逆らえない。そして高麗は、モンゴル帝国の日本遠征に二度も動員され、遠征が失敗するとその赤字も押しつけられた。

しかも、女人の数が不足しがちな軍人社会を安定させるため、少女たちを「貢乙女《みつぎおとめ》」として献上する義務まで負わされた。

この理不尽きわまりない要求に、高麗国王は「皇帝の婿どの」という高い地位を逆利用して、何か知恵を絞る道もあるはずだ。それなのに廷臣たちは民を苦しめて私腹をこやし、王も取り締まる気などさらさらない。

それでは高麗国王がいても何の役にたつのだろう。悪口の的になって民の気分が多少はせいせいするだけだ。まあ、本人は知らないだろうが。

ウォンが黙ったので、すかさず中年女が追い出しにかかった。

「見たところ士族の若様みたいだけど、うちは王族のお嬢様！　普通の若様程度じゃ近寄れる御身分じゃないんだからね！」

それは無視して、ウォンは手伝い娘に話しかけた。

「だが、王族の跡取り娘まで取り上げてモンゴルに献上するとは、いくら皇女様でも、そこまではしないいんじゃないかな？」

調子にのった娘はまたしゃべりだす。

「あの皇女様なら朝飯前よ！　高麗の王妃様というより、いつまでたっても御偉いモンゴルの皇女様だもの！　興王寺《フンワンサ》の黄金の塔は国宝なのに、気に入ったからって勝手に自分の御殿に持ってっちゃったぐらいでしょ！　皇女様は、産んだ息子の出来がいい以外、いい所が全然ないんだから」

「黙んなさいっ！　お屋敷がお取りつぶしになったらチェボンのおしゃべりのせいだよっ！」

中年女が真っ青になって叫ぶのをよそに、皇女様の息子のウォンはちらっと目を輝かせた。

「息子は出来がいい？」

両親についてはあらかた聞いたが、自分はどう噂されているのだろう。ぜひ聞いてみたい。

「すごい美形なの！　白芍薬《しゃくやく》のようだって御殿の宮女が大騒ぎ。そりゃ、あたしは見たことないけれど、みんな言ってるわ」

ウォンはつい吹き出した。出来がいいとは、性格とか賢さではなく、顔だった。

「この馬鹿娘！　なんで黙ってられないんだい！」

とうとう女は、口の軽い娘に柄杓を振りかざして一歩前に出た。

「やだっ、衣にお粥がついちゃった、ばあやさん！」

娘がきゃっきゃと逃げだすと、粥の列に並んでいた人々も大笑いして見物する。

騒々しく飛び散る粥の雨をうまくかわして、少年たちは外に出た。

狭い天幕では口を開けなかったリンが、母后を罵倒されたウォンを気づかったが、当のウォンはさして不機嫌でもない。

「芍薬《しゃくやく》といえば牡丹に似てたな。牡丹は楊貴妃の代名詞！　つまりおれは楊貴妃並みの美貌らしいぞ、リン？」

唐の李白の詩から出た言葉だ。すっかり楊貴妃気分になったウォンはごきげんだ。

「邸下は女人ではありません」

そっけないリンを、ウォンがいたずらっぽく睨む。

「牡丹は『花の王』だから、男にしてもいいじゃないか？　リンはくそまじめなんだから！」

それでリンは話を変えた。

「寧仁伯《ヨンインベク》は、荘園の民を搾り取り、他人の土地を強奪し、そのかねで貴族の身分を買ったあくどい人物です。ところがその娘がまったく違ったとは、意外でした」

その意見にはウォンも賛成だ。

「うん。寧仁伯《ヨンインベク》は、名ばかりの王族だからな。話したことは一度もないが、事情は聞いている。賄賂を使ってモンゴルへの新年祝賀使節に紛れ込み、かねにあかせて皇帝クビライ・カアンも驚くほどの献上品をさしあげた。それで高麗の偉容を高めた功績を理由に、王族の称号をもぎ取った。まったく。目的のためには手段を選ばず、の男だ」

「妻子も通りすがりの山賊に襲われたのではない、復讐のために狙われた、という説もあります」

「娘は罪もないのに殺されかけて。それなのに自分の不幸を嘆いていじけることなく、むしろ人知れず民を助けていたとは、ちょっと驚いた。あこぎな父親が奪ったすべてを民に返すところまでは行かないだろうが、けなげなお嬢様を褒めてはやりたい」

そうささやきながら、二人は曲がりくねった路地を大通りに向かっていた。その時、突然、鍛冶屋が金床《かなとこ》を撃つような怒鳴り声があたりに響いた。はっとしたウォンとリンが耳を澄ます。遠くない距離だ。続いて子どもの泣き声が聞こえた。その方角に二人は同時に走り出した。


男の怒声が、「ウグッ!」という悲鳴に変わった。

次の瞬間、胸に二羽のウサギを抱きしめた男の子が、細い小路から毬のように転がり出た。とっさにウォンが身を避けなければ、子どもとウサギは思いきり世子様にぶつかっていたところだ。ウサギが大事なあまり、子どもはウォンに目をやる余裕もなくそのまま駆け去った。

何があったのだろう? 好奇心にかられたウォンとリンは小路の奥をのぞきこんだ。

土塀に囲まれた小路は行き止まりだ。ひげもじゃで鼻の穴がやけに大きい男が腹を押さえてうめきながら転がっている。それを、ウォンやリンと同じ年頃の少年が、腰に手をかけて見下ろしている。倒れた男の図体を不器用に引っ張って助け起こすヒョロヒョロの男が、少年に向かって毒づいた。

「こ、このガキ、大人に向かって足蹴りだと! ウチの兄貴、兄貴を誰だと思ってやがるっ」

「そのへんの子どものウサギを横取りする、ケチなタカリ!」

少年の澄んだ声が朗々と響く。つまり、団子鼻と弟分が子どもを脅す現場に、ウォンやリンより早く駆けつけた少年が男を蹴り倒し、その隙に子どもとウサギを逃がしてやったらしい。ようやく腹を押さえて立ち上がる男を見て、リンがささやいた。

「二人で少年に仕返しするようです。助けないと」

だが、ウォンは面白そうに微笑した。

「リン、ちょっと様子を見よう。二人の与太者を見たとたん、強そうなほうを一気に蹴倒したやつだ。今も、二人を相手に顔色ひとつ変えない。面白くなってきたぞ。もし本当に危なくなったら、その時はリンが行け」

リンとウォンは小路の出口をふさぐように立った。やられた団子鼻は少年の意外な実力を警戒するあまり、リンとウォンには気づかないまま、ダミ声を張った。

「タカリだと⁉　オレたちは※鷹坊の役人で、鷹の餌を集めてるんだ。邪魔だてすると※巡馬所の牢にぶちこむぞ！」

「役人⁉　おまえらがウサギを食べるんじゃ、鷹も餌にありつけないいな」

「鷹も餌にありつけないいなって、オレらが焼いて食った残りを鷹にやるんだ。し、知りもしないいく

※鷹坊：王の狩りに使う鷹や、モンゴルへの献上用の鷹を飼育する役所。
※巡馬所：夜間の治安維持と刑罰・監獄を担当した監察機関。

せに」

「鷹は生肉しか食わないぜ？　食べ残しの骨を食べる犬と一緒にするな」

　少年に笑われたので、団子鼻は、よけいなことを言った弟分の背中をどやしつけた。そして一歩前に出ると、目をむいてすごんだ。

「おまえのせいでウサギが逃げた以上、責任を取ってもらうぞ！　ウサギ二羽に鷹坊を妨害した罪を加えて、銀二両出せ」

「王様の鷹狩りが多いせいで鷹をたくさん飼うことになり、それで鷹の餌が足りないのは本当だが、それに便乗してウサギを取るのは詐欺・恐喝だ。じゃあ一緒に巡馬所に行って白黒つけようじゃないか」

　役人とさえ言えばみんな脅えて言いなりなのに、少年が平気で言い返したので、男たちは引っ込みがつかなくなった。

「やさしく言ってる間に銀を出せばよし。本当に巡馬所に行くぞ！」

「行こうと言ったのはこっちだぞ。おまえらが巡馬所に行けば捕まるくせに」

　少年が見抜いた通り、二人は鷹坊の役人を騙《かた》って物や銀を強請《ゆす》っていた。団子鼻が歯噛みした。くそっ、さっきオレがやられたのは油断したせいだ。ここで尻尾を巻いて逃げるのも腹立たしい。

「世間知らずのガキが生意気に！　おまえのために言ってやってるんだ。最後にもう一度言う、ウサギの代金を払え！」

「最後にもう一度言う、ウサギの代金を払え！」

「最初だろうと最後だろうと、おまえに出す銀などない」

「こいつ！　おまえの財布の中にちょっとでも銀があったら体中の骨をへし折ってやる！」

「ふん、やれるものならやってみな」

「このこわっぱ！」

少年が言い終わる前に男二人がいっぺんに飛びかかった。だが少年は身軽にその間をすり抜けた。男たちの力任せの襲撃をかいくぐり、狭い路地を少年がすばしこく跳び回るのは、素手で戦う武術をたしなんでいるかららしい。

だが男たちもこの辺りでは鳴らしたならず者だ。団子鼻は少年をしつこく追い回し、弟分との挟み撃ちも巧みで、少年が捉まらないかとハラハラする瞬間の連続だ。

正面から襲いかかる団子鼻を防いだはずみに少年の背中が空いた。弟分が少年を羽交い締めにしようと突っ込んだ瞬間。

鈍い音がして、二人の男は同時に吹っ飛んだ。

首筋をおさえて地面を転がりうめく二人は、何が起きたかわからないまま、立ちはだかるリンを見上げて戸惑うばかりだ。いささかいに突然割り込まれた少年も、あっけにとられた。

先に我にかえった団子鼻が、ずきずき痺れる首をぎりぎり回し、精一杯、どすのきいた声を放った。

「何だ、てめえは⁉」

今の一撃は、街の殴り合いとは風格が違う。新しく現れた少年は立ち方も武人のように隙が無い。

団子鼻は最初の少年を振り返って文句を言った。

「道理で威勢がいいはずだ。実は仲間がいたんだな！」

「実は仲間がいたんだな！」

「一人だと油断させといて。卑怯者！」

「させといて、卑怯者！」

少年に因縁をつけて襲ったくせに、劣勢になると卑怯者呼ばわりする団子鼻には少年も鼻白んだ。だが少年も、自分が子どもを助けたせいで見知らぬ人間まで巻き込んではと心配し、リンを立ち去らせるためにわざと傲岸に叫んだ。

「他人事に首をつっこむと怪我するぞ！　余計なお世話だ！」

その時、ウォンも小路に入ってくると、楽しそうな声で提案した。

「卑怯者とは、二人がかりで一人を襲うほうだろう？　おれの助っ人を貸すから、公平に二対二でやろうぜ？」

団子鼻の上唇が、歯ぐきもむきだしにゆがんだ。

「くそっ、てめえら実は三人組だったんだな！　ちきしょう、三人まとめてかかってこい！」

「いや、おれは参加しない。見物人だ」

ウォンは涼やかな目で余裕たっぷりに笑った。団子鼻は、そんなウソに騙されるほど落ちぶれてはないぜ、というように、わざとらしく天を仰いでため息をついた。

だが団子鼻は、形勢が変わったことを悟っていた。喧嘩慣れしたオレたちに逆らうなど、こんなひよっ子、三人いたって足りないのは常識があればわかっているはず！

それが最初のヤツはそれほど強そうにも見えなかったのに、小生意気で妙にすばしっこく足蹴りを決めた。二人目の手刀は正式に訓練された武人の技だが、この年頃で会得するとは、何か不気味だ。さらに三人目が出てきたと思ったら、そいつは余裕綽々に見物しかしないとほざく。三人目はいったいどこまで強いんだ？

とはいえ、今さら引っ込みがつかない。団子鼻は弟分の脇を突いて合図しながら、リンに言った。

「見物人まで連れて歩くとは、ガキのくせにずうずうしいヤツだ」

「見物人まで連れ……」

弟分の声を遮って、団子鼻は最初の少年に唸った。

「やい、女顔のガキ！　仲間を使ってよくもオレに恥をかかせたな！」

団子鼻の挑発に、少年はかっとなり、かばうように自分の前に立つリンを押しのけて一歩前に出た。

「仲間？　こんな二人は知らない！」

その瞬間、団子鼻がさっと腕を振り、その手の中で何かが冷やりと光った。

「危ない！」

リンが左手で少年の肩をつかんで突き飛ばすと同時に、右手で団子鼻の手首をねじり上げて関節を外し、くずおれる団子鼻の体を蹴って跳躍すると、弟分の腕を跳ね上げた。男たちの手にあった短刀は、それぞれ宙をクルクル回って地面にザスッと突き刺さった。男たちは激痛のする腕を押さえ、うろたえて三、四歩後ずさる。

二人目の少年が仲間だろうとなかろうと、その強さは予想を超えた。喧嘩騒ぎなら腐るほど繰り返してきた二人は、潮時を見きわめるのも早い。団子鼻が背中で弟分を押して後ずさりしたはずみに、小路の出口に立っていたウォンにぶつかった。

「もう終わったのか？」

ウォンのいやみに、団子鼻の髪がぐわっと逆立つ。鼻の穴を精一杯ふくらませたが、今は勝ち目がないと必死に自分を押さえた。その逃げ足の速さだけは立派なものだ。

「鉄洞《チョルドン》の火拳ケウォニがガキを相手に本気になれるか！　今日は大目に見てやるが、次は覚えてろ！　女みたいな顔しやがって。股についてるモンもなくてすきま風が通るガキ！　カマでも掘られてろ！」

最初の少年に向かって汚い悪態をついた後には、二人の姿は消えていた。ウォンはリンに「追うな」と合図しながら、くすくす笑いが止まらない。

「与太者のくせに名乗って行ったぞ？　巡馬所に訴えて欲しいのかな？　笑える奴らだ」

「そもそも鷹坊の役人が立場を悪用して民のものを強奪するから、あのような者まで便乗し、民がますます王室を恨みそうで心配……だ」

答えかけてから、少年の前では敬語を使えないことを思い出したリンは、語尾を怪しくごまかした。リンが小路を振り返ると、団子鼻の短刀から突き飛ばした少年は、はずみで土塀に激しくぶつかったらしく、ぼんやり膝を立てて座ったままだ。

「すまなかった。怪我をしたか？」

助け起こそうとリンが腕を伸ばした瞬間、少年は叫んだ。

「さわるな！」

少年は我にかえったように立ち上がると、衣のほこりをぱっぱと払う。出した手のやり場がないリンと、近づいて来たウォンに向かって、少年は警戒心をあらわにした。

「なぜ他人ごとに首をつっこむ？」

「おい、助けてやったのにその言いぐさはなんだ。リンがいなかったらあの短刀がその顔に……」

少年を咎めようとしたウォンの声が消え、ぽかんと口があいてしまった。

すぐ近くで見る少年の顔は色白で、雪の花のように肌理《きめ》が細かくなめらかだ。長いまつげが縁取る大きな瞳は黒曜石のように輝き、鼻筋がかたちよく通り、唇はつややかで触れてみたいほど魅惑的だ。楊貴妃に例えられるウォンから見ても、少年は並みの美女より美しい。こんな少年が実在するなど、夢のようだ。

ウォンが固まったのは自分の顔に魅入られたせいだとは夢にも思わない少年は冷静さを取り戻し、ウォンが最後まで口に出せないほど自分が危険だったこと、それを助けてくれたことに非礼な態度を取ったのを悟ったように、リンに心から礼を言った。

「助けてくれてありがとう。余計な迷惑をかけた」

その瞬間、ウォンの指示に従って与太者を片付けただけだったリンも、胸がどきんとした。ウォンと違ってリンは、人の容姿に無頓着だ。ところが少年の黒曜石の瞳がリンをまっすぐ見たとたん、全身の神経がハッと目覚めたような感動が起きた。

リンの百倍も感受性豊かなウォンは、息せくようにモンゴル語でリンにささやいた。

「すごいぞ、リン！　これこそほんとうの白芍薬《しゃくやく》の美しさだ！　開京《ケギョン》・※大都を合わせたって、こんな美少年はいるものか！　あの与太者が女顔だと笑ったが、いや、少女よりもきれいな真の美少女は、この彼だ！」

　さすがに本人の前で美しいとは褒めにくいので、ウォンはあえてリンに通じるモンゴル語を使った。ところが美少年がまた激怒した。

「おい！　他人の顔を品定めするなど、その言い草はなんだ！　しかも高麗語を使わず隠れて言うとは、失礼なのはどっちだ！　もう一言でもしゃべったら、殴ってでも黙らせてやる！」

　びっくりしたのはウォンのほうだ。

「おまえ、モンゴル語がわかるのか？　な、なぜだ？」

　少年は、フンと鼻を鳴らした。

「モンゴル語を使うのは王族だけだと？　おまえたちは王族か？」

「いや、おれたちは平民で……、その、訳官になりたくて習ってるんだ」

「ではぼくがモンゴル語を習っていても、驚くことはないだろう」

　ウォンが身分を隠して平民だと言い逃れると、少年も同じ口実を使う。

　だがウォンは少年の険のある言い方にはまったく取り合わない。ただ美しい少年を路地裏で見つけたことに感激し、笑顔で話を次に進める。

「おまえ、王宮に仕えないか？」

「は？」

唐突すぎるウォンの誘いに、少年はまた驚いた。リンも止めるようにウォンを見たが、ウォンはリンに目配せして黙らせた。

腕組みをした少年は、さらに疑わしげに言った。

「まだ訳官志望のくせに、他人を推薦できる立場か？　自分の将来でも心配してろ」

「いや、それほどの美形なら、今すぐにでも王宮に入れる。宮中に仕える貴公子たちも、おまえの美しさには及ばない」

「※親衛隊《ホルチ》に入るには財産が必要なのに、ばかばかしい」

「世子府にはおれが紹介する。財産なんか関係ない。世子邸下は美しいものが好きだから、おまえを見たら喜ばれるぞ」

「その言い方は、ぼくを賄賂代わりに邸下に献上して、自分が邸下の歓心を買おうという目論見か？」

「え？」

「他人を利用して世子邸下に近づきたいとは、自分はちょっとモンゴル語が話せるだけで、ほかにとりえはありません、と白状するのと同じだぞ。それに世子邸下が、ちょっときれいな顔だからそ

※大都：元の冬の都。現在の北京のもととなった都市で、クビライ・カアンが建設した。
※ホルチ：忽赤。王府に交代で宿直（とのい）する親衛隊。任務によっては市中にも出た。

ば仕えに選ぶとか、邸下におもねりたい者の悪巧みも見抜けないなど、ありえない！」

白玉《はくぎょく》のような少年の顔が、敬愛する世子を貶められた怒りで紅潮した。この「賢明な世子」評価を聞いたウォンは、美貌を褒められた時より笑顔になった。リンも微笑しかけたが目を伏せて隠した。

「実に気に入った！」

少年は怒ったのに、ウォンがごきげんに言うので、少年はまたあっけにとられた。こいつ、話の意味がわかっているのか？

ウォンは少年に尋ねた。

「世子の気性について、ずいぶんよく知っているじゃないか。世子はおまえのことを知らないのに、なぜそんなに褒める？」

「世子邸下のお人柄は有名じゃないか！　小さい頃、王宮に薪を運ぶ役目の者がボロをまとっているのを見てかわいそうに思われたとか。まだ十歳にもなる前に、父王が狩りに出れば周囲の村の暮らしに迷惑がかかるから行かないで、と泣いて止めたとか。

今でも宮中の贅沢な宴会を嫌い、ご自分の財貨を使って貧しい人たちに粥や食べものを施してくださる。高麗でいちばん華やかに暮らす宮中の世子邸下が、飢えた民の苦しみを自分のことのようにわかってくださる。まるで出家なさる前のシッダールタ王子のように。

世子邸下は、周囲の者の顔にも小手先にもごまかされない立派な方なのに、そんなことを企むだけで世子邸下に失礼だ！」

少年の熱弁につられてリンもつい「その通り！」とうなずいたので、ウォンが横目でにらんだ。

その隙に少年がさっと逃げかけたのを、ウォンが袖を引いて止めた。

「おまえの言う通りだ。世子邸下は容姿だけでは部下を選ばない。だが有能なら、身分に関係なく重用される。おまえの名は？」

「ぼくじゃ邸下の役には立たない。おまえこそ女みたいにきれいな顔なんだから、自分で世子邸下に売り込みに行くんだな！」

少年はウォンを振り切ると、そのまま小路を駆け出した。ウォンは何歩か追いかけると、遠ざかる少年の背中に叫んだ。

「明日、油市場のはずれの南山里《ナムサルリ》、蜜柑《みかん》の木のある家に来い。来なかったら都中ひっくり返して探すからな」

少年は聞こえた素振りもせず、すぐ別の路地に曲がって消えてしまった。

はぁ、と溜息をついたウォンにリンが首をかしげる。

「あの少年のどこが気に入ったのですか？」

「あれほどの美形は世子府の宿直《とのい》にもいないぞ！　彼らだって容姿で選ばれた貴族の子弟なのに」

「まだ髭も生えない年頃の美貌はすぐに消えます」

「野暮な奴。白芍薬《しゃくやく》のはかない美貌こそ、今のうちにたっぷり鑑賞しなきゃ」

「世子邸下は容姿では選ばないと、彼も言ったじゃありませんか」

「顔だけじゃない。子どもを逃がした思いやり。度胸の良さ。※手搏戯《テッキョン》の心得。モンゴル語まで使える。逸材じゃないか？」

「さあ。気が短くて自分勝手にも見えますが」

白芍薬《しゃくやく》のようだと褒められたのに怒った少年の剣幕を思い出し、リンは首をかしげた。あのままウォンが見つめていたら、ほんとうにウォンの両眼に手刀を突っ込みかねなかった。

世子を敬愛する心は確からしいが、同世代の少年が出会ったにしては余裕がなくて逃げごしだ。ごろつきさえ「稚児か」と捨て台詞を残したほど、何か不自然だ。ウォンはその特異さに惹かれたのだろうか。

ウォンは、美しいものならば、女でも男でも物でも自然でも純粋に愛してしまう。それで、リンのそっけない態度がよくわからない。

「明日、来るとは思えないな」

「来ないでしょう」

リンがあっさり答えると、ウォンはあきれたように舌打ちした。

「あんな美形を逃して惜しくないのか？　本当に？」

「外見など虚しいものです。容姿など口に出す価値もありません」

ちぇっ。ウォンは口を尖らせた。真面目一本の友はこういう話には付き合いが悪い。

王宮への帰り道、あの少年をリンに脅迫させてでも、住まいと名前を聞いておけばよかったと、ウォンは後悔しきりである。広い都、どうしたらまた彼に会えるだろう[illegible]

表通りは人で賑わっている。王宮に近づくにつれ、通りの両側に[illegible]（細長い建物）の店に、珍しく高価なものがいろいろ並ぶ。絹織物に刺繍の靴、金や[illegible]な茶葉に上等な紙や墨、珍しい書物に立派な書画の類、西域の素晴らしい馬具や楽器。見ているだけで楽しくなる。

ウォンとリンは人混みの南大街《ナムデガ》を歩き、王宮の正門・広化門《カンファムン》まで帰って来た。

すると突然、リンが挨拶をした。

「邸下、私はここで失礼します。実は妹に頼まれていた買い物を思い出しました」

「何だ？　妹のものならおれが買ってやるよ。おれからだと、必ず言うんだぞ」

「いいえ、贈り物として頂くには妹が恥ずかしい物なので、邸下は先にお帰りください」

いつも仕えるばかりでウォンに何ひとつ求めないリンに、せっかくお返しができると思ったのに。ウォンはちょっとがっかりしたが、妹にも事情があるのだろうと思いやり、リンと別れて広化門《カンファムン》を入った。

そのウォンの後ろを三十歩ほど離れ、屈強な男が二人ついて行く。腰に長剣を帯びた彼らは、ウォンとリンが王宮を出て、馬市から汚い路地まで都中を歩き回って戻るまで、つかず離れず護衛をしていた世子府直属の※郎将《ナンジャン》だった。

※手搏戯：高麗時代に流行した、武器を持たず主に足で決める武術。
※郎将：正六品の武官。

リンは急ぎ足で大通りを引き返す。ウォンには黙っていたが、先ほど人混みの中で前方からやって来た青年が、とある道に折れたのを目撃したのだ。

リンとウォンの身なりが平民なので向こうは気づかなかったが、リンはすぐ上の兄、琠《ジョン》だとわかった。

いつも粋な姿を見せびらかす洒落者が、今日に限って地味な衣で供も連れず、人目を避けるように歩いていたのが不自然だ。

兄の性格はリンとは正反対だ。『モンゴルの血が半分入るウォンは、神聖なる高麗国王にはなれない』と公言してはばからない、いわばウォンの政敵のひとりだ。

リンが兄の曲がった道に入ると、ちょうど、遠くで水色の外套《トゥルマギ》の裾が左に消える瞬間だった。間に合った！　あとをつけると、兄は青い布飾りが下がる酒場や立派な妓楼がある街の奥へ奥へと入って行く。

妓楼のひとつから、武官の公服《チョルリク》のような黒長衣をまとった男が道に現れ、ジョンを出迎えた。ジョンと長衣の男は警戒するようにあたりを見回した。リンは小汚い居酒屋の路地にさっと身を隠した。ジョンと男は、大きな金文字で「酔月楼」と彫った看板の下に消えた。

『酒宴を装った秘密の会合か』

リンは推測したが、妓楼にまでは入りにくい。兄がどの部屋にいるのかわからないし、廊下で兄と出くわしても困ったことになる。

「出て来るまで待とう。それから相手の黒長衣を尾行して、何者か突き止めれば、今日のところは十分だ」

リンは居酒屋の路地から酔月楼を監視した。三、四刻《ガク》は待たねばと覚悟したが、監視はわずか※一刻《ガク》だった。妓楼の玄関が騒々しくなったと思うと、誰かがすごい勢いで妓楼を飛び出して来た。

一度見たものは忘れないリンだが、これにはさすがに目を疑った。

ついさっき路地裏で出会った、あの短気で不思議な少年だ！

少年はリンのほうに全力疾走してくる。状況を把握する前に、とっさにリンは少年の手首をつかんで路地に引っ張り込んだ。そして妓楼から黒長衣が追って来るのを目の端で見ながら、リンは少年の手首を握りしめてひたすら走って路地を曲がり、居酒屋を突っ切り、露店を飛び越える。

ついに、表通りに店をかまえた行廊《ヘンナン》の空けっぱなしの裏口が見えたので飛び込んだ。リンは裏口を閉め、その隙間から外の様子をうかがった。息を弾ませた少年も、リンの肩越しに外を見る。

しばらくすると、黒長衣も市場の裏にやって来た。物置や荷車ばかり、しんとした店の裏を一回りした黒長衣は、「ここではなかったか」とつぶやいて戻って行った。

ふー。長い溜息が、追われていた少年の口から漏れた。安堵した少年は、助けてくれた人物の顔を初めて見ると、さっきのリンだと気がついて目を丸くした。大きく見開いた黒曜石の瞳が泉のよ

※一刻：現在の十五分ほどにあたる。

うに深い。

ほんとうだ、白芍薬《しゃくやく》だ。

リンはついそんなことを思った。

少年はぎこちなく笑って言った。

「二度も助けてもらうとは！　今度は本当に感謝する。ありがとう」

まだリンが手首をつかんだままなので、少年はさりげなく外そうと軽く腕をねじった。ところがリンは反対に握りしめる。

「おまえは誰だ？　なぜ逃げた？　追手は？」

「知ったことか」

少年は冷淡にリンを押し返す。兄と黒長衣の手がかりが必要なリンは、彼の細い手首に力を加えた。すぐに少年の顔が苦痛でゆがんだ。リンは淡々と要求した。

「言え」

「なぜおまえに教える？」

「恩を受けたら返すものだ。助けてもらった礼に、事情を話すのが筋だろう」

「恩返し目当てだったのか？　だったら人助けじゃない、礼をする価値はない！」

だがリンの握力は少年の手首を締め上げる。少年は奥歯をかみしめた。やがて痛みで額に冷や汗が浮いてくるのをリンは見た。それでも少年は無言で堪える。

リンは手を放した。少なくともこの少年は、兄や黒長衣の側から追われていた。味方かもしれない。薄暗がりの中でも、白い手首に赤い跡が目立っている。

すまない気がしたリンは、おだやかな声で話した。

「妓楼に集まった者たちの陰謀について知りたい。正直に教えれば、身の安全を保証する」

「今ぼくを痛めつけたのは、おまえじゃないか」

少年は赤いあざをリンに突きだして言い返した。リンは少年の腕をそっと下ろして、あざを見ないようにした。

「話せ。でないとあざでは済まさない」

「はっ！　安全を保証すると言った口で脅迫とは！」

「こいつ！」

リンの声がつい大きくなった。すると店のほうから、裏の様子を見に来る足音がした。その瞬間、少年がリンの口をふさいで、二人もろとも天井まで積みあげた藁袋の間に転がり込んで息を殺した。リンも気配を消した。鼻先にふっと蘭香が匂う。ややあって店の人が表に戻ると、少年はリンから手を離してささやいた。

「気をつけろ！　ぼくは泥棒の濡れ衣を着せられるのはごめんだ」

「では質問に答えろ」

「ここは危ない。ぼくは外に出る。どうしても聞きたければついて来い」

少年は、藁袋の隙間からリンを押しのけて出ようとした。

「待て！　まだ黒長衣がうろついてるかもしれない」

咄嗟にリンの右手が少年を藁袋の隙間に押し戻した。その時少年が、あっと小さく声をあげた。

今のは何だ？　リンも動転して自分の手を見下ろした。

一瞬、何かやわらかい感触がした？

リンがとまどう間に少年は裏口を飛び出した。リンも外に出たが見失った。

本気ならいくらでも追えるのに、リンはその場に呆然と立ち尽くし、少年の胸にふれた右手を見ながら、開いては握りを繰り返していた。

◉

王宮に次ぐ豪邸といわれる寧仁伯《ヨンインベク》の屋敷は、都の北の紫霞洞《ジャハドン》にある。どこまでも続く長い塀で囲まれているが、小さな裏木戸がある。リンから逃げたあの美少年は、誰にも見られないようにさっと裏木戸に滑り込んだ。

中は森のように広い庭園だ。うっそうとした木々の下に色とりどりの花が咲き乱れ、珍しい孔雀が散歩している。庭園の四阿《あずまや》を通り過ぎると、やがて行き止まりの塀になる。だが木陰の目立たない門を入ると静かな中庭に続く。そしてその奥に、四方を高い塀で囲まれた秘密の奥庭と小さな門があった。

少年は高い塀をひらりと乗り越えると、奥庭に建つ別棟《はなれ》の部屋に縁側から直接上がり、※文羅巾《ムルラゴン》と長衣を取った。その気配に、隣室から同じ年頃の小間使いの少女が出て来ると、脱いだものを受け取った。小間使いは可愛い顔だちだが、目の下に赤黒い傷跡が横に走っている。小間使いが尋ねた。

「サンお嬢様、頭巾が汗びっしょり。何かあったんですか？」

着替えかけたものの、そのまま寝台にどさっとうつ伏せになった少年、いや、サンお嬢様は胸の動悸がまだおさまらない。街の与太者と渡り合い、世子邸下を軽んじるいけすかない二人組と言い合い、妓楼の中に忍び込んでリンに助けられたものの、自分の正体は明かせないので必死に逃げきった白芍薬《しゃくやく》の少年こそ、「大富豪なので王族になった」寧仁伯《ヨンインベク》の一人娘、珊《サン》であった。

そして、幼い頃に襲われて刀傷が残ったのはサンお嬢様ではなく、侍女の飛燕《ビヨン》である。枕に顔をうずめたまま、サンは答えた。

「ううん。あ、いいよ、ビヨン、置いといて。自分でしまうから」

ビヨンはかまわず、長衣をきちんとたたんだ。

モンゴル帝国の傘下に入ってから、高麗の娘は数え十八歳まで結婚を禁じられた。そして※結婚《キョロン》都監《ドガム》という役所が折々に指名した娘たちが、モンゴルに貢乙女《みつぎおとめ》として連れて行かれた。娘の身分に

※文羅巾：高麗時代の男性のかぶりもののひとつ。
※都監：役所名。この場合の「都」はみやこではなく「すべて」という意味。

よって、高官や将軍の妻や側室、宮廷侍女、有力者の妻妾や召使いなどモンゴルでの扱いは違ったが、高麗には二度と帰れない。結婚都監《キョロンドガム》の指名を取り消せるのは皇女様だけだった。

それで、どこの家でも娘がいることを隠し、賄賂を贈り、あらゆる対策に奔走したが、もしそんな「貢乙女《みつぎおとめ》逃れ」が発覚すれば、娘も家族も厳罰に処された。

寧仁伯《ヨンインベク》が選んだ方法は、一人娘のサンと侍女のビヨンを奥庭の別棟《はなれ》に隠し、というより、幽閉した。そして「娘は顔に傷があるので貢乙女《みつぎおとめ》には不適格だ」と言いふらした。それで屋敷の召使いも、傷があるのはお嬢様で、世話をする小間使いのビヨンには傷がないと思っている。

それでも万一「傷のある」サンが貢乙女《みつぎおとめ》に指名されたら、寧仁伯《ヨンインベク》はビヨンをサンだと偽って出すつもりでいた。

ビヨンは外套《トゥルマギ》を隅のついたての裏に隠すと、寝台の端にそっと座った。

サンお嬢様の性格では部屋にじっと隠れてなどいられない。それでしばしば少年に変装して街に遊びに行った。そして帰って来ると、今日の楽しい冒険談を聞かせてくれた。別棟《はなれ》から一歩も出たことのないビヨンへの心苦しさもあって、サンはいつもビヨンに世間の様子を教えて笑わせ、明るい気持ちにしてくれる朗らかなお嬢様だった。

ところが、お嬢様が帰宅するなり布団の端を握りしめて黙り込むなんて、今まで一度もなかったことだ。心配でしかたがないが、ビヨンから尋ねるのもためらわれる。

「ああ、もうっ！」

がばっとサンが飛び起きて叫んだので、びっくりしたビヨンは寝台から落ちそうになった。サンは店の裏にふたりで隠れたリンのせいで爆発寸前だ。線の細い印象だったのに、涼しい顔でサンの手首をつかまえて押さえ込んだ。

サンだって、街のごろつきから子どもを助けるぐらいの武芸は身につけている。それが今日、最終的に団子鼻と弟分を一気に片付けたのはあいつだった。悔しいけど、あいつの実力がサンより数段上なのは認めるしかない。

だけどあいつは、誰の手もふれたことがないサンの胸をわしづかみにした！　許せない！　それも、白芍薬《しゃくやく》とか美形とかサンの顔に執着したあの気取り屋ならまだわかるが、あいつはサンにまったく無関心だったくせに。

リンとしては「男だと思いこんでいたから、偶然手が当たったのが胸だったというだけ。さわるつもりじゃなかった！」と必死で言い返すところだが、サンは許せない。もっと言えば、しっかり胸にさわったくせに、何も感じずきょとんとしたのが許せない。

『本当にわからなかったの？』

サンはそっと胸をさわってみた。まだ大きくはないけれど、やわらかい二つのふくらみが薄い絹越しに確かに感じられる。あの恥知らず！　サンは赤面した。

「九熒《グヒョン》を呼んで。今夜は朝まで稽古してやる！」

窓の上にかけた鐘を一度打てば乳母が、三度打てばグヒョンが駆けつける。

グヒョンは、サンの秘密を知る護衛役の召使いだ。手搏戯《テッキョン》と剣術が上手いので、サンはグヒョンにせがんで別棟《はなれ》の小さな庭で毎日武芸を習っていた。それなのにあのリンという少年に助けられ、果ては胸の純潔を奪われる屈辱とは！

ううん、今は勝てなくても、稽古を重ねていつか懲らしめてやる！　恥ずかしさに負けて部屋に引きこもるわたしじゃない！

ビヨンが鐘の紐を引こうとした瞬間、外で気配がした。

「ビヨン、入るよ」

すごみをきかせて扉を開けたのは、ずんぐりした四十がらみの乳母だ。サンが部屋に戻っているのを見た乳母は、目をむいてまくしたてた。

「おや、いつお帰りになったんですか！　グヒョンを連れて後から粥布施を見に来ると言っておいて。いくら待っても見えやしない。お屋敷に帰ってみたら、グヒョンがお嬢様を見失ったと言って先に戻ってるし。グヒョンを撒いて、また消えたんですね？」

「通りで迷子になったの。ちょっとよそ見したらグヒョンがいなくて」

「いくら人混みでも、頭一つ分ぬきんでた大男が見えないわけがありますか！　グヒョンに前を歩かせて、後ろのお嬢様はこっそり逃げたと言ってましたよ」

「心配かけてごめんね、ばあや」

甘えるような笑顔で乳母の手を握るサンを見て、乳母は溜息をついた。小言ぐらいで反省するとか、おとなしくお部屋にいるお嬢様じゃない。といって王族のお嬢様が少年姿で街歩きするのも心配でたまらない。困り顔で額のしわまで深くなるばあやの気持ちを察したように、サンはそのぶあつく温かい手をさすった。

「外に出てもちゃんと帰ってくるから、許してね。今日のお粥のお布施はうまくいった？」

乳母はさらに溜息をついた。

「ふぅ、チェボンを連れて行くのはたまらないよ。あれの口の軽いこと軽いこと」

「話し相手になっていいじゃない」

「ちょっときれいな男の子たちが来たら、浮かれてしゃべるしゃべる。下手したらお屋敷皆殺しだ。ハラハラして死にそうだった。もうあの娘《こ》は外に出さないよ」

「じゃあ次はわたしとビヨンで行く？」

「え、あたしも？」

ビヨンの顔がぱっと明るくなったが、とんでもないと乳母が手を振った。

「ビヨンの顔がお嬢様の顔だと人に思われたら困るだろうが！　うまく貢乙女《みつぎおとめ》に指名されず十九になれたら、『お嬢様の傷はすっかり治りました』ってきれいな顔で世間に出るんだからね」

ビヨンはがっかりした。別棟《はなれ》で長年仲良く暮らして来たサンとしては、ビヨンも一度ぐらい外出させてあげたい。

「ビヨンが※蒙首《モンス》をまとって黒紗《しゃ》をかけてお嬢様になれば、顔なんか見えないし」

※蒙首：顔だけを出して全身をおおう外出用の被衣。

「お嬢様は？」

「わたしはもちろんこの格好で、召使いの少年」

「ふん、男装したって、女よりきれいな男がいるって目立つだけですよ。そんなことを続けてたら、いつかはばれますからね！　その男服も捨ててしまわなきゃ、まったく」

「誰にばれるっていうの？　今日だって誰も疑わなかったけど」

だからどっかの男は無神経に胸までさわったわよ。ちょっと忘れていた記憶がよみがえり、サンはまた悔しさに襲われた。グヒョンと稽古して、あいつ以上の技を身につけなきゃ。サンは立ち上がって鐘を鳴らそうとしたが、今度も邪魔が入った。部屋の外で咳払いがした。

「サン、わしだ」

「ああ、旦那様！　お嬢様は今お着替え中です！」

寧仁伯《ヨンインベク》の声に三人は大慌てだ。

サンの男服を一気に脱がせ、白い上衣《チョゴリ》と黄色い絹の裳《も》（スカート）を着せ、橄欖《みどり》石色の幅広の帯を結ぶ。

仕上げにビヨンが急いで髪をとかして赤い絹を結んで垂らすと、サンは完璧な美少女に戻った。

乳母が戸を開け、サンが両袖を合わせて淑やかに礼をすると、寧仁伯《ヨンインベク》は首をかしげた。

「こんな夕方に着替えだと、え？」

「少しおかげんが悪くて、先ほど起きられたのです」

さっと乳母が言いわけしたが、寧仁伯《ヨンインベク》は疑わしそうだ。

「風邪ひとつひかないサンが病気か？　え？」

寧仁伯《ヨンインベク》は気がかりなことがあると、たたみかけるような問いを語尾に付ける。王族になったにしては、あまり上品でない口癖だ。

「手博戯《テッキョン》の稽古でちょっとひねったの」

サンは袖をめくって手首を見せた。

着替えに夢中で気づかなかった乳母が目を丸くした。いつのまにあんな痕が？

寧仁伯《ヨンインベク》が、世話の行き届かない乳母に咎めるような視線を向け、乳母は目を伏せた。

「ばあやのせいじゃないわ。わたしが下手だったから」

寧仁伯《ヨンインベク》は舌打ちすると、乳母に合図した。主人が不機嫌なのを察した乳母は、ビヨンを連れて席をはずした。

二人だけになると寧仁伯《ヨンインベク》は椅子を引き寄せてどっかり座り、娘を軽く叱った。

「女の子が手博戯《テッキョン》だの剣術だの。いつになったら女のたしなみを身につける？」

「また山賊に襲われても自分の身は自分で守れ、って言ったじゃない」

「怪我するまで稽古するのは行き過ぎだ。そこまで武芸ができたところで、女のくせに何の役に立つ、え？」

サンは父の向かいに座って首をすくめた。口答えしても小言が増えるだけ。つんと目をそらす娘を見て、寧仁伯《ヨンインベク》は溜息をついた。

「その気の強さ。なぜ男に生まれなかったのかのう。そうすれば貢乙女《みつぎおとめ》の心配など要らなかったのに」

父はわずかに酒くさい。

「今日は遅くなるって聞いてたのに、早かったのね」

父が酔月楼という妓楼に行くことは知っていた。それが何かの密会らしいことも。

「いや、相談ごとがあったのだが、本題に入る前に邪魔が入ってお開きになってな」

寧仁伯《ヨンインベク》は苦々しげに舌打ちした。

会合が中断したのはサンのせいだ。酔月楼に忍び込み、父の部屋を立ち聞きしていたら、遅れてやって来た水色の外套《トゥルマギ》の貴公子と黒長衣に見咎められ、全速力で逃げたのだ。

「実は、今のうちにおまえに言っておくことがある」

「わたしに？」

「そうだ。今日の相談は、おまえにも関係のある大事な話だったんでな」

寧仁伯《ヨンインベク》は秘密を打ち明けるように身を乗り出すと、声を落とした。

「いいか、サン、まもなく結婚することになるから、支度を始めろ」

「まもなく？　十八歳以下の娘を結婚させた父親は流配《るはい》でしょ」

「しっ、声が高い！」

寧仁伯《ヨンインベク》が声をおし殺す。誰も近づけない別棟《はなれ》だが、妓楼で事が起きたせいか、用心深く説明を始めた。

「相手も王族だから、国王殿下が結婚の特別許可を出せばすむ。国王殿下もおまえの顔の傷のせいで行く末を案じておられたし。結婚してしまえば貢乙女《みつぎおとめ》に出されることもない」

サンは眉をひそめた。父が怪しい密談に通う気配を疑っていたサンとしては、その目的が、たんなる縁談とは思えない。

「刀傷のある花嫁でもいいなんて、いったい何者？」

娘は皮肉を言ったのに、寧仁伯《ヨンインベク》は自慢そうに顔を輝かせた。

「名前はジョン。国王殿下の最初の正妃の弟が、ジョンの父親だ。つまりジョンは国王殿下の義甥にあたる。しかも都で一番、いや高麗一の美形だぞ」

「自分が美形すぎると、花嫁の顔の傷も気にならないって？」

「ジョン殿は、このわしの娘ならいい娘に違いないと承諾したんだ！　初夜で傷一つない花嫁を見てびっくりするだろうな」

サンは苦笑した。「わしの娘」じゃなくて「わしの財産」目当ての結婚でしょ？

ひとの反応を都合よく解釈する寧仁伯《ヨンインベク》は、娘が嬉しくて笑ったと勘違いして笑った。だが、やがてむっつりして元気がなくなった。

「実はこの縁談には、まだ障害があってな。ジョン本人は乗り気だが、その父親守司空瑛《スサゴンヨン》が昔からわしのことを成り上がりだと軽蔑しおって、ジョンの家が賛成しそうにないのだ。ちくしょう、瑛《ヨン》のやつ、お高くとまりやがって」

見も知らぬ男と結婚なんて絶対いや！　しかも父親同士が嫌い合ってるのに縁談なんて、おかしくない？

「それで『この結婚は国王殿下が両家に命じた』ことにしようと今日相談するつもりが、その前にどこかのネズミに立ち聞きされて……」

「立ち聞き⁉　他人が誰と結婚しようと関係ないじゃない。誰が首を突っ込むの？」

「わしが知るか！　逃げ足が速い少年で顔は見えなかったと。子どもの悪戯かもしれんが、気に入らん、ちっ」

いきなりネズミにされたものの、顔がばれなかったのはありがたい。サンがほっとしたのを見て、寧仁伯《ヨンインベク》は真顔で諭《さと》した。

「いいか、うちのサンが高麗最高の女人になるんだ」

「どういう意味？」

不吉な予感がする。やっぱり目的は縁談じゃない。寧仁伯《ヨンインベク》がひときわ身を乗り出してささやいた。

「ジョンは未来の国王だ」

サンはドキッとして父を見返した。

「世継ぎは世子邸下に決まってるじゃない」

寧仁伯《ヨンインベク》はフン、と鼻を鳴らした。

「さあな。国王殿下は我が子の世子を疎ましがって、義甥のジョンを気に入ってる。だからやがてジョンが世子に成り代わり、即位する」

ちょっと待って！

「国王殿下も内々には賛成なさっておられる。誰にも漏らしてはならない秘密だぞ」

それが密会の目的だったの⁉　そんな見込みのない話に浮かれるなんて！　サンは、はっきり言うことにした。

「お父様。高麗は『モンゴル帝国の婿の国』だから、これでも属国扱いを免れてるのよ。だから王様の前ではモンゴルの皇女様が威張ってる。たとえ王様が世子を替えたくても、皇女様が我が子を世子から降ろすのに賛成するわけないでしょ。しかも皇女様は最初の正妃が大嫌いなのに、その身内を世子に立てるなんて、もっと無理よ」

それなのに寧仁伯《ヨンインベク》は自信満々だ。

「計画はちゃんとある。サンは花嫁修業に精を出せ」

「それはお父様の計画なの？　それとも誰かがお父様を引きこんだの？」

「引きこまれたんじゃない、意気投合したんだ！」

「ジョンという貴公子の計画なの？」

「おまえは知らなくていい」

問い詰める娘がうるさくなった寧仁伯《ヨンインベク》は立ち上がった。サンも立って父の前を遮る。サンには、腑に落ちないことが多すぎる。

「世子邸下は立派な方だって評判よ。なぜほかの貴公子を王にするの？」

「世子はモンゴル人だ」

「母后はモンゴル皇女だけど、世子は高麗の民を思う方でしょ」

寧仁伯《ヨンインベク》はちょっとためらったが、娘にささやいた。

「モンゴルに膝を屈した恥辱をすすぎ、王室の血統からモンゴルの血を取り払うのだ」

サンは信じられず、大きな瞳をまたたいた。サンの知る父は、そんな大義名分を掲げる熱血漢じゃない。莫大な富があるだけに、財産への執着もひときわ激しい。国王やその寵臣、自分を狙う皇女やその側近たちにも、いつも賄賂をたっぷりばらまいて人脈を維持し、それを土台にあくどく富を増やしてきた。全国各地に散らばる荘園経営だけでなく、モンゴル帝国を行き来する商人たちに銀を投資して莫大な利ざやを稼いでいる。そもそも異民族交易で稼ぐ父が、異民族に恥辱を感じる？

王室の純血なんて興味もないと思ってたのに。

『このお父様にも、それなりに思い入れとか理想とかがあったの？』

愛しているけど尊敬できない父に、おかね以外のことを考える面があったのかとサンがひそかに見直したのも一瞬、寧仁伯《ヨンインベク》はささやいた。

「まあ、それは向こうの言うことで。わしとしては、財産のためなら世子の一人や二人は取り替えるってことだ。今だってわしの財産は皇女の機嫌次第なのに。今の世子が即位してみろ、わしみたいな人間から粛清される」

やっぱりか。苦々しげに黙ったサンに寧仁伯《ヨンインベク》は釘を刺した。

「婚礼の日取りは未定だが、そのつもりでいろ。今さらだが、機織りとか裁縫とかを乳母に習っておけ、な？」

「刀傷はいいのに機織りできないのはだめなの？　手博戯《テッキョン》や剣術ができる娘じゃ困るって？」

「どういうことだ？　え？」

寧仁伯《ヨンインベク》の眉がつり上がった。せっかく未来の王妃になれると教えてやったのに、なんだか反応がずれていないか？　いや、まだ幼なすぎて、わからないのだろう。

「母親がいない分、しっかり考えるんだぞ、な？　淑女の振るまいを身につけておけ」

父が戸を閉めて出て行くと、サンは机に頬杖をついて考えこんだ。

突然の縁談。世子を取り替える陰謀。どちらも大問題だ。

今までサンは、王族令嬢とか父の外出禁止令に関係なく、やりたいことはやるし、やりたくないことは一切やらなかった。だからまず、好きでもない貴公子との結婚なんて絶対しない。それも何かの陰謀に利用された結婚なんて、冗談じゃない。

『向こうは世子を取り替えるために莫大な資金が要る。だからお父様からお金を引き出したい。お父様はお金を出す代わりにわたしを王妃にして、安心して財産を増やしたい、ってわけね。

「モンゴルに負けた恥辱をすすぐ」？

聞こえはいいけど、聡明でまっすぐな気性の世子が即位したらきちんとした政治になるのが恐くて、陰謀を企てるだけじゃない！

血筋とか関係ない！　高麗人なら高麗のための政治ができるとは限らないでしょ。たとえば、あのお父様が「王妃の父親」として君臨したら目もあてられない。そんな企て、わたしは指一本関わらない！』

サンは決心した。この時代の結婚は、親の言う通りにするのが常識だが、これまでなんでも思い通りにしてきたサンを甘く見てはいけない。

まずはお父様を説得する。数え十九まで待とうと言おう。あえて禁令を破るためには、たしかに王様が表立って不仲な両家に結婚を命じるしかない。でも、そんな不自然な縁談を聞いたら、皇女様は絶対に怪しむ。縁談は妨害され、皇女様に何か先手を打たれるかもしれない、って。

『じゃあ機織りや裁縫は急がないわ。まずは稽古！』

頭がすっきりしたサンはパンッと机をこぶしで叩いた。

「いたたっ」

サンは眉をしかめ、あざのついた手首をさすった。忘れていた怒りがよみがえった瞬間、店裏での少年の言葉を思い出した。

『妓楼に集まった者たちの陰謀について知りたい』

陰謀の存在を知っているあいつは何者だろう。まなざしは鋭いが、服装は地味だった。つけていた文羅巾《ムルラゴン》の筋は四本、つまり平民。

『ううん、ただの少年のはずがない』

皇女様の暮らす宮廷の公用語はモンゴル語。あんなにモンゴル語が流暢なのに、まだ訳官志望者のわけがない。これは調べなきゃ！　手がかりは……少年の連れが叫んだ『明日、油市場のはずれの南山里《ナムサルリ》、蜜柑《みかん》の木のある家』

よし！　明日に備えて身体をほぐすため、サンは窓に下がった鐘を三回ならした。

王宮の南東に広がる都は城壁で囲まれ、城壁の東端は、王宮の「※左翼《ひがし》の青龍」子男山《チャナムサン》の稜線につながる。

南山里《ナムサルリ》は、その子男山《チャナムサン》のふもと近くだ。南大街《ナムデガ》市場からも遠くない。油は、灯火や料理、化粧品などさまざまなものに使われるので、市場はいつも賑わっている。

そこの「蜜柑《みかん》の木のある家」で通じるのは、そんな家はほかにないからだ。都中探したって、蜜柑の木があるのは王宮とサンの豪邸だけだろう。暖かい地方で採れる蜜柑《みかん》は都では珍しく、耽羅《タムナ》（済州島）からの貢ぎ物になるほどだ。

数年前、南部の全羅道《チョルラド》※按廉使《アルリョムサ》林貞杞《イムジョンギ》が蜜柑《みかん》の木二株を王に献上したが、宮中に届く前にしおれてしまった。その時サンの父も負けじと蜜柑《みかん》の木を手に入れて皇女に献上し、そちらはぴんぴんと根付いたので皇女はご機嫌だった。

サンの父は、その時、自邸にも一株植えたのだった。だからサンも、蜜柑《みかん》がなる季節でなくても、その細くつややかな葉のかたちで見分けがつく。市場の人に尋ねて探すまでもない。

南山里の油市場を通り過ぎると、やがて畑や野原が開けた。その平野の真ん中に、子男山《チャナムサン》を背にした瓦葺きの広い屋敷が見える。敷地の周囲に風よけの木立ちがある。その正門の脇に蜜柑《みかん》の木があった。蜜柑《みかん》屋敷。昨日の二人の正体がさらに疑わしくなる。絶対に訳官志望の平民が住める家じゃない。

※左翼・青龍：玉座からみて左翼と右翼の両軍が王を守るというユーラシア大陸の伝統的な考え方と、東西南北の青龍・白虎・朱雀・玄武が中央の王を守るという中国の伝統的な考え方による。
※按廉使：各道（広域の行政地域）に派遣され、地方を監察した長官。

正門は固く閉じていた。門を叩くのが躊躇されたサンは、塀に沿って歩き出し、人目につかず中をのぞける場所を探した。だがその塀の長いこと長いこと。野原の岩が目についたサンは、塀の下まで抱えてくると、岩を踏み台に背伸びして木々の間から中をのぞいた。

奥のほうには十部屋以上ありそうな回廊式の立派な建物。その手前に※撃毬もできそうな広場がある。正門を叩いて入っていたら、まずこの広場だったらしい。頭に幅広の布を巻き、革で裏打ちした防着をまとう若者たちが、馬術の稽古をしている。少し離れて手博戯《テッキョン》の稽古をする若者たち、本を小脇に回廊を出入りする若者たちも見える。ざっと三十人にもなるだろうか。「訳官志望の少年たち」も、あの中にいるの？

『でもここは何だろう？　なんだか貴族や有力者が、密かに私兵を訓練している感じだけど』

サンはやっと塀の曲がり角まで着くと、今度は塀に沿って屋敷の奥の方角へと進んだ。やがて地面は子男山《チャナムサン》の傾斜が始まった。塀の高さを揃えて美観を守るためか、上るにつれて塀は低くなり、サンは屋敷を横から見てとれた。

屋敷は表と奥に二分され、中門のある塀が仕切っている。表がさっきの広場と回廊。奥にも前庭と奥棟がある。奥は表の広場に比べれば小さいが、狭くはない。

その前庭を、あのリンという少年が独り占めしていた。汗に濡れた防着の襟が首と胸にぴたりと張り付き、額に巻いた紺の帯も所々濡れて黒っぽく見える。だが素振りをする姿勢は少しも崩れず端正だ。まっすぐ剣先に置いた視線、荒くなった息を吐くわずかに開いた薄い唇、しなやかで強い腰、筋肉質の身体を支える脚、速い足さばき。サンも剣術をたしなむので、すぐに少年の剣に魅入られた。稽古に打ち込む彼の顔も美しいが、高度な技を身につけた動きは一つ一つが美しい。

『グヒョンぐらい、ううん、グヒョンよりずっと上だわ』

サンはもっとよく見たくて身体を前に乗りだし、瓦に手をついた。緩んでいたのか、はずみで筒瓦が塀の内側に落ち、石に当たって割れる音が響いた。少年が木剣を下ろしてさっと横を見た。

「誰……」

少年は口をとじた。瓦の割れる音に驚いたままのサンを見て、すぐわかったらしい。

リンは、少年姿だった少女が屋敷に来るとは夢にも思わなかった。ウォンの誘いを冷たくあしらって消えた上、リンの兄の会合についても口を開かず、リンの手が思いがけない所にふれたはずみに逃げてしまった。

その相手が自分からひょっこりやって来るとは！　リンは一気に塀に走るとサンの腕をつかんで内側に引っぱりこんだ。抵抗する間もなく庭にどさっと落ちたサンは、つい「きゃっ」と悲鳴をあげた。

「おまえは※京市司の手の者か？」

地面にぶつけた肩をさするサンに、リンは厳しい声で尋ねる。そう来た以上、サンも負けじと睨み返す。リンは尋問する。

※撃毬：乗馬で球を打つ武芸。
※京市司：都の市場の商取引や物資の流れを監察する役所。

「京市司所属の妓生《キーセン》には、市場や酒場をかぎ回る忍びの娘がいると聞いた。だから妓楼で何かを探っていたのかと尋ねている」

高麗の妓生《キーセン》は公式行事で歌舞を披露する芸能集団で、三段階に分かれていた。宮中の儀式音楽担当の大楽司所属二百六十人。管弦房で養成中の二百六十人。そして京市司に所属する三百人。この京市司の妓生《キーセン》は諸官庁の行事や妓楼の宴にも出るが、中には犯罪を調べる忍びの娘たちもいる。リンは、昨日の妓楼に続いて今日も塀をのぞき見したサンを、忍びかと疑ったのだ。たしかに挙動不審だが、妓生《キーセン》扱いされたサンはかっとした。

「盛り場を出入りしてるとずいぶん妓生《キーセン》慣れするんだな。女はみんな妓生《キーセン》や遊女に見えるのか？」

「何？」

「他人の身体にむやみにさわる。無作法で破廉恥なのは確かだ」

リンは一瞬、言葉を失った。うっかり手が当たっただけなのに、さわり魔扱いされた。リンが胸を押したのは、彼女が男になりきっていたせいだ。リンこそ、まだ女人にふれたこともないのに、いかがわしい娘に手の純潔を奪われた被害者だ！　感情的には言い返したいが、リンはただ舌打ちした。

「見た目がぺちゃんこなのに、そのつもりでさわるはずがない。私はただ……」

『おまえが見つかってはいけないと思って』と言いわけしようとした瞬間、サンのこぶしがリンの頬を殴りつけた。柱も折って壁をぶち抜く手博戯《テッキョン》の威力！　リンの顔が吹っ飛んだ。同時に口中でしょっぱく生臭い味がじわりとした。突然のことにリンはしばし呆然とした。誓っていうが、あの時は礼を失するつもりじゃなかった。だが相手は怒りに燃える目で息をはずませている。

　リンは王族、それも最初の正妃の甥だ。その頬を打つとは笞打ちものだが、この少女はリンの身分を知らないし、その怒り方も真面目で深刻だ。リンも、自分に女心がわからないことぐらいは自覚している。それで腫れ上がった唇から流れる血をすっと指でぬぐい、淡々と尋ねた。

「殴ってすっきりしたか？」

　サンは目をぱちくりした。サンだって王族だ。胸をさわった男には、その命で償わせるような大事件だ。それなのに拳一発で済んだと思うなどずうずうしい。そして血の出る薄い唇で「すっきりしたか」と尋ねる、その落ちつき払った態度がさらに癇に障る。

　こんなにひどく殴りつけたのに怒りがとけないのを察したリンは、顔を斜めに差し出した。

「足りなければもう一発打つがいい」

　サンのあの鉄拳をまた受けようとは、相当な勇気と自信だ。だが、昨日サンを見て浮かれしゃべったもう一人の自信とは種類が違う。この彼は、サンの怒りを笑ってはいない。サンの正当な怒りを解くためなら苦痛に耐えるという潔さがある。

　サンが欲しいのは、謝ってくれることだった。だが、この手の人間に謝罪など期待できない。殴ればそれで終わってしまう。サンはむなしくなると、握っていたこぶしを開いた。

　サンの殺気が落ちついたのを確かめると、リンはさっと自分の用件に移って木剣をサンの喉に突きつけ、逃げ道を封じた。

「では、昨日のことに答えてもらう。おまえの名前、追っ手の名前、追われた理由、追っ手の仲間について知っている通りにすべて言え。木剣だから斬れないと甘くみるな。一突きで首の骨がばらばらに砕けることもある」

「おまえの友だちが、ここに来ないと都中ひっくり返すと言わなかったか？　せっかく苦労を省いてやった善意の人間の喉を砕くのか？」

サンは喉もとの木剣に震えもせず鼻で笑った。だが、気取った連れと違ってこいつは冗談も通じない、融通もきかない部類だ。言ったことは本当にやる。こんな怪しげな屋敷で首を折られるなんてありえない。でも寧仁伯《ヨンインベク》の娘だとは明かせない！

とっさに良い知恵も浮かばず苦境に陥ったサンは内心では焦っていた。こんな時、あの気取り屋が来たら助かるのに！　その時、サンの祈りが通じたのか中門がぱっと開いて明るい声が響いた。

「リン、あいつの行方は調べてみたか？」

ウォンは、「あいつ」が目の前に立っているのに唖然とし、嬉しさのあまり大きく笑った。笑顔のウォンが来るので、リンも尋問を中止して木剣を下ろし、一歩退がった。

助かった！　この再会の嬉しさはサンもウォンに絶対負けない。しゃあしゃあとしたいけすかない野郎だが、今度ばかりは大歓迎だ。だが、そばに来たウォンを見てサンは内心目を疑った。彼がチルソン（モンゴルの平服）を着てモンゴル式の冠帽をつけ、しかも三つ編みの弁髪《ケクル》を垂らしていたからだ。きのうは高麗の平民姿だったのに。

国王が先頭に立って前髪を剃って弁髪《ケクル》にしたものの、モンゴル式に身なりを整えたのは王宮の人々と一部の貴族だけ。平民はもちろん、リンのような王族でも高麗の身なりのままがほとんどだ。

ウォンの姿は、彼がかなり高位にあることをサンに教えた。

「こいつが自分でやって来たのか？　それともリンが連れて……」

ウォンは友の顔を見てぎょっとした。リンの唇は切れ、頬にあざができている。この黒曜石の瞳をきょときょとする美少年のしわざか？　ウォンはリンに目で尋ねた。

『本当にこいつにやられたのか？』

リンがわずかにうなずいたので、ウォンは笑いを弾けさせた。

「凄いぞ！　武術にたけた※百戸ですら勝てないリンをこのザマにしたのか？　こんな細っこい彼が？　きのうの路地裏ではここまで素晴らしいとは見抜けなかった！　それともたった一夜で秘密の技を身につけたのか。とはいえ、いったいおまえたち、何があった？」

ウォンの質問には二人とも黙ったままだ。そもそもの原因が胸の話だなんて、サンもリンも口に出せない。

いくら待っても答えがないので、ウォンは両手をパンと打つと話を変えた。

「とりあえず都をひっくり返さずに済んで幸いだ。ここに来たということは、世子邸下に仕える気になったのだな？」

※百戸：家々から一人ずつ出る兵士百人を統括する隊長。

「誰にも仕える気はない。ここに来たのはただ……」

『妓楼のそばで会った彼が怪しくて』とは続けられず、サンの目が泳ぐ。

「……昨日助けてもらったのに、ちゃんと礼を言わなかったことが気になっただけだ」

「ずいぶん乱暴な礼の仕方だな」

リンのひどい顔をさしてウォンがくすくす笑う。返す言葉が見つからないサンは、口をとがらせて塀のほうに一歩下がった。

「せっかくの挨拶が気に入らないようだから、帰る」

「それはだめだ」

ウォンはサンの袖をつかんだ。その前にリンが逃げ道を遮った。

「世子に仕えろという言葉は取り消す。代わりにおれと友だちになろう」

サンとリンは同時に眉をひそめた。どういうつもりだ？　サンが尋ねた。

「友だち？　おまえは名門貴族だろう？」

「だから？　何か問題があるか？」

「こっちは人に言えるような家柄じゃない」

「おれとリンは、誰とでも友だちにはならない。だが身分で友だちを決めることもない。そうだろう、リン？」

「身元を確かめるのが先です」

実にまっとうな意見をウォンがなだめる。

「固いこと言うなよ、リン。部下を選ぶ時は手続きが要るが、友だちになるのに条件があるか？　気が合えば友だちだ」

ウォンは好奇心いっぱいの目をサンに向けた。

「おれはウォンだ。おまえは？」

なにげなく名乗るウォンの前で、サンは表情が変わるのを危うくくいとめた。

『ウ…ウォン？』

白芍薬のように美しい世子の名前はウォンだと、王族のサンは知っていた。このおだやかな微笑、切れ長の美しい瞳、世子そのひとだ。ほかの王侯貴族は世子と同じ名前を使えないので、同名異人ではない。だがサンが平民の振りを通すなら、世子の名を知っているわけがないので、ここで態度は変えられない。

その一方、読めた気がした。彼が世子なら、その友リンが自分に厳しい態度をとるのもわかる。昨日の酔月楼は世子を陥れる陰謀者の集まりだった。外から酔月楼を探っていたリンは、陰謀にサンがどう関わっているのか疑っているのだ。

『じゃあ、世子も陰謀の存在を知っている？　まさかお父様が入っていることも？』

サンは一瞬冷えたが、すぐに落ちついた。

『もし知ってたら、誰が集まったのかとあんなにわたしを問い詰めないわよね』

ウォンが名乗ったのにサンが名前を明かさないのは、まだ機嫌をそこねているからだと誤解したウォンは付け加える。

「昨日、おまえが世子邸下を評した言葉に感動した。おまえのような友が、たくさん欲しい。身分など、どうでもいい」

「ですが、これは……」

リンが止める。妓楼の気配についてはウォンに言っていないが、京市司だとしても誰のさしがねで動いているかわからない。そこの忍びの娘など、危険過ぎて世子のそばには置けない。

「……女です」

その瞬間、ウォンは頭を金槌で殴られたように愕然とした。不思議な美少年だとは感じたが、少女だとは夢にも思わなかった。ウォン自身が女のように美しいと評判だし、リンもなめらかな肌で、決して男っぽく見えない。だからまだ中性的な年齢の同じ部類だと思っていた。

だが、すぐ納得した。女だと聞いたとたん、もう男に見えなくなったのだ。たしかに少女だ。

「驚いた！」

「身分は低くてもいいのに、女は困るって⁉」

サンは気色ばんで、その勢いで立ち去ろうとする。ウォンが急いで否定する。

「いや、友だちなら身分も男女も関係ない。ひっかかるのは……」

ウォンはリンを指さした。

「……おれの親友がまだ女に目覚めてないので、おまえとうまくやっていけるか心配で」

「目覚めてない？」

サンを世子の友にするのは反対だと言ったくせに、まだサンを遮っているリンをちらっと見て、サンは軽蔑の笑いを向けた。

「見た目はぺちゃんこで男と同じだと？　たしかに悪びれもしなかったっけ」

リンは一瞬たじろいだが何も言い返さなかった。

「うん？　何があった？」

二人とも答えない。ウォンは二人の表情を見比べたが、その勘の良さでおおかた何があったのか察したようだ。それで、商人が駆け引きの末に取引成立を宣言するように、パンと手を打って軽く声を張った。

「おまえたちが仲良くするなら尋ねない。今日からおれたち三人は友だちだ」

「敬語が要る友だち？　わたしも、この人みたいにウォンには敬語を使うわけ？」

クスッ。ウォンは笑ってしまった。

「おまえは敬語なんか使う気もないくせに」

可愛いやつ。ウォンは自分の前で卑屈にならず、むしろ堂々と振る舞う相手に会ったのは初めてだ。もちろん世子だと知らないからだろうが、この少女もウォンが名門貴族とまでは推測している。それなのに平民との身分違いに臆せずなんでも言う。たいした度胸だ。

ウォンはこの少女が心から気に入った。それでもう少し彼女をからかっていたかったのに、リンが黙っていない。

「知らずに犯した無礼なら大目に見るが、今後世子邸下に友と呼んで頂く以上、ひれ伏してご挨拶をしろ」

「おい、リン！　つまんないやつだな」

リンのせいで正体がばれたウォンはがっかりした。サンも二人のやりとりが密かに笑えたが、世子だと紹介された以上は格式張った間柄になるしかない。

「世子様がこんなわたしに御声をかけてくださったなんて、まさか！　非礼のほど、どうかお許しくださいい」

「良い、良い。じゃあおまえがどこの誰か、そろそろ教えてくれるな？」

サンは逡巡した。正直に言うべき？　寧仁伯《ヨンインベク》の娘だと名乗れば、顔に傷がないことが二人に発覚し、お父様は流配に財産没収、自分は即刻貢乙女《みつぎおとめ》行き。しかもお父様は世子の敵の陰謀に関わっている……。

悩んだものの、ついにサンは声もはっきりと名前を明かした。

「世子邸下、わたしは王族寧仁伯《ヨンインベク》のひとり娘の珊《サン》と申します」

「ええっ？」

ウォンはまた金槌で強打された。今度はリンも同様だ。絶句した二人が固まってしまったので、サンは緊張をほぐそうと笑いかけた。白くきれいな歯並びの微笑がとても女らしい。ウォンは口ごもった。

「その……寧仁伯《ヨンインベク》の娘は山賊に襲われて大怪我をしたと……。あれは嘘だったのか！　寧仁伯《ヨンインベク》は小心者だと聞いていたが、皇女と結婚都監《キョロンドガム》に一杯食わせるとは意外に大胆だな」

「貢乙女《みつぎおとめ》逃れの罪はまぬがれません」

「父は流配、娘は貢乙女《みつぎおとめ》行き……。わかっているのに、なぜ本名を明かした？」

「友だちになる時に、嘘はつけません。偽りがあれば友ではありません」

サンが淡々と語る落ちついた表情を、ウォンはじっと観察した。きれいにそろったまつげの下、半ば隠れた黒くて深い瞳は十分に真実を語っている。気が強く、少年に姿を変えて武術を使い、街を跳び回っておきながら、考え深くて素直な心を合わせ持つとは！　じゃじゃ馬娘が、急におとなびた淑女に見えた。

「友の真実を利用して自白させて処罰したら、私が卑怯に見えるな。そうだろう、リン？」

ウォンがにっこりした。ひょっとしたら世子の性格は公明正大かつ寛大だという噂に賭けて、勝ち目があると見越してサンは名乗ったのかもしれない。まあ、そうだとしてもウォンが出す結論に変わりはない。この可愛い少女を貢乙女《みつぎおとめ》に出すかと聞かれれば、もちろん行かせない。

「サン、おまえに下される処罰を伝える。今、真実を打ち明けるために自分と父親の人生を賭けたように、これから友であるおれとリンを絶対に裏切るな。もう一つ、十八歳まで今の通りにしているがいい。その時が来たら、偽りの噂を流した罪を父親に問わず、おまえを助けることを約束する」

「世子邸下、心から感謝します」

緊張と怖れでいっぱいだったサンは、心の底からほっとして世子に深く頭を下げた。

すっかり優雅で美しい淑女の物腰になったサンを見ながら、リンはまだ納得がいかない。さっきの鉄拳と同一人物には全然見えない。

『まさか王族の令嬢が男装して武術を使い、妓楼に忍び込むか？　「寧仁伯《ヨンインベク》の娘」なら誰にも本物かどうかわからない。それを利用した忍びの娘じゃないのか？』

　リンは考えこむ。それを、女なんか友にできるかと不機嫌なのだと誤解したウォンが、リンをひっぱってサンの前に立たせた。

「リンはおれの分身みたいなやつだから、仲良くしてくれ。王族の守司空瑛《スサゴンヨン》の三男、リンだ」

「ええっ⁉」

　サンは、さっきのウォンとリンが驚いた時より大きな声を出してしまった。

　身分を隠して路地裏も歩き、いつも自信たっぷりの笑顔を浮かべ、昨日はサンが面と向かって性格を褒めてしまった少年が世子本人だったことよりも、このリンという少年の家のほうに驚いた！　守司空瑛《スサゴンヨン》の次男ジョンは、世子に反逆を企むお父様たちの陰謀仲間で、サンの縁談相手ではないか！　腫れた唇を噛んで自分を警戒するリンは、つまりジョンの弟⁉　では、リンは世子を騙して危害を加える側だったの⁉

　サンが青ざめたのを見て、リンの疑いは一層濃くなった。

第二章　探索

広明寺《カンミョンサ》。高麗建国の祖・太祖王建《ワンゴン》が鎮護国家のために都に開いた十刹《じっさつ》（十の寺）のひとつで、禅宗の本山だ。

広明寺《カンミョンサ》には伝説の井戸がある。太祖王建《ワンゴン》の祖父・作帝建は弓の名手で、西海の龍王を苦しめる古狐を退治した。それが縁で作帝建は龍王の姫と結婚した。つまり高麗王室は龍王の血を引くのである。

その当時、龍王の姫は寝室の窓の外に井戸を掘らせ、黄龍に姿を変えて地上と竜宮を行き来していた。その井戸が広明寺《カンミョンサ》の井戸だといわれた。龍神信仰と仏教は違うものの、この井戸にはお願い事をする人々がひっきりなしに訪れる。

今日も、蒙首《モンス》を地面に長く引きずる貴婦人たちや、井戸の前で立ち止まって合掌してから通り過ぎる僧侶たちの間を、やさしい春風が吹く。

井戸の近くでは、参拝に来た女人たちがお堂の縁に腰掛けて自然におしゃべりの花が咲く。どこの家の息子が科挙に落ちたら縁談まで流れたとか、どこの誰は宦官に賄賂を贈らないので左遷されそうだなど、口さがない噂話に熱を上げ、贅沢三昧の貴婦人も悪口の的にする。

「ちょっと、※清州牧使《チョンジュモクサ》がお寺に莫大な寄進をしたんですって？」

「いやだ、あの家になんでそんな財産があるわけ？」

「奥方が変わったのよ！　実家が落ちぶれた妻を追い出して、大金持ちの娘と再婚したって。知らなかった？」

「まあ。地方長官でいるより、都の立派な官職が欲しいのね？」

「金持ち娘を嫁にしたら、賄賂も御祈祷も思いのままじゃない！」

「それがね、賄賂はどうも銀だけじゃないのよ」

「えっ、というと？」

「都の本家にいるその嫁が、年も若くて顔もきれいで……」

「まあ、どうしましょう。若い後妻を入れた上、赤の他人まで歓ばせてやるなんて」

「任地にいる夫だって妓生《キーセン》にどっぷりはまってるって」

「それじゃお互い寂しくなくていいわねえ。で、誰に身を捧げたわけ？　その金持ち娘」

「それがね……」

貴婦人たちの気取った表情に好奇心が浮かぶ。三、四人でかわした憶測だらけの噂は、家に帰れば夕食の楽しい土産話だ。給仕する召使いが小耳に挟み、住み込みの書生におしゃべりする。なかなか科挙に受からず主人の秘書兼雑用係の書生は翌日仲間と茶店に入り、不遇の身をかこちながら、体で官職がもらえる誰それの後妻を非難すれば、店の客たちが聞き耳をたてる。

たんなる内輪のおしゃべりが、こうして世間に広まっていく。人によって言い方が変わり、尾ひれがついて、嘘も混じり、興味本位のまことしやかな話ができあがる。

清州牧使《チョンジュモクサ》の金持ち後妻の件は、実は根も葉もないことかもしれないのに。

無責任に盛り上がる人々の間を通って、一人の少女がゆっくり井戸のほうへ歩いていく。皆の視線が少女に集まる。蒙首《モンス》をかぶり顔に黒紗をおろして、素顔を一切見せない。だが上等な絹の衣や装身具が、貴婦人たち特有の感覚を呼び覚ました。

「あれはどこのお嬢様?」

「知らないの? 寧仁伯《ヨンインベク》のひとり娘よ。乳母をお供にお参りなのね」

「あの、顔に傷がある……」

「だから顔を隠さなきゃ外に出られないわけ」

「顔の半分がめちゃめちゃで、ふためと見られないとか?」

「傷跡をきれいに消すならいくらでも出すって、有名な医者に財産をつぎ込んでるって」

「でも顔の傷でしょ、治すなんて無理じゃない?」

「傷が消えたって、もとの顔が醜いから結果は同じって話も聞いたけど?」

※牧使:地方長官の職名のひとつ。

「そうそう。お高くとまって、友だちひとりいないそうよ」

「やっぱり金持ち娘だから、甘やかされてわがまま放題なんでしょ」

彼女たちのぺちゃくちゃ声が風にのって少女の耳にも届く。胸の前で合わせた手が冷や汗でぬれてくる。貴婦人たちの悪意と好奇心にさらされ、もし誰かに話しかけられたらと、びくびくしている。

『だから石塔の裏でばあやさんを待ちたかったのに。ひとりで井戸に来るから……』

ビヨンは後悔し、もう一歩も動けなくなった。ちょっとでも動けば、令嬢ではなく替え玉の召使いだと見破られ、また噂の種が増えそうで恐い。せっかくお嬢様が外出させてくれ、珍しい外の世界に浮き浮きして、龍神様にはお嬢様の幸せをお願いするつもりだったのに。今では一刻も早く乳母を来させてくれと祈る始末だ。

「お嬢様は一人でいるのが好きなの？」

どこか緩んだように語尾をのばす言い方が、聞く人の耳にねばっこくからむ。目をとじて心の中で『ばあやさん、早く来て！』と叫び続けていたビヨンは、ぎくっとして目を開けた。深紅の唇から白い歯をちらりとのぞかせた少女がビヨンの目の前に堂々と立つのが、黒紗越しに見える。薔薇のように華やかで妖艶な美貌、ビヨンと同じ年頃だろうか。絹の裳（スカート）は※旋裙で扇のように広がっている。蒙首《モンス》も地面にひきずるほど長い。膨らませた髪にはぎっしり隙間なく宝石がきらめいている。

贅沢づくしの身なりより印象的なのはその香りだ。麝香《じゃこう》のような、龍涎香《りゅうぜんこう》のような、甘い花の香りのような。複雑で魅惑的な香りで気が遠くなりそう。

ビヨンが知る女人の香りは、サンの上品な蘭香と、乳母の懐かしくて暖かい匂いだけ。この美少女が振りまく香りはそれとは違い、何か心を惑わす妖しさがある。慣れない香りに酔ってしまったビヨンの前で、くっきりと長い眉を描いた彼女が、ふふっと笑った。上唇の端を巻き上げる笑いは仮面のように不自然だが、濃い化粧と似合って独特の魅力がある。筋肉をどう動かせば見目良くなるかを知っている美少女だ。

「高貴なお嬢様なのに、お供もいないのかしら?」

彼女が一歩ビヨンに迫った。息詰まる甘い香りが強くなり、ビヨンはふらっとした。遠巻きに見ている女人たちが「あらっ」と声をあげた。「あんな娘が」「妓楼」「ふしだら」という単語も断片的に耳に入る。黒紗で隠していても至近距離では顔がわかることに気づいたビヨンは、はっとして下を向いた。あたし、お嬢様じゃないのに! 気の小さいビヨンは縮み上がった。

「お嬢様のお屋敷でもうすぐ百戯があるの、知ってるかしら?」

『どうしよう、どうしよう! サンお嬢様! ばあやさん!』

ビヨンの手のひらはじっとり濡れてきた。袖の端ばかり見ているビヨンに、別に返事は期待しないけど、とでもいうように彼女は語尾を微妙にのばす言い方を続ける。

※旋裙:スカートの幅をふくらませるためにつける下スカート。

「その時はね、あたしもお屋敷に行くのよ。また会えるわよね？」

「…………」

「あたし、お嬢様のお邪魔をしたかしら？」

「…………」

「黙ってるってことは、あたしがいても良いということね？」

「……」

「お嬢様は物静かでやさしい方だと聞いてたけど、ほんとうね。あたしなんかとも一緒にいてくれるんですもの」

「あたしなんか」って？　意味はわからないが、一緒にいてはいけない相手だったと、ビヨンは遅まきながら気がついた。周囲の貴婦人のささやきに嘲笑が混じっている。だが口をきくことすら恐いビヨンは、ごてごてした美少女からどうしたら離れられるか、わからない。ビヨンが焦るのを無視して、彼女は飴のように伸びてからみつく特有の声で話す。

「お祈りしてる姿がとても真剣に見えてよ。あたしも龍神様にお祈りしたくなったわ」

「…………」

「たとえば、お嬢様のお顔の傷のためとか」

うつむきながらも、ビヨンは彼女が笑ったのがわかった。なぜ笑うの？　失礼だわ。じゃあ、言い返すとか怒らなきゃいけないの？　それとも口をきかないほうがいいの？　ビヨンは見当がつかない。自分がまちがえたら、お嬢様が変な噂をされる！

「この下賤の小娘が！　どなたに話しかけてる！」

　ががら声の乳母がビヨンと美少女の間にどんと割り込んだ。声に比例して重くてずんぐりした乳母の身体が、ビヨンをすっかり隠してくれた。美少女を突き飛ばす剣幕でフン！　と鼻を鳴らした乳母の背中で、ビヨンは詰めていた息がほっと出た。

「ごめんなさい。気高いお嬢様に直接お会いした嬉しさで、身の程もわきまえずにご挨拶しましたの」

　腰をかがめて丁寧に詫びる美少女に向かって、乳母は、さっさと向こうに行けという手振りをする。乳母に向かって蛇のように冷たい微笑を投げた美少女は、ビヨンには一礼すると長い蒙首《モンス》と広がった裳をひきずって、しゃなりしゃなりと遠ざかって行った。

「はやく帰りましょう、お嬢様」

　乳母がわざと大声を出してあたりをじろりと見回すと、女人たちの視線がぱっと散った。合わせていた手をやっと下ろして歩き出したビヨンの後にぴったりついて、乳母がささやく。

「なんであんな娘と一緒に立ってるんだ！　ぱっと見で妓生《キーセン》だってわかんないのかい⁉」

　気の弱いビヨンは泣きそうになる。宝石で飾った美少女が令嬢だか妓生《キーセン》だか、屋敷の奥深く暮らすビヨンに見わけがつくはずない。それなのに乳母の小言は続く。

「寧仁伯《ヨンインベク》のお嬢様が妓生《キーセン》と友だちづきあいしてるって噂がたったらどうするの！　ああいう娘がそばに来たら、びしっと言って追い払うんだよ」

「でも口をきいてばれたら……」

「だったら無視して、別の所に行けばいいだろ」

「井戸のそばで待ってろってばあやさんが言ったから……」

ビヨンはもう泣き声なのに、乳母はかんかんに怒っている。

「だから、適当に他の所に行って、後で戻って来ればいいだろ。おまえにはその程度の知恵もないのかい？」

ついにビヨンは肩が震えてしゃくりあげた。乳母はあわててビヨンの肩をさすりながら声を高くした。

「おやまあ、もう春なのに、お嬢様、寒気がするようですね。風邪をひかないうちに早く帰りましょう」

すすり泣くビヨンの肩を抱いて足を急がせながら、乳母は、うんざりしたようにささやく。

「まったく、広明寺《カンミョンサ》にお参りしたいと言いだしたのはお嬢様本人なのに、なんで逃げたんだろうね。ビヨンもビヨンだよ。いくらお嬢様の命令でも、お嬢様の姿で外に出て来たら、わたしだってわからないよ。それでお嬢様はいったいどこに行ったんだい？」

あたしだって知りません。ビヨンは落ちる涙をふくこともできず、乳母に引っ張られて広明寺《カンミョンサ》を出て行った。

◉

門を入ったサンはめんくらった。黄金のように貴重な蜜柑の木があるので金果庭と呼ばれる世子の隠れ家が、しんとしている。武術や医術やモンゴル語を身につける三十人ばかりの若者が誰もいない。そのかわり、馬場のような広場を、弓を片手にひとりで歩いて来るのはリンだった。ウォンの姿も見えない。

「取れ」

弓を差し出すリンの言葉はごく短い。弓を受け取るサンのことを、リンはちらりとも見ない。厄介者扱いされた感じにサンはかっとしたが、なんとか普通の口調で尋ねた。

「わたしたち二人だけ？」

「初めてだから、最初は軟弓の中でも軽いものを選んだ。おまえの力に応じて改めて弓を選びなおす。射台（弓を射る場所）に立って姿勢を取れ」

「みんなは？　あの人たちはここで暮らしてるんじゃなかったの？」

「脚を肩幅に開き、足の指に力を入れて立つ。両足は平行に、開いても狭めてもいけない」

リンは質問を無視して無愛想に指示した。それでもサンは尋ねる。

「どうして誰もいないの？　別の場所とかもあるわけ？」

「おまえが……」

リンは冷え冷えとした瞳でサンと目を合わせた。

「……弓術を習いたいと言ったから、邸下が寛大に叶えてくださった。ここの者たちは邸下の命令で外出した。おまえがおしゃべりせずまじめに習ってさっさと帰れば、彼らにかかる迷惑が少なくてすむ。足を肩幅に広げて立て」

「なぜわたしが弓術を習うからって外出させるわけ？」

大きな瞳を見開いて尋ねるサンはとても無邪気に見える。リンの眉がサンに気づかれないようにゆがむ。

「知る必要はない」

他の者がいない時にサンに弓術を教えてやれとウォンが命じたのは、いくら男装していても男の中に貴族の令嬢を混ぜるのが気になったからだ。リンは考えすぎだと思ったが、従った。リンとしても、世子の腹心の部下たちの顔をサンが覚える機会は作りたくない。それなのに皆の行方を知りたがるサンについて、リンは一層警戒心を強めた。それでリンはますますぶっきらぼうになる。

「まだ矢をつがえずに、弓をかまえる。この弓柄《ゆづか》に左親指の根もとを当てて、三指（中指、薬指、小指）で軽く握る。人差し指を折って立て、親指はここ、※出箭皮の下にからめて握る」

「あの人たちは外出してどこに行くの？」

言われた通りにしながらも、好奇心をがまんできないサンは尋ねる。だが、弓を握る自分の左手を確かめるサンは、リンがまた眉をひそめたのに気がつかない。弓をまっすぐ立てて角指をはめた右手で弦《つる》を引くサンの背後にリンがぴたりと立つ。彼の手がいきなり腰の後ろに触れ、サンはぴくっと緊張した。

「両足にしっかり力を入れ、上体をきれいに広げろ。そうすれば丹田《たんでん》に力が集まる。胸を開け」

両肩がリンに軽くつかまれ後ろに広げられたので、サンの息が浅くなる。姿勢を直すだけの短い接触なのに、彼の手がふれた部分に全身の感覚が集中しそうだ。

「息は深く吸う」

リンの指示で息を吸い込んだ。大きく開いた胸と深い呼吸とが、かちかちになった身体を柔らかくした。だがリンがサンの右腕をとり、手の甲と肱《ひじ》が水平になるよう弦を引かせると、サンの呼吸はまた固まった。耳にふれるリンの息で、サンの息も浅く散る。

「私はまだおまえが京市司の忍びだと思っている。寧仁伯《ヨンインベク》の娘だとしてもだ。だから変な真似は絶対させない」

低くささやいたリンが、サンのあごに手をふれて姿勢を正してやる。

「あごは上げない。弓をかまえる時は手を額より少し高く。そして弓をかまえる肩にあごを軽くつける。弦は手ではなく肱で引くと思え。その状態で心の中でゆっくり三つ数えたら弓を下ろせ」

リンの声は淡々として無味乾燥だ。数秒後に弓を下ろしたサンがにらみつけても、リンは落ちついたものだ。逆にサンは完全にかっときている。

「わたしが忍び？　何の根拠で？」

「ここにいるのは、世子邸下にお仕えするため自分を磨く者たちだ。それについて知りたがりすぎ

※出箭皮：弓の中央の皮革を巻いた部分。矢摺藤。

る」

「わたしはウォンの友だちよ。聞くぐらい、普通でしょ？」

「おまえはたった二度の出会いで、邸下から自分と父親の安全を保証された。それが目的で、計算して邸下に近づいたのかもしれないだろう？　自分は邸下の友だちだと威張るくせに、妓楼のことを話さない。今度は矢をつがえて引く。この矢筒をつけろ」

「そっちこそ……」

サンは歯をくいしばり、リンの手から矢筒をひったくった。

「……ウォンの親友のふりをして、実は世子の一挙一動を監視してるんでしょ？　嘘つきはどっちよ。自分の演技は完璧だなんて、うぬぼれないほうがいいわ。いつか邸下を裏切るニセ友だち」

「馬鹿な！」

「最初の正妃だったのは貞和宮主《ジョンファグンジュ》様。今の正妃は皇女様。お二人は宿敵なのに、その甥と息子が大親友なんて、誰が信じるの？」

「私が貞和宮主《ジョンファグンジュ》様の身内なのは、世子邸下もよくご存じだ。妙な言いがかりをつけるな。おまえこそ、さっさと真実を明かすほうが身のためだ。世子邸下に危害を加える人間がいたら、たとえ誰でも許さない」

「たとえ誰でも？　我が兄上は例外だが、って言葉が抜けてない？」

サンの皮肉に、リンは何かの陰謀が自分の予想外に進んでいることを感じて、ぞくっと冷たいものを感じた。先日、リンは不自然な兄の外出を見ただけ。陰謀の存在など、たんなる勘でしかなかった。

だが、兄は妓楼を訪れた。その妓楼には、この少女はもいた。しかも、彼女は兄について何かを知っている。

邸下が危険だ！　そして兄もなんらかの危険に足を踏み入れている！

リンは静かに腰の剣に手を伸ばしつつ、一歩サンに近づいた。

「それは、兄が謀反を企てているという意味か？　おまえもその陰謀にかかわっているのか？」

剣をちらつかせたのに怖がる気配も見せず、サンが言い返す。

「ウォンの敵はわたしじゃない。あんたたち兄弟でしょ」

リンは、サンの瞳を厳しく見つめて、サンの本心を見抜こうと試みた。だが黒曜石の瞳に乱れはない。ついにリンは、低い声で厳しくサンに答えた。

「邸下を狙う一味は、たとえわが兄が加わっていたとしても、決してただではおかない。おまえの仲間にそう伝えろ」

「それはわたしの台詞よ」

サンはさっと矢をつがえると、リンに向かって弦を引いた。

「リンが兄上とぐるになって世子を害そうとしたら、先にわたしの手で死ぬことになる」

顔をまっすぐ狙う矢の先端から数歩も離れていないリンは、まばたき一つしない。威圧的な眼光をはね返し、サンの瞳も鋭くきらめく。静まりかえった広場、その片隅で向かい合う二人に緊張が漲る。眼戦中にも冷静にサンを観察していたリンが、やがて力を抜いた。疑いは晴れないが、サンに向ける視線が少しやわらかくなった。リンはくすっと笑った。

「おまえが言ったことはよく覚えておく。私も同じようにしよう。邸下を狙う人間だとはっきりしたら、他の者は使わず私の手で殺す」

リンは落ちついて手を伸ばすとサンの弓の向きを変えた。

「的は向こうだ。当てようという気持ちが先立つと揺れてしまう。精神を集中し、肩口を背中に寄せて胸を精一杯開け。その状態で止まらずに少しずつ引きながら放て」

矢にも動じないリンには、サンも肩すかしをくった気分だ。今のリンの笑いは、陰険な嘲笑ではなく、率直で裏表のない人物の笑顔だ。

『本当に世子の側なの？　兄とは立場が違うと？』

サンはすっきりしないまま矢を放った。矢は見事に的を外して力なく落ちた。

「上手い」

「上手い？　はずれたのに」

サンが肩を戻してリンを見た。また矢をつがえる彼女の姿勢を正してやりながらリンが答えた。

「的のすぐ横に落ちたのだから、褒めるに値する。これは軟弓だから、的の中心より左上を狙え」

サンは続いて三矢を射たが、全部はずれた。そのたびにリンが細かく姿勢を直してやる。耳もとのささやきを聞きながらサンが射た五番目の矢が、赤い丸には至らずも、的の縁にぶすっと刺さった。

「わぁっ！」

達成感でサンは歓声を上げて笑顔になった。見守るリンもつられて微笑を浮かべたが、さっと厳しく切り捨てた。

「射た後も、冷静でいろ」

サンはつんと澄ましてにらみ返し、空になった矢筒に矢を入れる。矢が的に当たるようになってもサンは喜びを表さず、連続三矢が命中してやっと得意げにリンを振り返った。リンは苦笑いして、ちょっと休もうと言った。射台を離れて広場の隅の平台に腰かけたサンの前に、腕組みして立つリンが尋ねる。

「本当に弓を習ったことはないのか？」

「別棟《はなれ》に閉じこもって暮らしてるから。別棟《はなれ》の庭は弓を射るには狭すぎるの」

「今日が初めて？　上達が早すぎるぞ」

リンの感嘆は本心だ。飾りけのない賞賛で気分がちょっといい。サンは嬉しさを表さないように、わざと赤い唇をとんがらせた。

「ずいぶん熱心に教えてくれるじゃない？　世子を探りに来た忍びにこんなに丁寧に教えてもいいの？　これでウォンに何かあったらどうするの？」

「おまえが満足するよう、ちゃんと教えてやれと邸下に頼まれた」

「命令でなければ教えなかったと？　こんなに時間をかけてくれたのに？」

「他の教え方は知らない」

短く答えたリンは射台に行くと、自分の弓をとって弦をかけた。腰にしっかり重心を置き、ちょっとうつむいて弦を張ると、さっと肩も揺らさず一気に弓柄を握る左手を伸ばし、右手で深く弦を引いて矢を放った。最初に弓を取って、矢が弦を離れて、両手を下ろすその一連の動作が水の流れのように優雅なので、サンは感嘆を禁じ得なかった。サンに細かに教えた説明そのままだった。真摯な教え方に今さらながら感謝の気持ちを抱いたサンは大声で言った。

「弓を教えてくれてありがとう！」

次の矢をつがえた弓を引きかけた瞬間、リンはハッと止まった。だがすぐに落ちついて射ると、サンを振り返って答えた。

「私より邸下に言え」

「言われなくてもウォンのためにできることは何でもする。わたしだってここの若い人みたいに手博戯《テッキョン》や剣術を稽古したし、モンゴル語や※ウイグル文字も使える」

「おまえが世子邸下のためにできることは……」

三本目の矢を取ったリンが背を向けて冷たく言った。

「……あの日、妓楼にいた一味についてありのままに言うことだ。なぜおまえが追われたのかも、すべて」

兄が加担する陰謀について本当に何も知らないのか。それとも自分を試しているのか。サンはまたリンの本心がわからなくなった。リンと兄が仲間なら、サンの父とも仲間のはず。よく知る妓楼の会合についてしつこく問い詰めるのはなぜだろう。サンと世子が友だちになったことを、なぜサンの父に教えないのだろう。サンの頭は忙しい。

リンがゆっくりやって来る。

「あの日、兄が妓楼に行ったのはわかっている。兄は誰と会ったのだ?」

酔月楼にジョンもいた? 扉の外で立ち聞きしただけで、集まりの顔ぶれを見ていないサンは、父以外の声を思い出そうとしたが、はっきりしない。聞こえた声は、父の他は若い男二、三人だった。

「兄が会ったのは、おまえと近しい人物なのか?」

リンがすぐそばでささやく声に、サンはどきっとして目を上げた。自分を試してるんだ。ひっかかるものか。

「わたしが何か知っててそれでウォンを助けられるなら、もちろん言う」

心の奥を探り出そうとするリンの視線を避け、彼と肩をぶつけて射台に行った。弓を取ったサンは、さらにはっきりした声で言い切った。

「あんたじゃなくて、ウォンに直接」

ヒュッ。孤を描いて飛んだ矢が的の縁に刺さった。ゆっくり腕を下ろすサンの隣に立つリンが、三本目の矢をつがえ直した。ヒュッ。矢が弦を離れる音とともにリンは静かに言った。

「世子邸下のお名前をむやみに口に出すな」

「むやみに名前を呼んでいいって、邸下自らおっしゃいましたけど、リン公子。公子もわたしと一

※ウイグル文字：モンゴル語は文字を持たなかったので、ウイグル文字で表記していた。

緒に聞いたでしょ」

挑発するように、サンは大きな瞳でにっこり笑った。苦々しく見返すリンは首を振ると四本目の矢を出した。集中して吸った息を一瞬止めるリンの邪魔をするように、サンがいきなり尋ねた。

「でもどうして誰もいないの？　他の人たちはともかく、ウォンはどこへ行ったの？」

ヒュッ。リンが放った矢は先ほどの三矢と同様、的の真ん中にぴたりと突き立った。

「おまえは知らなくていい」

冷たく言い終えたリンは、つけていた矢筒から最後の矢を抜いた。弓を引き絞る彼の手が繊細だとサンは思った。サンも矢筒に残った矢を取り出した。

◉

その頃ウォンは供の者たちを従えて、腹違いの兄・江陽公滋《カンヤンゴンジャ》の屋敷に着いた。

江陽公《カンヤンゴン》の生母は、父王の即位前からの正妃だった。ところがモンゴルの皇女が嫁してくると、兄の生母は正妃の座を追われ、王と会えない別宮に監禁された。称号も貞信府主《ジョンシンブジュ》に格下げられた。江《カン》陽公《ヤンゴン》も長子の権利を剥奪され、ウォンが数え七歳の時に東深寺《トンシンサ》に流された。数年前やっと開京《ケギョン》に戻って公の称号を得たものの、皇女の監視下で息を殺して暮らしている。ウォンはいつも、自分の母・皇女の激しい嫉妬と警戒心のせいで孤立する異母兄江陽公《カンヤンゴン》と最初の正妃・貞和宮主《ジョンファグンジュ》の身の上に同情していた。が、今日、兄を訪問した目的は別にある。

先触れもない世子の訪問に、江陽公《カンヤンゴン》は驚きのあまり、足袋《たび》はだしで中庭に駆け下りた。江陽公《カンヤンゴン》について立ち上がった数名の貴公子たちも、部屋から駆け下りると軒下にひざまずいた。ウォンは貴公子らを見渡すとにっこりした。その中にリンの兄、ジョンもいた。

「おお、めったに会えないジョンにここで会えるとは！　嬉しいな」

暖かいが棘を感じる言葉に、ジョンは深く頭を下げた。

「近くまで参りましたので、ご挨拶のためにちょっとお寄りしました」

「兄上の無聊《ぶりょう》を慰めるために訪ねてくれたのか？　さすがに美しい心ばえだ」

「実は今帰るところでした。お二人の邪魔にならないよう、私はこれで失礼します」

「みんな一緒のほうが楽しいだろ。違うか？」

後ずさりするジョンをがっちりつかんだウォンの目が冷たく光る。世子の命令にさからえず立ち止まったジョンは、江陽公《カンヤンゴン》をちらっと見た。あいまいな微笑を浮かべる江陽公《カンヤンゴン》は、泣き出しそうな印象だ。世捨て人のように屋敷に閉じこもる彼は、弟とまともに話したことすらない。たった七歳の子どもの邪魔になると都から追われて以来、彼は長子の権利を主張する気はさらさらなかった。「剣を口にくわえて伏せろ」という命令さえ出なければ十分。そんなささやかな願いを持って生きながらえてきたのに。なぜ世子邸下が突然押しかけて来たのか？　兄のぎこちない笑顔は恐怖をはらんでいた。

とにかく身分の高すぎる来客に、屋敷は上を下への大騒ぎだ。急いで世子を主賓とする宴会を開かねばならぬ。異母兄が自ら立って召使いに指図しだしたので、ウォンが止めた。

「妓生《キーセン》や芸人を呼ばせて兄上に迷惑をかけたくありません。弟として、兄上と静かにお茶を飲みに来ただけです」

ウォンはまだ平伏しているジョンや貴公子らにも低い声で言った。

「きみたちも一緒に」

江陽公《カンヤンゴン》にとって弟の一言は命令同然なので、すぐさま実行された。宴会はやめて皆で茶室に移る。茶の葉を挽く小さな臼と銀の火炉をしつらえた居心地の良い部屋だ。絹布を敷いた茶亭子（茶道具を載せた卓）が運ばれた。精魂こめて揃えた上品な茶道具や茶器がびっしり並び、絹布の模様が見えないほどだ。ウォンを主客として皆が卓の周りに座ると、亭主の江陽公《カンヤンゴン》が青磁《せいじ》の壺から※研膏茶を出して研盆で摺る。茶匙で茶の粉をすくい、沸いた湯を注いだ鉢に入れ、慎重な手つきでかきまぜる。心を込めて点てた茶を、江陽公《カンヤンゴン》が主客の前に置いた。茶を一口含むと、ウォンは満ち足りた微笑を浮かべた。

「甘くてまろやかですね。どこの茶ですか？」

「花開茶所から王宮に納めたものです。以前、世子邸下が私に御贈りくださったお茶です」

弟の笑顔がさらに明るくなり、紅い唇が花ひらくようにほほえんだ。江陽公《カンヤンゴン》は向かいに座って茶を飲みながらも、弟の顔色を戦々恐々とうかがっている。弟の微笑には兄へのいたましさと心苦しさが陰をさしているのに、兄は恐怖のあまり少しも気づかない。世子の素直で思いやりに満ちた瞳も、兄にとっては生死を気まぐれに宣告する死神だ。

「さわやかで優しい味。まさに兄上の奥ゆかしく清らかな心そのものです。私利私欲を遠ざけ、世俗の垢にまみれずまっすぐな人生を歩んでおられるから、指先にもおのずとそれがにじみでて、茶に宿ったのでしょう。皆、そうは思わないか？」

ウォンはわざとジョンに視線を置いて尋ねた。ジョンは頬の震えをおさえて答えた。

「世子邸下のおっしゃるとおりです。江陽公《カシャンゴン》は実に虚心坦懐で、王族の模範でおられます」

「その通り。ここを訪ねる若い諸君も兄上を見習い、この世の虚しい欲に目を向けないように」

世子のなにげない言葉だが、ジョンやその取り巻きの貴公子たちは顔をひきつらせた。これは、くだらない陰謀に江陽公《カシャンゴン》を巻き添えにして累を及ぼすなという、ジョンに向けた警告ではないか。

「もちろんです、世子邸下」

余裕あるウォンは、ジョンの薄い唇が細く震えているのを見た。貴公子たちは目を伏せて茶を飲むばかりだ。ジョンの取り巻きどもは、もうジョンをかついで動く勇気は失せただろう。

◉

「お帰りなさい、お兄様」

※研膏茶：蒸して固めた茶。

守司空《スサゴン》邸に帰宅した次兄ジョンを笑顔で迎えた珅《タン》は息を呑んだ。ジョンの顔つきが異常に荒れている。ジョンは妹にも目を向けず怒鳴った。

「リン、リンは帰って来たか？　どこにいる⁉」

「もちろんお部屋よ。どうしたの？」

ジョンは妹を荒っぽく押しのけて広縁を歩いて行く。はずみでよろめいたタンも急いで後を追う。ジョンが戸を蹴立てる勢いでリンの部屋に飛び込み、後ろ手で激しく閉めた勢いで部屋が揺れた。広縁に残されたタンは心配で両手を握りしめる。

兄の凄まじい剣幕に本から目を上げたリンは、静かに立ち上がった。

「お帰りなさい」

そう言いかけたとたん、いきなりジョンはリンの襟首をつかんだ。

「俺が何をしているのか世子にいちいち教えるのがおまえの役目か⁉　俺が飯を食って厠《かわや》に行くまで、全部告げ口してるんだな？」

「何のことですか？」

わなわな震える兄の手を何でもなく振り払ったリンは淡々と尋ね返す。落ちつきはらった弟の態度によけい怒りがこみあげたジョンは、ぎりぎり歯ぎしりした。

「今日俺が江陽公《カンヤンゴン》の屋敷を訪問したら、なぜ世子まで来た⁉　そんな偶然があるか！　おまえ、世子に何を入れ知恵した！」

「兄上は江陽公《カンヤンゴン》を訪ねたのですか」

「しらばくれるな、リン！　俺が江陽公《カンヤンゴン》に妙な誘いをかけていると世子に教えたな⁉　でなきゃ世子が『この世の虚しい欲に目を向けるな』と、わざわざ俺に言うか⁉」

「兄上に恥じるところがなければ、邸下が何を言われようと怒ることはありません。違いますか？」

「何だと⁉」

ジョンは激情で顔に血が昇ってこぶしを振るいかけたが、なんとか右手を下ろした。平静を取り戻したジョンはあごを上げ、傲慢にリンを見下した。

「俺に恥じるところはない。少なくとも、モンゴル王子におもねって自分の栄達だけ企てるおまえよりはな」

そう言い捨ててジョンは背を向けた。

「兄上」

ジョンは部屋の戸にかけた手を止めた。

「何だ？」

「江陽公《カンヤンゴン》の屋敷には、人と一緒に行ったのですか？」

「関係ないだろ。友だちだ」

「江陽公《カンヤンゴン》と私たちは従兄弟ですから、行き来するのも自然です。ただ、世子邸下の兄上の御立場は微妙です。江陽公《カンヤンゴン》もそれをご存じで、注意深く身を処しておられます。それなのに兄上が江陽公《カンヤンゴン》と特に親しくなれば、宮中の注目を浴び、あらぬ疑いがかかります。兄上に恥じる点がないとしたら、ほかの方々が兄上をお誘いしたのでしょうか？　それは兄上と江陽公《カンヤンゴン》にとって、決して良い結果をもたらしません。だから世子邸下もやんわり御注意に行かれたのでしょう。兄上の周囲の方々は、ほんとうに兄上の友でしょうか」

ジョンはしばし沈黙したが、「ハハハ」とわざとらしい高笑いをした。弟をゆっくり振り返るジョンの眼が再び怒りに燃える。

「おまえはいつから兄の友まで指図するようになった？　君子気取りで俺の一挙一動に文句をつけるとは、生意気もいいかげんにしろ！」

「兄上」

「金魚の糞みたいにモンゴル王子にくっついて、実の兄を陥れる気か！」

「兄上を思うから言うのです。兄上と父上と我が家、王室、高麗のためです」

「王室と高麗のため。もちろんだ。だが汚らわしいモンゴル王子に、王室と高麗は渡さない。高麗は高麗人のものだ」

「邸下も高麗人で、王室が定めた世継ぎです。邸下を侮辱するのは、王室を侮辱することです」

「俺は王室を侮辱した覚えはない！　高麗王室を侮辱したのはモンゴル皇女だ！　モンゴル皇女が正妃の座を伯母上から奪って別宮に幽閉した。伯母上の長男・江陽公《カンヤンゴン》からも世子の座を奪って自分の息子に与えた。国王殿下の父上の妃・慶昌宮主《キョンチャングンジュ》まで庶民に落とした！　いくら国王殿下の実母でなくても、嫁と義母の間柄で、なんということを！　人倫の道に背いたのはモンゴル皇女だ。そんな女が産んだ王子に、何の権威がある！」

ジョンは青筋を立て、腹の中の煮えくり返る思いを吐き出した。顔をまっすぐ上げて兄の激怒を受け止めるリンの瞳は、年齢に似合わず淡々としている。その氷のような冷静さが、情熱的なジョンの胸をさらに沸騰させる。

「さっさとモンゴル王子に伝えろ。『高麗国王即位など、兄ジョンが絶対許さない』と！」

「兄上！　冗談にもそんな言葉が人に聞かれたら、この家で命が助かる者は一人もいません！　それに伯母上と江陽公《カンヤンゴン》にも累が及びます」

「人に聞かれたら？　まず聞いたのはおまえだな。モンゴル王子にご注進すればおまえだけは命が助かるぞ。そして俺の首は、おまえがどれぐらい王子に哀願するかによってつながるのかな？　ハッ！」

「ジョン兄上、万一兄上が邸下を陥れて発覚した時は、兄弟の情は期待しないでください」

ジョンの嘲弄に対してリンが激高せず、むしろ冷徹な宣告をした瞬間、ジョンは我を忘れた。野獣のように飛びかかり、両手でリンの喉首を絞め上げる。兄の手首を放そうとするリンの指の関節もぐっとこわばり、血の気を失って白くなる。

二人もろとも床に倒れる寸前、足音も高く父の瑛《ヨン》が踏み込んだ。父の厳しい顔つきを見た兄弟は、我にかえってさっと離れた。父は、自分を抑えられずに何もかも怒鳴り散らすジョンに鋭い目を向け、リンのしわくちゃな衿もとと薄赤い首のあざに目を止めると、いっそう恐ろしい表情になった。

「そなたらは、それでも王族か？　取っ組み合いの喧嘩など、ならず者のすることだ。しかも弟の首を絞めるとは、ひとつ間違えたらどんなことになる！」

厳粛な父の声に鳥肌がたつ。ジョンとリンは父に詫びた。

「ジョン、そなたの声が庭にまで聞こえた。塀を越えたらどうするつもりだ⁉」

「つい怒りに我を忘れて……。ですがリンが……」

「弟のせいにする気か？　ではそなたは、自分が破滅寸前の思いを抱えているのをまだわからないのか。そなたが勝手に夢想して軽率に口に出すこと、それがこの家を破滅させるのだ。リンの言う通り、我が家で命が助かる者は一人もいまい」

ジョンは、生意気な弟の前で厳しく叱責されたのがたまらなく悔しい。リンも、兄を敬わず挑発したと叱られたが、その横に立つジョンは父に恨みがましい目を向けるばかりだ。

たしかに自分の発言は危険だった。だが、まちがったことは言ってない。父上だってジョンと同じ気持ちではないか。最初の正妃・貞和宮主《ジョンファグンジュ》を姉とする父上こそ、モンゴル王子の国王即位を許せないはずだ。それなのに父上はジョンの悔しさに一言も同調してくれない。

瑛《ヨン》は息子たちを置いて部屋を出かけたが、戸の外で足を止め、低い声で諭した。

「王族は政治に関与してはならぬ。特に我が家のように国王殿下に近い者は慎重な上にも慎重であれ。口を開くな。目立つな。宮中の派閥争いに利用されるな」

父が立ち去ると、重く冷たい空気が兄弟を隔てた。憤懣おさまらないジョンは吐き捨てるように言った。

「おまえが世子の腰巾着でいる限り、俺の情もあてにするな！」

リンが沈黙で応えると、ジョンは出て行きざま、ありったけの力で戸を叩きつけた。勢いあまってガタガタ揺れる戸を押さえる気にならず、リンはそのまま立ち尽くした。

戸をきちんと閉めたのは妹のタンだった。両手を胸の前で組んで心配そうに見上げる妹に、リンは苦笑いをしてみせた。

タンは兄たちにすまない思いだった。部屋の中の兄たちが揉み合う物音に恐くなって父を呼びに走ったものの、父が思った以上に厳しく兄たちを叱ったので、タンは告げ口をしてしまったと後悔していた。

「ごめんなさい。わたしがお父様を呼びに行ったせいで……」

けれども三番目の兄はとてもやさしい。

「いいんだよ。父上に叱られて当然のことだったからね」

「わたし、ジョン兄様が何をするか怖かったの」

「うん、悪かった。妹に見せる姿じゃなかった」

「リン兄様は……」

タンは言いよどんだ。タンは寡黙でやさしいリン兄様が好きだった。正直で快活でお洒落なジョン兄様も好きだった。二人とも愛している妹は、兄たちが命がけで対峙する姿を初めて見たので恐かった。ジョンとリンに隙間があるのは薄々感じていたけれど、首を絞める大喧嘩なんて。タンには、兄弟仲が壊れた原因はなんとなくリンのほうにある気がした。

「……世子邸下がそんなに好きなの？　ジョン兄様と喧嘩するほど？」

リンは声を出さずに笑った。妹の言い方は、愛人にうつつをぬかして妻をないがしろにする男をたしなめる声だ。世子が好きか？　もちろん好きだ。だが美しく賢く闊達で、自分を友と呼んでくれるからではない。

「世子邸下は高麗を治める資質を備えている。私は、あの方が将来の国王だと信じている」

タンは、兄が世子に強い信頼を置くのを読みとった。リンの毅然とした姿を見たタンは、続く言葉を言えなくなってしまった。

『リン兄様は世子邸下を大事に思ってお仕えしてる。それは臣下としての正しい道だわ。でも、家族の愛情より忠義を優先するものかしら。我が家は皇女様や世子邸下と対立する側なのに、リン兄様ひとりが世子邸下の味方をして。ジョン兄さまが苛立つのもわかる気がする。わたしなら家族の絆がいちばん大事なのに……』

何事もなかったようにまた机の前に端座し、読みかけの本に目を落としたリンに、タンは心の中で語りかけた。リンは微動だにしない。本に置いた手も、椅子にまっすぐもたせた背中も、眉も、瞳すら動かない。まるで同じ部屋に妹がいることすら忘れたように。タンは何も言えず、さらさらと絹ずれをさせながら出て行った。

リンは吸った息を丹田《たんでん》まで下ろしてからゆっくりと吐いた。胸のつかえをすっかり吐き出すように。本など一字も見えない。リンはただ、兄の安全について悩んでいた。

世子から遠回しに警告されたぐらいで、そのまま自分にやつあたりするジョンは素直すぎる。そんな兄が陰謀を企てるとはとても思えない。誰かいる。王族のジョンを目立たせて、その背後で黒い触手を伸ばす者がいる！　ウォンとジョンのふたりとも守りながら、ウォンを狙う黒幕を捕えなければ！

「サンは知っている。兄上の後ろにいる存在を」

自分が剣をちらつかせても怯えるどころか矢を向け返したサンを思い出して、リンはまた深く息をついた。陰謀について知っていながら金果庭に出入りするサンは、ウォンとリンを探る忍びの者だろうか。危険な感じがする。だがサンは、世子を誠心誠意守るとも言いきった。黒曜石のように輝く瞳を思い出すと、サンを信じたい。だが信じて良い理由がない。

「世子邸下、ジョン兄上、我が家。皆を守るためには、まずサンの立場をはっきりさせることだ」

心の整理がついたリンは、やっと本の続きを読みはじめた。

◉

熟達した盗人のようにサンは自分の屋敷の裏木戸に滑り込んだ。こうして庭を抜けて、別棟《はなれ》を囲む奥庭の塀さえ乗り越えれば、今日も無事に帰り着いたということだ。

サンが中庭の四阿《あずまや》のそばを通る時だった。表の庭につながる中門がギイッと重々しい音をたてた。男装して顔を出しているので召使いに見つかってはいけない。サンはとっさに四阿《あずまや》の床下に転がり込んだ。中庭に入って来たのは、寧仁伯《ヨンインベク》と来客の男だった。

「世子がわざわざ警告に乗り込むとは、少しは行動に気をつけろ。火の粉がわしに降りかかっては迷惑だ」

寧仁伯《ヨンインベク》のだみ声が聞こえる。サンは父の機嫌が悪いのを察した。床下で身を縮めるサンに男の声が聞こえた。

「世子は何も知りません。それは王の長子・江陽公《カンヤンゴン》の屋敷に王族が集まっていると情報が入れば、世子としては警戒するでしょう。しかし通りすがりの挨拶ぐらい、問題にはできません。しかも我々は何も始めてないのですから、疑われることもありません」

サンは、その声色の者が酔月楼にいたかどうか思い出そうとしたが、正直よくわからない。父と男はまっすぐ四阿《あずまや》に来ると、そこに腰かけた。二人の会話を聞くためにサンは精一杯息を殺した。

寧仁伯の神経質な声がする。

「だいたいジョンは、なぜいまだに江陽公《カンヤンゴン》の屋敷に通ってるんだ、え？　江陽公《カンヤンゴン》も仲間に入れたのか？　わしに言わずに？」

「いいえ。江陽公《カンヤンゴン》は使えません。怯えきって動きません。世子にぺこぺこしながら一生を棒に振る男です」

「せっかくジョンを王にしてやるのに、そのジョンが自分より高位の王族を立てて機嫌を取るなど、どういうことだ、え？」

「ジョンは実に純粋です。国王殿下と王室への忠誠心でいっぱいですから」

「純粋？　王位が要らないなら別の王族を選ぶだけだ！　ジョンに、馬鹿な真似はいい加減にしろと言え！　わしはそんな阿呆に娘をやる気はないぞ」

「ジョンも『国王の長男に即位を勧めたが固辞されたので、やむなく国王の義甥の自分が即位する』という格好をつけたいのでしょう。さあ、ジョンのことなど忘れて、我々の計画を進めましょう」

『計画』という言葉に耳がぴんと立つ。男の声が小さくなったので、サンもそろそろと二人の真下まで這って行った。

「鉄洞《チョルドン》に行かせたのはどういう人間ですか？」

「この屋敷で一番信用できる男だ。今度の王の狩りまでに準備しろと言いつけた。大丈夫だ」

「その狩場が寧仁伯《ヨンインベク》の領地とは。仕事がいっそう楽になりましたな」

「わしではない、娘の荘園だ」

「そうなのですか？」

「国王、皇女、世子が揃って狩りに行く先は娘名義の福田荘園、お泊りは娘の別荘だ」

「お嬢様はこの計画を知りませんね？」

「当たり前だ。狩りの時も娘はこの屋敷にいる。それに、知ったとしても問題があるか、え？」

「目的は世子暗殺です。重大な秘密が漏れてはなりません」

寧仁伯《ヨンインベク》が突然声を高くした。

「何だと⁉　この計画はすべてわしが資金を出しているのだぞ！　わしの娘をなんだと思ってる、え？　大事なことを言いふらす娘だとでも？　娘は屋敷から一歩も出られない身の上だ！」

「しーっ！　落ちついてください」

「わしの娘より、狩りで使う者どものほうを心配しろ。あれらがしくじったら、どうなる！」

「大きな声を出してはなりません！　だいじょうぶです。『彼』の傭兵ですから。しかも、あれらがどんな悲惨な目に遭ってきたかも、よくご存じでしょう。復讐心。こういう仕事に一番向いています。それに、あなた御自身、『彼』を信じて任せるとおっしゃったではありませんか」

寧仁伯《ヨンインベク》の不機嫌な息づかいがおさまった。

『彼』の持つ力が、多少、寧仁伯《ヨンインベク》を安心させたようだ。寧仁伯《ヨンインベク》は自分が脅えているのを隠すように、くぐもった声でつぶやいた。

「そうだ、『彼』がいる。『彼』を信じるとも。これは『彼』が始めた計画だ。だが、三十人もの傭兵を狩場に送り込んで、発覚しないか？」

「国王一行は千五百人を越えます。狩人や勢子《せこ》、雑用をする召使いが大勢います。三十人ぐらい、目立ちません」

「世子の狩人の三十人とは？」

「世子は自分自身の部下を狩人として連れて行くそうです。おそらく宮中の護衛武官を信用できないからだろう、と『彼』は言いました。宮中で世子に仕える者は、数人を除けば皆、王の宦官の息のかかる者たちです。世子の狩人は、世子が王宮の外で特別に養成している部下です」

「その世子に忠誠を捧げる部下たちは邪魔にならないか？」

「邪魔どころか、世子の死の責任を負って死んでもらいます。彼らの大部分は賤民出身で、世子が市場などで見いだした者です。金果庭とかいう、斉安公淑《ジェアンゴンスク》名義の屋敷ですが、実は世子の隠れ家で、守司空王瑛《スサゴンワンヨン》の息子リンが預かって訓練している者たちです」

「斉安公《ジェアンゴン》？　最初の正妃・貞和宮主《ジョンファグンジュ》の娘婿だろう？　そのくせ、皇女の息子に屋敷を提供しているのか？　しかもリンはジョンの弟ではないか」

「その通りです」

「貞和宮主《ジョンファグンジュ》の娘婿と甥が世子の側にいるとはあきれたな。『彼』は何と言っている？」

「斉安公《ジェアンゴン》は誰にも肩入れしない人物です。皇女に逆らわず、国王殿下にも忠実です。だから気にすることはありません。リンは……兄とは違い、世子の腹心です。今後やっかいな存在になるでしょうから、今のうちに世子もろとも消しておくのが一番だと『彼』が言っていました」

「リンも消すのだな？」

「はい。今度の狩猟で世子暗殺の首謀者として宮中が納得する人間は、リン以外いません。三十人の部下は身分が低すぎて、命令に従っただけだと思われますから」

リンは陰謀側ではなかった！　サンは思わず、床下にまばらに生えている草をむしりとった。

『いったい狩りで何をどうするつもり⁉』

サンはもどかしくて苛々してきた。ここまで聞いたところでは、狩りの最中に『彼』の三十人の傭兵が世子を暗殺し、リンと金果庭の部下三十人に罪を着せる。だがそれ以上具体的な話にならない。小心な父には、もっと計画を詳しく確かめて欲しいのに、寧仁伯《ヨンインベク》はここまでの説明で安心してしまったらしい。

「今の国王が若いころ、王瑛《ワンヨン》の姉が正妃になった時はやつを羨んだものだ。わしには嫁にやる姉も妹もいなかったからな！　ところが、モンゴル皇女が乗り込んだら王妃が府主に降格されて幽閉されたんで、ざまあ見ろと思った。それでも息子三人みな出来がいいという噂の王瑛《ワンヨン》が羨ましかった。だが今、兄弟が殺し合うほど不仲だとは、瑛《ヨン》も悩みが深そうだな。なんだか気の毒になってきた」

「いいえ、ジョンはこの計画を知りません。未熟で気持ちを隠せないので、いつもと変わらず弟に接することはできないだろうと『彼』が言いました。リンに勘づかれれば計画が崩れます」

男の説明に、寧仁伯《ヨンインベク》は、ふうむ、とうなずくような鼻声を出し、二人の会話はそこで切れた。

二人が庭園を横切って戻って行った後、床下から這い出したサンは衣服のあちこちについた土を払い落とした。サンは悩んでいた。

ウォンとリンを助けなければ。でも父が反逆者の仲間だとばれるわけにもいかない。

サンはずきずきする額に手を当てた。


サンが部屋に戻ると、そわそわしていたビヨンが、嬉しさと恨めしさの混じった顔でサンを迎え入れた。

「お嬢様、どこに行って来られたんですか?」

「ごめん、ちょっと遅くなったよね。広明寺《カンミョンサ》はどうだった? 井戸でお願いごとをした?」

サンはわざと明るく笑って不安げな小間使いの手を握った。秘めた悩みをちょっとでも忘れようと、サンは一気にしゃべりたてる。

「ばあやには、ばれてないでしょ? 言った通り、ずっと黙ってたよね? ばあやは鈍そうに見えて、けっこう勘がいいから。咳ひとつでビヨンかわたしか区別できそう。わたしに変装したビヨンがお寺参りしたのがばれたら、ばあや、かんかんに怒って『人を心配でやせ細らせて殺す気ですか!』って大騒ぎで追いかけ回すわよ。やせ細るには肉がつきすぎだけど! ところでビヨン、どうして手のひらに汗かいてるの？　具合悪いの？」

「お嬢様、あの……」

「やせ細って死ぬ寸前なんですよ。肉がたっぷりついてるけどね！」

ビヨンが必死で目くばせしてサンの言葉を止めようとしていたのに、サンが気づく前に屏風の裏からさっと飛び出した乳母が、両手を腰に当て、ナツメの種のように小さな目をむいてすごんだ。

しまった、という顔でサンは口をとじた。鬼のようにのしのし迫ってきた乳母は、サンの身なりをじろりと見ると、有り体に白状しろ、という顔をした。

「わたしをまんまとだましてビヨンと広明寺《カンミョンサ》に行かせて！　その間、お嬢様はどこで何をしてたんですか！　また男の格好をして！　しかもその土埃！　喧嘩でもしてきたんですか⁉」

「そんな。グヒョンと一緒に稽古してただけ」

サンが下を向いて言いわけすると、乳母が大きく鼻を鳴らした。

「フン！　グヒョンと一緒にいた？　グヒョンは別棟《はなれ》でやることもなくぶらぶらしている所を、旦那様に呼ばれて鉄洞《チョルドン》まで使いに行きました。お嬢様は鉄洞《チョルドン》にいたんですか？　だったら一緒に帰ればいいのに、なぜグヒョンを置いて来たんですかね？」

「使い？　グヒョンが？」

「一緒にいたと言ったくせに、どこにいるかも知らないなんて、まったく」

はっと目を見開いたサンに、やっぱりね、と乳母はせせら笑った。

だがサンは乳母の小言の相手をする暇はない。父と話していた男が『鉄洞《チョルドン》に行かせた人間』について尋ねたのが稲妻のように脳裏をかすめたのだ。父は『この屋敷で一番信じられる男』だと答えた。たしかにグヒョンは父の信用を得ているから、別棟《はなれ》のサンの秘密の護衛になったのだ。

サンが考えこむと、辻褄が合わなくなって言いわけもできなくなったと思った乳母は愚痴を並べた。

「ああ、わたしゃ寿命をまっとうできるかわかりゃしない。この手で蝶よ花よとお育てしたのに、断りもなくお部屋を抜け出すばっかり。男姿で泥だらけになっても何があったか全然言わない。まさか間違いでもあればみんなわたしの責任なのに、しらばっくれて。いくらわたしに贅肉がついてても、やせ細って死ぬ日が遠くないよ。ああ、あの世で奥方様になんと申し上げればいいんだか。お嬢様一人まともにお育てできなかったと、あっちでも叱られるんだ。いったいどんな用事があれば、この乳母を騙して外出するのかねえ。一言話してくれれば、いつでもお嬢様の味方の乳母がちゃんとお助けできるってのに」

「本当のことを言えば出してくれたの？」

サンがやさしく乳母のぶあつい手を握ると、乳母がさっと握り返した。乳母の目が期待に輝く。

「ちゃんとした理由じゃなきゃだめですよ。いったいどこに行って来たんです？」

「万寿山《マンスサン》に」

えっ？　乳母が眉をひそめた。真顔になったサンが、実に悲しげに見える。

「万寿山《マンスサン》。お母様のお墓へ」

「どうして一人で？　だいたい広明寺《カンミョンサ》だってお母様の供養のためだったのに、なぜ……」

「禁婚令が解けたら結婚することになるわ。実は何も考えてなかったのに、この前お父様から縁談の話があって。そうしたらお母様のことを思い出してたまらなくなったの。身体でかばってくれた娘が婚期にさしかかるほど成長したのに、それを見られないお母様のことで胸が痛くて、申しわけなくて……。お寺じゃなく、直接お墓に行って会いたくなったの」

「だったらそう言ってくれれば！　一緒に行けばいいじゃありませんか」

沈鬱なサンを見る乳母の目に涙が浮かぶ。

「行列を仕立てて行ったら、時間ばかりかかってわずらわしいじゃない。お父様もそんなことを知ったら悲しくなるでしょ。一人で身軽に行って来たほうが楽だし。二人きりでお母様といろんなお話もしたかったし」

「ああ……」

やさしくて涙もろい乳母は感情が込み上げ、サンを抱きしめて涙にくれた。小さい頃からお世話したお嬢様に縁談が来るほど成長したことで感激した乳母は、亡くなった母を懐かしむ少女が不憫なあまり、鼻水までぐすぐすいわせる。

「けれど、お一人では危ないです。いくらお嬢様が乗馬の名手で武芸を身につけていても、世間は恐ろしいものです。どうしてもこっそり行きたければ、せめてグヒョンだけでも連れて行くんですよ」

「うん。そうする。心配かけてごめんね、ばあや」

サンは素直にうなずいた。次は必ず言ってから出ると何度も繰り返して、やっとのことで乳母が鼻をすりながら出て行くと、サンは息をひそめて立っていたビヨンを振り返った。乳母によけず気持ちがやさしいビヨンの目も赤くなっていた。

「明日はわたし、ちょっと病気だから」

「えっ？」

いきなりのサンの言葉に、ビヨンは開いた口がふさがらない。お嬢様の顔も、いつのまにか元気いっぱいだ。

「明日ばあやが朝食を持って来たら、わたしが言うわ。馬で万寿山《マンスサン》まで往復して疲れたから、今日は一日寝ていたいって。誰も入れないようにしっかり言っとくから、ビヨンはわたしがずっと部屋にいるようにごまかしてね」

「部屋の戸の外でばあやさんががんばってます。無理です、抜け出せません」

「隣の部屋の窓から出る。布団の中に枕を入れて、わたしが布団をかぶって寝ているようにしてて。まさか布団をめくったりはできないから心配いらない」

「でも……」

不安になったビヨンは泣きそうになる。サンは小間使いをやさしく抱きしめ、ささやきかけた。

「ごめんね。すごく大事なことなの。手伝って、ね？」

「……はい」

命令されるより、頼まれると弱いビヨンは力ない声で答えた。聞きたい返事を聞いたサンは、汚れた服をさっさと脱いだ。身分の低い人々のように鼻歌をうたうお嬢様の身体をきれいに拭いていいるうちに、ビヨンはお嬢様が可愛くなってにっこりした。たとえビヨンをはらはらさせても、楽しい毎日を送れるのはお転婆で元気なお嬢様のおかげだ。

ゆったりした夜着に着替えたサンもビヨンに明るくほほえむと、ビヨンは心の中で誓った。

『お嬢様のためなら何でもするわ』

◉

酔月楼。大きな一本の赤い蝋燭が薄暗い部屋を照らす。何のしつらえもないがらんとした部屋にあるのは布団と絹の枕だけ。そこに寝そべって頬杖をした男がいる。コン、コン、コン。彼が空いた手で床を静かに叩いた。目をとじて考えにふけっているようだ。戸がするするとすべるように開くと、男の指が止まった。

衣擦れの音が敷居を越えると部屋に甘ったるい香りが漂う。まだ少女のような娘が静かに入って来た。薄絹をまとって魅惑的な身体の曲線をそのまま見せる彼女は、男の足もとに小さな器を置いた。袂から小指ほどの薬壷を出し、器の中でゆらめく油に没薬を二、三滴たらす。

少女はそのまま男の襟をくつろげた。男も慣れたように黙ってなすがままになり、目をとじたまま背中をあらわにする。彼女は両手に香油をつけ、ゆっくりと男の首や肩を揉みほぐした。柔らかく丁寧に疲れを癒す手の下で、男は時々満足げにうめく。しばらく背中を揉んでいた彼女は袖がめくれた白い腕を男の首に回し、肉感的な紅い唇を男の耳に当てた。

「宋邦英《ソンバンヨン》様が寧仁伯《ヨンインベク》の屋敷から帰って来たわ」

「寧仁伯《ヨンインベク》は何と？」

しどけなくけだるい声に、普段通りの落ちついた声で男は聞き返した。密着した彼女が身をくねらせ胸のふくらみで背中を愛撫しているのに、彼は平然と報告を待つ。彼を興奮させようとして、彼女は声をさらにゆったり伸ばし、彼の耳を心地よく包んだ。

「江陽公《カンヤンゴン》の屋敷でジョン公子が世子と鉢合わせしたことを怒ったそうです」

「ジョンもよけいな所をほっつき歩くもんだ。で？」

「江陽公《カンヤンゴン》などに気をつかう阿呆に娘はやれない、と言いました」

男は鼻で笑った。

「阿呆にも阿呆さがわかるとは、寧仁伯《ヨンインベク》も年の功だな。だが、阿呆を表に押し立ててこそ、事はうまくいく。それがわからなければ、やはりたんなる阿呆だ。ほかには？」

「狩りに使う群れを信用できないようです。たまたま狩場が娘の荘園なのにも怯えているようだと。

それに……」

「それに？」

「……宋邦英《ソンバンヨン》様も内心では怯えてるわ」

「兄貴がそう言ったのか？」

「口では言わないけど、そう見える。あの群れは危ない、お尋ね者の反逆者だからと」

突然男が仰向けに寝返りを打った。はずみに彼女が滑り落ちたので、手を伸ばして彼女を胸の上に置く。はだけた胸に、油にぬれて透明になった薄い絹ごしにふれる彼女の薄赤い野いちごが尖っている。男はそれを手でいじってさらに尖らせる。少しずつ熱くなる彼女の息を楽しみながら、男はにやりと笑った。

「おまえはどう思う？　あの群れは役に立つか？　使えないか？」

「あたしはあの群れを知りません。でもご主人様が信じて使うなら、使える人たちだわ」

「俺は誰も信じん」

言い捨てた男をものうげに見返す瞳に、せつない色がかすめた。男はまた、にやりとした。

「おまえ以外は信じない、芙蓉《プヨン》」

夢みるように瞳をすうっととじて、プヨンは男の顔の輪郭を指でやさしくなぞった。強く印象的に角張ったあごの線は細いひげにぎっしり隠れて見えない。彼女はひげを一本残らずていねいに指でそろえる。ひげで半分ほど覆われた唇に、つややかで透明な爪がふれる。唇の曲線に沿って流れる爪を感じながら男はつぶやいた。

「だがあいつらは俺を頼り信じきっている。寧仁伯《ヨンインベク》、阿呆のジョン、従兄の邦英《パンヨン》、みんなが」

「あたしも信じてます」

プヨンはゆっくり顔を寄せて男の唇をしっとり噛んだ。接吻は長く、彼女の薔薇のつぼみのようにふくよかな唇がゆっくり丁寧に彼の唇をなめらかにすべる。そして男の唇を美しくみがきあげた彼女の温かくてやわらかい舌が口の中にしのびこむ。よく訓練された舌が男の口の中をかきまわして揺らしてじらすうちに、彼女の息づかいも自然と荒くなる。だが男はおだやかに仰向けになったまま、騒がしく波打つ彼女の胸を片手で軽く揉むだけだ。

情熱的なな口づけに夢中だった彼女がふと動きを止め、そっと唇を離した。つやつやする男の口もとに余裕のある笑みが浮かぶと、プヨンは自分の努力がまだ足りないことを悟る。

プヨンは自分の上衣《チョゴリ》をすっかりはだけて香油ですべらかになった豊かな胸を直接男の胸にあてて愛撫した。上衣《チョゴリ》の袖は腕にひっかけたまま、手はいそがしく下へ降りて行く。その間も彼女の口は休まない。

「皆がご主人様を頼っています。今度の狩りで国王と世子で賭けをするよう仕組んだことから、計画はすべてご主人様が考えたんですもの。王の狩人三十人、世子の狩人三十人。王の赤い矢と世子の青い矢が刺さった獲物の数を比べる賭け……。でも賭けは中断する。狩りのどさくさにまぎれてあの群れが青い矢で王を射る。青い矢は世子の狩人が王に反逆した証拠。驚いた王の一行千五百人が、世子の狩人三十人に襲いかかって皆殺しにする。狩場は大混乱になるはず。それに乗じて、あの群れが世子も暗殺する」

「大事なことは、青い矢で王には怪我もさせないこと。そして必ず世子を殺す。世子の死は、大混乱による不幸な事故だ」

「世子の部下が、国王が亡くなるのを待てず、すぐ世子を即位させようと国王暗殺を計画したのね。でも青い矢は外れて王を殺しそこなった。この暗殺計画の首謀者は、世子の側近で部下を率いていたリンになる。だからリンが反逆者として処刑されて一件落着」

「あの群れは王の射殺にわざと失敗し、どさくさにまぎれて世子を殺したら用済みだ。口封じのために始末する。万一、世子が生き残って、自分は何も知らなかったと潔白を主張してもだ。宦官が王を上手に言いくるめ、世子がリンに反逆を命じたのだと信じさせれば、父子の間をさらに悪化できる。今度の計画がどこまで成功するかは重要じゃない。これから将来に向けての長い闘いの過程に過ぎないのだから。プヨンには、それがわかるな？　それはそうと、その刻銘のある青い矢を密かに持ち出し、それを見本に偽物を作る件はどうなった？」

「グヒョンが、鉄洞《チョルドン》の矢匠に見本を預けて作らせる使いに出たそうです」

いつのまにか彼女の魅惑的な尻を絹越しに楽しんでいた男の手が止まった。

「寧仁伯《ヨンインベク》がグヒョンにやらせた？　何か勘づいたわけではあるまいな？」

「いいえ。グヒョンは屋敷で一番信頼できる人間だと寧仁伯《ヨンインベク》が言ったと」

「寧仁伯《ヨンインベク》が信じてるやつは、すでに俺の手下だ」

ククッと笑った男は、彼女の絹の裳（薄いスカート）をめくりあげた。ゆらめく蝋燭の明かりで、なめらかな丸い尻にほんのり赤みが増している。裳の下にプヨンは糸一筋、身につけていなかった。男の手がプヨンの形の良い尻を思いのままに味わうと、彼の身体にすっかり乗っていた彼女が、独特な調子で動かしていた手をはずした。その手は役目を十分に果たしたのだ。それで彼女は腰を当てたまま男の腿の外側に膝をついて上半身を起こし、次の準備をした。それなのに、男が腰をがっしり捉えて止める。

「広明寺《カンミョンサ》で会った寧仁伯《ヨンインベク》の娘の話をしろ」

プヨンの熱に浮かされたような顔がせつなげにゆがんだ。腰をしっかり固定されて欲望で赤くほてった頬のまま、なんとか答えを絞り出す。

「……グヒョンの言った通り、あれは偽物」

「それで？　偽物をこっちのものにして操れるか？」

男はじらすように彼女の腰を軽く持ち上げ、固く屹立した先とわずかに隙間を作った。溜息に似た細いうめきがプヨンのつややかな唇から漏れる。

「はい。グヒョンの話よりずっと無邪気で素直です。あたしに任せてください」

「よし」

男はほほえんだ。彼は左手でプヨンの腰を浮かし、右手で彼女の足の間をまさぐった。動きがとれない彼女は、うっと泣きそうな声をあげて胸を反らした。プヨンに絶頂を波のように繰り返させながら、男の声は乾いたままだ。

「プヨン、俺が泰山《テサン》で見つけたおまえを、なぜここに連れて来たと思う？」

「あたしが使えると思ったから」

「何に使えると？」

「わかりません。それはご主人様の考えだから」

「おまえは最高の身体と技巧を備えた俺の武器だ。誰を攻撃する武器かわかるか？」

「誰……？　ジョン公子？」

「あの阿呆は気にするな。モンゴルから高麗を解放すると信じるおめでたいガキだ。おまえの力を使わなくても、俺が左に行けと言えば左に、右に行けと言えば右に行く、くだらない男だ」

「寧仁伯《ヨンインベク》?」

「あんな欲張り豚に、真珠のようなおまえはもったいない。自分から俺に財産すべてを譲ってくたばる奴に、色仕掛けなんか使うか」

「じゃあ誰……、ああっ」

男の堅い指がひそやかなひだに差し込まれると、プヨンは身体を硬直させて腰をよじる。男はまだ彼女を自由に動けるようにしてやらない。充血しきった彼女の目がぼんやり見開き、深紅の唇が思いきりひらくが声が出ない。まるで拷問されるように苦しげだが、男が指を抜きかけると、逃すまいと腰をくねらせる。

「プヨン、俺は誰だ?」

「※知都僉議事《チドソンウィサ》の長男……※応教宋璘《ウンギョソンイン》様です」

「そうだ。おまえは俺を誰だと思う?」

「無能な王に代わって高麗の最高権力者になる方……」

「よくわかっているじゃないか。だから、有能な王になる世子はあらかじめ消しておかないとな。で、次は何をするかわかるか?」

※知都僉議事:百官をつかさどる都僉議府に所属する従二品職。
※応教:王の命令を文書で起草する官庁・文翰署所属の正五品職。

プヨンは人形のように表情も消えて答えられない。宋璘《ソンイン》の指が残酷に彼女の女性を攻撃するので、答える状態にない。背中を弓なりに反らせてあえぐ彼女にかまわず、宋璘《ソンイン》は言葉を続けた。

「ジョンを次期世子にする前に、俺の席を確保しておく。国王、国王を操る宦官ども、宮廷すべてを手中におさめる。そうすれば国王が死んでジョンが即位しても、高麗はあいかわらず俺のもの。だからおまえが要るのだ、プヨン。俺は王を操る糸を仕掛け、その糸を引いて王を操る。俺の糸がプヨンだ。俺の言うことがわかるな?」

「あ……うっ……だめ!」

プヨンに絶頂を繰り返し味合わせ苦しめていた指が、薄情にも突然引き抜かれてしまった。プヨンの熱いあえぎがつらそうな吐息になる。去ってしまった指の感覚からまだ醒めない彼女の身体が指を探して動いてしまう。

「プヨン」

宋璘《ソンイン》はとてもやさしく彼女を呼んだ。

「おまえは王を攻撃する俺の最高の武器だ。おまえの身体なら簡単に王をとりこにできる。ただし。王は力漲る若い男じゃない。五十を越えて酒に溺れた王がおまえの若く熟れた肉体を満足させてくれると思うか? ありえない。おまえは王から快楽を得られない。おまえが王に快楽を与えるのだ。そこまでの巧みな技術、自身の欲望に耐える力、それを我がものにできる女はまずいない。だから不断の鍛錬をして磨き上げるのだ、プヨン。今は鍛錬中だ。その仕上がり具合を俺に見せてくれるか?」

なんとかうなずく彼女を見ると宋璘《ソンイン》は静かに笑い、抱えていた腰を離してやった。興奮で不規則になった息を整えるため、プヨンは一度しっかり目をとじ、そして開いた。夢のように朦朧としていた瞳がすぐに輝いて生き返る。上衣《チョゴリ》が片腕にひっかかり、薄衣の裳が腰の上にめくれあがる、あられもない姿だが、そんなことはかまわない。

彼女は真っ赤な下唇をちらりとなめて湿らせると身体を下にすべらせて、まだ屹立している男性を両手ではさんでゆっくり顔を近づけた。彼女の顔が流れに乗って動きだすと、持ち上げた白く丸い尻も自然に揺れる。宋璘《ソンイン》は彼女から抜いた指でコツコツと床をはじく。コツンコツン、コツッ、コツン、コツッ、カッ。最初は余裕のあった男の指が次第にカッカッと拍子をとり、ついに血管が浮き出るほどこぶしを握りしめた。戸の隙間から入る微風に赤い蝋燭の炎が消えそうになびく。男の自制のうめき声が少しずつ大きくなっていった。

第三章　狩り

「痛っ！」

空しく跳ね飛んだ木剣がウォンの足もとに落ちた。手首を押さえて額をひどくしかめるサンと、落ちた木剣を拾いに来た無表情なリンを見ながら、世子はぱっと手を上げた。

「三本！　リンの完勝」

承服できないようにサンはひりひりする手首をぱっぱと振り、リンを追いかけて袖を引いた。

「まだまだ。もう一回！」

「おまえは三回死んでいる」

せがむ彼女を一瞥もせずリンは木剣を片付けた。それでサンは助けを求めるようにウォンを見た。だが世子も肩をすくめる。

「だめだ、サン。おまえはリンの相手に全然ならない」

「けど……」

「今日はこれで満足しろ」

ウォンが差し出した手に、六寸ほどの粧刀《チャンド》があった。柄《つか》と鞘《さや》を珊瑚とはちみつ色の琥珀で飾り、複雑に編んだ絹の組紐に珠が下がる。粋を凝らしたつくりだ。それなのにサンは不満げに、世子の背後の広縁にある、金と象牙で柄《つか》の先を飾った環刀《ファンド》をチラッと見る。サンの剣術が立派な腕前になったら、つまりリンに一度でも勝ったらいい剣を贈る、というウォンのそそのかしに乗って直ちに挑戦したのに三回連続で負けてしまった。悔しいことこの上ない。サンがしぶしぶ粧刀《チャンド》を受け取ると、ウォンが「わからないな」というように首をかしげる。

「大きくふくらませた絹の裳（スカート）姿で環刀《ファンド》を帯びて歩けるか？　肌身離さず挿していられる粧刀《チャンド》のほうが、ずっといいじゃないか。それにこれは粧刀《チャンド》にしては長くて実戦向きだ。王宮に納める刀匠に作らせた特注品だ」

「でも、これでまともに狩りができる？」

「狩り？」

何の話だ？　というように世子の眉が上がった。待っていたようにサンが話す。

「今度の御狩場がわたしの荘園だって知ってる、ウォン？　ウォンが泊まるのも、わたしの別荘なの」

「だからサンも狩りに加わると？　今みたいに男装して？」

「千人以上参加するんだもの。わたしひとり混じっても誰も気がつかない。わたし、ウォンを手伝いたいの」

「うん」

ウォンが唇の片端を寄せる独特の笑いを浮かべた。意欲あふれる友の好意が嬉しいのだ。だがウォンは首を振った。

「狩りに加わるのはいいが、おれの加勢は無理だ。気持ちはありがたいが、おれは国王殿下と賭けをする人数が制限されている。国王殿下の狩人が三十人、おれの狩人はリンを入れて三十人。しかも弓の勝負だ。おまえの弓はまだ初心者段階だろう」

「弓を使うの？」

サンは大きな瞳をはっとさせ、注意深く尋ねた。サンの口調が微妙に変わったのを感じて、ちょっと離れて立つリンも疑わしげに目を上げた。ウォンが親切に説明する。

「向こうは国王殿下の刻銘を彫った赤い矢三十束、こちらはおれの刻銘を彫った青い矢三十束で、勝負をつける。矢は特注品なので、残念だがサンにわけてやれないんだ」

「刻銘が彫られた……そうなの……」

サンがとても小さな声で繰り返したのを、リンは木剣を片付けるふりをしながら聞きとった。考えこむサンと、それをひそかに観察するリンの間で、ウォンは何も気づかず言う。

「狩りなど、人と犬と獣が入り乱れて土埃の中に転がる、見るに堪えない殺生だ。あんな血なまぐさい阿鼻叫喚に加わるためにサンが努力することはないよ」

「連れて行くのは、表の広場で稽古している人たち？」

ウォンがなだめるのを聞き流してサンは尋ねた。サンの好奇心混じりの質問にウォンはいつも答えてくれる。

「そうだ。実力はあるのに身分が低いので光が当たらない若者だ」

「国王殿下の狩人はどんな人たちか知ってる？」

「さあ。李貞《イジョン》や元卿《ウォンギョン》や朴義《パクウィ》とか？　国王殿下の昔からの猟犬どもだろう。関心ないが」

「そう……。賭けの双方六十人以外の人も、狩りをするの？　矢は自分のものを使って？」

「そうだ。大掛かりな狩りだから大騒ぎになるだろう。サンはそこまでしてくれなくていい」

　サンはこっくりうなずいた。狩りの参加をあきらめたのだとウォンは思ったが、サンは父の計画がわかりかけたので、ついうなずいたのだ。おかげで世子の目には、折れることを知らないサンが自分の言葉を素直に聞いたのが可愛らしく見えた。剣じゃないと文句を言われた粧刀《チャンド》だが、サンがほほえみながら懐に挿して襟を整える姿を見て嬉しかった。

　ウォンは、彼女の名前にちなんで珊瑚で飾った短剣を贈って良かったと自画自賛した。長剣ならサンはもっと喜ぶだろうが、日頃帯びることのできない剣より、懐剣のほうがずっといい。あの小さな鞘にはこれからきっとサンの香りが染み込む。多分、かんざしとか匂い袋を贈ったって粧刀《チャンド》ほど大事にはされなかっただろうと、ウォンは確信した。

「王族のくせに身体を動かすのが好きとは、二人とも実に変わってるよ。弓術や馬術ならまだ士大夫の嗜みだが、剣術に手博戯《テッキョン》までとは。おまえたちと一緒にいると感性が干からびそうだ。リン、おれの琴を出してくれ」

　ウォンが広縁に腰掛けながら言うと、リンが部屋の中から玄琴《コムンゴ》を持って来た。絵や琴に才能豊かな世子は、見事な一曲を弾き終えると、驚いて庭の真ん中に立っているサンを見た。

「貴婦人なら召使いに指図して屋敷を采配し、子どもを産み育てるだけで十分だが、男たる者は風流を知らねば。サン、おまえは夫人の手仕事も知らず男のように振る舞うが、ただ身体を動かす武芸ばかり楽しんでいては、ちゃんとした淑女にも、ちゃんとした士大夫にもなれないぞ。リンに剣や弓を習う熱意の百分の一でも、音楽や詩に向けてはどうだ？」

サンは世子の口もとを嘲笑がかすめたのを見逃さなかった。にっこり笑い返したサンは部屋に上がり、すぐに細笛《ピリュル》を持ち出した。

「※『為我一揮手、如聴万壑松。――私のための一曲は、深い谷の松のさざめきを聞くようだ』、ってね。お返しに拙い演奏を聴いていただくわ。ウォンほどの才能じゃないけど」

笛の根元にはめた吹き口《リード》に唇を当てる。息を吹きこむと笛の音が奥庭に広がった。明るい昼間にしては寂しい曲調だが、胸をしめつけるせつなさは、サンが決して下手ではないことを証明した。笛を吹くサンをじっと見ていたウォンも、膝に横たえた玄琴《コムンゴ》に棒《スルデ》を当て、彼女の演奏に合わせた。

中門の外では若者たちが間近に迫る狩りのために懸命に稽古を繰り返す。乱れる馬蹄、荒い息、汗の粒が飛ぶ音まで聞こえそうだ。広場の騒々しい熱気とは対照的に、春の日差しのもと奥棟の玄琴《コムンゴ》と笛の響きは深く美しい。時間よ止まれ。リンは柱に寄りかかり、曲に没頭する二人をじっと見守った。

◉

鉄洞《チョルドン》は、都の中心・十字街《シプチャガ》から東南の長覇門《ジャンハムン》に行く途中だ。鍋釜から鍬や鋤、槍や刀、金物《かなもの》なら何でも扱う鍛冶場の街だ。もちろん鍛冶場の間には宿屋も茶店も居酒屋もあるし、居酒屋で昼酒をやる連中もいる。

自称「鉄洞《チョルドン》の火拳」ケウォニも、彼の後をちょろちょろついて回る、ちょっと抜けた弟分ヨンボギも、世間の目には働きもせずぶらぶらする、そういう与太者だ。二人は先ほど駱駝橋の下で通りすがりの男から恐喝した銅銭を女将《おかみ》に投げ、『粗酒一瓶!』と声を張ったところだ。

「粗酒一瓶って、あ、兄貴、アラク酒がうまいってよ?」

「馬鹿。アラク酒飲みたきゃ駱駝橋であと二人ぐらいは巻き上げんと」

「ハ、ハ、そうだよね。高いもんな。アラク酒は」

ヨンボギは未練がましく下唇をなめた。モンゴルから入ったアラク酒は当代一の人気を誇る。モンゴル軍の日本遠征の折、安東《アンドン》でモンゴル兵のために携行食料や酒がつくられた。それで高麗で醸されたアラク酒の素晴らしい味が国中に広まったのだ。とはいえ値段も張るので、誰にでも飲める酒ではない。ヨンボギは味見したこともないし、ケウォニだってやっと一、二杯飲んだことがあるだけだ。ケウォニの舌がアラク酒の味を思い出すと、口の中に唾が溜まった。チッ。かっとしたケ

※為我一揮手、如聴万壑松:「聞蜀僧濬弾琴」という題の李白の詩の一節。

ウォニは、鼻の穴をぴくぴくさせると大きなこぶしを卓に打ち下ろした。

「鍛冶場さえ取られなきゃ、アラク酒なんかどうでもよかったんだ。昼間っから酒場でお花見してるケウォニ様じゃなかったんだぜ！」

「ご、ごめんよ、兄貴。うちのおっかあのことさえなければ」

ヨンボギがうつむいた。分厚い唇を精一杯とがらせたケウォニは気の毒そうに弟分を見ると、釜の蓋のような手でヨンボギのぼさぼさ頭をがしがし撫でた。

「馬鹿、おまえのおっかあのせいじゃねえだろ！　ちょっと薬代借りたカタに鍛冶場をそっくり取り上げた高利貸しのせいだ。寺の金貸しの取り立てはもっとひどい。中風の年寄りの溲瓶《しびん》まで持って行く坊主どもだ」

「持って行く坊主どもだって、み、みんなオレのせいだ。いつも兄貴に迷惑ばっかりかけて。さっきだって……」

ヨンボギがとうとうべそをかいて袖で洟をぬぐうと、ケウォニが癇癪を起こしてヨンボギの頭をパンとはたいた。

「確かにな、おまえは！　後ろでおとなしくしてろ。なんで出しゃばって鷹坊とか言ってぼろを出す！　だからこの前も、ガキにしてやられたんじゃないか。おまえはいったい懲りるってことを知らんのか。おまえさえじっとしてりゃあ、今日だってアラク酒にありつけたんだぞ？　そのアラク酒がなんで『酒かす持って来い』ってザマになるんだよ、おまえは！」

ヨンボギの頭をまた二、三度はたいて苦々しく酒を待つケウォニだが、腹の虫が収まらずまた怒鳴ろうとした瞬間、二人の前に酒瓶を置いて座った者がいた。ケウォニは黄ばんだ白目をぎょろつかせた。まだ少年だ。どこかで見たような。きらきらする漆黒の瞳、白くて細い小生意気な顔！先日ガキにぶちのめされたその記憶がよみがえった。

「おまえ！」

ケウォニの鼻の穴が精一杯ふくらんだかと思うと、鉄串のように太い指が少年の両目に突っ込む勢いで宙を走った。

「アラク酒だ」

命中しかけた指がぴたりと止まった。黄色い白眼が充血するほど目をむいたケウォニも、ぽかんとしたヨンボギも、卓上に置かれた酒瓶と少年を見比べるばかりだ。

どうかしたか？　というように少年、いや男装したサンが片眼をつぶって笑う。

「再会の記念だ。鉄洞《チョルドン》の火拳と言っただろ？」

本物のアラク酒かどうか瓶に鼻を寄せてひくひくするヨンボギを卓の下でケウォニが蹴飛ばす。ケウォニは瓶を手に取って匂いを確かめ、フン、と一度鼻を鳴らしてから置いた。酒などに釣られるもんか、という仕草だ。

「次に会ったらただじゃおかねえって言っただろうが？　そのくせわざわざオレを探しに来たらしいな。何の用だ？」

「話が早くて助かるよ」

ほほえんで見せたサンは外套《トゥルマギ》の懐の金入れから砕銀（銀貨）を何個か取り出し、ケウォニの前に並べた。ハッ！　銀を見て目の色が変わったヨンボギが言葉よりまず手を伸ばしたのを、ケウォニがまた蹴飛ばした。

「何の用だと尋ねたんだがな」

ケウォニの口調が粗野だが若干は低姿勢になったので、サンはまた静かに笑った。

「二、三日前に、ここに来た男の足どりを知りたい。左眉の上に大きなほくろがあって、浅黒い顔、六尺を越える大男だから、一度見れば忘れない。その男は矢師とか刀鍛冶とかを訪ねて行ったはずだ。男が何を注文したのか、それさえわかればいい。もちろん秘密裏に。鉄洞《チョルドン》を牛耳る火拳なら簡単だと思うが」

ヨンボギがごくっと唾を飲む音がする。ケウォニの眉もぴくりとして銀から目が離せず、同じように喉仏が大きく上下した。

「簡単だと思うがって、うちの兄貴を知らない鍛冶屋がいたらもぐりだ。そのぐらい朝飯前よ」

「若様」

ケウォニが釜の蓋のような手でヨンボギの口をふさいで、わざと重々しく口を開いた。

「若様の言う通り、難しくはない。だが、簡単なことを秘密にしろってのは、実は危ない話だな？　若様やその大男がどなたさんかは聞かねえよ。なまじ知っちまって下手したら、オレやこいつの手足がちぎれるかもしれねえんだろ？　若様の目には、オレたちが他人の金品を巻き上げるクズに見えたってな、こっちは病気の老母や食わせる家族がいるんだよ。今ここでくたばっても誰もなんとも思わない、そこまで軽い命じゃねえんだからな」

サンは、よくわかるというようにうなずくと、金入れから砕銀をまたいくつか取り出した。

「その男が注文したものを酉刻《とりのこく》(五時～七時頃)までに調べて来れば二倍やる。酉刻より一刻《ガク》早くわかれば三倍。一刻早くなるたびに比例して増やしてやる」

ケウォニは卓上に転がる砕銀をさっとかき集め、ぬっと立ち上がるとヨンボギを引っ張って居酒屋の柴折戸《しおりど》を出て行く。

「あ、兄貴、あのアラク酒!」

「用が済んだら三瓶でも四瓶でも飲めるだろう、ちくしょう」

未練がましく振り返るヨンボギの襟首をずるずる引きずって、ケウォニは鍛冶場が並ぶほうにのしのしと足を運んだ。だが、大事に挑む勇壮な足取りで酒場の角を曲がって路地に入ったとたん、彼はつんのめった。

腕組みをして塀に寄りかかっていた少年が二人の前を遮ったのだ。この少年もケウォニの記憶に鮮やかだ。今、銀で彼らに使い走りをさせた少年の同類。細っこい見た目と違って一撃で彼らを倒した、再会して良いことなどひとつもない少年だ。酒場で少年から銀を恐喝したと誤解したのか?

あわててケウォニが弁解しかけたが、先に口を開いたのは少年だった。

「おまえたちに銀を与えた者の要求は何だ?」

低い声のリンの質問に、ケウォニとヨンボギは首をかしげた。おまえらグルのくせに、何でわざわざオレらに聞く? しかし銀をもらった以上は秘密を守る。ちょっと恐い気がしたものの、ケウォニはけなげにがんばった。

「関係ねえだろ。どけ。忙しいんだ」

「い、忙しいんだ。ひどい目にあう前に……」

つられて口を出したヨンボギの声が、はっとして小さく消えた。リンの手が静かに上がって肩の後ろで止まると、そこに剣の柄《つか》がはっきり見えた。黄金と象牙で飾った剣は、ちょっと見にも普通じゃない。それもそのはず、ウォンがリンに与えた友情の贈り物で、王宮の刀鍛冶が心血を注いで仕上げた作品だ。リンにやられた経験のある二人は、剣の柄に手がふれるのを見ただけで肝が縮んだ。

「ちくしょう」

悪態をついたケウォニは、やるせない顔でリンを見た。

「おまえら仲間のくせに、なんで直接若様に聞かないんだよ」

「二人で何をしろと言われた？」

リンはまた尋ねる。揺らぎないリンの瞳は、必ず答えさせるという固い意志を物語る。ケウォニはつま先でヨンボギのかかとをトンと蹴った。二人がリンに答えようとそろって口を開けたと思った瞬間、さっと後ろを向いた。だが走り出す前にヨンボギはうなじを強打されて声も出せずにうつ伏せに倒れ、ケウォニはあごの下に感じる冷たい刃で氷のように固まった。ヨンボギの背中を片足で踏みつけ、ケウォニに剣を突きつけたリンが、もう一度静かに尋ねた。

「何をしろと言われた？」

「浅黒い顔で左眉にほくろのある六尺越える大男、そいつが鍛冶場に注文した物を調べる。それだけだ」

くそっ、わけがわからねえ。ケウォニは悪態をぐっと飲み込んだ。路地裏で女顔の若様と一緒に襲ってきたこいつが、なぜまたここでオレらを脅す？　どう頭をひねってもわからない。これは何かやばいことに巻き込まれたんじゃないか？　ケウォニの舌が干上がってひび割れる頃になって、考えこんでいたリンがやっと口を開いた。

「彼の言う通りにしろ」

「は？」

「言われた通りに調べろ。わかったらまず私に報告してから彼に言え。ただし、私のことは彼に言うな。気付かれないようにうまくやれ」

首に突きつけられた剣がすっと降りたので、ケウォニはうつ伏せのヨンボギを助け起こした。こいつも情報がこっそり必要なわけだ！　今さら気づいたケウォニは、交渉の余地を発見した。

「なあ若様、若様の目にはオレたちが他人の金品を巻き上げるクズに見えたってな、こっちも病気の老母や食わせる家族がいるんだよ。オレたちだって飯を食わなきゃなんねえのさ。お屋敷の奴婢だって働かせる以上はメシをやるのに、タダ働きしろってのかい？　あっちの若様は秘密を守れってひとつかみも銀をくれたし、仕事をしたら倍くれると。だから今のことを黙ってろって言うんなら……」

ケウォニはまたのど元がひやりとしたせいで言葉が切れた。額や鼻に玉のような汗がにじむ。その刃が離れて完全に鞘に戻ってやっと、ケウォニは苦々しく舌打ちした。そもそも交渉不可能な相手だと悟った彼が次に吐いた言葉は、たった一言。

「くそっ」

二人はリンがすっと通してやった路地をどかどか歩いて行った。ちくしょう、ちくしょう、ちくしょう！　あたりをはばかるケウォニの悪態が路地を空回りして消える。それを待って、リンは芝垣に隠れて居酒屋をのぞいた。

大きな瞳をきらきらさせて頬杖するサンは、たまたま庶民的な酒場に立ち寄ったお金持ちの若様が珍しそうにあたりを見回すように気取りのない様子だ。きちんと整えた爪が白くなめらかな頬にとんとん当たり、午後の日差しに光る。サンがどれほど美しい少女か、改めてリンは実感した。世間の汚さなど全く知らない純真そのものの顔で、裏世界の荒くれどもに用事を言いつける女の子とは！　リンは苦笑した。人は見かけによらぬもの、きれいなほどだまされる。

『リンが兄上とぐるになって世子を害そうとしたら、先にわたしの手で死ぬことになる』

彼を矢で狙い厳しい声で言い放ったサンは、たとえようもなく美しかった。正直その瞬間、サンを疑うのはやめようと思った。火花が散るほど真剣なまなざしに嘘はなかった。だがサンを信じるためにはまず、妓楼の出来事を聞く必要がある。そして今、鉄洞《チョルドン》の鍛冶屋を調べる理由も知らなければ。それまでは警戒対象だ。世子お気に入りのサンではあるが、リンは世子を思うゆえに、警戒心をうやむやにできない。

サンのなめらかなあごとすんなりした首、風に揺れるほつれ毛から離れたがらない自分の視線を、リンはやっとのことで引き離した。

酉刻《とりのこく》の二刻《ガク》前。

早足で酒場に戻ってどっかり尻を下ろした二人の男を、サンは目で促した。酒場に客はいなかったが、ケウォニは精一杯声を落とした。

「その大男は矢匠に一本の矢を見せて、同じものを五矢ずつ三十束作れと言い、できあがったものを昨日引き取って行ったそうだ」

「その矢に何か変わった所は？」

「矢柄《やがら》が青で羽の間に特進……くそっ、その、特進何とか、って漢字で長々と刻銘を入れたそうだ」

ケウォニは文字を忘れたせいで銀が減ってはと心配になった。それなら、はっきり言っておかないと。

「その矢匠がどうしても言わないってのを、なだめすかしてやっと聞きだしたんだ。大男が『絶対秘密だ、漏れたらただじゃおかん』と相当脅して行ったそうだ。なのにどうやって言わせたと？オレはな、相手が言っちゃいけねえと思ってることをついうっかりしゃべらせる方法を知ってるのさ。自分が今秘密をぺらぺらしゃべってることすら気づかせねえ。いろいろ話を変えながら、ここでちょっと、あそこでちょっと、何か言うたびに組み合わせてな。実際、本人はすべて言っちまったことすらわかってねえ」

「苦労させたな」

サンは新しい銀を気前よく出すと、長たらしい演説と二人の息を止めた。二人はサンが立ち上がったのにも気づかなかった。

「ぼくに会ったことは絶対秘密だ。誰にも口外するな」

「はいはい」

うわのそらで答えるケウォニは銀に魂を奪われている。聞くことをすべて聞いたサンが出て行くと、うっとり銀を撫でるケウォニに、やはりうっとりしながらも小心さを隠すのに苦労していたヨンボギが不安げに尋ねた。

「誰にも口外するなって、け、けど兄貴、さっきの路地の若様にも、全部言っちゃったじゃないか」

「うるさいな、おまえは」

銀を懐に突っ込んだケウォニは、安物の碗に香りの飛んだアラク酒を注いだ。

「路地のあいつも秘密だと言ったんだから、二人でオレらの話をすることは絶対ない。万一ばれたって、『オレたちは言われた通りにしただけだ、おたくらの事情なんか知らねえよ』と言い張ればそれまでさ。オレらにとって大事なのは、銀がこれだけ手に入ったから、おまえのおっかあの薬代は当分心配ないってことだ。こいつ、だから楽しく飲もうぜ！」

なみなみとそそいだ酒を一気に飲み干すケウォニを見て、もじもじと碗を持ったヨンボギも、生まれて初めてアラク酒を飲んだ。鼻先がひりっとする強い酒が火のように喉を焼く。一度喉を通ると後は底なしだった。一瓶の酒がなくなるのはあっという間だ。ケウォニが注文する前に、ヨンボギがはっきりした声で「もう一本！」と景気よく叫んだ。

初夏も近い晴れた空が広がる。乾いた空気に土埃が舞い、最後に雨が地をしっとり濡らしたのはいつだったかも忘れてしまった。なだらかな丘をめぐる街道の地平線から、黒い川か蛇のように長い行列が見えてきた。涸れかけた川から田に入れる水を一心不乱に汲み上げていた百姓たちが、それに気づいて額の汗をぬぐった。

朱色に塗った旗竿に紫布をかぶせたしるしは、王様のお通りだ。川岸の百姓たちは溜息をついた。やれやれ、いいご身分のやつらめが。

しろかきをしたとたんに襲った日照りのせいで、田一面に張る水が足りないのに。もし汗水垂らして秋に豊作になったとしても、収穫の十分の一は年貢にとられ、貢ぎの布は銀で納め、来年の種籾をとっておき、貯えも底を尽いた春先の飢えをしのぐために借りた穀物を高い利子付きで返したら、来年まで生き延びられるかどうかはぎりぎりだ。

それも自分の土地があればの話。荘園で働く民は収穫の半分も地主に納める。こうして田植え前から日照りが始まれば、また高利貸しから糧食を借りる羽目になる。心まで干上がりそうな百姓たちの前に、鈴が賑々しく鳴って、王の威容を表わす旗がやって来た。その後ろに五色の旗の騎馬隊がえんえんと続く。百姓たちは土下座したまま、行列が通り過ぎるのを待つしかない。

一番華やかな馬に乗るのが、白いものが混じるひげを胸まで垂らした五十代の国王だ。隣に、皇女が髪や絹の衣に宝石をきらびやかに飾って馬を御す。その後に美貌の世子が続く。

行列は後から後から馬が続く。いったいいつまでかかるのか、土下座した人々の足が痺れてくる。

やっと最後尾の馬が土埃をもうもうとたてて遠くに行く頃、足をさすりながら立ち上がった人々は、がやがやしゃべりだした。

「また狩りか?」

「なんとまあ、千人以上はいたな」

「どうせ通るなら水一杯ずつ田んぼに入れてってくれても罰は当たるまいに、せっかく濡らした田んぼに土埃を撒きやがって。くそっ」

「獣だって、子を産む季節に狩られたんじゃたまったもんじゃねえ。あいつらみんなくたばっちまえ!」

「どこへ行くんだろうねえ、あんなにいっぱいで。行き先の村じゃ接待のため、なけなしの籾をすっかり出させられるんだろうね」

「だろうなあ。そうでなくても忙しくて死にそうなのに」

ぶつぶつ言いながら百姓たちはまた忙しく田に水を運ぶ。百姓たちは悪態をつく暇すらないのだ。

国王の風采は立派である。白い絹の紗に黒い綾絹をかぶせた※平頂巾《ピョンジョンゴン》の下に幾筋にも分けた三つ編みを下ろし、白っぽい長いひげを垂らした姿は威厳がある。ただ、目尻にはしわが寄り瞳の輝きは薄れている。その王が、ずっと無言の皇女、モンゴル皇帝クビライ・カアンの愛娘にして高麗国正妃、クトゥルクケルミシュに気をつかって話しかけた。

「久しぶりに馬に乗ると爽快であろう?」

「久しぶり？　ついこの前も狩りをしたのに。毎日狩り三昧じゃ、政治に取り組む気力が衰えるのも当然ね、国王殿下」

王の顔がくすんだ赤に染まった。王の責務を疎かにして遊興にふけっているのは事実なので、返す言葉がない。二十三歳も若い正妃から面罵されるのもいつものことだ。とはいえ、この種の侮辱は何度聞いても慣れはしない。皇女は、政治ではなく夜の生活の気力が萎えたとあてこすったのだ。

数え十六の若さで高麗国王に嫁した皇女は、今もまだ三十歳を過ぎたばかりだ。世界に冠たる皇帝の娘という自尊心ゆえ、顔つきや所作はさすがといわせる輝きが見える。ただし彼女にあるのは天にも届くかという傲慢さで、他人への思いやりは皆無である。

政略結婚とはいえ、不惑の四十歳も近い国王が花のような十六歳の乙女を迎えたのだ、最初は王も大いに燃えた。皇女は若く美しいだけでなく、彼を高麗国王に即位させ、「皇帝の婿どの」として皇帝に近い立場を与えてくれた。すべて皇女との縁ゆえだ、だから国王は娘のような年頃の皇女から快楽も得たし、大切にもした。

おかげでその年のうちに息子まで得た。だが皇女が本性を表わすにつれ、王の熱も冷めてきた。皇女が、最初の正妃だった貞和宮主《ジョンファグンジュ》と彼女の産んだ王子や王女を警戒して苛酷に扱うのは辛かった

※平頂巾：前が低く後ろが高くなった男性のかぶりもの。

が、それはまだ政治外交上の宿命として甘受した。

皇女のとげのある言葉やわがままな視線をぶつけられても、国王は何も言えない。なんでも言うことを聞いてやったのにねちねち不満を言われると、冷えた心はよけい傷つく。皇女の御殿・敬成《キョンソン》宮《グン》を訪ねる足は次第に遠のき、同じ寝台に寝ても抱きたい気持ちが起こらない。若い身体に惹かれてたまに抱いてはみたものの、彼女が二十一か二になった頃には、それすらなくなってしまった。自分を軽蔑する女に寝床で情熱を燃やせる程、みじめで無神経ではいられなかった。

それで寂しい夜をもう十年も送った皇女は、当然ながらより毒々しく暴言をぶちまける。国王はよけいに怖気立って皇女を避けた。

しかも国王は、女に明かせない悩みを抱えていた。年のせいか、身体が意に沿わなくなってきたのだ。

側仕えの宦官たちが、皇女の目を巧妙に盗んで美女を用意してくれるが、以前のように寝床を全うできなくなってきた。人生五十年といわれるが、ありとあらゆる薬で健康を保ってきたのに、御医たちにも理由がわからない。ただ、王が昔服用した媚薬の後遺症かもしれない、という具申がひそかに出た。

皇女が嫁してまもなく、モンゴル帝室から夫婦の交わりをあつくするための医者が派遣された。錬《リアン》徳新《デシン》というその医者が調合したのは助陽丸、文字通り、陽気を培う薬だった。それで王は青年にも負けない精気を若い皇女相手に発揮した。喜んだ皇女は、王にいつもその薬を飲ませた。やがて皇女は懐妊してウォンを産んだが、次に生まれた女の子と男の子は早世した。

太史局の※伍允孚《オユンブ》が、その薬を常用すればもう子どもができないだろうと予言するまで、錬徳新《リアンデシン》は助陽丸を調合していた。皇女は予言に驚いて恐くなり、助陽丸をやめさせた。だが予言通り、その後皇女は懐妊せず、薬をやめた王は一気に身体が萎えてしまった。それが助陽丸の後遺症かどうかはともかく、結果的に王は自信を失い、その弱みまで握られるかと思うと、王はとうとう皇女との共寝を見限った。

「田植えで忙しい時期なのに。王室が民を助けるどころか、狩りを催して負担をかけるなんて。獲物がとれても喜べないわ」

皇女はしばしば実に正論を言う。王が好きなことをするたびに嫌味を言うのだ。しかも皇女の日頃の振る舞いを棚に上げて。それで王もつい言い返す。

「余が民を苦しめると非難するのか⁉」

「あら、殿下を狩りにそそのかす佞臣を非難しているの。このたくさんの一行の寝食の費用はどこから出るのかしら？」

皇女が富豪寧仁伯《ヨンインベク》にちらりと毒気のこもった視線を投げたので、寧仁伯《ヨンインベク》は縮み上がった。国王が、フン、と鼻で笑うふりをした。

※太史局の伍允孚：天文・易数などを観る官庁・太史局に所属した占い師。

「寧仁伯《ヨンインベク》の荘園の民の心配までしてやるなら、やさしい皇女が寧仁伯《ヨンインベク》に銀を下賜すればよいではないか。聞けば寧仁伯《ヨンインベク》の口利きで、松の実と高麗人参をモンゴル帝国で売りさばき、かなり儲けたそうじゃないか？　領外の百姓にまで無理やり松の実や人参を集めさせ、遠い道を運ばせて。皇女こそ民を憐れめば、その功徳を仏も認めるだろうに」

たまりかねた王がついに言い返すと、皇女の機嫌がたちどころに悪くなった。

「国王殿下は、私が民を搾り取る欲深女だとでも言うわけ⁉」

「はっはっ、まさか！　いつも皇女の臣下への思いやりには感心している。広平公《クァンピョンゴン》は奴婢が多すぎて食べさせるのも苦労だろうと、そのうち三百人を引き受けてやったというし」

なんですって⁉　皇女はとっさに言い返せず、わなわな震えた。

以前、国王の妹婿の王涓《ワンヨン》の奴婢の男が、広平公《クァンピョンゴン》の奴婢の娘と好きあって結婚した。ところが広《クァン》平公《ピョンゴン》に代々仕えてきた奴婢は三百人近くの一族になっていた。その一族の跡取り娘が王涓《ワンヨン》の奴婢と結婚したせいで、王涓《ワンヨン》の奴婢がその一族の頭となってしまった。ではこの三百人の奴婢一族がまとまって王涓《ワンヨン》家に引っ越すべきかと揉めだしたのだ。

広平公《クァンピョンゴン》は、王涓《ワンヨン》の奴婢の男を自邸に拉致して、もといた三百人の奴婢の中に混ぜてしまった。それが王涓《ワンヨン》に強く抗議されると、広平公《クァンピョンゴン》はその男を皇女に献上し、問題を王涓《ワンヨン》の手の届かない場所に棚上げしようと試みた。

ところが皇女のほうが一枚上手だった。皇女は、男が家族と生き別れになるのは良くないという口実で、広平公《クァンピョンゴン》邸から一族三百人を残らず連れてきてしまった。突然一財産失った広平公《クァンピョンゴン》が皇女の御殿の門前で平伏して訴えたが無駄だった。

「ほかにも、どこかの尼僧が侍女に美しい苧布《ちょふ》を織らせて皇女に献上したら、次の献上の手間を省いてやるために、その名織手を取り上げて善意の尼をひとりで帰したそうだな」

王が、皇女だって人々を苦しめていると逆襲したのだ。返す言葉が見つからない皇女がフン！　と鼻をならすと、王も負けじとフン！　と鼻で笑った。皇女の強欲事件は多すぎてとてもすべてを挙げきれない。王の異腹弟の順安公王琮《スナンゴンワンジョン》に濡れ衣を着せ、判決も出ないうちに財産没収した件。国宝の興王寺《フンワンサ》の黄金の塔を自分の御殿の庭にぽんと持って来た件。

このまま悪事をあげつらうと、どこまで行くかわからない。それでこのへんで思いとどまる王であった。

前を行く国王と皇女の非難の応酬に、ウォンの唇の端がゆがむ。高麗国でもっとも高貴な存在なのに、人々から非難される最悪の存在。

騎馬で通り過ぎる田畑の畦にひれ伏す民こそ、自分たち王家を支える土台なのに。佞臣どもが甘言と賄賂をどんなに積み上げようと、土台が砂のように崩れたら、王も王妃も世子もどこに立つというのか？

皇女として勝手気ままに甘やかされ、思いやりの気持ちを誰にも教えてもらえず、本心とは違って父王を傷つけてばかりの母上が痛々しい。父王も父王だ。若くして異国に嫁した母の心細さと空威張りを理解して上手になだめ、夫婦連携して帝国での高麗国の立場を強化できなければ、最初の正妃を去らせてまで政略結婚した意味がないではないか。

二人は配偶者としてまったく未熟だ。高貴な身分でまっすぐ立つには両親の器は小さすぎる。ウォンは内心舌打ちした。自分は夫としても国王としても、この父の轍は踏まない。そうならない自信もある。

王家に従う行列の人々は、誰につけば得をするかで頭がいっぱいだ。身分など関係ない、王や王妃の心を捉えれば美味しい思いができるのだ。それなら仲むつまじい王家より、不和なほうが都合がいい。心傷ついた王や王妃の機嫌をちょっと取れば簡単に欲しいものが手に入る。だから王家の不和を心配する者など、宮中にはほとんどいない。

さまざまな思惑を隠し持つ人々が、ついに※西海道のサンの荘園に到着した。

荘園の名は福田といった。「仏法僧の三宝を敬い、父母に孝行し、貧者に施しをすれば功徳がある」という仏教の教えに由来して、※福田といえばすなわち施しを意味した。ごうつくばりの寧仁伯《ヨンインベク》には不似合いな名前の荘園を手に入れたものだ。荘園の別荘は王宮ばりの豪壮さで、皆が寧仁伯《ヨンインベク》に嫉妬の目を向けた。

「素晴らしい。時々ここに泊まって狩りを楽しみたいものだ」

王の感嘆に、寧仁伯《ヨンインベク》が笑顔で一礼した。だが皇女は聞こえよがしにフン！　と鼻を鳴らした。

「年中入り浸って狩りをすれば？　馬堤山の御狩場・寿康宮《スガングン》が十個あっても足りないんでしょ」

派手な朱塗りの柱を見回した皇女の嫌味に、側近たちは身の置き所がない。皇女の機嫌を損ねて一番困るのは狩りの主催者、寧仁伯《ヨンインベク》と宦官たちだ。寧仁伯《ヨンインベク》は皇女の顔色を見ながら、召使いたちに身振りと目くばせで宴会の支度を急がせた。

「鄙《ひな》の地にお二方様と東宮様のお出ましを賜り、恐悦至極に存じます。ささやかな酒膳を用意しましたので、ごゆるりとおくつろぎください」

それでなくても高貴な一行を迎えた別荘は接待で大わらわだ。あっという間に山海の珍味が並び、妓生《キーセン》や芸人や楽人たちが何十人も現れて歌や舞で座を盛り上げた。宴の古い慣習にのっとって、妓《キー》生《セン》がひとりひとりに花枝を捧げて頭に飾ると、人々はすぐ興に乗った。ささやかどころか、王の滞在中は毎晩こうして贅沢な宴会が開かれるのだ。

◉

毎晩遅くまで宴に酔いしれる王一行は寝起きが遅いため、昼間の狩りは軽く鴨などを放って鷹狩りをするぐらいだ。だが明日は狩りの最終日で王と世子の賭けがある。鋭気を養うために宴は早目にお開きとなるはずだ。

夜空の縁にはまだえんじ色の輝きが残り、少年姿のサンは、回廊の縁側に腰かけて耳を澄ませた。別荘から風に乗って聞こえる騒ぎが徐々に静かになる。

※西海道：高麗時代の五つの行政区域の一つで、今の黄海道にあたる。開京の北にある地方。
※福田：悲田ともいう。貧者や病者を収容した救護施設を悲田院と呼んだのも、この系統である。

サンは山の麓の荘舎に王一行より先に着いていた。山麓の荘舎からは、豪壮な別荘が見下ろせる。荘舎は荘園を治める建物で、サンの乳母の夫である荘官（荘園管理者）や、荘園に所属して働く人々が暮らす部屋が並ぶ回廊がある。

回廊の広い中庭を人々が通っても、ここではサンは顔を隠さず笑顔で受け答えし、身分のへだてなく接している。みんな、男装したサンがこの荘園の主だと知っている。彼らは皆、サンがかくまう流民たちだ。

当時、有力者が不正に土地を増やすにはさまざまな方法があったが、一番多いのが賜牌《しはい》の操作だ。モンゴルとの終戦後、荒廃した土地を民に分配して復興させる時、賜牌という証明書を与えて租税を免除した。それで地主たちが賄賂で賜牌を不正に得て、荒廃もしていない豊かな土地を自分の奴婢に耕作させて納税を免れた。さらにはちゃんと持ち主のいる田まで、賜牌を偽造して横取りする「冒受賜牌《ぼうじゅしはい》」という行為まで横行した。

サンの父・寧仁伯《ヨンインベク》も「冒受賜牌《ぼうじゅしはい》」で大きな荘園を次々に横取りし、高利貸にも手を染め、穀物や布貨《かね》を返せない平民に土地で返済しろと強要した。土地で払ってもまだ足りない平民は、荘園の奴婢扱いでこき使われた。時には租税負担に耐えかねて、荘園奴婢のほうがましだと、平民が自分から荘園に入ることもあった。

こうして租税を納める土地と平民がどんどん減るので、残った平民によけい重い租税や徭役が課される。すると平民はさらに有力者の荘園に逃げ込む。その悪循環で、寧仁伯《ヨンインベク》のような大荘園主の土地と奴婢は増えて行くばかりだ。そういう不正を監視するために別監《ビョルガム》などの役人が派遣されたが、荘園主が賄賂で黙らせればそれで終わりだ。

サンが自分の荘園にかくまう流民のほとんどは、父・寧仁伯《ヨンインベク》や他の大荘園主の無茶な取り立てに耐えかねて逃げて来た平民たちだった。奴婢も平民も、土地から逃亡して流民になれば処罰された。サンと流民が心安く過ごすのは、世間に顔を知られてはいけないサンと、立場を知られてはいけない人々とが、秘密を共有する絆ゆえだ。この荘園で官庁の戸籍台帳に登録されているのは荘官一人しかいない。ほかの人々がここで暮らしていることを、官庁は把握していなかった。

荘官がサンのそばに来た時は、すっかり暗くなっていた。それでサンも立ち上がり、幾重にも布を巻いて薄暗くした灯籠《とうろう》を受け取った。荘官はサンのために門を開けながら、心配そうに尋ねた。

「本当にヒャンの家に行かれるんですね？」

サンは目でうなずいた。荘舎の外に家をもつ流民も多い。サンは、日ごろ特にかわいがっている子どもの家に行くと、荘官に嘘をついていた。王の狩りのせいで昼間は人目が多いので流民の存在が発覚する、だから夜になってから外出すると説明したが、荘官としては若いお嬢様を一人で送り出すのが心配でならない。

「夜道は暗いのに、どうしてもおひとりで？」

サンはにっこり笑うだけだった。心配するなという意味と、絶対について来るなという無言の命令だ。

明るい笑顔の意味を理解した荘官は、重い気持ちで見送った。開京《ケギョン》にいる女房が知ったら激怒するぞ、灯籠《とうろう》一つでお嬢様を夜道に出すなんて！　実際、田舎の宵の口は、夜遅くまで灯火で明るい開京《ケギョン》と違ってとても暗い。月が大きく昇ったけれど、月明かりではつまずいて足首をくじきそうだ。やはり無理にでもつきそうべきだったか。今さら後悔したものの、絶対ついて来るなと言われたし、という言いわけも混じり、荘官の頭はずきずきしてきた。

「やれやれ、お嬢様と暮らしてるとやせ細って死にそうだ」

独りごちた荘官は、草がカサッと音をたてるのを聞いた気がした。はっとして見回したが、あたりはネズミ一匹動く影はない。灯籠の明かりを飲み込んだ真っ黒な野原にしばらく耳を澄ませたが、何も聞こえない。ネズミは逃げたらしい。お嬢様の灯籠《とうろう》が見えないのをまた確かめると、荘官は門を閉めた。

真っ暗闇を灯籠《とうろう》一つで歩いていたサンは、やがて畦道をはずれ、下生えが繁る森の小道に入った。何も見えないが歩き慣れた道のようにサンはすたすた進む。森を抜けると、向こうに明るい光が見えた。

サンは立ち止まって灯籠《とうろう》を消した。草むらに分け入って灯籠《とうろう》を隠し置くと、姿勢を低くしてそっと光のほうに近づいた。そこには天幕が並んでいる。別荘に泊まりきれない下級武官や狩人、勢子《せこ》、雑役夫たちの臨時の天幕村とは距離が離れている。ほうぼうに松明《たいまつ》をつけて明るくしているが、見張りも立てていないし、人影もない。皆、もう眠りについたのだろう。

しばらく茂みに隠れて様子をうかがっていたサンは、静かに立ち上がった。そして大胆にも天幕の一つに向うと、入り口の垂幕の片隅を持ち上げた。闇に慣れた目と耳で確かめると、ここは人々の眠る天幕だ。目的の天幕ではなかったように、隣の天幕に移った。二つ目、三つ目の天幕も息を殺して外からのぞくだけ。四つ目の小さな天幕で、サンは中に忍び込んだ。

そこは狩人の道具や武器を置いた天幕だった。弓や矢筒が並ぶ端から始めて、サンは順にひっくり返して目的のものを探した。暗い中を手探りで確かめていたサンは、革で裏打ちした軍衣がこんもり山積みされた下に、矢筒が隠してあるのを見つけた。

サンが矢を一本抜いて目を近づけた瞬間、突然何者かが閃光のように飛び込みざま、サンの口をふさいだ。サンの身体を羽交い締めにした相手から、なじんだ松の香りがかすかにする。リン⁉呼びたかったが、固く押さえられた口はわずかも開かない。その瞬間、天幕の外で草をがさがさと乱暴に踏みしだく音がしたので、サンも息を止めた。

外の松明に照らされて、天幕の壁にくっきり人影が映った。腰紐を解く様子が見え、草むらに用を足す音がした。男がさっぱりしてぶるっと震えると、もうひとり人影が現れて隣に立った。

「寝てなかったのか?」

低くしゃがれた声が天幕越しに聞こえる。露をぱっぱと払った影が下衣《パジ》を整えながらまたぶるっとした。

「いや、寝てましたさ。急に冷たい風が入ったようで目がさめたら小便したくなって。※隊正《テジョン》さんはなんで外に?」

「おまえが出て行く音がしたからさ。ついでに俺も草に水をやるか」

ジョオオッ。さっきより強い音が静かな夜気にのって響いた。ケッ。先ほどの影が妙な笑い声をたてた。

「明日死ぬかもしれないのに、今日も小便は出る。体ってのは、思ってることと全然違うなあ」

「ふーっ」

すっきりして思わず声が出た影は、下衣《パジ》の紐をしっかり結んだ。その手を下衣《パジ》でぬぐうと、男は手下の背中をおだやかに叩いてやった。

「死ぬことなど考えれば気が散るだけだ。明日は首尾良く終わる、それだけ考えろ。寝ておけ」

「眠れますかい？　明日からはもう二度と目が覚めないかもしれないのに」

「さっきまでぐうすか寝てたくせに。とりあえず横になってみろって」

何度かうなずいて戻りかけた男が振り返った。

「戻らないんっすか？」

「寝る前にもう一度矢を確かめておく」

「さっきピルドが確かめましたよ。俺も一緒に見たし」

「わかっている」

わかっていると言った男は、そのままこの天幕の入口へと向きを変えた。間近に迫る足音に目を見開いたサンは、口をふさがれたままリンの腕をぎゅっとつかんだ。リンはサンをかばうように地べたに伏せ、軍衣のかたまりの下に隠れた。仰向けに倒れたサンは、密着するリンの身体と自分の胸の間にせめて手をさしこもうと焦った。ところがリンは彼女の背に回した腕に力をこめる。

「シッ」

耳たぶに細い息がふれた瞬間、ぱっと垂れ幕が上がった。足音が耳もとの地面を伝わってどんどん近づき、軍衣の重なりの前で止まった。緊張が全身を走り、サンの手足がこわばった。すぐそばで衣をひっくり返す音がする。

　そんな切迫した状況なのに、サンは細身だとばかり思っていたリンの胸が実はとても広いことに気づいた自分に驚いた。二人はぴったり密着している。上下するリンの胸板を衣越しに感じる。リンも、息を殺したサンの胸がふくらんだり下がったりするのをありありと感じているだろう。「もう口をふさいで羽交い締めにしなくてもわかってるから離れてよ」と言いたいが、男がすぐそばで矢筒を調べている。サンは耳たぶのうぶ毛をくすぐるリンの暖かい息づかいに耐え続けた。

　サンは、自分の鼓動が少しずつ早くなるのがリンに伝わらないことを切に祈った。落ちついて、落ちつかなきゃ、お願い。サンに重なるリンのせいか、間近な男のせいか、言うことを聞かない心臓をなだめられずにサンはよけい焦る。

　とても長い時間が流れた気がする。矢筒を一つずつすべて確かめた男は、その上に軍衣を載せて隠し始めた。リンの背中の上から衣の一つがなくなった。見つかったらどうしよう？　その瞬間、サンは気持ちがしゃんとした。騒ぎを起こすより逃げるほうが上策だ。だが、たぶん格闘は避けられまい。リンのひじに食い込むサンの五本の指に力が入る。

※隊正：軍官の最下位で小隊長のこと。

その時、男は立ち上がって出て行った。入口の幕がまた下りて、あたりは静かになった。男の足音も遠ざかり、やがて聞こえなくなった。

それでやっと、リンはかぶっていた軍衣をはねのけて立ち上がった。リンの腕から自由になったサンも、こらえていた息をふう、と大きくついた。リンに押さえ込まれて痺れたあごをさすり、顔をしかめる。痛くはあるが、リンがいなかったら見つかって危ないところだった。どこからつけて来たのだろう？　思い返しても、つけられた感じは全くしなかった。

「ここでいったい何をしているの？」

サンは、怒っているのをはっきり伝えるため、怒鳴りつけるように口の形を大きくして尋ねた。ささやき声だが、静まりかえった天幕では十分聞こえる。暗い中、ちょっと離れて腰を下ろしたリンの顔はよく見えない。

「それは私が聞きたいことだ」

答える声の冷たさは、サンへの不信感のしるしだ。かつて木剣で喉を脅された時と同じ抑揚。突然サンを押し倒したことを謝る感じはない。こんなやつの胸でどきどきした自分が馬鹿だった！　サンは唇をかんだ。とにかく今は口喧嘩をする時でも場所でもない。サンは軍衣の山をどけながらささやいた。

「いい？　簡単に説明する。あの男たちは、明日の狩りでウォンを暗殺する傭兵。ここに隠してあったのが、やつらの特注の矢。青い矢。つまり世子の狩人が使う矢の偽物」

サンが矢筒から矢を一本引き抜くと、リンは外からさしこむ鈍い明かりにすかして羽間を見た。

「特進上柱国高麗国王世子」。モンゴル帝国皇帝クビライ・カアンが外孫に下賜した爵号だ。矢を返したリンが、ちょっと間をおいて尋ねた。

「あいつらは何者だ？」

「知らない」

さっと答えたサンは、リンの目が疑わしくなったのを見て急いでつけ加えた。

「本当に知らない。わたしが知ってるのは、あいつらは国王殿下一行じゃないこと。だってあいつらがここに到着したのは、今日だった。ここはわたしの荘園だからよくわかってる。わたしは国王殿下一行が到着する前から待っていて、誰がどこに天幕を張ってるのか、全部把握してる」

「あいつらが何者か知らないのに、邸下の暗殺を企てているのはわかるのか？」

「そうよ！　青い矢はあんたが率いる三十人しか持っていないのに、どうしてこんなところにあるわけ⁉　しかも刻銘まで入れた矢が。これは偽の矢じゃないの！」

リンはふう、とため息をつくと、手で額を強く押さえた。リンが自分の言葉を信じてないのを感じたサンは、もどかしさで頬をふくらませた。

「今はあいつらの正体について考えてる場合じゃない。この矢を処分しなきゃ。明日ウォンが死ぬかもしれない！」

『そしてリンも！』　サンはのど元まで出た言葉を飲み込んだ。世子が青い矢で射られれば、狩人部隊を率いるリンの罪になるのは、リン自身わかっているはず。リンは無言だが、おおまかな状況を理解したように見えた。それでサンは急いで矢を抜き取りだした。ところがすぐ、リンに手を押さえられた。

「なぜあいつらの計画を知った？　いったい誰に聞いた？」

「それは……言えない」

サンが困惑すると、リンの目に宿っていた疑惑が消えた。

サンが「知らない」ではなく「言えない」と答えたので、リンは悟った。世子暗殺という大それた陰謀に関わっているのはサンの父親だ。世子を救いたい、しかし父親は訴えられない。板挟みになったサンが、だからといってこんな危険な行動に出るとは！　自分の身をかえりみないサンの一途さに、リンはいたましくなった。

リンが薄い唇をぐっと結んで黙り込んだので、サンはまだ疑われているように感じた。このわからずや、牛みたいに融通がきかないんだから！　かっとなったサンだが、やっとのことで自分を押さえて静かに彼を呼んだ。

「リン」

リンの瞳がかすかに動揺した。サンが彼の名を呼んだのは初めてだ。矢に伸ばしたサンの右手を押さえたリンの手に、サンが左手をそっと重ねた。

「わたしはウォンの友だち。そしてリンの友だちでもあるわ。この恐ろしい陰謀をどこで聞いたのか今は明かせないけど、わたしが言ったことはすべて本当よ。わたしを信じて。今この矢を奪わなければ、明日、ウォンとリンの命が助からない。手伝って、お願い！」

お願いという言葉がリンの耳に長く響いた。そんな言葉がまさかサンの口から出るとは思いもよらなかった。虚を突かれたリンはサンの真剣な瞳に捕われた。一度落ちたら這い上がれない深い井戸のような瞳は塵一つなく澄んでいる。ふたりを隠す夜の闇よりさらに黒い瞳。酔いしれたように、魂が抜けたように、リンは微動だにしなかった。

わかってくれたみたい、と思ったサンはリンの手をそっとどけた。おとなしく離れて行きそうだったリンの手が、はっとサンの右手を握り直した。

「どういうこと？」

頭にきたサンが低い声で反発した。

「やめよう」

リンは一言だけ答えると、サンから矢を取り上げた。腕力ではサンはとうていリンの相手にならない。リンが軍衣の下に矢筒を元通りに埋めるのを見るしかないサンは、音がしないように地団駄踏んだ。

「矢をこのままにしていくわけ？　リンは死んでもいいの？」

聞こえているのかいないのか、リンは痕跡を残さないように天幕を片付けると、サンの腕をとって外に連れ出した。サンがリンを振り払おうとすると、リンはサンの耳に口もとを寄せてささやいた。

「あいつらを起こしていいことがないのはわかっているだろう？　ついて来い」

サンは怒り心頭に達していたが、やむをえず天幕から離れて茂みに戻った。リンが草むらを探ってサンの灯籠《とうろう》を見つけたので、サンはぎりっと歯ぎしりした。

「いつからつけて来たの？」

「きみが荘舎を出る時から」

腰の巾着から火打ち石を取り出して明かりをつけるリンを見て、ずっとつけられていたことに気づかなかった自分が情けなく、サンはよけいに腹が立った。

「荘舎に帰ろう」

何事もなかったようにリンが灯籠《とうろう》を掲げて言った時、サンは爆発しそうになった。

「帰る⁉　あの矢は⁉」

「きみは気にしなくていい」

「ちょっと！　明日のことを教えてあげたのは、いったい誰よ！」

リンはそれ以上答えず、サンの手を握るとずんずん歩き出した。サンは引っ張られながら文句を言い、怒り、懇願したが、リンはおかまいなしに森を横切って行く。とうとう諦めてすねたサンは、リンの手を振りほどいて彼を追い抜き、腕をぶんぶん振りながら先を歩いた。そして荘舎に着いたサンは、さっと振り返ってリンから灯籠《とうろう》を返してもらうと、憎々しげにリンをにらんだ。

「リンが死のうが死ぬまいが気にしないわよ！　でもウォンが怪我したり死んだら、リンの責任だからね、馬鹿っ！」

リンはつい笑い出した。こんな言葉づかいは貴族の令嬢らしくないが、サンには妙に似合って愛らしい。サンが言うと、なぜか悪態をついたようにも聞こえない。だがリンは、サンに気づかれる前にさっと笑いを消して、乾いた声で言った。

「部屋に帰って休め。また森を通り抜ける気は起こすな。私もここに着いてからずっとおまえを監視してきた。今夜も同じことだった。荘舎を出てもすぐ連れ戻すから、骨折り損だ」

「見張るならわたしより、森の向こうのあいつらでしょ！　馬鹿なんだから！」

荘舎の門が突然ギイッと開く音がしたので、サンは口をとじた。寝起き姿で外をうかがった荘官が、サンだとわかると迎えに飛び出してきた。

「ああ、お嬢様でしたか。よかった。お帰りなさいませ。ご無事ですね？」

サンが振り返った時には、すでにリンは姿を隠した後だった。どこに隠れたのだろう？　きょろきょろするサンのそばで、荘官が尋ねる。

「どうかしましたか？」

「あ、ううん」

「さっき声が聞こえたような……お一人じゃなかったんですか？」

「ううん。ただの独り言。もういいよ、入ろう」

荘官は妙な気がしたが、お嬢様がそう言うならそういうことだ。ぐずぐず言わずに門を大きく開けてサンを通した。庭に入ったサンは振り返ってもう一度闇の向こうをすかしたが、やはりリンは見えなかった。

「馬鹿！」

小さいけれど澄んだ声が、夜空に昇って広がった。

「はい？」

眠ぼけまなこを丸くした荘官に、また独り言だとごまかして歩き出したサンの背中で門が閉じた。

闇の中でリンはまた苦笑した。

◉

王が皇女と一行を率いて別荘を出て狩場に着いたのは、まだ青黒い空気が消えない曙光の頃だった。狩りの用意を整えた下級軍官や熟練狩人が山麓に集まっている。王の長年の狩の供、元卿《ウォンギョン》や朴《パク》義《ウィ》が厳選した狩人三十人が王の背後に平伏している。彼らが帯びた魚皮の矢筒にはきちんと赤い矢が揃っていた。

すでに獲物を追い立てるために山に火を放ち、勢子《せこ》たちが猟犬をけしかけて山を駆け下りて来るところだ。山裾から今にも飛び出してくる獲物を待ちかまえる王はごくりとつばを飲む。弓を握る王の手に、期待と興奮で血管がぐっと浮き上がる。かすんだ目が生き生きと輝く唯一の瞬間だ。

王はもともと狩り好きではなかったが、昔大都に人質として滞在中、虚しい心を慰めるように手を染めて、すっかり魅了されたのだ。

おべっか使いの臣下に歯抜け虎のように勝手に振り回される自分が無能だと気づいた瞬間。親子ほども歳の違う妻から軽蔑され傷つけられた瞬間。まだ子どもの世子から生意気に意見された瞬間。そんな時はひたすら狩りがしたかった。

王の逞しい男性までもが自分を裏切った最近は、よけいにそうだ。狩りに出て、走って、射て、斬って、引き裂けば、すっきりする。自分はまだ健在だと見せつけられる。今回は疎ましい息子と競うだけに、息子の前で自分の威容を余す所なく見せつけたい。ところがその相手が姿を見せない。王は焦りだした。

「世子は何をぐずぐずしておる。勢子《せこ》どもはすでに始めているのだぞ！」

そばに控える宦官が慌てて目くばせした。皇女も眉をひそめた。人々もざわめき、今か今かと盛り上がっていた狩りの雰囲気が逆に冷めてきた。

王の忍耐が限界に達した頃、白馬に乗った世子がゆうゆうと現れた。供の者一人連れずやって来る世子を見て、王は顔色を変えた。

「遅い！　東宮の狩人はどうした⁉」

「みな、帰しました」

朗々とした世子の声が、人々の私語を黙らせた。王の眉がさらにつり上がった。

「今、何と言った？」

「国王殿下がお聞きになった通りです」

「帰したとはどういう意味だ？　今にも獲物がこの場に飛び出して来るというのに！」

「小臣は日頃の鍛錬が足りず、自ら弓矢や剣を使うことには自信がありません。しかも日照りに襲われた田植え時に、狩りに徴発された百姓たちが田を離れるのは哀れの極みです。また戒を破って殺生をし、獣をほふることにも心が痛みます。小臣の小さな楽しみのために多くの命を奪う賭けを行うのは、仏の道にはずれます。五戒を守り仏意に従えますよう、国王殿下の寛大な御配慮を賜りたく存じます」

「益知礼普花《イジルブカ》！」

皇女が叱責するように息子のモンゴル名を厳しく呼んだ。

ウォンの言葉は、民の苦しみも仏教の戒律もお構いなしに狩りに興じる国王への嫌味として皆に聞こえた。世子自身、今まで共に鷹狩などをしておきながら、今さら殺生がどうこう言うのは王を嘲弄することだ。王を王とも思わぬ不遜な世子の態度に、あたりは静まり返った。

不埒者めが！　王は煮えたぎる怒りで息子を睨みつけたが、今にも飛び出してくる獣たちが脳裏を走り抜けた。世子などにこだわって狩りを台無しにはできぬ。

「それが東宮の意ならしかたがない。退がって良い」

「ありがとうございます」

ウォンはにっこり笑って感謝した。王にとっては、その笑顔も生意気な嘲笑にしか見えない。ウォンは、王に寵愛される宦官・崔世延《チェセヨン》と陶成器《トソンギ》のほうに、これ見よがしにゆったりと馬を進めた。

「私の持って来たものを受け取るがいい」

世子に話しかけられた理由がわからず、いぶかしげな目線をかわしつつ、二人の宦官は白馬の背からどっしりした荷物を受け取った。王をはじめ全員の視線が世子に向かう。

「今日の賭けのために特注した私の矢だ。無駄にしては、苦労した矢匠が気の毒だ。それで、いつも国王殿下に忠誠を尽くすそちどもに褒美として与えたい。この矢を用いて国王殿下のお楽しみを盛り上げてくれ」

包みを開いて青い矢の束を見た二人の宦官は、渋い顔で世子に礼を述べた。やることはすべてやったように、ウォンは王と王妃に挨拶すると狩場を出て行った。

世子が消えたのと入れ替わりに、土埃をもうもうと上げた獲物たちが飛び出して来た。まず王が赤い矢を一本つがえて弓をひいた。バシッ！　弧を描いて飛んだ矢が何かに当たった。猪だ。矢などはじいて走り続けるかと思いきや、その場でよろめいた。軍官が槍を深く刺してくるりとよじり、別の狩人がすぱっと斬りつけると、獣は耐えられずにどっと倒れた。矢はしっかり刺さったままだ。王が射た赤い矢だ。

おおっ⁉　ぼんやりした目を見開いた王自身、自分の実力に驚いた表情だ。本当に矢が当たったのか？　王は半信半疑だが、百官が両手を上げて万歳を歓呼した。弓を持つ左手を高々と上げた王の顔に、めったに見られない自尊心がきらめいた。これを合図に王の狩人や人々が、四方から走って来る獣にいっせいに矢を放った。狙って射る。刺して斬る。獲物の山がうずたかくなり、狩りの絶頂に至る。追われてきた獣がすっかり倒れるまで、その絶頂が絶え間なく続いた。

「なんと素晴らしい！　国王殿下が一発で猪をお仕留めになるとは」

人と獣が入り混じる阿鼻叫喚を見物していた皇女のそばに控える寧仁伯《ヨンインベク》は、感心しきりだ。皇女も多少は見直した表情だ。夫にこんな豪快な面があるとは知らなかった。いつもぐずぐず言うばかりだが、狩りだけは自負心を持つのもうなずける。でもこの勢いが寝室まで保たないのよねえ。そっとため息をつくものの、皇女の目じりが、それでもかなり和らいだ。

寧仁伯《ヨンインベク》は、皇女の機嫌が上々で狩りが終わることになって、ほっとしていた。しかし、肝心の世子を取り逃がした！　いったいなぜ、直前になって狩場を立ち去ったのか？　たんなる偶然か？

何か勘づいたのか？　寧仁伯《ヨンインベク》は皇女の背後に立つ崔世延《チェセヨン》に目配せで尋ねた。無駄になった青い矢をそっくり押しつけられた宦官は、知るか、という顔で肩をすくめた。

狩りは半日続いた。汗とほこりにまみれた袖で額の汗をぬぐうと、爽やかな疲れを感じて土は哄笑し、狩場の天幕に戻った。ずっとわだかまっていた心労をこの数時間ですべて発散したように、すがすがしい表情だ。おかげで王の一行も明るい雰囲気だ。獲物を数えると、王とその狩人の赤い矢が刺さった獲物が多かった。青い矢の獲物はもちろんまったくない。王が金で縁取った空の矢筒を機嫌よく叩くと、百官はまた歓呼の声をあげた。

浮き立つ雰囲気の中、その場で宴会が始まった。荘園や近くの村から集められた人々や召使いがあちこちで火をおこし、忙しく大釜をしつらえて獲物を煮る。いつのまに集まったのか、琵琶や玄琴《コムンゴ》を持った楽人らが一隅に座り、妓生《キーセン》たちが花枝を載せた盆を手にしずしずと歩いて来る。強いアラク酒は、荒々しい狩りでからからになった喉を潤すのにぴったりだ。王は満足げに酒杯を取って一口飲み、妓生《キーセン》の捧げる盆から花を一つ取った。花を頭に挿して踊ろう。王は酒を飲むとしばしば踊った。今日は王にとって心から踊りたい、よい一日だった。

◉

狩場を出たウォンはゆっくり馬を戻した。背後から風にのって熱狂的な歓声が聞こえる。働き手が狩りに集められた広い田畑にはだれも見えない。所々に藁ぶき家が屋根を寄せ合っている。そのつましく静かな田園風景に、麗々しい豪邸がはばをきかせているのはむしろ醜悪だ。ウォンの眼には、朱塗りの柱に碧玉だの金だのごてごて付けたのは美しい装飾ではなく、富を見せびらかすために見える。今、あんな別荘の部屋に戻って、することもなく一人で一行を待つのもなあ。リンも、金果庭の部下たちもいないのに。

「今日の狩りはお止めください」

暁の頃にウォンの部屋を訪ねたリンが唐突に願った言葉だ。

「なぜ？」

けげんなウォンへの答えは、日頃リンが口にする言葉ではなかった。

「悪い予感がします」

予感？　漠然とした予感に動揺するリンではない。それが、国王との約束を破れというほど「不吉な予感」だとすれば、リンにはそれなりの根拠があるはずだ。そして明確な根拠をリンが言葉にしない以上、何か事情がある。わかった！　そのひとことでリンに応じたウォンに、リンが付け加えた。

「邸下の青い矢はすべて、皆の目の前で処分して下さい」

「それもおまえの予感か？」

にっこり笑って尋ねるウォンに、リンは一礼した。友の助言を変わらぬ笑顔で聞いたウォンが、いたずらっぽく尋ねる。

「ほかにはないか？」

「ありません。小臣の無礼な願いを聞いてくださってありがとうございます」

そしてリンは短く挨拶をしてウォンの前を去り、ずっと姿を見せなかった。賭けの中止で仕事がなくなった金果庭の狩人たちを都に帰す時も、リンはいなかった。

『それも理由があったのだな！』

唇をなめたウォンは、青い矢を押しつけられた宦官が小さな目をしょぼつかせて慌てたのを思い出した。ということは、リンがどんなことを「予感」したのか見える気もする。

「ふん」

ウォンは私利私欲のためには王家に危害すら加える宦官どもを笑うと、詮索はリンに任せて止めにした。今日はこの荘園を一回りぶらついて景色を楽しむか。ウォンは馬任せにのんびり歩いた。

一面の田畑の畦道を歩く彼の耳に、ふと何かが聞こえた。か細い声だ。注意深く耳を傾けると、猫が鳴いているのか、子どもが泣いているようにも聞こえる。

その方向に馬を急がせると、やがて畦道の先にうずくまる子どもの姿と、子どもを覆わんばかりの馬にまたがる男の背中を発見した。近づくと子どもが声をしのんで泣いている頭上で怒鳴り声がした。

「このうっとうしいガキが、泣き止まんか！　本当に死にたいか⁉」

脅しは口先ではないと男が腰の剣を抜くと、子どもはおびえて大声で泣き出した。しゃくり上げる声が気に障るのか、男は今にも剣を振り下ろそうとする。

「やめろ」

子どもを成敗する寸前に邪魔された男は、何者だ、というむっとした顔で振り返った。

「ええっ⁉　東宮様！」

ウォンに気づいた男は悲鳴のような声をあげて馬から飛び降りてひれ伏した。その一方、ウォンからやさしげな眼を向けられた子どもは、嘘のようにぴたりと泣き止んだ。

ウォンは子どもから男にちらりと視線を移した。身なりは高官の部類、父王に従って狩りをしているうちに、こんな所まで獲物を追ってきたらしい。ウォンは冷え冷えとした瞳を男に移した。

「名は？」

「※全羅道王旨別監《チョルラドワンジビョルガム》の権宜《クォンウィ》と申します。世子様」

「何事か？」

「鹿を追って来たところ、突然子どもが飛び出したはずみに馬が驚き、足を折るところでした」

「だから？」

「獲物は取り逃がし、馬は傷つくところでした！　それで家を尋ねても答えず、強情に泣きわめく

※王旨別監：高麗西南部の全羅道地方に王命を伝えるために派遣される役職。

のに閉口しておりました」

「だから？」

「は？」

世子の不機嫌そうな質問の意味が権宜《クォンウィ》は理解できないように目を泳がせた。ウォンとしては状況が見えたので、実はもう聞きたくもない。この男は子どもの家に乗り込んで、自分の物でもない鹿と怪我もしてない馬の代金を払えと強要し、ありったけの穀食と金品を奪い取るのだ。

ウォンは権宜《クォンウィ》を乗馬鞭で打ち据えたい衝動をなんとか抑えた。

『この男ひとりじゃない。父王の周囲にいるのはこういうやつばかりだ。おれは絶対に父のようにならない。夫としても、王としても』

「行くがいい」

汚らわしい物のように権宜《クォンウィ》を見たウォンが吐いた声は、ウォンが思ったより穏やかに聞こえた。

「は？　しかし世子様」

「言い分はわかったから行け。そちのことは、おれが覚えておく」

「あっ、は、はい！　東宮様！」

権宜《クォンウィ》はさっと挨拶をすると馬に乗って離れて行った。小汚い子どもの家に乗り込むより、世子のお覚えめでたいほうが、この先ずっといいことがあるだろう。権宜《クォンウィ》の胸は期待に膨らんだ。

『覚えておくとは、おまえの期待する意味ではないがな』

権宜《クォンウィ》の後ろ姿を見送りながら世子は冷笑した。畑の畦に座り込んでいた子どもは、その間に少しずつ後ずさりしていた。きっと権宜（クォンウィ）への声と視線を見て恐くなったのだろう。ウォンはやさしい顔で子どもに笑いかけた。

「もう大丈夫だ」

そう言われても、子どもはまだ恐さが消えず、どきどきしながら大きな馬にまたがるウォンを見上げようとして、首が折れそうにのけぞった。すると自然に口が開いて、溜まっていた唾がたらりと流れた。きたないというより可愛らしくて、ウォンはくすっと笑った。ウォンの笑い声でやっと子どもは安心し、立ち上がろうとした。が、そのとたん、あっと言って尻もちをついた。

「どうした⁉」

あわててウォンは馬から飛び降り、子どもの前にかがんだ。その時になって、子どもの下衣《パジ》が破れて赤黒い染みが広がっているのを見つけた。膝のあたりをひどくすりむいている。おそらく権宜《クォンウィ》の馬を避けたはずみに転んだのだろう。子どもは傷口を見ると、気を張っていたのがゆるんで痛みがよみがえったのか、大泣きしそうに顔をゆがめた。

「泣かなくていい、大丈夫だ」

ウォンは子どもの頭を撫でた。ウォンは自分の頭巾をはずすと、折って重ね縫いした縫い目をほどき、草むらの上に広げた。それから馬に下げた竹の水筒をはずして傷を洗い、上衣の下に着ていた袖のきれいな部分をやさしく傷にあてて水気を取った。子どもはウォンのすることが珍しいように、痛みを我慢してじっとしている。ウォンは広げた頭巾をきちんと三つ折りすると、一番きれいな内側を傷にあて、しっかり縛ってやった。これで痛みはおさまるだろう。子どもは魔法にかかったように、また口をぽかんと開けた。

「さあ、できた。家に帰っておとなしくしていれば、すぐになおる。薬草に詳しいおとながいたら貼ってもらうのだぞ」

仕事を終えたウォンがにっこり笑いかけると、子どももつられてにこっと笑ったが、また目を見開いてウォンを見つめた。もう恐がってはいない、好奇心いっぱいの目だ。恐れ多くも世子邸下を穴があくほど見つめる子どもの鼻を、彼がそっとつまんだ。

「何をそんなに見ているのだ?」

「ここ、はげてるの?」

勇敢にも子どもは手を伸ばすと世子の額の上をそっとさわった。え? ウォンの目が丸くなったが、紅い唇が愉快に笑った。宮中のモンゴル風弁髪《ケクル》など、田舎の子どもは見たこともあるまい。少年が前髪を剃って頭のてっぺんまでつるつるでは、子どもがびっくりするのも当然だ。

ウォンは頭を少し下げ、子どもの手をとって後頭部や髪をさわらせてやった。子どもの手が、頭の後ろで編んだ髪をなで、胸まで垂らした三つ編みの先に届いた。

「こっちは髪があるんだね」

子どもは珍しそうに笑って言った。

「これは弁髪《ケクル》といって、おれの暮らしている所で流行っている髪型なのだ」

「どこから来たの?」

「開京《ケギョン》」

ウォンは、子どもの言葉に南部の全羅道《チョルラド》訛りがあるのに気づいた。ここは西海道なのに。こんな小さな、見たところ農家の子どもが？　もし土地から逃げた流民だとすれば重罪だ。

「名前は？」

「ヒャン」

「そうか。ヒャン、おれは開京《ケギョン》から来たが、ヒャンはどこから来た？」

子どもはためらった。ウォンを見つめる瞳が左右にさまよってウォンに戻る。躊躇する子どもに、ウォンはまた笑いかける。それで子どもは小さな声で説明した。

「あのね、知らない人としゃべっちゃいけないの。特に、立派な衣を着た人とは絶対に口をきかないで、逃げなきゃいけないんだ。お話しをしていいのは、荘園の人だけだって」

「誰がそう言った？　おかあさんか？」

「お兄ちゃん。時々開京《ケギョン》から来るお兄ちゃんが言ってた」

「うん、お兄ちゃんの言う通り、知らない人としゃべっちゃいけないな……。だけどヒャン、おれたちはもう知らない人じゃないだろう？　傷の手当てもしたし、ヒャンの名前も知ってるよ」

じっくり考えると子どもはうなずいた。なるほどと思ったらしい。すかさずウォンは尋ねた。

「お兄ちゃんは、どうしてしゃべっちゃいけないと言うんだい？」

「馬に乗った恐い人が、かあちゃんとぼくを無理やり連れて行ってひどい目にあわせるからって。さっきのおじさんみたいに。だから知らない人が見えたら、すぐ荘舎に逃げて帰れって」

「ふうん。ほかの人にもお兄ちゃんはそう言うのかい？」

「うん。荘園の子みんなに言ってる。スンビョンにもナンシルにも……」

「お兄ちゃんの言いつけを守るヒャンは、お兄ちゃんが好きなんだな」

「うん！　お兄ちゃんは、面白いお話をしてくれて、駆けっこや鬼ごっこや、木の枝で剣術ごっこもするよ。あっ、そろそろ勉強もしなさいって本もくれた。まだ読めないけど……。かあちゃんも荘舎のおじちゃんも、みんなお兄ちゃんのことが好きなんだ。かあちゃんも毎日言ってる。お兄ちゃんがいなかったら、ぼくたちみんな死んでたんだよって。お兄ちゃん、もっといっぱい来てくれたらいいのに……」

ふと、ヒャンはクスクスと思い出し笑いをした。

「あのね、おかしいんだよ。かあちゃんや荘官のおじちゃんは、お兄ちゃんのことをお嬢様っていうんだ」

「お嬢様？」

ウォンは子どもと一緒に大笑いした。その「お兄ちゃん」が誰なのか、ウォンの推測は当たったようだ。

「なんでお嬢様なのか聞いたら、お嬢様みたいにきれいだからってさ。お兄ちゃん、本当にとってもきれいだよ。……内緒だけど、かあちゃんより！　荘官のおじちゃんより足が速いし。クヌギの木のてっぺんに一番早く登れるのもお兄ちゃんなんだ」

「ふうん。お兄ちゃんはすごいんだな」

「うん！」

ヒャンは大好きなお兄ちゃんの良さを認めてもらえたのが嬉しくて、大きな声で答えた。ウォンはその素直さと純真さに胸がじいんとした。

ウォンはヒャンを立たせてやると、両肩に手を置いてやさしく子どもの目をのぞきこんだ。

「わかった。じゃあ、今日会ったことは秘密だよ。かあちゃんにも、お兄ちゃんにも。できるか？」

「どうして？」

「ヒャンはおれを知ってるけど、かあちゃんやお兄ちゃんはおれを知らないだろう？　ヒャンが知らない人としゃべったと思ってきっと心配する。ヒャンは、かあちゃんやお兄ちゃんに心配かけたくないだろう？　おれも秘密を守るから、ヒャンも男らしく黙ってる。できるな？」

子どもはちょっと困った顔をした。破れた下衣、怪我、手触りのいいきれいな布。これを、頭に半分毛がないお兄ちゃんのことを言わず、どうやったら説明できるだろう？　ヒャンの困った事情に気づいたウォンは提案した。

「じゃあ、こう言ったらどうかな？　恐い男の馬を避けるはずみに怪我したら、頭がハゲた人が通りかかって、黙っているヒャンを手当てした。たぶん旅のお坊さんだと思われるから、ヒャンは嘘を言わなくていい」

子どもはほっとした。ウォンは子どもを馬に乗せてやるために抱き上げた。

「よし！　家のそばまで送ってやろう」

「ううん。ぼく大丈夫。ひとりで帰れるよ」

一瞬、馬に乗ってみたそうな顔をしたヒャンが自制したので、ウォンは賢い子だと改めて思った。

お兄ちゃんの教育が行き届いている。たしかに世子の馬に乗っているところを人に見られたら、先ほどの秘密も台無しだ。

足を怪我した子どもを一人で帰すのは気にかかるが、ヒャンの判断は正しい。ヒャンを下ろしたウォンは、ヒャンの頬を軽くつねって親愛の情を示した。

「気をつけて帰れよ」

ヒャンは足をひきずって歩き出したが、ふと振り返った。白馬の後ろ姿が小さくなっていく。騎馬の少年の編んだ髪が背中でぱたぱた揺れている。ヒャンは自分の小さな頭の黒々とした髪を撫でてみた。

◉

陽が西に傾く頃、小さな渓谷にさしかかったリンは馬を下り、汗ばむ顔を洗った。

暁にウォンの前を退いてそのまま曙光の森を通って草地に向かったが、天幕はすでに消えていた。昨夜の狩人たちもいなかった。狩場のそれぞれの持ち場で待機する狩人や勢子《せこ》の集団も、皆所属がはっきりした者だった。朝日の中で狩りが始まり、角笛や猟犬を追う声、獣の咆哮や歓声が入り混じって天地を揺るがす間、リンは走る狩人の群れの間を縫うように狩場を探し回った。だが人々はみな王一行で、あの傭兵も偽の青い矢を持つ者もいなかった。ついに狩りの終わりのラッパが聞こえ、リンは捜索をあきらめた。

『昨夜のうちに軍士を率いて天幕を急襲していれば、あの私兵どもを捕えて首謀者も摘発できたのに』

リンは、いつもの端正な所作を忘れたように平たい岩に膝を抱えて力なく座った、水滴があごからぽたぽた落ちる。リンは唇を噛んだ。

『だが捕縛すれば、陰謀にジョン兄上とサンの父が加わったのが発覚する。そうなったら……』

大規模な血の粛清が宮廷を吹き荒れる。ジョンが世子暗殺を企てたとなれば、リンの家族は全員、そして何も知らない王の長男江陽公《カンヤンゴン》とその生母で最初の正妃まで死刑になる。日ごろから「王の長男江陽公《カンヤンゴン》が謀反を起こしてウォンを殺し、世子の座に返り咲く」と疑っている皇女だ、この機会を逃さず、必ず全員の命を奪うだろう。そして大富豪の寧仁伯《ヨンインベク》も資金提供者として捕縛される。皇女はサン父娘も死刑にして、全財産を没収するだろう。

リンは、何十人もの傭兵がうようよする天幕に忍び込んだサンの無謀な、しかし勇気ある純粋な行動を思いだした。

「ちくしょう！」

リンらしくもない悪態が飛び出して自分を責める。

世子邸下を守るためなら、身内のジョンはもちろん誰一人許さない心の準備はできていると自負していた。昨夜なら確実にやつらを全員捕縛して証拠の偽矢を確保できた。それなのに、できなかった。

「そこまでしなくても、今日ひそかに私兵を探し、そのうち一人でも捕まえれば本当の首謀者を突き止められる」と思ったのだ。迷い、ためらい、躊躇したあげく、やつらを全員逃がして証拠を失ったのだ。なぜ？

『私は本心では、やつらに逃げて欲しかったのではないか？　兄上と寧仁伯《ヨンインベク》の謀反の証拠を消すために！』

リンは自己嫌悪でこぶしを握った。つまり、陰謀の首謀者を見逃し、今後も世子を危険にさらすのだ。しかもその事実を世子に隠した！

『最低だ！　私は邸下を裏切った！』

リンが王との賭けの約束を破ってくれと願った時、ウォンはすぐさま応じてくれた。理由を尋ねたかっただろうに、あえて尋ねなかった。世子は、リンの判断をただ信じてくれたのに！　リンは頬の内側を血がにじむほど噛みしめた。怒りをこらえる時、つい出てしまう癖だ。

茂みがこすれる音が近づく。リンは反射的に立ち上がり、さっと剣を抜いてそちらを狙った。茂みが分かれて一頭の馬が落ちついた足どりで現れた。彼の剣先の方向には、馬の手綱を握るサンがいた。リンは、ほっとして剣をおさめた。

「どうなった？」

サンは尋ねると同時に馬から飛び降り、リンに近づいた。リンは答える代わりにサンを叱りつけた。

「ここで何をしている？　寧仁伯《ヨンインベク》はきみが開京《ケギョン》にいると思っているのに、こんな所をうろうろしていいのか？　荘園には千人を越える人間がいるのに」

「いっぱいいるから誰も気にしないわ。ウォンは無事なのよね？」

「世子邸下は狩りに参加せず御無事だ。こちらの狩人は全員開京《ケギョン》に帰し、青い本物の矢は王の目の前で返した」

「何も起きなかったのね、よかった！」

焦燥感に駆られていたサンは、心からほっとして明るい顔になった。素直に喜べないリンは、苦々しい思いで背を向け、馬の手綱を木からほどいだ。サンがけげんそうにリンの目をのぞきこむ。

「どうしたの？　リンの思い通りにうまく片付いたんでしょう？　ウォンもリンも無事だし」

「あいつらを取り逃がした。夜明けから狩場を探しまわったが、どこにもいない。この陰謀の首謀者も見つけられなかった」

「……そう」

サンの顔にも複雑な影がさした。

「いつか……明らかにしなければね。ウォンのために」

独り言のようにつぶやくサンに、リンも複雑な視線を向けた。リンは何か言いかけて口をとじ、そのまま馬にひらりとまたがった。サンが手綱をつかんでリンを止めた。

「なぜ尋ねないの？」

「何を？」

「首謀者について。陰謀を企んだ仲間について」

「きみが言えないと言ったじゃないか」

「それは……。リンがわたしから聞き出すのを我慢している、という意味？」

サンが目を丸くした。どこまでもまっすぐなリンが心の通りに動かなかった？　そんなの全然リンらしくない、と井戸のように深い黒い瞳が語っているようだ。自分を見上げる彼女の心がただひたすらに感じられ、リンは胸が詰まった。

「サン」

リンはやさしく語りかけた。サンは、はっとした。リンがサンの名前を口に出したのも、それもこんなにやさしく呼んだのも、初めてだ。

「私は兄に、邸下のためなら兄弟の縁を切るとすでに言った。だが、サンにも同じことをしろとは言えない。サンが自分の気持ちで決めることだ。私に言いたくなければ無理に言わなくていい」

叱責調ではなく、サンの苦しい立場がわかるように淡々と語るリンにサンは驚き、つい皮肉で返してしまった。

「わたしの喉に剣を突きつけて追及しないの？　首謀者の見当はついたので、もうわたしから聞き出さなくてもいいってこと？」

「違う。サンを信じるからだ」

リンが真摯に答えたので、サンはよけい当惑した。

「邸下へのサンの忠誠を信じる。そして妓楼や偽の矢について詳しく言えないのは、きみにも事情があるからだ。だからもう無理強いしない」

「この陰謀に、リンの兄上も……わたしの……わたしの父も関わってるけど、どちらも『彼』と呼ばれる誰かに利用されているだけ。首謀者がいるのに、兄上や父だけ捕えても意味がない。でも『彼』

が誰かわからない」

「今のサンの話もそのまま信じる」

薄い微笑がリンの口もとに浮かんで消えた。サンの心臓が突然ぐっと締めつけられた。岩につぶされたようにサンは大きな圧迫感で胸が苦しく、息ができなくなった。昨夜天幕で彼の胸にぴったり抱かれて身動きとれなかった時のように、心臓が早く打ち出した。

どうして？　身体はふれてもいないし、こんなに離れているのに！

サンは心臓が激しく打つ音がリンに聞こえてしまいそうで焦った。幸いリンには聞こえないらしい。リンはやさしい口調で話を続けている。

「ただ、今回はこうして乗り越えた。だが先のことを言えば、今度証拠を見つけたら、私は邸下への反逆者を、兄を含めて根絶やしにする。その時、私はきみの父上を守れない。たんに利用されただけでも、資金を提供すれば反逆だ。覚悟しておいてくれ」

「なぜ今捕えずに、次の機会なの？」

「証拠もないのに王族を捕えられないだろう？」

「じゃあ、わたしが父の安全を優先して、先にリンを殺してしまったらどうするの？」

サンはなにげなく話すためにあらゆる力を集中していた。あばれる心臓から送られる血が身体中の血管を熱く沸騰させそうだ。心臓の馬鹿！　自分すら思い通りにならない自分への怒りで、サンはつい目に力が入った。サンが怒って自分をにらみつけたように見えて、リンは苦笑した。

「父上のために私を殺したとしても、サンの気持ちはわかる。だが私もそう簡単にはやられない。

二人とも互いの実力をよく知っているし」

話をまとめたリンはゆっくり馬を進めた。サンもリンの手綱を放し、自分の馬でついて行った。これ以上リンと向き合うには、サンの心臓が耐えられない。とりあえずリンを先に行かせ、自分の心臓をゆっくりなだめたほうがよさそうだ。それなのに無神経なリンは数歩も行かずに馬を止めた。

「サン」

リンはさっきと同じやわらかい口調で彼女を呼んだ。

「何？」

聞き返すサンの声は、心臓を押さえこむあまり、つっけんどんになってしまう。

「昨夜のように危険なことに一人で飛び込まないでくれ。きみは自分自身を守るだけでも、あちこち気をつかっているのに」

「なぜ……そんな心配をしてくれるの？」

「友だちだから」

簡単に答えると、リンの馬は木立の間を進んで行った。サンは馬を止め、リンの馬が通った後に揺れる茂みを呆然と見つめた。リンの姿が消えても、サンの心臓は相変わらず跳ね回っている。もう見つめあってもいない、言葉を交わしてもいない。それなのに心臓がばたばたして、居ても立ってもいられない！　とても自分の身体とは思えない。いったいどうして？　わたしに何が起きたの？　だが答えはない。身体はサンに答える余裕など持っていなかった。

◉

「ああ、わたしゃお嬢様のせいで寿命が縮むったら。もう心配で何も喉を通らない。今日か明日、わたしが倒れてもおかしくないんだからね！」

乳母がビヨンの髪をとかす手を止め、分厚いこぶしで胸に手を当てると、ビヨンは申しわけなさそうにうなだれた。

「旦那様が王様の狩りで福田荘園に行っている間、一人ぼっちのお嬢様がかわいそうだと歌舞百戯を呼んでくださったのに、肝心のお嬢様がいないときた！　いったい、いつ抜け出して一人で荘園まで行かれたんだか。グヒョンまで置いてきぼりにして。こんなことが旦那様にばれたら！」

「旦那様が戻る前の日、一足先に帰って来ると言ってたから」

ビヨンが小さい声でお嬢様の伝言を繰り返したのが、乳母の癇によけい障る。

「だからおまえに身代わりをしていろと？　黙っていればわからないなんて、無責任なお嬢様だよ！　旦那様がお留守の時、掌財（財産の出納を担当する人）はお嬢様と相談しなきゃいけないのに、おまえにいったい何が言える？」

「それはばあやさんが適当にごまかせるって……」

「旦那様の代わりにお嬢様が芸人たちに直接褒美を渡すのは？」

「それもばあやさんがいれば大丈夫って……」

しょんぼりとお嬢様の言葉をきちんきちんと伝えるビヨンの前で、乳母も叱る意欲を失った。こんな素直なビヨンにお転婆なお嬢様を止める力があるわけないよねえ。そもそも、乳母にしたってビヨンにしたって、母親代わり・友だち代わりではあるけれど、結局は立場の弱い召使い。お嬢様の命令には逆らえない。

　でもねえ。膝の上で両手をぎゅっと握りしめて震えるビヨンを見ると、同い歳の娘なのに二人はどうしてこうも違うんだろう。乳母は、ついそんなことを考えてしまった。お嬢様はいったいいつになったら淑女の自覚を持っておとなしくなるのだろう？　暗澹として来た。

　その時、別棟《はなれ》の外からグヒョンの大きな質問が聞こえた。

「ペ直司《チクサ》が、お嬢様にお尋ねすることがあるそうです。どうしましょう？」

　ペ直司《チクサ》は寧仁伯《ヨンインベク》の莫大な財産の管理人で、二十ヵ所を越える各地の荘園、市場のたくさんの店、モンゴルと行き来する貿易商、そのすべてを扱っていた。直司《チクサ》とはお寺の財産管理者だが、彼の前職が羽振りのよい大きな寺の直司《チクサ》だったので、いまだに直司《チクサ》と呼ばれている。

「ああ、始まった。どうか今日をうまく切り抜けますように！」

　乳母は首を振ると、別棟《はなれ》の戸を乱暴に開けた。庭には六尺五寸の大男が立っている。浅黒い顔で左眉の上にほくろがあるグヒョンは、乳母に恐ろしい勢いでにらまれると大きな体を縮こまらせた。

「おまえはウドの大木かい？　お嬢様のご機嫌取って手博戯《テッキョン》だの剣術だのを教えるだけで、肝心のお嬢様の護衛は全然できてないじゃないか！　またお嬢様に屋敷を抜けだされて！　そんな護衛役が三度のご飯を食べさせてもらえるとでも⁉」

「ばあやさん、面目ない」

「まったく！　せめてビヨンのそばから離れるんじゃないよ！　あの子が偽物だと疑われないように。誰一人近づけないこと！」

おとなしく頭を下げたグヒョンをまたにらんだ乳母は、ビヨンにも注意した。

「お嬢様の衣に着替えたら、チェボンを迎えに寄越すからね。いいかい、一言も口をきくんじゃない。チェボンは一時も黙ってられないたちだから、うっかりして乗せられるんじゃないよ。しっかり気を引き締めな。いいね？」

ヒヨコのように怯えてこっくりうなずくビヨンを置いて、乳母はのしのしと別棟《はなれ》を出て行った。グヒョンが外から静かに戸を閉めた。

たっぷり叱られたビヨンは立ち上がる気力どころか、指一本動かす力も残っていなかった。


『ごめんね。わたしばかりがしょっちゅう外に出て。本当にごめん』

『いいえ、お嬢様。お屋敷で百戯が見られるなんて。楽しみです』

一人残って身代わりをしてもらう小間使いに気がとがめたサンは、出かけた足を引き返してビヨンにささやいた。ビヨンは、身代わりになれば綱渡りや芸人の活躍を見られるから嬉しいです、と明るく答えた。

芸人たちの曲芸など、幼い頃に見たっきりのビヨンである。百戯が来てもいつも別棟で留守番だったので、見物は本当に楽しみだった。

それが乳母に叱られて、やっとその日のお嬢様の代役が簡単ではないらしいことがわかった。それで恐くなってしまった今は、もう百戯も歌舞も見世物もどうでもいい。それでもビヨンは精一杯努力する。お嬢様の役に立ちたい、この気持ちだけでビヨンは大富豪のお嬢様役をやり抜く決心をしていた。

サンの衣を着ていくうちに、しょんぼりしていた頬が明るくなってきた。中に着る単衣は最高級の細白苧《はくちょ》で、肌に触れる感じが涼しく軽い。裳（スカート）を広げる旋裙をつけるのは広明寺《カンミョンサ》のお参り以来だ。豊かに広がる小花模様の絹の裳、上衣《チョゴリ》の上から幅広の橄欖色《みどりいろ》の帯を結び、匂い袋と黄《き》金《ん》の珠を下げると、鏡に映った自分はお姫様のようだ。薄い黒紗をかぶって顔を隠せば、お嬢様と寸分変わらない。

『なんてきれいな衣かしら』

くるっと一回転して見たビヨンは、心が満ち足りて黒紗越しにほほえんだ。こんなに素敵な衣があるのに、毎日男装して駆け回るお嬢様の気が知れない。右に、左に、身体をちょっとねじって着付けを確かめる。あちこち歩いてビヨンは優雅な衣擦れの響きを満喫し、美しい姿を確かめてまた確かめた。

そうして楽しく鏡と遊んでいるところに、「チェボンが来た」と、外の石段でグヒョンが叫んだ。どきんとしたビヨンは袖の中に両手を隠してぎゅっと握りしめ、やって来た召使いを紗越しに見た。手のひらはすでに汗びっしょりだ。華やかに着飾ったお嬢様が泣きそうなのも知らないチェボンは、嬉しくてたまらなそうに駆けて来た。チェボンの口は休むことを知らない。

「まあ、お嬢様、本当にお久しぶりです。あたしのこと覚えてます？　お嬢様が小さい頃、きなこ餅とか飴とか、こっそり持って来てあげたチェボンです！　ああ、本当に大きくなったのねえ。あの頃はちっちゃいチビちゃんだったのに！　別棟《はなれ》にお迎えに来るのも何年ぶりでしょ。ばあやさんしか来ちゃいけないっていわれてて。今日は特別なんですよ……。いくら顔に傷がついたって、あたしたちと離れてこんな所で暮らして寂しくなかったんですか？　傷なんて、紗があれば全然見えないですよ！」

言っていいことと悪いことの区別もなく雨あられとしゃべりたてるチェボンには、ビヨンもあっけにとられた。チェボンのことはよく覚えている。ちょっと年上の召使いの少女で、幼いサンとビヨンによくこっそりお菓子を出してくれた。それを思うとビヨンは懐かしさで涙が出そうだ。もう何年も、サンと乳母とグヒョンと旦那様以外の人間に会うことのなかったビヨンにとって、ともかくも嬉しい再会だ。だが乳母に注意された通り、チェボンに答えるわけにはいかない。ビヨンは気持ちを必死に押さえて黙って部屋を出た。

浮かれてしゃべるチェボンは、お嬢様が無言なのでがっかりした。だが、それだけ山賊の襲撃が恐ろしかったのだと思い、お嬢様が悲しみから立ち直れないのもわかる気がした。

チェボンはお嬢様のために、沓脱《くつぬ》ぎ石に小さな革靴を揃えた。その時、別棟《はなれ》の門のあたりでグヒョンが誰かを怒鳴りつけているのに気がついた。靴をはきかけたビヨンもつられてそちらを見る。

別棟《はなれ》の門のすぐ外で、グヒョンまではいかないが、それでもかなり長身の男が言い争っていた。出しゃばりのチェボンが大声で言った。

「ちょっと、ここは別棟《はなれ》の真ん前でしょ！　何者なの？　これからお嬢様が出て行かれるところなのに！」

グヒョンがお嬢様に頭を下げた。ところがよそ者の男は無礼にもビヨンをまっすぐ見た。それでビヨンもチェボンも男をはっきり見た。三十を越えたような年齢で、古くてみすぼらしい衣をまとっている。だが太い首と広い胸がたくましく、まくった袖の下に、太い血管が浮き上がる筋肉質の前腕がのぞく。日に灼けた浅黒い顔で目鼻だちの整ったいい男だ。ただ左の目のあたりに、古傷なのか色は薄いが長い刃傷が見えた。グヒョンが報告した。

「今日来た芸人の一人ですが、舞台の幕の綱が足りなくて、借りられないかとここまで入り込んだようです」

するとビヨンの横で、チェボンが代わりにぽんぽん叱りつける。

「嘘ばっかり！　あたしはさっきまであっちにいたんだから！　幕は全部掛け終わったし、綱だって足りてる。大きな庭から中門を通り抜けてこんな奥まで綱を探しに来た？　いいかげんなこと言って、何か盗みでも働くつもりだったんでしょ！」

男は心外だというように表情を硬くした。浅黒い顔で白目が涼やかに見える。どうしていいかわからないビヨンは、彼の厳しい眼光に魅入られたように固まった。

「ちょっと！　だいたい、お嬢様のお顔を見るなんて無礼でしょ！　目を伏せなさいよ！」

「お嬢様。縛り上げて袋だたきにしましょうか、それともこのまま見逃しましょうか」

同じ召使いのチェボンが騒いでも埒《らち》が明かないので、とうとうグヒョンはお嬢様がビヨンなのを知りつつも、処置を尋ねてしまった。そういわれてもビヨンは困るばかりだ。自分について騒がれているのに、男は堂々と顔を上げ、ビヨンをまっすぐ見つめる。泥棒じゃない。焦りつつもビヨンは思った。ついにビヨンは、聞こえるか聞こえないかの声を出した。

「そのまま……」

チェボンは、さんざんもったいぶったのにそんな一言で済ますのかと、不思議そうにお嬢様を見る。チェボンは、お嬢様がすっかりおとなしい淑女に成長したことに驚くばかりだ。ビヨンは急いで靴を履くと、別棟《はなれ》の門から中庭を通って表に向かった。宴や仏事など行事のために建てた楼閣に着くまで、ビヨンの脳裏には男の瞳が繰り返し浮かんだ。チェボンにとっても、男はとても印象的だったらしい。

「芸人連中なんて、みんな礼儀知らずなんだから。それに、あの男に何か芸ができそうにも見えないわ。せいぜい雑用係ね。フン、でも顔はよかったかもねえ。そうでしょ？　あの目の傷跡さえなければ、もっとかっこいいのに。やっぱり顔の傷って目立つから……あっ！」

失言を悟ってチェボンが黙ると、ビヨンは男の顔に走る傷を改めて思い出した。あれは刀傷だった？　ビヨンは彼の印象が消えないのは、傷という不思議な共通点のせいだろうかと思った。傷について他人がこそこそ陰口をきくのがわかっている気分。自分の顔の深い傷がかっと熱くなる感じがした。ビヨンは、彼の傷跡をむやみに言いたてた無神経なチェボンが恨めしくなった。

しばらく前から寧仁伯《ヨンインベク》は祝い事や接待でもないのに頻繁に歌舞百戯を呼んでいた。守銭奴だった寧仁伯《ヨンインベク》が芸人遊びに散財することに不審を抱く向きもあったが、百戯を催す屋敷に行けば、誰でも見物できる上、料理や蜜菓子や香り高い茶がふるまわれるので、近くに住む人々は大歓迎だ。

寧仁伯《ヨンインベク》の屋敷には撃毬もできそうな広場があり、そこに舞台をしつらえ、絹の幕を下げている。舞台の端には楽人たちが席を占め、歌や舞いに呼ばれた六、七人の華やかな妓生《キーセン》も澄ました表情を整える。

華やかな朱塗りの豪華な楼閣に置いた立派な椅子からは舞台が一番よく見える。

まだ始まらないのか？　楼閣をちらちら見上げていた群衆の前に、ついに今日の主賓、寧仁伯《ヨンインベク》の令嬢が侍女をともなって登場した。令嬢が着席すると、下に立つ召使いが百戯の開始を命じた。珍しい演目に人々は夢中になる。棒渡りも楽しいし、高く投げ上げる六個の金の毬のお手玉も面白い、刀を飲み込んで火を吹く芸もすごい。人々がいちばんハラハラするのは、高く張った綱渡りだ。

ビヨンが一番見たかったのも綱渡りだ。指の太さほどの綱の上を歩きながら、座ったり跳ねたり、巧みな芸人に手をたたいて歓声を上げるところだったのに、ビヨンは実は綱渡りどころではなかった。出演する芸人をいくら待っても、先ほどの彼がいないのだ。たくましい体つきにりりしい顔、あるいは刀傷だけでも目につくのに、いったいどこに？　ついには舞台のそばで働く一座の人々の顔をひとつひとつ確かめるので、楽しい曲芸もうわのそらだ。ふと、さっき「そのまま……」と小声で言ったのが通じなかったのでは、という気がして焦りだした。

『まさかグヒョンおじさんが袋だたきにしていたらどうしよう』

あちこち視線を移していたビヨンの瞳が、はっと止まった。舞台裏に半ば身を隠して立つ男がいた。

『グヒョンおじさんは放してくれたのね！』

ビヨンが安心した次の瞬間、はっとして袖の中の手で絹の嚢を握りしめた。彼がビヨンのほうにちらりと顔を上げたのだ。握りしめた手が開かない。たまたま顔を上げただけなのか、ビヨンを見上げたのかわからない。ビヨンのまつげが細かく震える。

「わあっ！」と人々の歓声が広がった。綱渡りの芸人が扇を広げた腕で大きく弧を描き、倒れそうなほど身を傾けたのだ。だが男は芸など見ていない。彼の瞳はずっと一点を凝視している。

『あたしを見てる！』

皆が綱渡りに歓声をあげて見入っているのに、ビヨンと彼だけが別の世界にいるように見つめあった。音楽が聞こえない。綱の下でおもしろおかしく話芸で盛り上げる道化も口がぱくぱくするだけで何を言っているのかわからない。あらゆる人の動きがゆっくりしていき、まばたきひとつせずビヨンを見る彼の視線だけを感じる。それがどれほど続いたか、ビヨンは時間の感覚も失くした。

曲芸が終わり妓生《キーセン》の歌舞もすべてが終わる頃、乳母が来てささやきかけた。

「妓生《キーセン》と楽人と芸人に褒美をあげる時間です、お嬢様。わたしから褒美を手渡された者がお礼を申し上げたら、お嬢様は軽くうなずいてあげてください」

自分の役割を聞かされて、ビヨンは我にかえった。芸を見せた数十人にそれぞれ絹や銀を与えるのだ。見物人にはその間に茶菓がふるまわれ、人々はまたにぎやかに楽しんでいる。芸人たちにうなずくだけで緊張していたビヨンの袖を乳母が引いた。

「ぺ直司《チクサ》が、ちょっと書斎においでくださいと言っています」

乳母につきそわれて楼閣を出ながらビヨンは舞台裏を見たが、男はいつの間にか消えていた。どこに行ったのだろう？　ついきょろきょろ見回すビヨンの脇を乳母がつついて注意する。

母屋の書斎は、壁の四方に帳簿や文箱がぎっしり置かれた、旦那様の執務室だ。入ったことなどないビヨンは心細くてたまらない。それでも乳母が一緒なのが頼りなのに、ぺ直司《チクサ》の言葉に心臓が縮み上がった。

「ばあやさんは出て行ってくれ。後で呼ぶから」

「ええっ、どういうことです？　お嬢様一人で放っておけと⁉」

びっくり仰天する乳母も、黒紗に隠れたビヨンと同じぐらい真っ青になった。

「旦那様から必ず、と申しつけられたことなのだ。長くはかからない」

困ったものの、逆らえない立場の乳母は舌打ちして、しぶしぶ部屋を出た。乳母を追うビヨンのすがるような視線を感じつつ、「何も言うんじゃないよ、ぺ直司《チクサ》の言う通りにしてればすぐ終わるよ！」という目くばせをして。

「百戯の後で、いつも旦那様がここで直接褒美を与える者がいます。今日は私が代わりを致しますが、実はその者が、お嬢様に特別に申し上げたいことがあるそうです。『この者の願いは何であれ聞くように』と言われていますので、お嬢様にいらしていただいた次第です。会っていただけますね？」

緊張でがちがちになったビヨンは「特別に」「何であれ」という単語の重圧からうなずいてしまった。ぺ直司《チクサ》も召使いで、お嬢様なら「わたしはいやよ」と断ってもいいはず、とは考えが及ばなかった。

「控えの間で、旦那様からお預かりした褒美を私が渡してから、こちらにお通しします」

隣の部屋の戸が開くと、衣擦れの音が聞こえる。会うのは女人らしい。ぺ直司《チクサ》は、卓上の大きな箱を開いて、反物《たんもの》をいくつか外に出し、箱の底に銀瓶が敷き詰められているのを相手に確かめさせた。銀瓶ひとつで金十六両の価値がある、それ一つで家が建つほどだ。一人に銀瓶を何十個も与えるなんて、百戯の褒美としては法外だ。しかも楼閣ではなくこんな奥まった部屋でこっそりと？　だが旦那様のなさることをビヨンが止めるわけにもいかない。

「確かに」

受け取る女人の声が聞こえた。ねばつく余韻を残す声。どこかで聞いたような？　そして書斎に女人が入ってくると、ビヨンの前で腰をかがめて挨拶をし、ゆっくり立つと胸を張ってビヨンをまっすぐ見た。思い出した。ありえないほど膨らんだ絹の裳、宝石をぎっしり飾ってふくらませた髪、はっきり描いた眉、魅惑的な真っ赤な唇。広明寺《カンミョンサ》で会った妓生《キーセン》だ。

「座らないの？　お嬢様が先に座らないと、あたしが座れないんだけど」

妓生《キーセン》のプヨンは堂々と余裕ある態度でビヨンに言った。妓生《キーセン》ごときがお嬢様に話しかけてはいけないし、会話することもありえないと広明寺《カンミョンサ》で教わってはいたけれど、その迫力に押されてビヨンはつい卓をはさんで座ってしまった。これではどちらの身分が高いかわからない。プヨンが椅子を引き寄せて座ると、彼女の香りが強くなり、ビヨンはつい身を後ろに引いてしまった。

「あたしが恐いの？」

プヨンは、可愛いわね、と言うように笑った。機先を制したプヨンは、この少女が網にかかったことを確信した。

「広明寺《カンミョンサ》の井戸で会ったわね？」

ビヨンはうなずいた。妖しのものに魅入られたように、恐いぐらい美しい妓生《キーセン》の紅い唇から視線をはずせない。プヨンが唇に笑みをたたえて言った。

「やさしいお嬢様、あたしみたいな者も覚えてててくれたのね！　お嬢様が心の広い方なのはあの時、わかってたわ。貴婦人連中はあたしの悪口を言ってたのに、お嬢様だけがお話ししてくれたもの。だからね、お嬢様に恩返しをしたいの。今日はお嬢様にとって大事な日だから」

「大事な日？　なぜですか？」

ビヨンはつい聞き返した。しかも敬語で。プヨンは敬語を使われても遠慮せずにたたみかける。

「お嬢様はお屋敷の中で寂しく暮らしてきたのでしょ？　広明寺《カンミョンサ》で会った時、すぐわかったわ。こんなにおとなしくてきれいなお嬢様が年頃の娘の楽しみひとつ知らないなんて。見てるあたしの胸が痛むわ！　でも今日からは違う」

「違うって……何が？」

「あたしね、ちょっとした特技があるの。占いの才能」

プヨンはたもとから、小さな卵盒《らんごう》（蓋つきの丸い容器）と繭玉ほどの青磁《せいじ》の瓶、金糸で縫い取りした絹の匂い袋を出した。そして卵盒を開けて青磁《せいじ》瓶の香油を注ぎ、匂い袋から赤い粉を少し振り入れ、人さし指ですっと渦巻き模様を作った。意味がわからない。見たこともない仕草がビヨンには神秘的に見えた。プヨンは巫女のようにビヨンに託宣をくだす。

「今日はお嬢様が運命の縁《えにし》を結ぶ日。大事な縁。お嬢様はきれいな顔に傷がついている。でもお嬢様の心にはもっと大きな傷がある。お嬢様本人すら、どれだけ深いか知らない傷が。今日お嬢様が会う運命の人は、お顔の傷は癒やせないけど心は癒やしてくれるわ。お嬢様の胸の痛みに寄り添ってくれるのは、この世でこの人しかいない」

「き、今日？」

あの男を思い出したビヨンの胸がどきんとした。

「今日。もしかしたら、もう出会っているかもしれない」

香油の不思議な香りの中で淡々と語る言葉が真実の予言に聞こえてしまう。あの彼のことだろうか。でも今頃は芸人たちも片づけを終えて屋敷を出て行く頃では？　ビヨンの焦りを見透かすようにプヨンが自信ありげに笑った。

「行きずりの出会いなら、縁とは言わない。大丈夫。また会えるわ」

「でもあたしは……」

別棟《はなれ》に戻れば誰にも会えない立場。ビヨンは妓生《キーセン》相手に自分の心情を訴えたいのをなんとか押さえた。その手をプヨンがぐっと握る。ビヨンはそのまま固まった。

「想いがあればどんな障害にも勝てる。ここに……」

ビヨンの手が、自分の胸に導かれて当てられた。

「……炎が見える。今はまだ小さくて弱いけど、お嬢様が心を開けば燃えさかる炎が。その炎がお嬢様に幸せの絶頂を味あわせてくれるわ。だからこの縁を大事に結ぶのよ。これほどお嬢様と縁《えにし》の深い人は、もう二度と現れないかも。お嬢様は何もしなくていい。その人に任せれば縁が結ばれて幸せになれる。だからこわがらないで」

ビヨンは妓生《キーセン》の手で指を上げられ、紗越しに自分の唇にふれた。

「……お嬢様の唇も胸も幸せを感じることよ。別棟《はなれ》の小さいお庭で少し休んでいて。わかるわね？」

ビヨンに言い聞かせると、プヨンはさっと立ち上がり挨拶もなく控えの間を通って消えてしまった。外から声がする。

「お嬢様、入ってもよろしいですか、お嬢様！」

ビヨンは、けだるい香油のせいか、ねばついて甘やかな妓生《キーセン》の声のせいか、ただぼんやりとしていた。ペ直司《チクサ》から客が帰ったことを聞いた乳母が駆けつけたのだ。ビヨンは夢の中を歩くように朧として、乳母に引きずられるように別棟《はなれ》に戻る。妓生《キーセン》の手に引かれて触れた自分の胸と唇だけが、生々しくかっとほてっている。

「ビヨン！　この子、ちょっと大丈夫かい？　どうしたんだい？　ちょっと！」

別棟《はなれ》の小さな庭で二人だけになったとたん、乳母はビヨンの熱っぽい目を見て心配そうにささやいた。

「書斎で何があったんだい？　ビヨン？」

「ううん、別に。その……息が詰まって。あたしちょっとここで風に当たりたい、ばあやさん」

たしかに人前で半日もお嬢様の演技をしたんだ、気の小さいビヨンがどれだけ緊張しただろう。乳母はビヨンがいたいたしくなって、池のそばで休ませることにした。どうせ別棟《はなれ》の庭の門はグヒョンが見張っているし。

「それがいいね。私はペ直司《チクサ》に会って来るけど、大丈夫だね？」

ひとりになったビヨンは池の前の石に腰かけた。妓生《キーセン》の言いつけを守るためではない。ただ胸と唇を熱くする奇妙な気配を冷やしたい。澄んだ空気が吸いたかった。

おちついてくると、言われた言葉が心によみがえった。

『その人に任せてって、どういう意味？』

わからない、でも何か表現できないときめきがする。ビヨンは、あの人が運命の人であってくれれば、という気持ちでいっぱいになった。あの人が縁を結ぶ人でなければ、今の不思議な気持ちは何だというの？

ビヨンが思いにふけっている時、別棟《はなれ》の塀をさっと越えて庭に忍び込んだ人影がいた。軽い身のこなし、気配を消してビヨンに近づく技術、それは芸人とは種類が違った。ビヨンがあの人にいつどこでまた会えるのかを一心に考えている間に、彼はビヨンのすぐ真ん前に立っていた。

無防備そのものの表情でふと顔を上げ、数歩先に相手が立っているのを見た時の驚きといったら！　嬉しいよりも動転したビヨンは、ぱっと立ち上がってつい後ずさりした。そのはずみにかかとが岩に当たってビヨンはよろめいた。浅い池に落ちかけたところを、彼がさっと駆け寄って身を支えてくれ、片方の靴が脱げて池に落ちるだけですんだ。

筋肉質の広い胸に抱きしめられたビヨンは小さく「きゃっ！」と悲鳴をあげたが、自分の足で立てるようになっても、はずかしくて彼から離れることすら思いつかない。彼の汗の匂いがビヨンの細い体を刺激して、頭が真っ白になった。ビヨンが人形のように抵抗しないので、彼のほうが驚いたように彼女を放してくれた。また会えた喜び、彼が自分を助けてくれた喜び。

『その人に任せるの』

妓生《キーセン》の声が脳裏をよぎった。でも任せるって、どうしたらいいの？　未知の期待で膨らむ胸と唇がまたほてる。熱っぽくうるんだビヨンの瞳を彼はちょっと見たが、すぐに池のそばに膝をついて、浮いている靴を拾ってくれた。濡れた靴から水を払い、袖できれいに拭くとビヨンの足元に置いてくれた。任せるって靴のこと？　ぼんやりしてまだ声が出ないビヨンに、ついに彼のほうがあえて話しかけた。

「濡れているので、すぐには履けませんが」

低くて良い声だとビヨンは思った。親切で礼儀正しい人だとも思った。

「……大丈夫です」

小さな声が震えた。彼は首をかしげた。身分違いのお嬢様に敬語を使われたのが不思議なのだろうか。慌てたビヨンはもう何をどう言えばいいかわからなくなり、ただ彼の親切に感謝していることを伝えたい思いで、濡れているのもかまわず靴を履こうとした。だが縮んだ靴には足が入らず焦ってしまう。見かねた彼が片膝をつくと、自分の失礼さに恐縮する表情を見せたが、お嬢様の足首に軽く手を添えて靴を履かせてくれた。

「ありがとう」

男は十代の少女に、ふっと笑いかけた。三十代の余裕ある笑顔がビヨンを捉え、ビヨンもついほほえみ返した。彼が一歩近づいた。彼の胸がくっつきそうなぐらい目の前にある。ビヨンは彼の顔を見上げた。これから何があるの？

わからないけど、彼に任せるだけ！　少女は覚悟を決めたが、近づいたのは一歩だけだった。彼はじっとビヨンを見つめたが、すぐに一礼すると、来た時と同じように身軽に塀を越えて消えてしまった。

ひとりぼっちで取り残されたビヨンは、彼が消えた塀から目が離れない。自分がちゃんとやれたのかやれなかったのか、わからない。

知らない男が近づいたら娘はどう振る舞うべきか、ビヨンは教わったことがない。口をきいてはいけない、顔を見せてはいけない、身体のどの部分もふれてはならない、すぐに遠ざかれ、追ってきたら悲鳴をあげよ。そんなこと、男に会う可能性がひとつもないビヨンは何も教えられていなかった。

昼間ビヨンは彼を助けた。さっき彼は、よろけた彼女を支え、靴を拾って自分の着物で拭き、履かせてまでくれた！　やっぱり彼が運命の人なのだ。彼のする通りに任せたと思う。彼が何も言わずに立ち去ったのでときめきが宙ぶらりんにはなったけど、これが本当の縁ならまた会える！　ビヨンは新しい夢で胸がふくらんだ。外界から一切隔絶されていた人生が、今日新しくなった！　たしかに今日は一生で一番特別な日。

その彼は中庭の塀もさっと乗り越え、屋敷の隅々まで熟知するように庭を横切り、外に通じる小さな裏木戸から道に出た。

もう日が暮れる頃なので、長い塀に沿った道には誰も見えない。と思ったが、彼の前に子馬を連れた妓生《キーセン》の娘が現れた。

「思ったより早かったじゃない？」

ここで会う約束だったように、彼は小馬の手綱を取った。彼が返事をしないので、プヨンがぴたりと身を押しつけて彼の顔色を調べるように答えを促す。

「あの子に会えなかったの？　邪魔が入った？」

男はうっとうしげに顔をそむけた。

「いや。やることはやった」

彼を観察したプヨンがにっと笑うと、太い前腕に手を添えた。

「入った途端に押し倒したわけ？　あの子、初めてなのに性急じゃない？　でもよかったと？　小便臭い小娘はどんな味？」

手綱をとる男の手首が、ふんわり撫で下ろすプヨンの手に反応しないので、今度は薄絹越しに豊かにふくらんだ胸で腕をこすりあげた。男は眉間にしわをよせ、つっけんどんに押し戻す。男の目には軽蔑の色があらわだ。よろけたプヨンは姿勢を戻すとかっとなる。だがプヨンの怒りは、自分の軽いねぎらいを拒絶されたからではない。仕事の話だ。

「ああいう純情無垢な娘は一度ものにすれば言いなりだけど、やり方を間違えると面倒なことになるのよ！　体を許せばもう誰にも言えないけど、そこにいくまではぺちゃくちゃしゃべるのが娘ってもの。だから手ぬるいことはせず、今日そのままやっちゃってと言ったでしょ！　いいかげんな真似をされちゃ困るわ！」

「目的はちゃんと果たす。黙って馬に乗れ」

彼はむっとしたようにうなったが、まだ十代の小娘に逆らえない。プヨンも任務を預かった責任者らしくきっぱり言い放った。

「この仕事がなければ、おまえだって狩りの日に死んでた命なんだからね。あたしの言うことに逆らって失敗したら、おまえもあの連中の後を追わせてあげる。次に別棟《はなれ》に入ったら、確実にあの子をしとめるのよ」

「わかったよ。くそったれ！」

男は苛立たしげに、ぺっと唾を吐いた。

「武晳《ムソク》」

男の手に足をかけて馬に乗ったプヨンは独特の抑揚で彼を呼んだ。

「まさか、あの子が本当に気に入ったんじゃないわよね？」

「馬鹿言うな」

長塀だけが続く黄昏の道は、乗馬の妓生《キーセン》と手綱を引く男のほかには誰も通らなかった。

第四章　貢乙女《みつぎおとめ》

「世子邸下、これ以上出発が遅れると、※平州《ピョンジュ》に着くのが夜になります」

宦官がおそるおそる声をかけた。

城市・開京《ケギョン》の郊外を広々と囲む外側の防壁を羅城と呼ぶ。ここは羅城の西門・宣義門《ソニムン》を出た西郊である。ウォンは宣義門《ソニムン》のほうを振り返った。荷物を背負った人々や乗馬の出入りが見えるが、ウォンの待つ顔は見えない。

西郊から北西に向かう街道は、平州《ピョンジュ》や西京《ソギョン》（平壌　ピョンヤン）を経て鴨緑江を渡り、モンゴル帝国の冬の都・大都につながる。これが今回のウォンの旅程である。父王はすでに大都に滞在中だが、正妃と世子も大都に入るよう呼ばれたのだ。

「司空《サゴン》の屋敷に送った使いは戻って来たか？」

「まだです」

「では、もう少し待とう。リン公子は伝言さえ受け取れば風のように走って来るはずだ」

「ですが皇女様が……」

「もう少し待つと言った」

宦官の言葉を止める仕草とほほえみは穏やかだが、語尾はぴしりと言い切った。ぎくりとした宦官はしかたなく引き下がった。

平州《ピョンジュ》の温泉では、先に出発した母后がウォンの到着を待っている。都周辺の巡視に出ていて出発の知らせに接するのが遅れたウォンが、母后の命じた期日に間に合うためには急がねばならない。だがウォンは都の郊外で行列を止めた。大都に行けば数ヵ月あるいは一年、二年も帰国の許しが出ないかもしれない。だから伝言を聞いたリンがサンを連れて来れば、友だちとして別れができる。それから平州《ピョンジュ》に駆ける。

時間にひやひやする宦官がまた出発を促そうとした時、宣義門《ソニムン》から疾走してくる騎馬の少年が見えた。あっという間に世子の前に着いたリンは、馬を止めるのもそこそこに飛び降りてひれ伏した。リンだけだったのを見たウォンはちょっと失望したが顔には出さず、笑って馬から下りた。

「最近は忙しいようだな、リン」

「※判図司《パンドサ》にいて、伝令に会うのが遅くなりました」

世子を待たせたことが申しわけなく、リンは頭を下げた。リンの屋敷や金果庭などを探し回った

※平州：現在の平山郡。開城の北方約四十キロにある。
※判図司：戸部を改称した中央官庁。戸口・貢賦・銭糧に携わった。

伝令から、ウォンがずいぶん待っていると聞かされて、息せききって駆けつけたのだ。

「最近は判図司《パンドサ》に通う仕事があるのか」

独り言のようにつぶやくウォンの質問にリンはハッとした。日課の合間に判図司《パンドサ》に出入りするのは、数ヵ月前の狩りに乗じて世子暗殺を企てた者どもの探索のためだ。

鉄洞《チョルドン》にいた与太者二人も行方をくらましたので、手がかりは、天幕に忍び込んだ時に聞いた「隊正《テジョン》さん」という呼びかた一つだ。隊正《テジョン》とは従九品、軍の指揮官としては一番下で、二十五人の軍卒を率いる隊長だ。つまりあの偽狩人の群れは、軍卒か元軍卒の可能性が高い。それでリンは判図司《パンドサ》を訪ね、戸籍台帳から軍班氏（軍役を世襲する集団）の記録をひっくり返していた。隠し事をウォンに勘づかれた気がして、リンは急いで言いかけた。

「邸下、それが……」

「よい、リン」

世子は声をぐっと落として友の腕を引き、一行から離れた場所に移った。

「今は話さなくてもいい。この前みたいな時は必要なことだけ言え。狩りをやめろとか、矢を処分しろとか。細々とした理由はあえて説明しなくてもかまわない。時が来ればおまえがすべて明かしてくれると信じている。リンがおれを守るために動いてくれるのはよくわかっている」

「邸下……」

ウォンの深い信頼にリンは言葉を失った。狩りから数ヵ月、リンに隠しごとがあるのを承知で聞かずにいてくれたウォンにすまない思いで、たまらなく恥ずかしかった。勘のいいウォンは、リンが言わない理由まで気づいていたかもしれない。ウォンは友の肩をやさしく抱いて耳打ちした。

「どんなことがあっても、おれの兄上・江陽公《カンヤンゴン》とその母・貞和宮主《ジョンファグンジュ》、そしておまえの家族は守る。ジョンを含めて」

「……！」

「おれを嫌い恐れる人々の中、たった一人でおれを守るのがどれだけ厳しいか、よくわかる。しかもおれはリンを決して手放さない。だから先に行くほど苦労するだろう。それなのにおれはリンの苦悩を消してやれない。だがおれの力の及ぶ限り、その苦痛を減らしてやりたい。この気持ちだけはわかってくれ」

「何があっても邸下をお守りします。ですから……」

「わかった、わかった！　だから今みたいにしてろ。あとのことはおれが引き受けるという意味だ。それからサンのことだが……」

リンはまたどきっとした。サンの父が事件に関わったことまでウォンは気づいているのか？　緊張したリンは、つい生唾をごくりと飲んだ。

「……あいつ、自分の荘園で王様以上にうまく民を治めてるぞ、知ってたか？」

「いいえ」

リンは胸をなで下ろした。とりあえず世子暗殺未遂とは関係なさそうだ。

「有力者に土地を奪われた人々が流れてくると、引き取って田畑と家を与えている。地方役人の横暴から逃げて来た人々も受け入れている。土地から逃げれば奴婢身分に落ちるのが法だが、それを賤籍（奴婢を登録した戸籍）に記さずかくまっている。それが数十世帯にもなるんだ。狩りの時、サンの荘園で子どもに出会ってから、今までずっと調べてわかったことだ」

まさか。リンは頬の内側を噛みしめた。

「重罪ではありますが、サンも、罪のない民が可哀相で見ていられず……」

「わかってるさ。だからその流民を平民に戻してやりたい。そうすればもし見つかっても、サンが処罰される心配はない」

「しかし、混乱していた奴婢と土地の関係を整理する役所・弁正都監《ピョンジョンドガム》はなくなりました。その人たちを平民に戻すには、もともと住んでいた地域の有力者が法外な重税を課したとか、土地を不正に奪った罪について証拠を挙げて裁くしかありません」

「そんな公正な裁きができるなら、誰が流民になるか。それに裁きをすれば、流民を受け入れていたサンに累が及ぶ。おれとしてはひそかに処理することを望んでいる」

「戸籍を偽造しろとおっしゃるのですか？　それは法を犯すことです」

「おいおい、リン！　不正をただすために設置した弁正都監《ピョンジョンドガム》すら、見て見ぬふりをしたんだぞ。権力者どもの蛮行を正すために今のおれにできることがあるなら、やるべきじゃないか？　巨悪から人々を救えるなら、小さな違法は甘受すべきだ。おれが王になれば、そういう問題を徹底的に解決してやる！　だから今は、とりあえず密かにサンを助けてくれ。大都に行っている間、おれはサンのために何もできないから」

「わかりました」

やっぱりリンだ。心が通じた嬉しさでウォンの口もとに微笑が浮かんだ。

「頼みを聞いてくれてありがとう。こんなことをさせて悪いな！　おまえがサンを気に入らないのはわかっている」

「そういうわけでは……」

「だが、あいつはおれの大事な友だ。だからおまえとも仲良くしてくれればいいな。おれたち三人、みんな父親のやり方に逆らう勝手放題の悪ガキ仲間じゃないか」

友だちとの共通点が気に入って、ウォンはくすくす笑った。リンも、自分がサンを嫌って見えるほど冷たく当たっていたのかと思い返して苦笑した。

「ところでリン……」

世子は間を置いてから尋ねた。

「……サンはなぜ来ない？　今日を最後に、しばらく会えなくなるのに」

「邸下が地方巡視に出られた後、ちょっと喧嘩しました。それから何日か姿を見せません」

「もう喧嘩する年齢でもないだろうに。頼むから、おれがいない間、仲良くしてくれよ。なあ？」

ウォンはちょっと意地悪く笑うとリンの肩にぐっと手を置き、その瞳をのぞきこんだ。その時、友の瞳の深いところにふと影がかすめたのをウォンは見逃さなかった。ウォンは真顔になった。

「何があった？」

「何のことでしょう？」

「さっきも言ったが、後で済むことは言わなくていい。だが、今おれができることは言ってくれ」

「別にありません」

「今急ぐことはないのか？　本当に？」

「本当です」

嘘だ。ウォンはさらにまじまじとリンの顔を見た。巡視に出る前と今、友は確かにどこか違う。表に出すまいと歯をくいしばってこらえる重苦しさが、押し黙ったリンの瞳からかすかに読みとれる。ウォンがはっきり問いただそうとした瞬間、都のほうから数頭の馬が駆けてくる音が響いた。

「邸下、誰かがこちらに来ます」

宦官がそばに来て言い終わる前に、土埃を蹴立てて四、五頭の馬が世子の前に着いた。いちはやく飛び降りた男の顔を見てウォンは眉をしかめた。

「全羅道《チョルラド》王旨《ワンジ》別監《ビョルガム》の権宜《クォンウィ》ではないか。任地の全羅道《チョルラド》でもない所でしばしばそちを見るとは、どうなっているのか？」

仕事もせず、なぜ都のあたりをほっつき歩くのかと咎めたのに、平伏した権宜《クォンウィ》は、世子が自分の名前を覚えていたことに感激して浮かれてしまった。

「皇女様と東宮様のお見送りは臣下の義務、あたふたと馬を駆けて参りました。ちょうど西郊で行列をお休みくださったおかげで間に合いました。邸下に誠心誠意お仕えしたい小臣の気持ちに賛同した民からの志でございます。つまらないものですが路銀の一部になさってください」

「その荷物がおれの路銀というわけか？　何が入っている？」

「恥ずかしながら、銀四十斤、虎皮ほんの二十枚でございます」

そう言う表情は実に得意げだ。これだけ集めて献上できる者は、そうはいないぞ、と鼻が高そうだ。

「権宜《クォンウィ》よ」

低くその名を呼んだ世子の唇の端が上がり、妙な笑みが浮かぶ。世子の笑顔を見て権宜《クォンウィ》も満足げな顔になる。

「そちのことはよく覚えている。その貪欲な頭をいつか体から切り離してやろうと思っていた。こうしておれの記憶にまた残った以上、帰って首を洗って処分を待て」

「はい？　邸下、その、なんのことでしょうか……」

おだやかな口調と内容が合わないので、権宜《クォンウィ》はとまどってしまった。口調からすれば「褒美を取らす」と聞こえるが、言葉からすれば「首をはねる」だ。鈍い頭で目を白黒させているのを見かねて、ウォンは親切にも説明をつけ加えた。

「これがそちの銀、そちが自分で二十頭の虎と戦ってきたとしてもだ、私的な財貨を受け取るいわれはない。いわんや民からかき集めた物だとは。民の涙をぬぐう王室が、民の血と汗のにじむ物を受け取れるか？　王室の名をかたって民の怨みを買う所行、そちが言った通り、実に恥ずかしい路銀だ。したがってそちはふさわしい代価を払うことになる。帰って神妙に裁きを待て」

「ああ、邸下！」

やっと自分の立場を悟った権宜《クォンウィ》がウォンの衣の裾に取りすがった。

「邸下は仏心が深く憐み深いお方でいらっしゃいます。小臣の衷心から出た過ちです。どうか寛大な御慈悲を」

「過ちを正しく裁いて糺《ただ》すことこそ、釈迦の言われた慈悲である。罷免や流配は、そちが過ちを悟るよう打ち下ろされるありがたい警策であり、民を無茶な命令から自由にすることだ。まこと、そち一人に留まらず、千人万人に及ぶ慈悲となろう」

「ですが邸下！　皇女様は今回の旅費のため、軍官にお命じになって江華島《カンファド》の民家から銀五十斤を献上させたではありませんか。御命令がないだけで小臣も同じことをしただけ……」

ウォンの余裕ある微笑が消え、ひやりと冷気が走った。権宜《クォンウィ》の言った江華島《カンファド》の母后の強奪は事実だ。この国は上から下まで腐りきっている。四方天地が敵だ！　ウォンの切れ長の目に冷たい火花がきらめくと郎将《ナンジャン》を手招きした。

「真瑄《ジンガン》！　今すぐこいつを引っ立てろ。この荷物も持って行き、おまえ自身で持ち主を探して確実に返してやれ」

「邸下、もう平州《ピョンジュ》にお発《た》ちにならねばなりません」

様子をうかがっていた宦官が割り込んだ。時間は遅れに遅れているので、もう黙っていられない。もしも皇女が激怒したら、それをそっくりかぶるのは世子ではなく彼なのだ。

下の者の不安を察したウォンは、気がかりな表情でリンを振り返った。権宜《クォンウィ》が貴重な時間を奪ったせいで、友の悩みを問い詰められなかった。リンが薄くほほえんだ。

「お急ぎください、邸下。何もありません」

ウォンは両手でリンの頬をはさみ、顔をぴたりと寄せた。

「おれがリンの友なのを忘れるな。リンのためなら何でもする人間なのを忘れるな」

「御出発ください」

おだやかに促す友を残し、ウォンはすっきりしないまま騎馬した。

「二人とも、おれがいない間、喧嘩するんじゃないぞ。サンにもそう言え。また帰ってきたら会おう、強情っぱりども！」

最後までリンから視線を放せないまま、ウォンはとうとう西郊を離れた。騎馬の一行は疾走し、あっという間に見えなくなった。リンは一行の土埃がおさまってから馬に乗った。馬の向きを都に戻しつつ、また苦笑した。世子の最後の頼みが「喧嘩するな」とは。リンとサンがよほど不仲に見えていたのだろう。

『私はサンに意地悪だったかな？』

よく思い返してみるが、リンがサンを怒らせるとか、サンに冷たくした覚えはない。むしろサンが些細なことでリンを批判したり、怒ったり、すねたり、つんけんしてばかりだ。

『サンから見れば私の第一印象は悪かったし。父親を捕えるかもしれないし。気まずいかもな』

リンはサンの心中が十分理解できる気がした。だが、サンが何日も金果庭に来ないことは今までなかった。リンはなんとなく心配になってきた。

『屋敷を抜け出すのに失敗したのか？　病気か？』

彼は十字街《シプチャガ》を通って子男山《チャナムサン》に向かいかけたが、サンの屋敷がある紫霞洞《ジャハドン》のほうへ曲がった。行ったところで、塀の外でぼんやり立ってることしかできなさそうだが、なぜかこのまま金果庭には行けない気がした。

◉

ビヨンは縫い物から目を上げた。最近のサンは一日中部屋にいる。毎日屋敷を抜け出していたお嬢様が一緒にいてくれるのは本当に久しぶりで安心するし、前はいろいろおしゃべりもして楽しかった。

だがお嬢様は朝から本を開いてはいるが、頬杖をしてつまらなそうに目を下ろしている。椅子に乗せた素足の指がせわしなく動く様子が、外出できない苛立ちを表している。

『いらいらも限界よね。もう何日目かしら。……全部あたしのせい！』

ビヨンは、サンの足の指が可愛いと一瞬でも思った自分を責めてうつむいた。ビヨンの膝にはモンゴル渡りの貴重な綿を入れた上衣《チョゴリ》があるが、お嬢様には大きすぎる。縫い物上手なビヨンは、お嬢様の綿入れならもう何着も作っていた。その余りの綿を集め、一針一針想いを込めて縫っている。百戯の日に靴を拾って履かせてくれた彼、ムソクのために。

寧仁伯《ヨンインベク》が王の狩りから戻ると、百戯を呼ぶこともなくなってしまった。百戯があれば彼に会えるとひそかに期待していたビヨンはがっかりした。靴を履かせる手がビヨンの足首をとった瞬間、心まですっかり彼に握られたのかも。ううん、百戯の前に庭で彼と目が合った時から。彼の左目の刀傷にわけもない悲しみを感じた時から。

ビヨンはムソクの胸に抱かれた一瞬を思いだすことで、押さえられない気持ちをなだめた。あの時の汗の匂いがよみがえると胸が刺すようにうずく。ビヨンは心ここにあらず、いつも幻に酔いしれて、ふと我にかえると枕に顔をうずめて足をぱたぱた振ってしまう。そのうち恋しさがおさまると、それがまた寂しくてあの匂いを思い出そうとわが身をかき抱く。ビヨンは初恋に身をやつしていた。

それはビヨンの片思いでは終わらなかった。どうやって知るのか、お嬢様も乳母もグヒョンもいない、そんな時をぴたりと狙って彼は別棟《はなれ》に現れた。ビヨンは並んで座り、特に何か話すわけでもなく、指一本ふれることもなく、ただ彼の汗の匂いに包まれて胸を震わせた。彼は別棟《はなれ》の塀を乗り越え、こうしてひと夏を会っていた。

彼についてはムソクという名前しか知らない。でもそれで充分だった。ビヨンも自分について何も言わなかったから。彼はビヨンのことを、顔を黒紗で隠して別棟《はなれ》に閉じこもる寧仁伯《ヨンインベク》の令嬢だと思っているだろう。

ところが数日前、戻って来た乳母が、ひらりと塀を越えて消えるムソクの姿を見とがめて「泥棒！」と叫んだので、別棟《はなれ》の警備がいいかげんだったことが暴露してグヒョンは別棟《はなれ》付きから降ろされた。代わりに十人以上の召使いが昼夜を問わず見張ることになってしまった。ムソクは忍び込めず、とばっちりでサンまで抜け出せなくなってしまった。

「あっ！」

突然ビヨンが指を押さえた。それで初めてサンが目を上げた。ビヨンの爪の下に赤い血がにじんでいる。

「針を刺したの？　わたしじゃあるまいし、どうしてビヨンが？」

お嬢様がビヨンの指にくるくる包帯を巻いてくれるのがありがたくも申しわけなくて、ビヨンは涙がつうっと流れた。びっくりしたのはサンのほうだ。

「どうしたの？　深く刺したの？　痛むの？」

「いいえ、いいえ」

お嬢様にすまないのか、恋しい人に会えないのが悲しいのか、その両方なのか、ビヨンは涙が止まらない。ビヨンは、すすり泣きながら、とぎれとぎれに言った。

「あ、あたし……ほんとに役立たずで……お嬢様は外に出たいのに……こんなに出たいと思ってるのに、何もできなくて……」

「なんのこと？　ばあやが大騒ぎしただけよ？　ほとぼりがさめれば元通りになるから、大丈夫。わたしがいらいらしたみたいで心配してくれたの？」

ビヨンがうなずくと、サンは微笑した。そんなことで泣かなくてもいいのに。サンはビヨンの肩を抱いて慰める。

「心配ないって。家にいるからゆっくり本も読めるし。平気よ」

「その本、まだ全然めくってません。朝に開いたっきりです」

「あっ」

ちらりと本を見たサンはぎこちなく笑った。

「そのお茶も、口をつけないまま冷めてます」

鼻をすすりながらビヨンは言う。

「みんなあたしのせいなんです」

「ちょっと！　どうしたの？　ぼんやり考えごとしてただけよ」

「考えごとって……何か困ったことでも……？」

「ううん、ビヨンが気にすることじゃないから、全然」

「やっぱりあたし、お嬢様の役に全然たたない……」

またビヨンの目に涙が浮かぶのをサンがぬぐう。サンはビヨンの気持ちがどうもよくわからずに困っていた。確かなことは、ビヨンはサンの数少ない大事な友だちだ。

『これまでウォンやリンとばかり会って、ビヨンをひとりぼっちにしてたから、寂しかったのよね。それなのに、せっかく一緒にいてもわたしは勝手なことばかり考えて』

サンは、急にビヨンに悪かったと思い始めた。

「あのね、実はわたし、外に友だちができたの。でもこの前会った時の様子が何かおかしくて。それが気になってぼんやりしてたの」

秘密を打ち明けることほど、相手への信頼を知らせる方法はない。ビヨンの涙が消えて生き生きと輝いた。いつの頃からか、お嬢様は外であったことを話そうとしなくなった。ビヨンが聞いてもサンはどう答えていいかわからず、なんとなく外のことにはふれなくなっていった。それがついにサンのほうから話してくれた！　ビヨンは思わず唾を飲みこんだ。

「この前、その友だちと会ったんだけど、その日に限って変だったの。何も言わないし」

「いつもはよく話すんですか？」

「そうでもないけど……でも、あの日は特にひどかった」

金果庭でリンに会い、馬を並べて外に出たが、リンを包む空気がとても重かった。まるでサンが存在しないようにサンを見ない。無視されたようでサンは苛ついた。そうでなくても狩り以来、リンと一緒にいるのが気まずいのに。リンと同じ場所にいるだけで心臓がドキドキする自分に当惑し、どうしていいかわからない。わたしの何が気に入らないの？　さっさと言えばいいじゃない、馬鹿！

前だけを見つめて進むリンの横顔に向かって心の中で怒鳴りつけた瞬間、リンは手綱を引いて馬を止めた。リンの視線の先をサンも見た。油市場の付近の通りで騎馬の男たちが乱暴を働いていた。

「親衛隊《ホルチ》が町中を襲っていたの。家に押し入って女の子と見れば手当たり次第捕まえてた。わたしたちと同じぐらいの年齢の子が何人も縛られて泣いている。十軒ぐらい先の家から、親衛隊《ホルチ》の兵士がわたしより小さい女の子を引きずり出して来た。両親が追いすがって泣き叫ぶ娘にしがみつく、そうしたらほかの兵士が来て引き離し、親を投げ飛ばしたの」

「ひどい！　聞くだけでも恐ろしいのに、その場にいたお嬢様とお友だちはとても見ていられなかったでしょう」

「ううん。リンは平気で見ていた」

ふう……とサンが長い溜息をついた。

倒れて動かない親を見て少女は悲鳴をあげ、連れて行かれまいと必死になるが兵士の力にはあらがえない。片隅で縛られた少女たちが肩を寄せ合い泣きじゃくっている。サンはがたがた震えがきて真っ青になった。

「リン、何が起きてるの？」

「貢乙女《みつぎおとめ》狩りだ。皇女様が大都への土産に連れて行く貢乙女《みつぎおとめ》を街で集めろと命令した」

押し黙っていたリンが低い声でひとこと説明した。この阿鼻叫喚の状況を目にしても少しも顔色を変えず、平静そのものの横顔に、サンは背筋が冷えた。その時、少女の父親が這うように親衛隊《ホルチ》の足にすがって哀願したが、足蹴にされた。サンが耐えられずに飛び出そうとした瞬間、リンはサンの馬の手綱を引いて止めた。

「出るな、サン！　ここで一人助ければ、あいつらは人数合わせのために別の家から娘を連れて行く。無駄だ」

「結婚都監《キョロンドガム》じゃなく、親衛隊《ホルチ》が勝手に拉致しているのに指をくわえて見ていろっていうの？」

「もとは皇女様の命令だ。どちらがやっても無理やり娘の人数を揃えるのは同じだ」

「リンは皇女の親衛隊《ホルチ》じゃなくて、ウォンの友だちでしょ？　高麗の娘がこんなめちゃくちゃに連行されるのをウォンが望んでいるとでも？」

「邸下は望んでいない。だが、今はどうしようもない。私たちが出て騒ぎが大きくなれば、邸下に迷惑をかける。もしここできみが何かするつもりなら、私が止める」

リンに漂っていた冷気が、説明するサンの首筋を今またひやりとさせる。

「最初から最後まで瞬き一つしなかった。同情も怒りも悲しみもなく。いつもより冷静で淡々として、思わず助けに飛び込もうとしたわたしを止めた」

「それは……、お嬢様を止めてくださってよかったのでは。親衛隊《ホルチ》とぶつかって、万一お嬢様が捕まったらどうしましょう」

「わたしが心配だったんじゃないの。誰かさんに迷惑をかけたくなくて止めたのよ」

フン、と鼻を鳴らすサンの様子に、ビヨンはなんとなく感じるものがあった。リンという名前の友だちは男の人かしら？　聞いてみたいけれど、とりあえずは我慢した。

「それでお友だちとけんかしたのですか？」

「わたしが怒ったって、なんとも思う人じゃないし」

サンは唇をかんだ。


「どうして平気で見ていられるの？」

リンを見返すサンの声は怒りで細く震えた。

「あれを見ても何も感じないの!?」

「私が感じるのは、自分に何もできないことだ。感情を顔に出そうと出すまいと、それは関係ない」

乾いた答えを返すリンに向かって、サンは首を振った。

「違うわ、リン。人って怒れば声が大きくなるし、嬉しければ笑う。悲しいと涙がにじんで、涙があふれれば泣いてしまう。他人がされたことでも、自分がされたように思って。自分は他人ごとに無感覚なくせに、ウォンには民を愛せと言うの？　民の財産を奪わない、賄賂を受け取らない。それだけじゃ足りない。ほんとうに血が通う人間がウォンのそばにいなきゃ。リンには温かい血が流れていないの？　血がたぎることのない冷血漢なの？」

リンは目を伏せてかすかに笑った。サンの言う通りだとうなずいたのか、サンを子どもっぽいと笑ったのかわからないうちに、リンは低い声で答えた。

「貢乙女《みつぎおとめ》の人数を減らす、貢乙女《みつぎおとめ》制度自体をなくす方法を探すことが大事だ。ここで同情してなんとかなるなら同情するが、邸下の歩む道の妨害になるだけの同情はしない。今、怒って泣いてやるのはサンひとりで十分だ」

サンはあきれて何も言えなくなった。リンは馬の腹を蹴り、サンを置いて馬を進めた。サンはリンの背中に向かって「偽善者！」と叫んだが、リンは振り返らなかった。頭にきたサンは追いかける気にもなれず、そのまま帰って来てしまった。それがたまたま、ムソクが見つかって大騒ぎになった日だった。

「でもやっぱり、リンらしくない。感情的じゃないけど、心がない人じゃない。あの日は親衛隊《ホルチ》並みにひどいやつだと怒ったけど、思い返すと何かおかしかった」

「じゃあお友だちは、いつもはお嬢様にやさしいんですか？」

ビヨンは慎重に尋ねて答えを待った。ところがビヨンの真摯な質問に、サンは爆笑した。

「リンがやさしい？　初対面でわたしの手首を折りかけたのよ！　質問に答えないと喉を粉々に砕

くとも言った。たぶん本気で。わたしと友だちになった日だって、アザができるほどあごをつかんでひねったんだから。それからも毎日、木剣で打つわ打つわ」

「なんてこと！　悪党じゃないですか」

ビヨンは身を縮めて悲鳴をあげた。悪党とまで言われては、サンもいやいやリンを弁護することになる。

「まあ、あれはほかにしかたがなかったし。木剣は稽古の手合わせだから悪意じゃなくて。わたしが危ない時に三度も助けてくれて。わたしに頬を殴られて唇が切れても、気が済むまで殴っていいって言ったし」

「殴ったんですか？　お嬢様が？」

唖然としたビヨンの言葉を聞き流し、サンはきっぱり言った。

「だから、悪党ではないの」

お嬢様のかばい方を見て、ビヨンの推測は確信に変わった。ビヨンは知りたくてたまらなくなった。

「お嬢様、そのお友だちといるとなぜか安らぎませんか？　何かのはずみで目が合ったら、心臓がどきんとしませんか？」

「……しょっちゅうじゃないけど……」

「だからわざと見ないようにしたつもりが、いつのまにかその方を盗み見してません？」

「……かもしれない」

「見ていると、坂道を転がるように心臓がどんどん速くなって」

「……たぶん」

「いくら大きく息を吸い込んでも、息が詰まって胸が苦しい」

「うん……、でもそんなの関係ある？　問題は、リンが変だったことよ」

「それです！」

ビヨンがわかった、というように手を打った。

「その方と一緒だとお嬢様はドキドキする。その方も同じなんだわ。お嬢様のことが気になるのを隠そうとしたせいで、ちょっと違って見えたんですわ」

サンは考え込んだ。あのリンの胸が速く打ったり息が詰まったりするなんて、ありえる？

荘園から戻ってリンに会うたびにサンは混乱した。

剣を振るう彼の髪がほつれて汗ではりつくと、サンの心も一緒に揺れる。リンのほのかな松の香りに息が詰まる。たまたま目が合うと胸がどきっとするのに、リンは別に表情も変えず落ちつきはらった瞳のままなのが腹だたしい。リンの所作、歩き方、出る言葉、ひとつひとつがサンの感じやすい心のひだを捉えて苦しめる。

これじゃわたし、馬鹿みたい！　そう思うのに、つい彼に向いてしまう感覚と感情はどうにもならない。

もっと困った問題は、このすべてがサンの一方的な悩みなこと。原因不明の苦悩を隠そうとしてサンが苛立っても意地を張っても、リンは何も反応しない。サンが突っかかっても、一歩引いてサンの怒りが自然におさまるのを待つだけで、どうしたのかと聞いてもくれない、大丈夫かといたわってもくれない。だから動揺して苦しいのはいつもサンひとりだ。

親衛隊《ホルチ》の貢乙女《みつぎおとめ》狩りを見過ごしたリンを思い出したサンは首を振り、苦々しく微笑した。

「そうね。確かにリンは隠してた。だから必死で自分を抑えている感じがした。でも、それはわたしを意識してるからじゃない」

サンが眉をひそめるので、ビヨンがやさしくなだめる。

「その方のことでは、お嬢様も知らない何かがあるのかも。男の人は心の中のことを全部は言わないもの。会いたくても会いたいと言えない。好きなのに好きだと言えない。ほんとうは男の人のほうが女より恥ずかしがりやだって、お嬢様は知っていますか？　お嬢様の前で冷静だったのは、本当の気持ちを隠したかったから。男の人は、女の前では強いところを見せたがるから！　女は悲しければ泣けるし、傷つけば怒れます。でも、男にはそれが難しいの。弱い人だと思われたくないから」

「彼はもともと強いわ。強く見せかけようとがんばらなくても」

「好きな人の前だけは違う、ってこともありますわ」

「もしそうだとしても、それはわたしじゃない」

「ええっ？　本気でそう思っているんですか？」

「本気よ」

ビヨンは目をぱちくりした。まったく理解できない、と。

「お嬢様のそばにいるのに、お嬢様を好きにならないわけがありません。誰よりもきれいで気だてがよい方なのに？　どんな男でも心を奪われるはず！　その方の心臓って、石とか木でできてるんですか？」

「わたし、きれいじゃないし、いい人でもないし」

サンは声を出して笑った。

「淑女らしくもない、女人のたしなみ一つない。だからリンに限らず、誰もわたしのことなんか好きにならない。でもリンの心臓に血が通ってないのは本当かも。胸の中には石ころが入ってます、って言われても驚かないかも」

強がって自分で言った冗談に自分で笑うサンを見て、ビヨンの胸のほうがきゅっと痛んだ。何ひとつ欠けのない、何不自由ないお嬢様がそこまで自信をなくすなんて。それもお嬢様を無視する人のせいで！　ビヨンはそのリンというお友だちに腹が立ってきた。

「お嬢様、じゃあ、そんな方のどこがいいんです？　そこまで自分の心を自分で傷つけるぐらいなら、いっそこちらから忘れてしまえば」

「忘れられるなら、苦労しないんだけど……」

かぼそい溜息、あきらめ混じりの微笑に隠したせつなさが、サンを年頃の娘らしく見せる。

「……どこが良くて好きになったかわからない。好きになるつもりだったわけでもない。ある日突然、心臓がどきんとして勝手に走り出したのに、どうやって止められるの？」

「ある日突然？　何があったんですか？」

「わからない。ふと振り向いて目が合った時？　気がつくかどうかの静かな笑顔をちらっと見せてくれたこと？　信じてるって、通りいっぺんの挨拶みたいに投げた一言？　でも、何かを見せてくれたとか言ってくれたとか、そんなきっかけはないかもしれない」

「わかります。大事なのはその方自身ですもの」

「そうだわ。あの人だから、ささいな一瞬がいきなり大きく感じられたの」

「瞬間、瞬間、心の中から消えることがなくて。一人でいても、寝ていても、誰かと一緒にいる時も。脳裏に刻みつけられたその瞬間。その瞬間があれば、いつもそのひとと一緒にいられるんですわ」

「それは、誰のことなの？」

ぼうっと夢みるような笑顔だったビヨンは、我にかえって頬を真っ赤にした。両手で頬を押さえてお嬢様の前から逃げようと立ち上がった。はずみに膝の上の、半分ぐらいできた上衣《チョゴリ》がぱさりと床に落ちた。サンが上衣《チョゴリ》を拾うと、ビヨンは恥ずかしくてたまらないようにひったくり、ぎゅっと胸に抱きしめて背を向けた。ビヨンの思いがけない行動に、サンは一瞬あっけにとられたが、サンにもわかった。ただ、なんと言ってあげればいいのかわからなくて、いろいろ考えたあげく、ようやくサンは言った。

「大きいのね」

「はい？」

「その上衣、わたしやビヨンには大きいでしょ。誰のために作ってあげてるの？」

「それは……」

「ビヨンの心の中に刻みつけられたひと？」

ビヨンは今にも泣きだしそうな顔になった。

「ビヨン！」

サンも立ち上がると、小間使いをやさしく抱きしめた。

「ビヨンを責めてるわけじゃない。ビヨンに好きな人がいるなら、わたしも嬉しい！　ただ……ちょっとびっくりしただけなの。だってビヨンが会える人って、わたしとばあやとグヒョンだけでしょ。まさかグヒョン？」

「いいえ」

目に涙をためたビヨンがくすっと笑った。ビヨンの髪をやさしくなでてサンも笑った。グヒョンおじさんには悪いけど、ビヨンがあんな抜けたところのある男が好きだなんて思えない。

それでサンも知りたくてたまらなくなった。椅子に座ったビヨンに、ビヨンの恋人が誰のことか聞いてみる。最初はどう言えばいいか困っていたビヨンだが、やがてためらいながらも自分の恋を打ち明けた。百戯の日の思いがけない出会い、ムソクという名を教えてもらったこと。今まで誰にも言えずに苦しかった思いも、一度始めると言葉があふれるようにすらすら流れる。数日前に塀を越えたのはムソクだったと聞いたサンは驚く一方、感動した。ビヨンに会うために危険をかえりみず塀を越えて来る彼がいるなんて！　ビヨンが本物の乙女らしく見えて、羨ましくなった。

『街をほっつき歩いてたわたしより、屋敷に閉じこもっていたビヨンが先に恋をするなんて！　やっぱり淑やかで控えめな性格のおかげ？』

男はきっとそういう娘が好きなのだ。サンはなんとなく喉に苦さがこみあげた。

『男のように強くなりたい、一言だって負けないように気を張ってきたのに。それじゃ、愛されるわけがなかったのかも。きっと入り口からまちがえたんだわ。石の心臓の持ち主が相手なんじゃ、よけい無理！』

「でもこの上衣《チョゴリ》、できあがっても、あげられなくなりました」

縫いかけの上衣《チョゴリ》をなでるビヨンの手の甲に、涙が一粒ぽつんと落ちた。

「そんなことないわ」

サンは、深くうつむいたビヨンのあごを持ち上げ、涙をぬぐった。

「その人は隙を見て必ず来るわ。だから、その時のために荷物をまとめておくのよ」

「ええっ……どういうことですか、お嬢様？」

ビヨンの瞳に、涙の代わりに恐れが浮かんだ。ビヨンを安心させようと、サンはにっこり笑ってみせた。

「ビヨンはね、その人と一緒に行くの。もうビヨンはわたしの侍女じゃなくなって、その人も芸人じゃなくなるの。そうよ、福田荘園に行けば身分を隠して暮らせるわ！　わたしが全部ちゃんとしてあげるから心配しないで。荘園に家を用意する。そしたら会いたい彼と毎日一緒で、作ってあげたいだけ衣も作って」

「それはできません。お嬢様が結婚するまであたしはここにいないと」

「それじゃ手遅れになるかもしれない。もしわたしの代わりにビヨンが貢乙女《みつぎおとめ》に出されてしまったら、その人とは本当に終わりよ。だから、今度その人が来たら、きっとわたしの言う通りにして！」

「でも……」

その時、がやがやと外が騒がしくなった。のしのし足音が響いて乳母が来ると、別棟《はなれ》の周囲の様子を教えてくれた。

「旦那様がもうすぐこちらにいらっしゃいます。外の見張り役は使いに出て、またグヒョンが来ますからね。なんと皇女様の旅の一行に、うちの屋敷の者をあと二人加えるお許しが出たそうで。その二人が大都で高く売る珍しいものを大急ぎで揃えるために、召使いはみんな市場や蔵に走らされました。明日は皇女様が平州《ピョンジュ》温泉を出発なさるから、大急ぎで追いつかないとって」

皇女や使節一行に随行員として加われれば、大都で商売して大きな利益を得られる。寧仁伯《ヨンインベク》はいつも配下の者を一行に入れていた。配下の人数が増えればそれだけ多くの商品を運べるわけで、宦官に賄賂を贈った結果、今日になってまた人数が増えたらしい。サンにとって父の商売はどうでもいいが、別棟《はなれ》の見張りが消えるのは大歓迎だ。そんなサンの胸のうちなどお見通しの乳母である。

「はいはい、この隙に出かけようと思ってるのはわかりますが、今日だけは絶対にお部屋にいてもらいますからね！」

とてもお嬢様を信じられない乳母は、もう少し釘を刺しておきたかったが、乳母も忙しいのではたばた母屋に戻って行った。別棟《はなれ》の見張りも乳母について戻って行く。あたりがしんとすると、サンはさっと下衣《パジ》と外套《トゥルマギ》と文羅巾《ムルラゴン》を取り出した。

「お嬢様、もうすぐ旦那様が来られるって……」

ビヨンが慌てるのに、サンは平然と着替える。

「だから今のうちに外出してらっしゃいって、親切なばあやが教えてくれたのよ」

それは違います。頭ではそう思うのに、ビヨンはお嬢様の着替えを手伝ってしまう。サンは開けていた本を手に取った。

「紐を引いて庭のグヒョンを呼んで。来たら『この本を書庫に戻して、かわりに『※杜工部集《とこうふしゅう》』の第三巻を持って来て』と伝えて。グヒョンは別棟《はなれ》の中には入れないから、ばれないわ」

本を受け取ったビヨンは、止めても無駄なのを経験上よくわかっている。そして今日は止めたくなかった。恋に落ちた少女同士、サンが彼に会いに行くのを応援したい気持ちだ。それでビヨンは勇気を出してサンの言う通りにした。グヒョンが書庫に行くために庭の門を出て行くと、その隙にサンは外に出た。

「お嬢様、気をつけて」

愛情こもるビヨンに見送られ、サンは屋敷の庭を一気に抜けて、南山里《ナムサルリ》の金果庭へ走る。

『わたしが何日も顔を出さなかったこと、少しは気にしてるかしら？』

ふとリンのことを思って、サンは苦笑した。

『まさかね。ウォンならともかく！』

リンからウォンに考えが及ぶと、世子は遠い大都へ出発したのだと、今さらながら思いがよぎる。ウォンの地方巡視のため一ヵ月近く離れていたのに、また会えなくなってしまった。しかも「行ってらっしゃい、帰って来るのを待ってる」という挨拶もできなかった。サンはウォンに対して心苦しかった。

その瞬間リンのことを思ったサンは、胸にはっきり痛みを感じた。

『リンは、わたしに数日会えないぐらい何でもないけど、ウォンと離ればなれはとってもつらいわよね！』

苦笑した。サンの競争相手は男だった！　それも、女より手強そうな。サンはもっと笑えてきた。

だが紫霞洞《ジャハドン》を出て九斎洞《クジェドン》のあたりを過ぎる頃、目の前で繰り広げられる光景に凍りついた。

若い親衛隊《ホルチ》がある家の門から十五、六才の少女を引きずり出して来た。両親が泣いて追いすがる。娘を取られまいとしてすでにひどく殴られたらしく、髪もばさばさで衣も乱れている。両親は娘と兵士にしがみつく。この騒ぎに近所の人々も出て来たが、おそるおそる遠巻きにして「ひどい」とこっそり非難するのが精いっぱいだ。それが兵士の耳に入って睨まれると、こそこそ人ごみの後ろにさがってしまう。数日前、サンとリンが見た場面そっくりだ。

「親衛隊《ホルチ》様！　一人娘なんです。お願いですから連れて行かないでください！」

「皇女様の命令だ。逆らえばひどい目にあうぞ！」

「皇女様だって遠い国からお嫁にいらしたんだからわかるはず。なのにどうしてこんな薄情なことを！　ああ、親衛隊《ホルチ》様！」

親衛隊《ホルチ》は荒々しく両親を足蹴にすると、娘を馬に乗せて鞍に縛りつける。それでも母親が必死に

※杜工部集：多くの詩文を残した杜甫（七一二〜七七〇）は検校工部員外郎だったので杜工部とも呼ばれた。『杜工部集』は、一〇五九年、北宋時代の王洙がその詩文を集めてまとめたもの。

とりすがると、親衛隊《ホルチ》は刀を抜いた。

「無礼者！　皇女様にたてついて無事にすむと思うか！　邪魔する者は誰でも殺す許可も出てるんだぞ！」

ビュッ。鋭い刃が弧を描いて母親の肩へ走る。母親が悲鳴をあげた。

母親の片腕が飛んだと思ったが、刃は虚空を斬っただけだった。空振りした親衛隊《ホルチ》は愕然とした。母親は、突然飛び出した少年に抱かれて地面を転がっていた。

「この野郎！　何者だ⁉」

「娘を奪った上、母親の命まで取る気か！」

言い返したのは、母親の命の危険を見てとっさに飛び込んだサンだ。親衛隊《ホルチ》は、今度はサンに刀を振り上げた。

「邪魔だてするなら、おまえも殺す。俺は皇女様に命令された、国王殿下の親衛隊《ホルチ》だ！」

刃が空中できらりと光った。サンは外套《トゥルマギ》の懐に手をつっこんだ。

『ウォンがくれた粧刀《チャンド》！』

空気を裂く鋭い音。間に合わない！　サンは母親を全身でかばって伏せた。斬られると思った瞬間、ガキッという音が鼓膜を強打した。背中は何ともない。そっと顔を上げると、親衛隊《ホルチ》の刀を長剣で防ぐ騎馬の男の後ろ姿が見えた。広い背中で誰だかわかる。

「おまえは何だ⁉」

親衛隊《ホルチ》が歯を食いしばって手に力を入れるが、リンの長剣はまったく押されない。

「娘を馬から下ろせ」

澄んだ低い声が静かに響いた。阿鼻叫喚の騒ぎと不似合いなので、よけいに逆らいがたい威厳がある。リンの気迫に押されて親衛隊《ホルチ》は当惑し、口ごもった。

「お、俺が誰だかわからないのか！　国王殿下の親衛隊《ホルチ》だぞ！　この娘は皇女様が大都に連れて行く貢乙女《みつぎおとめ》だ！　たとえ身分が高かろうと、皇女様の命令は絶対だ！　剣を引け！　でないとおまえの首をはねるぞ！」

「皇女様はすでに開京《ケギョン》にはおられない。貢乙女《みつぎおとめ》一行も一緒に出発した。だからおまえは公務ではなく、私欲のために他人の娘を強奪しているわけだ。しかも恐れ多くも皇女様と国王殿下の名前を騙《かた》り、御二方の名を汚すとは。首が飛ぶのはおまえのほうだ」

「だが、俺は国王殿下の親衛隊《ホルチ》で……」

親衛隊《ホルチ》の勢いが弱くなり、語尾も小さくなる。リンは、ネズミのように目がおどおどしてきた彼の刀を地面に払い飛ばした。真っ青になった親衛隊《ホルチ》の首に、リンが刃をつきつける。

「娘を親に返すか、この先の巡馬所に行くか。自分で決めろ。寛大な選択なのは、おまえ自身がわかっているはずだ」

親衛隊《ホルチ》はあたふたと少女の縄をほどいて馬から下ろした。少女がうずくまる母親に駆け寄ると、親衛隊《ホルチ》は舌打ちし、急いで馬を駆って消えた。

サンは座りこんだまま、抱き合ってむせび泣く家族を見た。よかった！　ほっとしたサンはリンを見上げた。

「無謀にもほどがあるだろう、サン！」

低い声は怒っているように聞こえた。思いがけず現れて母親と自分を助けてくれたリンの後ろ姿に胸がこみあげ、たった二言、三言で兵士を追い払い、少女を取り戻した勇姿に心が躍ったのに。目が合ったとたん叱責されてサンは傷ついてしまった。

「きみは今死ぬところだったんだぞ。実力もわきまえず命を粗末にするとは、きみは本当に……」

「関係ないでしょ！　わたしは誰かと違ってあれこれ計算しないの！」

唇をとがらせて、サンはぱっと立ち上がった。

「リンこそなんでこんな所に出てくるわけ？　この前は同じことを見てもまばたきひとつしなかったくせ、この何日かで同情心でも生まれたとか？」

「あの時とは状況が違う」

「そうよね。あの時はウォンに迷惑がかかったけど、今はウォンはいないし！　誰が連れて行かれようと死のうと、リンにはどうでもいいくせに！　あの時連れて行かれた何十人もの娘たちはどうなるわけ！　リンがこの親たちと同じ立場でも、ああやって見て見ぬふりができたのか、知りたいものだわ」

ひしと抱き合ったままの家族を見てサンが言い返した。リンは答えなかった。頬の内側の柔らかい筋肉を噛みしめるように、固く結んだ唇が乾いて血の気を失い蒼白になった。静かに漂う冷気にひやりとしたサンは、それ以上言葉が出なくなった。

「乗れ」

リンの声が沈みきっているので、サンは素直に彼の後ろに乗った。リンはすぐにその場を離れた。

『馬鹿みたい！』

リンの腰を抱くこともできず衣だけをつまんだサンは、たちどころに後悔した。リンはサンとあの家族を助けてくれたのに、お礼を言うどころか怒鳴りつけちゃった！　あの時ちょうどリンが現れなかったら、サンはこの世にいなかったかもしれない。リンが自分を助けたのはこれで四度目だ。

『それなのにリンにどうこう言える立場じゃない。あつかましいのはわたしだわ！』

おだやかなそよ風にのって、なじんだ松の香りがする。サンの胸に接しそうなリンの背中のぬくもりが、こぶしひとつ分をあけた二人のこわばった空気をほぐしてくれる。あたたかい、とサンは思った。

軽率だったと反省するサンの小さな溜息が、リンのうなじをくすぐって風に散って消えた。リンはぴくりとして、とうとう口を開いた。

「どうした？」

「何でもない」

サンはリンの背に額をぎゅっと押し当て、軽くよりかかった。彼の背中の筋肉が一瞬硬直したが、サンは気がつかなかった。

「ごめんなさい」

サンが初めて詫びた。

「後先考えずに飛び出してリンまで巻き込んじゃって、ごめんなさい。身体が思わず反応しちゃったの」

「謝らなくていい。きみがそういう人間なのはよく知ってるから」

人がせっかく悪かったと言ってるのに無神経な！　サンはむっとしたが、ぐっと押さえた。まだ言うことは終わってない。

「あの子が家に戻れて本当によかった。おかあさんもわたしも無事に済んでよかった。全部リンのおかげよ。だから……ありがとう」

「通りがかりにきみが見えたので割り込んだだけだ。だからあの家族が助かったのは、つまりはきみのおかげだ。ただ、さっきも言った通り、危ないことに飛び込まないでくれ。まず自分を守ってほしいと言っているんだ。私がきみの行くところにいつもつきまとって、いちいち助けてはやれないから。さっきだってまったくの偶然で……」

「そういえば、どうしてこんな所を通りかかったの？」

サンの質問に、リンは言葉が止まった。何日も姿が見えないから心配になってサンの屋敷のほうに行ってみるところだった、とありのままに言ってもおかしいことはないのに、なぜか言えない。

「世子邸下が西京《ソギョン》に出発するのを見送って、金果庭に行くところだった」

「西京《ソギョン》への街道は西のほうでしょ？　そこから南山里《ナムサルリ》に戻るのに、どうしてこんな北まで遠回りを？」

「……松岳山《ソンアクサン》でちょっと風に当たろうと思って」

そうよね、ウォンとの長い別れが悲しかったんだわ！　サンは寂しく笑った。思いがけず自宅の近くでリンに会って小さな期待が花開きかけたのに、きれいに散った。

『ビヨンの彼じゃあるまいし。真面目なリンが塀を乗り越えてる所なんて、見たら大笑いだわ。この唐変木《とうへんぼく》がわたしに会いに来るわけもなし』

一瞬でもときめいた自分が馬鹿みたいで、サンは改めて細い溜息をついた。澄んだ秋風が彼女の息を拾い上げ、梢にしがみつく枯れ葉をかさかさ揺する。その風に耐えかねて、枯れ葉は重くなったサンの心のように一枚二枚と落ちていく。

金果庭に入った二人はまっすぐ後棟に向かった。後棟の庭に通じる中門を開けかけて、リンが手を止めた。庭に人がいる。後棟は世子とリンだけの場所。それ以外は、世子が特別に許したサンしか入れないのに。中にいる人物を見たリンは、サンにささやいた。

「サン、すまない。今日は帰ってくれるか」

「なぜ？　誰？」

門の隙間に目をこらして、サンが素っ気ない尋ね方をした。三人の特別な空間に誰かが無断侵入してるなんて。違う。せっかく会えたリンとの時間があっけなく終わってしまったので、サンは気落ちしたのだ。

「あの方は斉安公《ジェアンゴン》だ。きみがあの方と会うのは、ちょっとまずい」

「けど……」

「気をつけて帰れ。さっきみたいにむやみに飛び出さず」

何よっ！　きっとにらむサンを置いてリンは中に入り、門が大きな音をたてて閉まった。このまま帰るなんてありえない。自分を阻む門に向かってこぶしを握りしめてしまう。

『今まで一度も来たことのない方がなぜ、よりによって今日来るわけ?』

サンは野暮な斉安公《ジェアンゴン》を恨みながら外に回り、塀に沿って歩いて行った。初めて来た時のように、奥庭の低い塀から簡単に忍び込む。そして裏棟の太い柱の陰から庭の二人の話を立ち聞きした。

『あの人が斉安公《ジェアンゴン》』

サンは、髪に白いものの混じる年配の男性を見た。

斉安公淑《ジェアンゴンスク》。彼の姉は、現国王の父の妃だったのに庶民に落とされた慶昌宮主《キョンチャングンジュ》だ。かつて斉安公《ジェアンゴン》は、姉の産んだ王女、つまり現国王の腹違いの妹の慶安宮主《キョンアングンジュ》と結婚し、現国王の義弟になったが、その妻と死別した。そして現国王と最初の正妃・貞和宮主《ジョンファグンジュ》との王女静寧院妃《ジョンニョンウォンビ》と再婚し、現国王の婿の立場になった。だから現国王にとても近しい高位王族だ。

世子ウォンにとっての斉安公《ジェアンゴン》は、父王の異母妹と結婚していたので叔父にあたるし、父王の王女と再婚したので義兄にもなる。

リンにとっては伯母の貞和宮主《ジョンファグンジュ》の王女、つまり従姉妹と結婚しているので義従兄《いとこ》になる。

皇女が嫁して来て最初の正妃・貞和宮主《ジョンファグンジュ》を宮廷から追った時、皇女は斉安公《ジェアンゴン》にも反逆の濡れ衣を着せて投獄した。やがて斉安公《ジェアンゴン》の無実が明らかになって地位と名誉は回復されたが、今でも皇女に憎まれている。

斉安公《ジェアンゴン》は贅沢を好まず情にあつい人柄で、心ある人々から敬愛され、現国王も斉安公《ジェアンゴン》を信頼して政務の一端を任せている。世子ウォンも斉安公《ジェアンゴン》に好感を持ち、斉安公《ジェアンゴン》もこの別邸をウォンとリンに使わせている。

「では世子邸下の出発には間に合ったのだな？」

広縁に腰かけ、はっきりした口調で尋ねる声が、斉安公《ジェアンゴン》の忍耐強く立派な人柄をものがたる。だが斉安公《ジェアンゴン》の前に立ったままのリンの表情に影がさした。サンは息を止めて耳をそばだてる。

「邸下に会えたならタンのことを頼めたのだな？」

「いいえ」

「えっ？　まさか世子邸下が何もしてやれないと拒んだのか？」

「邸下は地方巡視中だったので、最近の状況を知りません」

「だから一言申し上げれば！　世子邸下の心を動かして妹を助けてやれるのはリンだけだ！」

「タンは皇女一行として出発した後でした。戻れません」

「邸下なら母上の皇女の心を変えられる。邸下ならできる！」

「邸下に仕えてきたのは、私的な願いをするためではありません」

「リン！　貢乙女《みつぎおとめ》にされたのは妹だぞ⁉　貢乙女《みつぎおとめ》の指名を撤回してもらうためなら、ありとあらゆる手段を使うのが当たり前だ。世子邸下の親友で腹心、誰よりも世子と強力なつながりを持つリンが、なぜその方法を使わない？」

黙って立つばかりのリンを見て、理解できないというように斉安公《ジェアンゴン》が首を振る。

「皇女は明日、平州《ピョンジュ》の別宮を出発するという。今からでも馬を駆って平州《ピョンジュ》に行け！　世子邸下に、タンが貢乙女《みつぎおとめ》に召し出されたと言え。皇女も世子邸下の願いならば聞くはずだ。世子邸下がタンのことを知れば、必ずタンを返してくださる」

「できません」

「リン！」

「タンが帰されれば、人数合わせのために他の王族の娘が貢乙女《みつぎおとめ》にされます。妹を救うために他人を犠牲にできません」

「タンがその犠牲ではないか！」

斉安公《ジェアンゴン》の声が焦燥に耐えかねて大きくなった。

「そもそもの指名はタンではなかった！　皇女は寧仁伯《ヨンインベク》の娘を指名したのに、寧仁伯《ヨンインベク》と宦官が賄賂やあらゆる手段で皇女を説得して、貞和宮主《ジョンファグンジュ》の姪のタンに変えてしまった結果だ！」

「寧仁伯《ヨンインベク》の娘は、顔に傷があるので貢乙女《みつぎおとめ》に適しません」

「それは違う！　寧仁伯《ヨンインベク》の想像以上の財産を見た皇女は、それを没収するために寧仁伯《ヨンインベク》の一人娘を指名したのだ。顔の傷など嘘だということも調べ上げて！　知らなかったのか？　皇女はタンの存在など記憶にもなかったのに！」

えっ⁉　サンは両手で口をおおった。衝撃で気が遠くなる。リンの妹が貢乙女《みつぎおとめ》に選ばれただけでも驚いたのに、それがまさか自分の身代わりだったなんて！　足の力が抜けて立っていられない。そろそろと柱をつたってうずくまるサンの耳に、リンの沈んだ声が夢の中のようにおぼろげに響く。

「知っています」

「それならタンを連れ戻し、当初の予定通り、寧仁伯《ヨンインベク》の娘が貢乙女《みつぎおとめ》に行けば済むことだ！　道理に外れたことでも何でもない、むしろ間違いを糺すことだ。それなのにリンはなぜ黙っている？」

「寧仁伯《ヨンインベク》と宦官たちが皇女の気持ちを変えてしまった以上、取り返しがつきません」

「だが、世子邸下ならば……」

「世子邸下であっても！」

つい声が大きくなった非礼に気づき、リンは唇を噛んで頭を下げた。話を続けよという仕草に、リンはまた低い声で静かに説明した。

「世子邸下にも貢乙女《みつぎおとめ》を変える権利はありません。世子邸下は皇女に頼むしかないのです。皇女が最終的に選んだのは貞和宮主《ジョンファグンジュ》の姪のタンでした。それを帰してくれと言えば、身勝手な皇女は溺愛する世子邸下にすら疑心暗鬼となり、今後の母子関係がどうなるかわかりません。世子邸下と母后の間に不和を生じさせるわけにはいきません。世子邸下が無事に即位するためには、国内的にもモンゴルとの外交的にも、あの皇女の絶大なる支持が不可欠です」

「しかしなあ、リン。世子邸下が後でこのことを知ったらどれだけ心憂えると思う？　あの邸下が、手遅れになるまで親友リンが伏せていたと知ったら、傷つかないでいられようか？　親友の妹が貢《みつぎ》乙女《おとめ》になったのに、世子たる自分が止められなかったと、どれだけ御自分を責めると思う？」

「邸下が私に負担を感じるなら、いっそ私が邸下のそばを離れます」

「わ、わしにはさっぱりわからぬ。リン、いったいそれは本心か？」

「……はい」

「わしも妻から聞いたが、タンの母上は倒れて床についているというし。タンをこのまま行かせていいのか？」

うつむいたリンはもう何も答えられなかった。斉安公《ジェアンゴン》もとうとうリンの説得をあきらめて、首を振りながら帰って行った。

しんと静まり返った庭に、リンは長い時間を立ちつくしていた。やがて心を整理したように木剣を取り、いつものように素振りを始めた。だが何振りもしないうちに木剣がかたんと落ちてしまった。木の下の平らな石に座りこんだリンは深くうつむき、両手で額を押さえた。

柱の陰にうずくまって動けないサンの胸はちぎれそうだ。数日前、親衛隊《ホルチ》が少女たちを捕らえる場面を凝視していたリンが思い出される。それなのにサンは、彼女たちの家族の身になってみろとリンに詰め寄った。リンの表情が凍りつき、唇の血の気が失せたこと、今になって腑に落ちることが、後から後から思い出される。

『そうだったんだ。そういうことだったんだ！』

やっとのことでサンが顔を上げると、リンは平石にうずくまっているように見えた。リンがこれほど力を失い孤独に見えたことはない。そう思うと胸が張り裂けそうだ。それならわたしが貢乙女《みつぎおとめ》に行ったほうがずっとましだった！　サンは自分の存在が痛いほどうとましくなった。

自分を外した父親も、父親から賄賂を受け取って皇女に貞和宮主《ジョンファグンジュ》の姪を勧めた宦官たちも、寧仁伯《ヨンインベク》の財産狙いから貞和宮主《ジョンファグンジュ》一族を苦しめるほうに興味を移した皇女も、そして何も知らないウォンも、みんな憎らしい。世子に事情を告げずに黙って耐えているリンまで憎らしい。

サンは立ち上がらなきゃと決心し、足に力が入らないものの柱の陰から出た。サンがゆっくり歩いてリンの前に立っても、リンは額をおさえたままだった。地面に落としたリンの視界にサンの烏《くろ》革履《ぐつ》が入ってやっと、リンは手をはずして静かにサンを見上げた。

「平州《ピョンジュ》に行こう」

サンの細く震える唇を見て、リンは視線をそらした。あきらめを示すようにリンは表情を平静に戻した。リンの視線を追って、サンは横に動いた。

「二人で平州《ピョンジュ》に行こう。今から行ってウォンに会って……」

「屋敷に帰れ。サン」

淡々とした静かな声だ。だがサンに答えるためにやっと開いたリンの唇は、強く噛みしめられて赤黒く腫れていた。一人でどれだけ耐えてきたのだろう。サンの目がしらが熱くなった。

「もともとは、わたしだったんでしょ？　じゃあ、今からでもわたしが行く」

「誰が指名されても、それは関係ない。皇女が最終的に決めた娘が貢乙女《みつぎおとめ》になる」

「でもわたしの父さえいなければ、リンの妹は……」

「きみの父親だって、貢乙女《みつぎおとめ》をタンにしろとまでは言ってない！　宦官どもが賄賂と人脈次第であの家この家と皇女に入れ知恵し、結局皇女が貞和宮主《ジョンファグンジュ》の姪に決めた。だからきみが出しゃばることじゃない。引っ込んでろ！」

激しく怒鳴りつけたリンはさっと立ち上がった。その気迫にサンはつい後ずさりした。

自分の態度がサンを傷つけたことにハッとしたリンは、それ以上サンを脅えさせないように、サンに背を向けて歯を食いしばった。あのリンが、サンの前で初めて感情を持て余して平静を失った。

サンはそのまま声をあげて泣き出しかけた。ううん、泣いちゃだめ、わたしが泣くところじゃない。サンは何度も目をしばたいて、詰まった喉をなんとか落ちつかせて言葉をかけた。

「リン、それはわたしの問題なのよ。わたしの代わりにリンの妹が貢乙女《みつぎおとめ》に行かされた、一生をそんな罪意識を抱えて生きるなんて、わたしは無理！　リンが行かないなら、わたしひとりで平州《ピョンジュ》に行ってウォンに会う」

つとめて普通の口調を装って、サンは中門へと歩きだした。だが次の瞬間、サンはリンに肩をつかまれて、恐ろしい力で木の幹に押しつけられた。ぴくとも身動きできない。

「きみの罪意識なんかどうでもいい！　邸下に、きみか妹のどちらかを選ばせる状況を作りたくない！　それが邸下にとってどれだけ辛い選択を強いるかわからないのか？　そんな不忠はできない。サン、出るなと言ったら出ないでくれ！　わかるだろう？」

ごつごつした木の皮がサンの背中に食い込む。その痛みにまさって、強い手でつかまれた肩が痛い。ほんとうの痛みは、ウォンの心ならそこまで思いやるリンが、サンの気持ちはどうでもいいと宣言したことだった。

『ウォンと母后がちょっとぎくしゃくするぐらい何よ。母子《おやこ》だもの、徹底的にこじれる問題じゃないでしょ。それなのに、わたしの一生の気持ちのことは、リンには考える価値もなかったのね！』

我慢に我慢を重ねてきた涙がサンの頬をつたって流れた。リンの手にも、サンの肩が細く震えるのが伝わる。リンは肩から手を離した。ぽろぽろと熱い涙を落とすサンの姿に、リンの心をかためた鉄の鎧が溶けていく。

「悪かった、サン。きみに怒っているんじゃない。私は……」

リンの声がやさしくなったのでサンはよけいに涙が止まらなくなった。どうしていいかわからずにさまよっていたリンの指が、ついにサンの濡れた頬をかすめ、涙をそっとぬぐってくれた。いつもと違うリンの仕草が、涙腺をよけいに刺激する。リンはもっと正直にサンに自分の思いを伝えようと努力した。

「サン、王族なら誰でも、娘が貢乙女《みつぎおとめ》に指名されたら、きみの父親のように賄賂や人脈や、あらゆる手を尽くすものだ。うちの父や兄たちだって手をこまねいてぼんやりしていたと思うかい？　我が家は世子邸下とは交際が薄いが、国王殿下とは厚い親交がある。それでも最終的に皇女がタンにこだわったのは、貞和宮主《ジョンファグンジュ》の姪だったからだ。しかもきみは、たった今まで何も知らなかった。きみの責任はひとつもない。もちろん、サンの気持ちが平気で済むわけがない。よくわかる。きみの性格では、見なかったふり、聞かなかったふりなんかできっこない！　だが、どうかおさえてくれ。今度だけは」

「無理だわ、だってリンの妹だもの！　わたしの友だちの妹よ‼　わたしの身代わりに妹を貢乙女《みつぎおとめ》に行かせておいて、どうしてわたしが友だちでいられるの？」

サンはこみあげる感情に耐えられず、とうとう泣きじゃくった。貢乙女《みつぎおとめ》に出されて二度とリンに会えなくなるより、妹を差し出したリンのそばに自分がいるほうがずっと苦しい気がする。それでもリンは首を振る。

「それは違う」

リンはサンの濡れた瞳と静かに目を合わせた。

「はっきり言うが、もし、きみか妹かどちらかを選べと私が迫られたら、私は妹を行かせる。だからきみはずっと私の友だ」

「……どうして？　どうしてわたしでなく、大事な妹を……なぜ？」

サンの大きな黒い瞳が混乱して揺れる。しばしためらった後に、リンは答えた。

「きみが邸下の大切な……友だちだからだ」

リンとしては、「友だち」という言葉では言い尽くせないものがある。だがほかに適当な言葉が浮かばない。今までウォンがはっきり言ったことはないが、ウォンはサンに会って以来、変わった。理不尽な世をどうにもできず怒り憂えるばかりの世子としての立場を離れ、年齢らしい明朗闊達さが現れ、ウォンは遥かに成熟した人格を見せるようになった。それを目の当たりにしたリンとしては、ひそかに思うところがあった。もしも世子がサンを想っているなら、自分は当然サンを守らねばならない。たとえ愛する妹を犠牲にしても。

それだけ？　サンは眉をひそめた。どうして世子の友だちを実の妹より優先するのだろう。リンの基準がサンにはよくわからない。それでも、ずっと友だちだというリンの言葉は大きな慰めになった。

『わたしって人間は！　どこまで利己的なのかしら！』

重い罪意識に深くうなだれてサンはまたすすり泣いた。

次第に落ちついて最後の涙をぐっと飲み込んだサンを見たリンが、なだめるようにささやいた。

「帰ろう。屋敷まで送るから」

サンは首を振った。目を真っ赤に泣きはらした姿で歩いて帰すのは、リンも心配で気持ちがおさまらない。だが、サンはリンに送ってもらうことを最後まで断った。

結局リンは、サンが一人で門を出るのを見送るしかなかった。いつも元気に姿勢よくすたすた歩いていたサンが、肩を落として力なくうなだれて歩いて帰るのを見ると、心が乱れた。

『邸下がサンを想っているかもしれない……。本当にそれだけか？』

リンはまだ濡れている自分の指を見た。サンの頬をぬぐった時に感じたやわらかい余韻が指に残っている。ふと、世子への忠誠は口先で、本当は自分がサンを行かせたくなかったのでは？　と、リンは自分を顧みた。自己嫌悪に身体が震えた。まさか妹を見捨てて⁉　リンは指を強くこすり合わせ、水気をきれいに飛ばした。


澄んだ流れにちなんで白川《ペクチョン》と呼ばれる川べりをサンは行く。頭も心もこんがらがっている。足が地面につく感覚すらはっきりしない。とうとうサンの足は止まってしまい、くさむらに座った。そしてさらさらとした流れをぼんやり見つめ、とめどなく時間を過ごした。沈む太陽の赤い光が水面にきらめき、次第に深まる薄闇にあたりが見えなくなっていくまで、サンはその場を動けなかった。

サンが屋敷に戻ったのは、すっかり暗くなってからだった。いつもなら灯が消えて静かな別棟《はなれ》のあちこちに明るい灯籠《とうろう》が下がり、真昼のように照らされている。別棟《はなれ》の沓《くつ》脱ぎ石の上に立って待っていたグヒョンが走ってサンを迎えた。大きな体の彼が怯えきって、そっと何かを知らせようと手真似をしたが、それも目に入らず通り過ぎたサンは、いつもの慎重さを忘れていきなり戸を開けてしまった。同時に中にいた寧仁伯《ヨンインベク》が卓をバンと叩いて勢いよく立ち上がった。

「サ、サン！　おまえは！」

真っ赤になった顔で怒鳴りつけた寧仁伯《ヨンインベク》の後ろで、乳母とビョンが真っ青になって震えている。それでもサンの焦点を失ってかすんだ目には、何も映っていない。

「な、なんという格好だ！　今までもそんな姿で父に隠れて抜け出していたのか⁉　こんなに暗くなるまでどこをほっつき歩いてた！　いったいおまえはどういうつもりだ、え⁉」

「操り人形。言われるままに右往左往するお人形」

「な、何だと⁉」

正気が飛んだような娘の様子に、寧仁伯《ヨンインベク》は突然ぞっとした。それでちょっと声を穏やかにして尋ね直した。

「外で何かあったのか？　誰かにひどいことをされたのか、サン、うん？」

「ひどいことはされてない。わたしがひどいことをした」

「何のことだかちゃんとわかるように言え、うん？　おまえが誰に？　誰にひどいことをしたと？　ありえないことだ」

「わたしのせいでビョンは部屋に閉じ込められ、司空《サゴン》の令嬢が貢乙女《みつぎおとめ》に出された。ふたりの人生を台無しにしたわたしに、これよりひどいことができる？」

は？　寧仁伯《ヨンインベク》は首をかしげた。一瞬考えこんだかと思うと失笑した。彼は乳母とビョンに出て行けと合図した。ふたりが隣室にさがると寧仁伯《ヨンインベク》はハッハッと空笑いして娘をなだめた。

「おまえは王族令嬢、ビヨンはたんなる召使い。主人の必要に応じて使われる奴婢に、台無しになる人生など最初からない。王瑛《ワンヨン》の娘は身分が高いから、大都に行っても皇族や高官の妻だろう。あの家にとっても悪い話じゃない。モンゴル皇族の姻戚なら、ここで皇女に睨まれる王室姻戚でいるよりもっと権勢を振るえるかもな。だから自分から娘を差し出す者もいるぐらいだ」

「だったらわたしが貢乙女《みつぎおとめ》に行けば、お父様にとっても良かったじゃない。財産を増やして権勢を振るうために、わたしを貢乙女《みつぎおとめ》に出せばよかったじゃない！」

「それが父親に言うことか、え？」

寧仁伯《ヨンインベク》の声が大きくなり、顔に血がのぼった。首に青筋が浮いて破裂しそうだ。

「王瑛《ワンヨン》の娘でなければ、貢乙女《みつぎおとめ》はおまえが指名されていたのだぞ。そうなったら今までの嘘がばれて財産は没収、わしは流罪。なのになぜそんな分別のないことを言い散らかす！　かつて※枢密院《チュミルウォン》副使《ブサ》だった洪文系《ホンムンゲ》が、貢乙女《みつぎおとめ》逃れのために上の娘の髪を剃ってどんな目に遭ったか、知らないのか？　洪文系《ホンムンゲ》はな、現国王の父王に林惟茂《イムユモ》が反逆した時、妹の夫だった林惟茂《イムユモ》を殺して父王をお守りし、王をないがしろにする武臣政権を終わらせた功臣中の功臣だ！　もちろん、現国王の世子時代から

※枢密院副使：王命の出納・宿衛・軍機などをつかさどった官庁・枢密院の高官で、正三品職。

の臣下で、国王の大のお気に入りだった。それほどの人物でさえ、たかが貢乙女《みつぎおとめ》逃れで拷問までされ、財産をすっかり奪われて流配された。娘は皇女本人から血だらけになるまで鉄鞭で打たれ、それからモンゴルの将軍に投げ与えられた。わかってるのか、え？　大都へ行ってしまえば、どんなやつの妾にされ捨てられるかわかったもんじゃない！」

「わたしの代わりに誰かが一生泣いて暮らすことになったら、わたしだって罪意識の一生だわ。わたしはそんなふうには生きられない」

「手遅れだ！　貢乙女《みつぎおとめ》の件は終わったことだ！」

「……そうなの？」

サンは力なく椅子に座った。

「わたし、このまま消えてしまいたい。この世から」

うちしおれた娘を見て、寧仁伯《ヨンインベク》はどうしていいかわからなくなった。いつも気が強くて手に余る娘がこれほど気弱になるとは、お手上げだ。財産と同じぐらい娘を深く愛する彼は、びくびくしながらサンの髪を撫でる。

「みんなおまえのためを思って父がやったことだ。宦官連中にどれほどばらまいたかわかっているのか、え？　皇女にどれだけ莫大な金を献上したか、知ってるか？　それもみんなおまえのためだ。おまえはわしの財産を受け継ぐ唯一の家族じゃないか、な？」

サンは気が抜けたように笑った。

「その財産がなければ、お父様もわたしも、もっと堂々と生きられたのに」

「何だと？　その財産がないと、我々は人間らしく生きられんのだ！」

「人間らしく生きるには多すぎると思わない？」

「多すぎない。多ければ多いほど良いのが財産だ。もとでが多ければより速く、よりうまく膨らむのだ」

「多ければ多いほど良いって、何が？　なぜいいの？」

「良いことに理由がいるのか？」

娘の言葉が理解できず、寧仁伯《ヨンインベク》はさっきから悩むばかりだ。

「おまえはまだ子どもだ。いつかは親心がわかるだろう。すべておまえのためだ！　だからおとなしく父の言う通りにするんだ。まずその格好から着替えろ。わしも息子を欲しいと思ったことは確かにあるが、おまえに男の子になって欲しいわけじゃない。実は皇女の留守を狙っておまえとジョンの婚礼話を進める予定だったのに、まさかジョンの妹が貢乙女《みつぎおとめ》にされるとまでは、わしも予想しなかった。あの家は今縁組どころじゃないから、縁談はもう少し先になる。それまでは勝手に外出するな。良家の令嬢が外をほっつき歩いてると知られては嫌われる。いくら美人で財産があっても、妻は貞淑で控えめが一番だ」

「わたし、その人とは結婚しない」

「何だと？」

聞き違えたように、寧仁伯《ヨンインベク》が娘に身を乗り出した。サンは、はっきり繰り返した。

「誰とも結婚しない。お父様が選んだ人なんかとは絶対に結婚しない。無理強いすれば、わたしは命を断つ」

「おまえは！　今日はわしを十分怒らせているんだぞ、サン！　限界だ！」

元気のない娘を穏やかになだめようと、それなりに努力を重ねていた寧仁伯《ヨンインベク》も、ついに堪忍袋の緒が切れた。

「わしが決めた以上、おまえはジョンと結婚する！　それまでこの部屋から一歩も出られないと思え！」

ハアハア熱い鼻息を吹く父に、サンはひんやりした視線を向けるだけだ。

「馬鹿娘が！」

寧仁伯《ヨンインベク》は戸を蹴たてて出て行った。開いた戸から秋の夜風が吹き込んで部屋を冷やす。髪が顔に乱れかかるが、サンはどうでもいい。隣室からあたふたと出て来た乳母が戸を閉めた。ビヨンがサンの髪を整えて尋ねる。

「お嬢様、大丈夫ですか？　お嬢様！」

「ばあや、お風呂に入るから支度して。着替えも」

サンは寂しげに言った。ふだんなら小言の雨を降らせる乳母だが、今日だけは黙ってお湯を用意するために出て行った。

「お嬢様、何があったんですか？　お友だちには会えたんですか？」

心配そうにビヨンが尋ねる。そのとたん、サンの目頭がまた濡れてきた。

「お嬢様、お嬢様、どうしたのです？」

つられてビョンも涙がにじみ、サンを抱きしめたとたん大粒の涙を落とした。まるで本当にお人形になってしまったように身じろぎもしないお嬢様の身体は冷たくこわばっている。ビョンの肩にしみこむ熱い涙の粒だけが、サンが生きている人間だと証していた。いつも明るく活発だったお嬢様が泣いている。ビョンは痛ましさで胸が張り裂けそうだった。

◉

平州《ピョンジュ》、深夜。

「遅いお着きですね、世子邸下。お疲れになられたでしょう」

出迎えた※副知密直《ブチミルチク》の印侯《インフ》は、馬を下りる世子を助けながら皇女の機嫌を慮ってびくびくしていた。彼はもとはモンゴル人でホラタイという名前だったが、皇女の怯怜口《ゲルンコウ》（従者）として高麗に移り住んだ。同じ立場の張《チャン》将軍とともに、皇女の側近として権勢を振るっている。

「皇女様はお休みにならず、ずっと待っておられます。なぜこんなに遅くなられたのですか？」

ウォンは印侯《インフ》をちらりと見た。物腰は礼儀正しいが内心を見せず、その目つきも印象が悪い。

※副知密直：王命の出納・宿衛・軍事機密をつかさどった官庁・密直司（現国王の即位後に、枢密院を改称したもの）の高官。

「おれが哀れっぽく見えたらしく、誰も彼もが路銀をさしあげたいと追いかけてきて下衣《パジ》の裾にしがみつくものだから、遅くなった」

「ははは。邸下、お気を悪くなさらず。水清ければ魚棲まずと言うではありませんか。みな忠誠心から出た行為でございます」

「おそらくな。それで忠誠を表すやり方を、少し変えさせようと思う。宦官の崔世延《チェセヨン》と陶成器《トソンギ》を罷免して流配しろ。他人の奴婢を取り上げ、賄賂を受けて勝手に官職をばらまいた罪だ。それから全《チョル》羅道《ラド》王旨《ワンジ》別監《ビョルガム》・権宜《クォンウィ》も罷免しろ。地方役人や有力者の横暴から民を守る職務のくせに、自分がおべっかを使うために民の財産を奪った」

印侯《インフ》がずるそうな目をきらめかせた。歯をむきだして笑う彼に、ウォンもにやりと笑って応じた。

「邸下、それは国王殿下がお決めになることです」

印侯《インフ》が真顔になった。世子の言った宦官は印侯《インフ》の派閥で、彼にいつも賄賂を届ける連中だ。しかも崔世延《チェセヨン》や陶成器《トソンギ》が消えて別の派閥の人間が宮中に入れば、印侯《インフ》の権勢にひびが入る。彼の本心を見透かしたように、ウォンは容赦なく言いきった。

「国王殿下の高麗留守中の政治は、すべて世子のおれに任されている。そちは明日開京《ケギョン》に戻り、今言ったことを実行し、それから大都行きの一行に追いつくがいい」

「ですが邸下、彼らはみな、皇女様が特別に目をかけている者たちです……」

「そちもその連中と同じ目に遭いたければ、そうしてもいいぞ。明日おれの命令を処理したら、そのまま帰宅してのんびりしていろ。免職だ」

印侯《インフ》は開いた口がふさがらず、しばし言葉を失った。にこやかな美貌の世子が発した声と内容は正反対だ。印侯《インフ》は気を取り直し、作り笑顔で答えた。老獪な彼がこんな子どもっぽい正義感の一言で免職されるなど、ありえない。

「罪もない小臣を免職とは！　國王殿下の権威濫用です、邸下」

「かつてそちが慶尚道南部の※鎮辺万戸昭勇大将軍《チンビョンマンノソヨン》になった時、他人の奴婢や土地を奪い、莫大な賄賂を要求して地元の民の怨嗟を買った証拠の記録はおれが持っている」

「長年の間、小臣はいつも変わらず務めてまいりました。その間、功績をお褒めくださることはあっても、お咎めは一度もありませんでした。もし問題があればその時に裁くもの。それなのに、今さら昔のことをあげつらうのは不公平、手遅れですな」

ウォンはせせら笑った。

「今日までそちを見逃していたのは、モンゴル出身ゆえ、高麗とモンゴル帝国の主要人物をつなぐ力が優れて使えたからだ」

「フッフッ、正直すぎますな、邸下」

「正直な人間は信頼を得る。国王の基本的な徳目だ」

※昭勇大将軍鎮辺万戸：万戸府は辺境警備のために置かれた軍組織で、万戸・千戸・百戸で編成された。昭勇大将軍は、その指揮官として印侯に与えられた称号。

「その通りです。あえて遠回しに嘘をつくことはありません。しかし君王が心中の言葉をすべて口に出せば凶器となり、自滅することもございます」

「ていのいい脅迫だな。ほかに言うことがあるか？」

下を向いた印侯《インフ》だが、ふと思い出したように、にやっと笑って目を上げた。

「リン公子がいろいろ告げ口したようですな。違いますか？」

「リンが何を言おうと、おれが正しくないと思えば聞き入れはしない」

世子の眉間がゆがむと、印侯《インフ》はなだめるように手を振った。

「いえいえ、これはどうも、リン公子が言えなかったとは……」

「何のことだ？」

「この別宮のそばに幕舎《オルド》を張っていますが、そこに何十人もの貢乙女《みつぎおとめ》がいます。皇女様が巡軍と親衛隊《ホルチ》に命じて都で集めた娘たちです」

「だから？」

ウォンから、にこやかな笑みが瞬時に消えた。丸屋根の天幕《ゲル》のほうを見るウォンの切れ長の目が暗くなった。耳を澄ますと、明かりの消えた天幕から少女たちの泣き声が聞こえる。忍び泣く細い声は、悲しい笛の音のようだ。ウォンの眉間がさらにゆがむ。

「あの娘たちだけではありませんぞ。貴族の娘からの貢乙女《みつぎおとめ》は、小臣と廉承益《ヨムスンイク》で選びました。その娘たちには別宮に部屋を与えています」

「いったい何が言いたい？」

「貢乙女《みつぎおとめ》は、司空《サゴン》の王瑛《ワンヨン》、大将軍の金之瑞《キムジソ》、侍郎《サラン》の郭蕃《カクボン》、別将の李徳守《イドクス》の娘です」

「何、王瑛《ワンヨン》？」

ウォンは思わず声を高めた。うなずいた印侯《インフ》は、ふてぶてしく笑った。

『リン、あの馬鹿！　なぜ言わなかった⁉』

ウォンは唇をぎゅっと噛んだ。昼間西郊で会った友から不吉な何かを感じたのに。まさかリンの妹が貢乙女《みつぎおとめ》に選ばれていたとは。ウォンの唇が一瞬で乾いてしまった。

『どうすればいい？　このまま妹を献上したら、戻ってリンに合わせる顔がない！』

ウォンは唇を舌でぬらし、急いで考える。

「おや邸下、顔色がすぐれませんな。何かお悩みがありましたら小臣にお話しください。世子邸下のお悩みを減らすためなら、小臣はどんなことでもいといません」

わざとらしく痛ましげな表情を浮かべて、心配そうな作り声を出す印侯《インフ》を、ウォンはにらみつけた。

「今、おれにその話をした理由は？」

「何のことでしょう？」

「しらばくれるな！　王瑛《ワンヨン》の娘を選んだと、自分の口で言ったではないか」

※巡軍：現国王の時代に、治安維持と反乱鎮圧のために設置された軍隊。

「ああ、そのことですか。はい。皇女様が、小臣と廉承益《ヨムスンイク》に御命じになったので……」

「印侯《インフ》！」

短く絞り出す世子の声に怒りがこもっている。だが老人は落ちついたもので、少年の耳にぴたりと口を寄せてささやいた。

「一度選ばれた貢乙女《みつぎおとめ》は取り消しがききません。とくに貞和宮主《ジョンファグンジュ》の姪は変更不可能です」

「わかっている」

「ただしひとつだけ……」

「……！」

「……皇女様のお気持ちを変える方法があります」

「どうやって？」

「小臣の助言をお望みでしょうか、世子邸下？」

老人がひひっと笑う。ウォンはついに、ひそめていた眉間を開いた。ウォンの薔薇のように赤い唇に独特の微笑が浮かんだ。

「印侯《インフ》、よく考えれば、そちは必要不可欠な人間だ。大都に行っても多くの助力を得られることと期待している」

「もちろんです、邸下」

印侯《インフ》はうやうやしく礼をした。それを見下ろすウォンの瞳が冷え冷えとしていた。

◉

平州温泉別宮《ピョンジュ》の小部屋の丸窓から、外の松明《たいまつ》の明かりがいっぱいに射しこむ。夜も更けたがタンは眠れなかった。深い闇を透かして遠くに開京《ケギョン》が見えないかしら。夜が明ければ、開京《ケギョン》に近い平州《ピョンジュ》も発《た》つと言われた。もっと遠ざかってしまう前に、タンは開京《ケギョン》をよく見て覚えておきたかった。タンの生まれ育った屋敷、両親とやさしい三人の兄。なのに見えるのは漆黒の闇ばかり。

「お嬢様、お風邪を召されます」

部屋の枕辺に置く水差しを届けに来た宮女がそばに来た。

「明朝出発すれば国境の義州《ウィジュ》に向かいます。大河を渡れば高麗ではありません。そして大都に着くまでは長い旅です。今お身体を傷めれば先行きが危のうございます。旅で命を落とす者もいるのですよ」

「もうちょっとだけ」

窓を閉めようとする宮女を、タンは穏やかに止めた。

「この窓は南向きでしょう。だから開京《ケギョン》のほうだわ。もうちょっとだけ見ていたいの」

真っ暗ですけど、と宮女は思ったが、タンの静かで悲しい微笑に引き下がった。闇の遠くを見ようとするタンの白く細いうなじも、ゆらめく灯火に照らされてさびしそうだ。かわいそうな方！

宮女の胸もうずく。

「平州《ピョンジュ》は初めてですか？　ここは特別ですから、王族の方々でもめったに温泉に入るお許しが出ませんの。でもお嬢様は夕方お入りになったせいか、お肌が白玉《はくぎょく》のよう。お嬢様はどうしてこんなに色白できれいなのかしら」

「こんなに遠くまで来たなんて初めて」

吐息のように、タンは口の中でつぶやいた。

「お母様とお寺参りに行く以外、お屋敷の門を出たこともなかったのに」

「市場にも行かなかったのですか？」

「行ったことないの」

「じゃあ八関会《はちかんえ》や燃燈会《ねんとうえ》のお祭りは？　都の人はみんな見物に行くじゃありませんか。そりゃ、中には行けない人もいますけど」

「わたしが見に行けないうちのひとりなの」

タンはかすかにほほえんだ。もともと多くの人と交わるのが苦手な性格もあるが、父王瑛《ワンヨン》が、子どもたちの存在が皇女の目につかないよう警戒していたせいだった。父に心配をかける次兄ジョンや末兄リンと違い、タンと長兄・玢《ブン》は屋敷で静かに暮らしていた。皇女の取り巻きに噂されたこともなく、家から出たこともなかった配慮もむなしく、タンは大都までの想像もつかない長旅に今踏み出すのだ。

「大都に行ったことはあるの？」

今度はタンが尋ねた。

「皇女様のお供で、二度行きましたわ」

「どんな所？」

「立派で華やかで大きな都です。最初はなじめなくて恐いでしょうけど、すぐ慣れますわ。そこだってお日様が照らして風が吹きますもの。大都だからってお日様が違うわけありません。高麗とおんなじですよ」

「でも住んでいる人は違うのでしょう？」

タンの目が窓の外の遠い闇を探る。数日前に別れた家族の姿が、もう遠い思い出になってしまったようでせつなかった。泣き疲れて倒れ、寝込んでしまった母。謹厳な表情で両眼をしっかと閉じていた父、つらそうな長兄、そしてまた……。

「ご両親のことを思い出したのですか？」

宮女が痛ましそうに尋ねた。

「兄たちのことを思い出したの」

「お兄様方、つらくお悲しみだったでしょうね」

「二番目と三番目の兄が水と油みたいに仲が悪くて、ずっとはらはらしていたのに。わたしが貢乙《みつぎおと》女《め》として家を出たせいで、ふたりの仲がもっと悪くなりそうで」

「おふたりとも心を痛めてらっしゃるのは同じはず。どうして仲が悪くなりましょうか……」

タンは、輿が出発する直前の凄まじい光景をそっくり思い出した。母が気を失って倒れた瞬間、ジョンが父の面前もはばからず、リンの頬を思いきり打ったのだ。

『おまえのご立派な友だちのしわざだ！　妹をこんな目に遭わせるやつのご機嫌取りをよくも今ま

で……！』

父の雷と長兄の制止も聞かず、ジョンはリンの胸ぐらを揺さぶり怒鳴りつけた。

『何とか言え！　おまえは妹の人生がどうなってもいいのか！　大都行きの手土産にされたと、なぜ世子に一言告げなかった⁉』

輿が屋敷を出発してもジョンの叫び声が激しく聞こえた。だがその声もやがて小さくなり聞こえなくなった。そのとたん、タンは一人ぼっちになった恐怖でぞっとした。見知らぬ国、見知らぬ男の妻にされ、見知らぬ人たちの間でどうやって生きていけばいいの？　輿から飛び降りて逃げだしたいと思った瞬間、輿が止まった。三番目の兄が追って来たのだ。小さな窓越しに蒼白な兄はささやいた。

『……すまない』

タンが貢乙女《みつぎおとめ》に指名されたと聞いてから、この兄はずっと無言だった。だがこの一言で、タンはリンの心がすべてわかった気がした。涙をいっぱいためた瞳でタンはリンにほほえんだ。そして輿はまた動きだした。

「二人とも心を痛めているから、よけいに心配なの」

タンは窓の外の闇に視線を戻した。後先考えず炎を燃やす兄。冷たい氷の下に炎を隠す兄。もしふたつの炎がぶつかれば、片方がもう片方を飲み込むまで消えることはない。それが目に見えるようなタンは、自分の行く末より兄たちのほうが心配だった。

「さあ、朝早くお支度をなさるためには、もうお休みになられたほうが……」

タンに着替えをさせようとした宮女の言葉が切れた。外から何人もの集団がやって来る気配がしたのだ。タンも不安げに宮女を見る。その時、戸の外で大声が響いた。

「皇女様と東宮殿下のお成りです」

こんな時間に？　タンと宮女は顔を見合わせた。とにかく宮女が戸を開けると、まず皇女が部屋に足を踏み入れた。急いで礼をするタンは、震える胸を袖の中で合わせた手でぎゅっとおさえた。皇女は高い声で宮女を下がらせた。一人になったタンは怖くていっそう頭を垂れた。

皇女は、髪に赤い絹を結んだ少女を静かに見下ろした。

「顔を上げよ」

タンは言われるままに顔を上げたが、皇女様の顔を見る非礼は犯せず、瞳をほとんどとじて視線を床に落とす。

「目を開けて私を見るがよい」

タンは従順に瞳を開いた。目の前に、深紅の衣をまとった皇女が厳しい顔つきでタンを見ている。皇女は黒目がちで切れ長の瞳が印象的で美しかった。皇女の後ろにリン兄様と同い年ぐらいの、白い花のように美しい少年が立っている。母后とよく似た瞳の少年がタンににっこり笑いかけ、片目をつぶって合図した。びっくりしたタンははずかしくて、ついまたうつむいた。息子の軽薄な仕草を横目でにらむと、皇女はタンを仔細に観察した。

「きれいな子じゃないの」

皇女が紅い唇をゆがめて皮肉っぽく言うと、ウォンが軽く咳払いした。ひとり椅子にかけた皇女は、しばらくタンを見定めるようにじっくりと見る。きれいな子。皇女は心の中でもう一度つぶやいた。小顔でたおやかで優雅でもある。青白い顔にさす悲しみが、娘をさらに美しく見せている。水仙のように清楚な少女だ。

『似ている、あの女に』

最初の王妃だった貞和宮主《ジョンファグンジュ》を思い出した皇女は、平静でいられなくなった。自分の目が黒いうちは二度と王に会わせない高麗人王妃。あんな老いた妃が自分にかなうわけないのに、最初の正妃だったというだけで憎い。

『やはり姪ね。似ていて当たり前』

皇女の胸の中で熱い塊がきしむ。私の息子がよりによって貞和宮主《ジョンファグンジュ》の姪を選ぶとは。私のイジルブカが！　あきれかえってものも言えない！

「女の好みが父親そっくりだったとはね、イジルブカ」

皇女の金属的な高い声は、なにか聞く人の気持ちを不安にする。それをウォンの落ちつき払った口調が押さえた。

「親子ですから」

皇女は自嘲した。

『私の子だとばかり思ってたのに、実はあの人の息子でもあったのね。こんなに細くて折れそうな小娘が好みだったなんて。私のちっちゃなイジルブカがねえ！』

皇女は息子をちらりと見た。ウォンはおだやかな眼でタンにほほえみかけている。もう皇女の可愛い坊やはいない。突然男に変身した少年が、恋人を目でいとおしんでいる。なんてこと！　皇女はまた嗤った。

『で、こういう娘が好きなのね、私の小さなイジルブカ？　イジルブカがいつのまにか男になって、あの娘の桜色の唇にくちづけしたくて、あの薄い胸に手をふれたくて、妻にすると？』

もうそんな年齢になったのだ！　皇女はあらためて感慨にふけった。母の胸より女の胸に顔をうずめる年齢になった息子とその恋人を並べて見ると、過ぎた歳月がむなしく感じられる。

皇女がこの国に嫁して来たのは十六歳。あの頃の皇女がどれほど初々しく、美しく咲き誇っていたことか。こんな娘よりもっと可憐であでやかで魅力的に！　花のような自分を崇拝してひそかに思いを寄せていたあの多くの貴公子や若い将領たちを忘れ、高麗国王を夫だと信じ、不安と期待に震えてその胸に抱かれた。あの頃、王の妃とは何なのかひとつも知らなかった自分がタンに重なって見え、皇女は感傷的になった。

「羨ましいことね」

皇女はついわが身を嘆いてしまった。

皇女は立ってタンに近づくと、人差し指で少女のあごを持ち上げた。よく整えた皇女の長い爪が、蒼白に凍りついた少女のなめらかな頬を引き裂かんばかりにかすめる。

「羨ましいこと。そなたを妻にめとる男は、そなたを愛しているのだそうよ。そんな幸せは、皇族や王族の身分ではありえないのに」

なんのことでしょうか？　タンがわけもわからないうちに、皇女は背を向けて部屋を出て行った。

やっと息をつけるようになったタンは、今の言葉の意味を思い返す。

「妻にめとる」？　「タンを愛している」？　「父親と女の好みが一緒」？　どういうこと？　なぜ皇女様がここに？

目を上げると、世子がタンの顔色を見ていた。

『この方が世子邸下！』

こんなにきれいな男の人がいるなんて！　タンは驚嘆した。タンの兄たちも美形だが、目の前の王子は兄たちとは感じが違う。リン兄様が白玉《はくぎょく》のようにさわやかですっきりした松の香りがするとしたら、世子は白芍薬《しゃくやく》が花開いたような華麗さで、吸い込まれそうに甘く高貴な伽羅《きゃら》の香りがする。誰もが魅入られて二度と目を離せなくなる。強烈な美しさの前にひざまずきたいと願ってしまう。その瞬間、タンも世子に惹きつけられて声が出なくなった。

その時、世子がタンにほほえみかけた。安心していいんだよ、というやさしい微笑に、タンは息が止まって世子を見返してしまった。まさか……まさか、世子はタンを妻にすると言ってくださったの……⁉

「イジルブカ！」

世子が何か言おうとして口を開いた瞬間、皇女の厳しい声が外で響いた。皇女を待たせるわけにはいかず、世子はやむを得ず出て行った。

ひとりになったタンは、世子の香りに酔ったようにふらっとした。冷たい空気を吸って気をしっかり持たなきゃ。開け放した丸窓の向こうはあいかわらず暗闇だ。タンの顔にゆっくりと曙のようなほほえみが生き返ってきた。ひょっとして、もしかしたら貢乙女《みつぎおとめ》に行かなくてよくなったの？　開京《ケギョン》に戻れるの？　リン兄さま！

◉

ザバッ！　勢いよくぶっかけられた冷たい水でケウォニは目が覚めた。だがまぶたを開けても真っ暗だ。視界がぼやけたかと思い、目をしばたたいたが暗いままだ。

『あっ、目隠しされてたんだ』

その時になって目を覆う分厚い布の感触がした。寝てたわけじゃないことも思い出した瞬間、気絶していた時は感じなかった苦痛がいっぺんに襲ってきた。内腿が燃えるような悲鳴をあげ、痛いどころじゃない。いっそ足を切り離しちまいたい。肉が焦げる嫌な匂いもそこから出ている。ぐわぁっという悲鳴が思わず出た。

「こいつ、気がつきましたぜ、旦那」

すぐそばで誰かが言った。さっき彼の脚を焼いた野郎だ。もう一人が近づく気配がした。脚を焼けと命じた畜生だ。

「おまえが鉄洞《チョルドン》の火拳・ケウォニだな？」

「てめえ、誰だか知らねえが、人を半殺しに痛めつけた後でケウォニかどうか確かめるってのはどういう了見だ？　ケウォニじゃなかったらどうする気だ！　ケウォニに用があるなら理由を言ってから殴りやがれ！」

　ガキッ！　鈍い音とともにケウォニのあごが吹っ飛んだ。ペッ。彼は口いっぱいに溢れた生臭い血を吐いた。

　相手は気が短いらしい。

「まだ逆らう元気があるようだな。殴れ」

　くそったれ！　ケウォニは急いで叫んだ。

「待てよ、旦那！　普通、何か聞いてから殴るもんだろ！」

「おまえはケウォニだな？」

「ああ、そうだよ。ケウォニって名前が悪いのか？」

「まだ減らず口を叩くか。やれ！」

　身体中、無事な所はひとつもないほどずきずきしているが、よりによって焼けた内腿が打ちすえられた。

「旦那、旦那！　減らず口なんか叩かねえから、ぎゃあっ！」

　殴打が止まった。かろうじて息をつくケウォニは初冬に水をぶっかけられたのに、身体中に滝のような汗が流れる。

「半年ほど前、鉄洞《チョルドン》で男を捜してうろついたのを覚えているか？」

「どんな男？」

「殴れ」

「うわっ！　左目の上に大きいほくろがある浅黒くて背の高い男か？　今思い出したぜ」

「誰に調べろと言われた？」

「それが、その……」

「殴れ」

「わぁっ、旦那！　それが、だから、まだ子どもみたいな少年だったけど、名前は知らない。本当だよ！」

「誰の前で嘘を並べる？　殴れ！」

　また殴打が始まった。太腿は痛いを通り越して麻痺したようで、自分のものではないようだ。絶叫が続くケウォニが哀願する。

「助けてくれ！　本当に知らないんだってば！」

「知らないなら、なぜ狩りが終わったとたんに行方をくらませた？　つながってるやつがいるはずだ」

「鉄洞《チョルドン》で男のことを教えた矢匠のパクが姿を消したんだよ。だから恐くなってオレらも逃げた。つながりなんていねえ！　オレらが酒くらってたところに銀を一握り放り投げて、調べて来いと言われた！　それだけだ！　ぐぇっ！」

「よし、銀をくれたのは誰だ？　正直に言わんと脚を切断する！」

「年は十四か十五か十六ぐらいだよ。女みたいにきれいな顔で、声は細くて、身体も細っこい、貴族の若様っぽかった。それ以上は知らん。うわぁぁぁぁっっ！」

「知らないやつが、なぜわざわざおまえを訪ねて来る！」

「俺が鉄洞《チョルドン》でちょっとは知られたやつだから、使えると思ったんだろ。ぐわあおおっ！」

殴打が止まった。満身創痍のケウォニのあごは、がたがた震えが止まらない。男が地べたの水たまりをばしゃばしゃ踏んで遠ざかる気配がする。ケウォニはそのまま気が遠くなったが、必死で気力をかきあつめた。

「旦那、オレと一緒にいたやつは？」

「息はしてるだろう」

戸がきしんでバタンと閉まった。外の世界が昼か夜かもわからない。目隠しされたケウォニには暗闇だけが残された。

酔月楼の倉から出た宋邦英《ソンバンヨン》は、手と袖をごしごし拭いた。さっき下人の棍棒がケウォニに打ち下ろされた瞬間、血しぶきが飛んだのだ。染みついたどす黒い血痕はどうやっても消えない。ちっ。苦々しく舌打ちした宋邦英《ソンバンヨン》は、妓楼の一番奥まった部屋に向かった。妓楼では酔客の声や歌舞音曲が賑やかに響いているが、目的の部屋だけはしんとしている。いや、静かなだけに、部屋から漏れるくぐもったうめきが生々しい。女の甘い吐息もする、宋邦英《ソンバンヨン》は躊躇したものの咳払いした。あえぎ声がぷつりと切れ、さらさらと衣擦れがする。

「俺だ」

「どうぞ」

プヨンが一礼して彼を迎え入れた。透ける白苧《はくちょ》の衣一枚をまとったプヨンは、一応豊かな胸を片手でおおったが、隠しきれない野苺が濡れた布を押し上げて尖っている。ついそこに視線を向けてしまった宋邦英《ソンバンヨン》は、奥の布団に半裸の宋璘《ソンイン》が寝そべっているのを見て、また咳払いした。

「突っ立ってないで座れよ、兄貴」

そう言いつつ宋璘《ソンイン》がゆっくり起きた。すぐにプヨンが露わな肩に上衣をはおらせる。湿り気でてかてかした胸板や、下衣《パジ》の下でまだ萎えないものが、今までの耽溺行為を物語る。宋璘《ソンイン》にぴたりと肌を合わせて座ったプヨンの魅惑的なからだが視界に入ったので、宋邦英《ソンバンヨン》は気まずい咳払いを連発した。

「わかったことは？」

宋璘《ソンイン》は上衣《チョゴリ》の袖に腕を通して結果を尋ねる。情事も隠さない平然とした態度にいつも気圧される宋邦英《ソンバンヨン》は、妖しい香りと熱気を発散する娘から視線をはずして報告した。

「二人を別々に痛めつけたが、たんなる使い走りだった。偽矢を調べた者についてはわからない。女顔の若様だったというだけだ」

「世子やリンと関係があるのか？」

「わからん。ただ……」

「ただ？」

「以前ここで集まりをした時、俺がジョンを案内してきたら、廊下で立ち聞きしていた少年がいただろう？」

「兄貴が取り逃がしたという？　それが？」

「なんとなくそいつのことかなと。俺の記憶でも、やたらきれいな顔だった。もしもそいつが世子の配下で偽矢の計画を調べていたとしたら、もう何もかも向こうにばれてたりしないか？」

宋璘《ソンイン》は眉をひそめた。目をとじて可能性をひとつひとつ探るように、左右にやや身体を揺らしていたが、やがてまっすぐ座りなおした。唾を飲む従兄を見ると、宋璘《ソンイン》はにやりとして小心者の従兄を笑った。

「世子が知ってるなら、俺たちが無事なわけがない。少年がここに忍び込んだ後、俺たちが集まったことはないし、あの時も別に危ない話はしていなかった。狩りの暗殺が不発に終わってからは用心して何もしていない。偽造した青い矢はすべて処分し、それを作った職人も消した。寧仁伯《ヨンインベク》の屋敷の百戯も取りやめた。あの家と俺たちの関係も切れている。心配いらん」

「しかし世子は、狩猟の賭けを直前になってとりやめた！　立ち聞きと鉄洞《チョルドン》の少年は別人かもしれんが、向こうがどこまで知ってるのか確かめないと、次の企てもできない。下手をすれば全員が死ぬ」

「わかった。じゃあ、その女顔の若様とやらを探せ。捕まえたら世子とつながっているのか、世子がどこまで知っているのか吐かせろ」

「でも、どうやって？」

「鉄洞《チョルドン》の顔とかいうやつらが二人いるんだろ？　都をしらみつぶしに探させろ」

「放してやってまた消えられたら？　あいつらを捕まえるにも、相当時間がかかったじゃないか」

「弟分の病気のお袋を使え。いちいち言わないとわからんのか？」

宋璘《ソンイン》が苛立つ。叱られた子どものように宋邦英《ソンバンヨン》がびくっとしてうなずいた。

これで用件は済んだように、宋璘《ソンイン》はプヨンの薄衣越しになめらかに張った太腿を撫でた。吐息をついて首をのけぞらせる娘を見て宋邦英《ソンバンヨン》は顔をしかめたが、立ち上がらない。出て行けという合図が伝わらない鈍い従兄に、宋璘《ソンイン》はまた腹がたつ。

「まだ何かあるのか？」

「平州《ピョンジュ》から人が来た。世子が宦官の崔世延《チェセヨン》と陶成器《トソンギ》を流罪にした」

宋璘《ソンイン》のなめらかな手の動きが止まった。プヨンの脚の間から出した手であごひげを一度しごくと、宋邦英《ソンバンヨン》をにらんだ。

「そっちを先に言え！　あの宦官どもが消えたらどれだけ困るかわかるだろう」

「意外な話はまだある」

「何だ？」

「王瑛《ワンヨン》の娘が世子妃として開京《ケギョン》に帰された」

「何？　皇女の選択か？」

「世子が前から心に決めていた娘だと。息子が好きだという以上、仕方なかろう」

「フン、乳臭いガキだとばかり思ってたら」

「笑いごとじゃない。これでジョンは世子妃の兄になる。それなのにこっちに残るか？　やつが世子に寝返ったら、俺たちは本当に終わりだ。世子やリンより、まずジョンを始末したほうがいいかも」

「おい、考え方が逆だ、兄貴。妹が世子妃になれば、こっちは世子妃を利用してもっと楽に世子を除去できる。一見まずいことでも逆利用できる点が必ずある。それを見逃すな！　では、とりあえずは寧仁伯《ヨンインベク》の始末だな」

「どう進んでるのか、話してくれてもいいんじゃないか？」

「兄貴は偽矢の少年を探してろ。寧仁伯《ヨンインベク》家のことは彼女がうまくやる」

宋璘《ソンイン》はプヨンの肩に腕を回してぐいと引き寄せた。非難がましく一瞥する宋邦英《ソンバンヨン》に、プヨンは高慢な微笑を返し、自分から宋璘《ソンイン》の手を胸に導いて大胆に撫で回して見せつける。誘われるままに乳房を揉みしだく宋璘《ソンイン》に、とうとう我慢がきれた宋邦英《ソンバンヨン》が怒鳴りつけた。

「そんな小娘を信用して仕事を任せるくせに、俺にはまったく説明しない！　国王に捧げると言いながら、一日中そばに置いてべたべたする。実はその娘に魂を抜かれて計画を忘れたんじゃないのか？」

「兄貴が妹を国王に差し出してなければ、俺だってプヨンをとっくの昔に献上できていた！」

宋璘《ソンイン》が鋭く言い返す。従弟の声に怯えた宋邦英《ソンバンヨン》はすぐに尻尾を巻いた。

「そ、それは宦官・金呂《キムニョ》が勝手にやったことで、俺は知らなかっ……」

「ああ、そうだろうとも！　兄貴は妹の旦那をなだめる工夫でもしてろ！」

面倒くさそうに宋璘《ソンイン》が手を振った。

「それもみんな、兄貴の妹が美人すぎただけさ。夫の留守に金呂《キムニョ》と浮気したあげく、今じゃ国王の愛妾だ。兄貴には絶好の機会だぜ、妹のおかげで出世の道も開かれた、自分でうまくやったらどうだ？　だいたい、身内を国王の愛妾にしちまった俺たちが、これから皇女に睨まれずに済むか？」

宋邦英《ソンバンヨン》はおどおどして泣きそうになる。従弟の怒りも当然だ。

妹の婿だった王惟紹《ワンユソ》が※禿魯花《トルガク》として大都に行った留守、宦官金呂《キムニョ》が妹を誘惑して寝た後、王の機嫌をとるために、彼女を王の寝室に入れたのだ。その結果、宋邦英《ソンバンヨン》はお気に入りの愛妾の兄として品階が一気に三つも上がった。だがそのせいで、プヨンを王宮に入れる時期を逃してしまったのだ。

「すまない。だが俺も知らなかったんだ。金呂《キムニョ》が勝手に……」

「俺たちの目的は、品階が少々上がることか？　だったらこんな妓楼の奥に閉じこもることはない。うちは宰相にだってなれる家柄なんだからな！」

「わかってるよ。だからすまないと……」

宋璘《ソンイン》は、やや口調をやわらげると語りかけた。

「兄貴はあの阿呆のジョンや寧仁伯《ヨンインベク》とは違う。モンゴルを追い出すとか王統を正すとか、そんなのは口実だと兄貴はわかっている。これから百年は安泰なモンゴル帝国を追い出すなどできっこない。問題は、権勢を誇っていい気になっている連中の命が、実は風前の灯火だってことだ。いいか、王が代替わりすれば寵臣も入れ替わる。世子が即位すれば、世子とその部下どもが、頼りの父王を失った寵臣たちを粛清する！　ところが当の権臣たちは、うちの親父を含めて目先の利益に汲々とす

※禿魯花：各国から送られた王侯貴族の若者たちを皇帝の親衛隊に入れ、モンゴル式支配方式を見習わせ、本国帰還後あるいは帝国内の軍・官僚として優れた人材になることを期待したもの。

るばかり、何の対策も打ってない。俺が親父連中と一緒くたに粛清されないように、何年も前から暗中摸索してきたのは、兄貴だけが知ってることだ」

「もちろん、わかってる」

「今は皇帝《カアン》に可愛がられる世子だが、高麗国王になればそうはいかない。あの傲慢な世子が、モンゴルの言いなり国王でいるわけない。高麗で改革を試みればモンゴル帝国と利害が衝突する。だからモンゴル帝国の本音としては、世子ではなくジョンみたいな阿呆に王になって欲しいはず。だから俺たちでジョンを誠心誠意お世話してるんだ。そうなったら……王《ワン》氏高麗が宋《ソン》氏の国になることだって……」

「そ、そんな大それた……」

「兄貴だからこんな話もできるんだ。雀の群れに大鷲の心がわかるか？　龍の秘めた思いを理解して助けてくれるのは兄貴だけだ。その兄貴が俺を疑えば、俺は誰と一緒に動ける？　頼むから俺を信じてついて来てくれ」

「そ、そうだな。それはもちろん」

「じゃあ、兄貴は少年を探してくれ」

愚かな子分は怒鳴るより機嫌を取れ、と思う宋璘《ソンイン》に、宋邦英《ソンバンヨン》はうなずいて、愛技を再開した二人を邪魔しないよう静かに戸を閉めた。

「あたしはいつ王宮に入るの？」

プヨンが語尾をのばして尋ねた。彼女の手が宋璘《ソンイン》の上衣をくつろげて胸をなでる。

「なぜだ？　一日も早く行きたいと？」

宋璘《ソンイン》が陰険に笑う。きれいな流し目をしてプヨンが彼の胸を叩く仕草をした。

「まさか。ご主人様から離れてしまうのに」

「寧仁伯《ヨンインベク》を始末してあの家の財産をすべて手に入れるまでは、嫌でも俺のそばにいろ」

「いやだなんて！　あたしの気持ちを知っているのになぜ意地悪を言うの？」

悲しげな顔でプヨンは男の胸に顔をうずめた。彼の肌に頬ずりして喉をつまらせるプヨンは、まるで純真な少女だ。宋璘《ソンイン》はプヨンを胸から離した。プヨンの瞳が、自分の気持ちをわかってもらえたのかとせつなげに輝く。だが宋璘《ソンイン》はそっけなく尋ねる。

「寧仁伯《ヨンインベク》の状態は？」

「まだ元気だけど、見た目だけ。手足の先から少しずつ痺れて身体が固まっていくわ」

「思ったより長くかかるな」

「ゆっくり進行するほどいいの。※雄黄を飲まされてることに誰も気がつかないから」

「わかった。ムソクは？」

「侍女の心をつかんだみたい」

※雄黄：熱で溶けやすいので、黄色の顔料として使われた鉱物。ただし砒素化合物なので毒性があった。

「体を交えないのに？」

「ええ。グヒョンの話では、ムソクにすっかり夢中だと」

「あのムソクに大した才能があったもんだ。目線ひとつで女を思い通りに操れるとは」

宋璘《ソンイン》は身体をのけぞらせ、カラカラと笑った。すっかり露わになった胸にプヨンが唇を寄せる。

本心からの思いが伝わるようにと、唇も舌も丁寧に動かす。唇と舌がだんだん下に降りるにつれて、宋璘《ソンイン》の唇から満足げな、ふうっというめきが漏れた。両ひじを床について上体を斜めに起こした彼は、まだ十七歳の桃色の舌がからみつくのを、酔いが回ったような目でぼんやり見つめた。

「そう、そうだ。おまえの誘いに、老いた王もむっくり生き返るだろう」

プヨンが恨めしそうに目を上げた。

「ご主人様はプヨンのことを全然好きじゃないの？　王を攻略するための道具ってだけなの？」

「おまえを泰山《テサン》から連れて来た理由はすでに言ったと思うが？」

「でもあたしはご主人様でなくちゃ意味がない。あたしが働くのは、ただご主人様のため」

「ならば続けろ。休まずに」

彼はプヨンの頭をつかんで下に押しつけた。また唇を開いて頬張り、舌をゆっくり動かし始めたプヨンの瞳に小さな雫が浮かんで消えた。男の息が少しずつ荒くなり、彼女の頭をつかんで上下に揺すると彼女の唇も次第に速く、身もだえするように動いた。

第五章　八関会《はちかんえ》

八関会《はちかんえ》は、十一月十五日の※真冬の満月、天を祀る高麗最大の国家儀礼である。もとは仏事だが龍神や山川神もみな祭る。天を祀るのは国王だけに許された祭祀なので、八関会は高麗国王の権威を内外に示す最大の行事である。

国王が法王寺に参詣して国家守護を祈祷し、翌日は輪灯《りんとう》・香灯が明るく照らす王宮で、各地の名産品献上や外国使節拝礼などの儀式が厳かに行われ、君臣ともに楽しむ盛大な宴となる。

民のためにも楽しい百戯が都の通りで催され、夜が更けるまで満月と提灯の明かりのもとで人々は浮かれ歩く。

その楽しい宵の口、ウォンは往来の人混みからちょっとはずれた石に腰掛けていた。普通の長袍

※真冬の満月：陰暦では十月から十二月が冬なので十一月は真冬になる。太陽暦では十二月から一月にあたる。

を着て文羅巾《ムルラゴン》で弁髪《ケクル》を隠した、青年らしさがほの見える顔だちは華やかだ。通りすがりの娘たちがちらちら見るたびにほほえみ返すのは、まさに祭りの夜の遊び人。娘たちとの視線の戯れを楽しんでいると、近づく者がいた。

「遅れてすみません、邸下」

澄んだ低い声に目を上げたウォンがにっこりする。

「これはこれは綏靖侯《スジョンフ》！　義兄殿ではないか」

「そんな呼び方をしないでください」

リンは渋い顔をする。先日、北方に盗賊が出没するという知らせを聞いた皇女と世子一行は大都行きを取りやめて、西京《ソギョン》から都に引き返したところだ。

そして春が来て大都から国王が帰国したら婚礼が行われ、タンはウォンの世子妃になる。すでに、世子妃の父にあたる王瑛《ワンヨン》は西原侯《ソウォンフ》に叙された。公・侯・伯の息子や婿は司空《サゴン》や司徒《サド》という爵号を得るのが慣例なのに、長兄・玢《ブン》は益陽侯《イクヤンフ》、次兄・ジョンは瑞興侯《ソフンフ》、リンは綏靖侯《スジョンフ》になった。

世子妃の兄の爵号を賜るのは感謝すべきだが、リンはあまり嬉しくない。婚礼はまだだし、称号のせいでウォンとの距離が遠ざかった気もする。真面目なリンの気持ちを見透かしたウォンが楽しげに笑う。

「これでおれたちは友だちから家族になった！　実の兄弟みたいに！」

「邸下は……良いのですか？」

「何のことだ？」

ウォンは笑顔を消して友を見た。西京《ソギョン》から戻って以来、リンは何かを怖れている印象だ。

「言ってくれ、リン！　良くないことがおれに起きるのか？」

「恐れ多いことですが……」

「いいから、いいから！　恐れ多かろうと、言ってみろってば！」

「……同情で結婚はできません」

「何？　何の話だ？」

ウォンはつい立ち上がってから、あたりを意識して声を低めた。

「おれが同情で妹と結婚する。そういう意味か、リン？」

「他に理由がありますか？」

ウォンはたじろいだ。妹を貢乙女《みつぎおとめ》から取り戻したのに。なぜ友は喜んでくれない？

「すると、おれが妹に冷たくすると心配しているのか？」

リンは唇を噛んだ。違うらしい。ウォンはまた頭をひねる。

「同情じゃない、リン。平州《ピョンジュ》でタンに会ったとたん心を奪われた。おまえの妹とは知らなかった」

「邸下が本当に想う人がほかにいたら、後悔することになります。そうすれば妹も不幸になります」

「おれが想う人？」

「……」

「言え、リン！　タン以外に、おれが想っているのは誰のことだ？」

「それは……」

リンは詰まった。なぜ言えないのかわからない。世子の心を当て推量するなど不遜だと叱れたのか。それとも……。ためらっているうちに、世子が深刻な顔でリンの肩に手を置いた。

「実は、おまえに気づかれているとは思わなかった、リン」

「……！」

リンは胸に錐《きり》が刺さったような鋭い痛みを感じた。なぜ？　ウォンの声が沈んでいく。

「だが、おれが本気で想う相手とは結ばれない」

「なぜ？」

「なぜ……、なぜならば、だ。その人は……」

突然ウォンが、鼻がふれるほど顔をぴたりと寄せた。

リンの眉が逆立った。間近に迫るウォンの真摯な瞳に、きらり、茶目っ気が光った。

「……おまえだからだ！」

「おれの愛を前から知っていたんだな、リンは……」

「やめてください」

ウォンがせつない声を笑いにはじけさせると、リンは世子の手を肩からはずして退がった。当惑した友を見て「まったく、冗談も通じないんだから！」と思うウォンは、ほがらかに言った。

「いいか、リン！　おれが好きなのはおまえの妹だ。だから結婚する。本当だ！　信じられないのもわかるが、少なくとも同情では結婚しない。愛する者を完全におれのものにしたいから結婚するんだ！　これでいいか？」

屈託なく笑う世子を前に、リンは迷った。世子の想う相手はサンだというのは、自分の思い込みか？　世子がサンだけに示す途方もない思いやりは、たんなる友情なのか？

「しかし、そんな浮ついた話がリンにできるとは驚いた。本当に想う相手？　おまえもついに、男にとって何が大事か悟ったんだな？」

「よく知りもせず出しゃばりました。すみません」

リンが急いで謝るとウォンはますます調子にのってリンをからかう。リンが答えに窮するのは珍しい。そうか、こういう方向でいじめるとリンは動転するんだな。面白い。

「わかったぞ！　想う相手がいるのはおまえのほうだ！　誰だ？　言えよ！」

「そんなことはありません」

「言えばおれが手伝ってやる。熱い体験ができるように！」

「そんなことを望む気持ちはありません」

「はん！　本当か？」

ウォンが意地悪く笑った。

「それはおれたちの年齢の男には不可能だぞ、リン。まさか女を抱いたことがないとか？」

「邸下！」

「本当なら、おまえ、初夜で確実に悲惨な事態に陥るぞ。あらかじめ練習しておかないと、ひどい目に遭うからな」

「そうおっしゃる邸下は、すでに十分練習したという意味ですか？」

「ま、適当には。妹には言うなよ！」

吹き出したリンにウォンは片目をつぶって一緒に笑い出す。

「練習したければいつでも言え。おまえと一緒に妓楼に上がるのもいいな」

「邸下の手ほどきなど恐れ多くていただけません」

「断るにしても、少し考えてからにしろよ。真面目なやつ。毎日武術や読書にあけくれてるから、そんな晩稲《おくて》で……。第一、英雄色を好むとも言うだろ？　『色』を楽しむすべも知らなきゃ、たんなる愚輩だ。まあ、おまえのそばで女といえばサンしかいない。だからそんなに鈍いのか……」

ウォンの口からサンという名前が出ると、リンはまた胸が痛んだ。今度は槍が身体を刺し貫くような激痛で、リンは乙女の装いをしたサンの幻まで見えた。

金色の裳（スカート）を着てつややかな髪を優雅に結って赤い絹で結んで垂らした少女はまぶしいばかりだ。顔はたしかにサンだけど、こんなに完全な淑女の身なりは知らない人だ。リンは呆然として固まった。リンの様子に誘われて振り返ったウォンも、言葉を失った。

サンは、あっけにとられた二人の友に近づいた。屋敷でいつもこういう衣を着ているのに、今夜に限って着心地が悪い。二人とも、知り合ってから初めて見た間抜けづらで、口をぽかんとあけている。

『女の衣が似合わないと思うわけ？　この馬鹿たちは！』

サンはビヨンの助言に従ったのを後悔した。監視が厳しくてリンにずっと会えずに落ち込んでいたサンは、今夜ぐらい本来の姿を見せろと説得されたのだ。『お友だちの目に女として映らないなら、女に見えればいいのでしょ？』と。

そんな簡単に済むことなら、恋に身を焼く人なんかいない。そうは思ったが、女の姿にリンが少しでも反応してくれるかもしれないと、藁をもつかむ心境で、ふんわりした裳を着て細絹で髪を装った。だが二人が目を丸くしたのを見ると、自分から心の内をばらしてしまったようで、恥ずかしさにどっと襲われた。

『この馬鹿たちがわたしのことを笑ったら、殴りつけてやる！』

サンは息を吸い込むと、ほほえみながら最大限おだやかに声をかけた。

「遅れて申しわけありません、邸下。ごめんなさい、綏靖侯《スジョンフ》様」

驚きさめやらぬウォンとリンは、この淑やかな口調に、もう一発殴られたように朦朧とした。この美しい少女は、サンだけどサンじゃない！

「なんだ、なんだ、サン？」

面食らったウォンが、やっと笑った。

「その馬鹿丁寧な敬語はリンに影響されすぎたな、おまえ」

「今まで邸下に失礼を致しましたわ。普通にご挨拶するほうが、なにかおかしく聞こえるほど？」

「世子としては、また失礼することを望む！　鳥肌がたったじゃないか！」

「まあ、尊い世子邸下にあえて不敬な言葉など」

「尊い邸下をあえて厳冬にお待たせするか？　さっさと猫っかぶりをやめてくれ！　リンを見ろ、あきれてものも言えないじゃないか」

「わたしの何にあきれると⁉」

サンが猫のようにフーッと睨むと、それではじめてウォンとリンは安堵の息をついた。友だちがもとに戻った！　外見は優雅な淑女でも中身はいつもの彼らのサンだ。

「よかった！　サンに戻った！　さっきはびっくりして気絶するかと思った」

本気で安心顔をしたウォンに、サンはかっとなった。

『こいつら、首絞めてやろうか！』

サンがリンを見ると、彼はさっと視線をそらした。馬鹿、わたしが誰のためにこうして来たと思うの！　サンは悔し涙を止めようと目もとに力を入れた。そんなサンの顔に、ウォンが大笑いする。

「さっきより良くなったぞ、サン！　おとなしそうな素振りがどんなに恐かったか。いったいどうした？」

「何が？」

「話し方も丁寧だし髪も衣もこれじゃ、まるで女みたいじゃないか」

「わたしは女よ。知らなかった？」

言い返すサンの口調がウォンを楽しませる。

「そう怒るな、久しぶりに会えたんだから。サンとは、おれが地方巡視に出て以来だから、もうどれぐらいになる？　顔も見忘れるほどなのに、突然別人になったみたいでびっくりしただけさ。なぜ前みたいに金果庭に来なくなった？」

「父の監視が凄く厳しくなったの。今日は八関会《はちかんえ》だから見張りの召使いもみんな出払って。それでやっと抜け出せたわけ」

「何かあったのか？」

お転婆娘の結婚がかかってるから、という答えをサンは飲み込んだ。女の装いだけで笑われたのに、縁談と言ったらこの馬鹿どもは抱腹絶倒するだろう。これ以上の恥さらしはごめんだし、リンの前で結婚話なんかしたくもない。しかも相手は彼の兄だ。

ウォンが凍えた手をこすり合わせた。

「まあ、そんなことは置いといて。二人に会うためにおれも苦労して王宮を抜け出して来たんだから、八関会《はちかんえ》を楽しもうぜ。婚礼をあげたらこうして遊ぶのも難しくなる！」

すねて頬をふくらませたサンと気まずそうなリンを追い立て、ウォンは賑やかな露店の道へ向かった。

夜の空気にのって百戯の音楽が人々を誘う。祭り目当てに来た外国商人の露店も並び、目を引かれて立ち止まった人の肩がぶつかりあう。その間では大道芸人が口上で楽しませ、見物人の輪ができる。露店の間では大釜を火にかけた屋台のいい匂いがする。見る物、食べる物、みなが楽しい夜を盛り上げる。

ウォンが選んだのは、通りに平台を並べただけの簡単な居酒屋だ。

「八関会《はちかんえ》といえば、とにかく酒だ！」

ウォン自ら、熱燗を二人の杯に満たしながら笑った。サンは怒りをしずめるため、リンはぎくしゃくする気持ちを切り替えるため、黙って一杯ずつ飲んだ。真冬の夜に凍えた身体が、酒のおかげで暖まり、気持ちもほぐれてきた。いつものように気軽なおしゃべりが始まったが、サンは、リンとウォンがいつのまにか二人で政治談義をしていることに気がついた。

「だから※勧農使《カンノンサ》を廃止するべきだと？」

「権宜《クォンウィ》のような役人の横暴はご存じの通りです。勧農使《カンノンサ》が地元の豪族や役人と結託し、民から物を強請《ゆす》り取るばかり。勧農どころか、現実はその逆です」

「では本来の勧農使《カンノンサ》の仕事はどこに移管すればいいだろう？」

「※按廉使《アルリョムサ》が兼務できると思います」

「よし。勧農使《カンノンサ》廃止を父上に建議しよう。たぶん勧農使《カンノンサ》から賄賂を得ている宦官どもが反発するだろうが」

「各地の勧農使《カンノンサ》の横暴を調査しておきました。具体的な証拠を並べれば、押していけるでしょう」

サンが酒を口にしたのは初めてだった。勧農使《カンノンサ》、按廉使《アルリョムサ》、ああだこうだ、酒席の軽い話題ではない。サンはまぶたも重くなり、黙っているのに退屈してきた。

二人の低い声が耳もとでぼそぼそする。寒い戸外に座っていても身体は熱くほてってくる。胃もむかつくようで気持ちが悪い。サンは酔ってしまったことに気づかれないよう、そばの柱につかまって立ち上がった。

「どこへ行く？」

サンの後ろ姿にリンが尋ねた。二人で夢中で話していたくせに、隣にわたしがいるのは知ってたのね。サンは振り返ると、つんとして言った。

「せっかくの八関会《はちかんえ》なのに、いつもと同じ話ばっかり、何が楽しいの？　わたしは百戯でも見物してくる。ふたりでずっと話してれば！」

サンがよろけないように怖々足を踏み出すと、背中でウォンが笑いをこらえきれないように言った。

「あまり遠くに行くなよ。おれたちもすぐ出るから」

まだ二人っきりでいたいのね！　サンは一緒に立たない二人がまた癪に障った。フン！　目が回りそうなのを必死に耐えて、人波を左右に避けながら道を渡って行った。

サンがいなくなると、ウォンが声を一層低くした

「サンが福田荘園に隠した流民の戸籍は片付いたか？」

「ほぼ済みました。しかし……荘官以外は全員流民でした。誰かが怪しんで地元の役所を調べればすぐ発覚します」

「だが流民が堂々と暮らせるようになったんだ。サンが喜ぶだろう？　責任はすべておれがとるから、最後まで頼む」

「はい」

※勧農使：農事を督励するために地方に派遣された役人。凶年には米や塩を民に分け与え、地方の特産物を王室に献上する役目もあった。
※按廉使：各道に派遣され、地方を監察した長官。

リンは頭を下げた。酒の香りに近くなった一瞬、リンは別の思いにとらわれた。

世子が想う相手が本当にタンで、世子がサンに向ける高い関心と深い好意が本当に友情だったら……。リンは世子の一挙一動を裏読みして、その内面を暴く不敬行為を続ける自分に、ハッと驚いた。そもそも世子に気に入った娘がいるなら、本人がさっさと手に入れるまでだ。世子邸下にせつない恋など存在しない。相手の気持ちや意志も無関係、しかも妃を何人増やしてもかまわない。

リンが世子の言動からその恋の相手を探る行為は、サンを思うたびに胸を走る鋭い痛みと似ている。自分は何を考えているのかと誤魔化しているが、心の隅ではわかっている。リンの私心こそ、あらゆる雑念と恥ずべき痛みの元凶だ。

『おれが好きなのはおまえの妹だ。だから結婚する。少なくとも同情では結婚しない。愛する者を完全におれのものにしたいから結婚するんだ！』

世子の答えにリンは安心したと同時に、自責の念を覚えた。リンがウォンに質問したのは、妹のためでも世子のためでもない。

『卑怯者』

リンは冷めきった酒杯をじっとにらんだ。穏やかにゆらめく酒の表面に、自己嫌悪するリンが映る。そこに、深く隠していた欲望が浮かび上がった。リンは杯を一気にあおった。

◉

八関会《はちかんえ》の夜、婚礼を三ヵ月後に控えたタンは一世一代の冒険をした。世子に会いに行くリンの後をつけたのだ。タンを知る人なら想像もつかない、大それた行動だ。

タンが世子に会ったのは、あの平州《ピョンジュ》別宮の夜の一瞬がすべてだ。翌日タンは開京《ケギョン》の自邸に帰された。そして前と同じように母を手伝い、本を読んで日を過ごした。

変わったのは、宮中礼法とモンゴル語を習うことだった。皇女様が支配する宮廷の公用語はモンゴル語。

王と王妃には様《ママ》という尊称をつけ、世子と世子妃には様《マノラ》をつけ、王の食事はスラという。そのぐらいのモンゴル語はタンも知っていた。だがお嬢様《アガシ》の「アガ」が、モンゴル語で王侯貴族の娘のことだとは知らなかった。高麗でアガシという言葉が使われるようになったのは最近のことだと知ると、不思議な気もした。

もうすぐ夫になる世子の言葉。それでタンは新しい言葉を楽しく学んだ。言葉をひとつ覚えるたびに、世子への恋しさも一つずつ積もっていく。

平州《ピョンジュ》別宮での短い出会い、世子が自分にほほえみかけた場面が毎日毎晩、いや毎瞬間、心の中で繰り返される。そのたびに、あの時のように胸がしめつけられる。

たった一瞬で恋に落ちた自分に驚いた。そんな簡単に惹かれる自分は軽率過ぎないかと思うけど、あれは不可抗力だわ。世子は微笑一つでどんな女人の心も奪えるんだもの！　その彼が自分を選んでくれた。それでタンはしばしば悩んでいた。

『本当に邸下がわたしを妃にしてくれるの？　それも、愛してるから？』

考えれば考えるほどわからなくなっていく。

『あんなに美しくてやさしい方が……ほんとうにわたしでいいの？』

嬉しさに混じる不安は、どうしたら落ちつくのかしら？　直接世子に会って確かめたくてしかたがない。世子がやさしく微笑しても、別に意味はなかったのでは？　世子もタンのために胸を焦がしているの？　聞いてみたいの。ううん、話せなくても一目見るだけでも。三ヵ月も先の婚礼じゃなくて、今すぐに。でないと、胸を焦がす炎がタンを焼き尽くして灰すら残らない気がする。

せつなさに耐えかねたタンは、衝動的にリンの後を追ったのだ。

まさかタンがついてくるわけがない。それでいつも隙のない三番目の兄は今日に限って一度も振り返らず、タンを十字街《シプチャガ》の人混みまで連れて来てしまった。供も連れずに街を歩く美少女に酔客たちの目が向くが、タンには何も見えない。なにげなく道端の石に腰を下ろしている人。兄に向かってにっこり笑ったあの方を除いては。

『ああ、あそこに！』

タンは一瞬息が止まり、胸がいっぱいになって両手で口をおさえた。頭の中で描いて描いたあの顔が、目の前にある。別宮で見せたあの微笑。街中でいたずらっ子のように笑い、突然真剣な顔になり、次の瞬間大笑いする自由闊達な世子を直に見て、タンは夢のようだった。その幸せに浸っていると、世子も自分を見てくれたら、と次第に願うようになってしまった。

『邸下、わたし、タンです。わたしが邸下を恋しがったのと同じぐらい、ううん、ちょっとでいいから、邸下もわたしのことを思ってくれましたか？』

世子と目が合った。その瞬間、あわてて紗を引き寄せて顔を隠した。ちゃんとした貴族の娘が夜に一人で外出するなんてありえない。こんなはしたない真似をしたのが世子に知られるぐらいなら、死んだほうがましだ。こっそり見ているだけで十分幸せなのに！　わたしったらなんて欲張りなの。好きな人を見ていられる幸せと近づけないつらさの間で揺れ動くタンが、はっとした。

突然、きらきら輝く少女が別世界から現れたように人ごみから出てくると、ためらいなく世子に近づく。タンの世子は少女を見た瞬間に魂を奪われ、そしてタンだけに見せるはずの満面の笑みを彼女に向けた。タンの心の中で何かがキリッと裂ける音がした。

『そのひとは誰？』

世子は少女と兄の背中を押して歩き出した。タンも不安なままについて行く。路上の居酒屋の小さな卓で肩を寄せ合い、酒をくみかわす同じ年頃の三人を見ながら、タンは胸がうずいて手で押さえた。

『邸下が八関会《はちかんえ》の王宮を抜け出して会うんだもの。普通の関係じゃない』

あの少女は気のおけない仲だと、遠目にも察せられる。婚約者よりも近しい少女がいたなんて！

『どうしてリン兄様は、彼女のことを言ってくれなかったの？』

タンに世子は恨めない。その代わり、兄を冷たく感じてしまった。世子にはすでに恋人がいることを耳打ちしてくれてもよかったのに。

タンが世子妃に決まった時、母が最初に言ったのも妃の心構えだった。

『男とは、愛する女人がいても美女を見れば惹かれるもの。ましてや国王になる方には妃がたくさん増えます。そういうことを気にして傷ついてはいけませんよ』

あの注意は、こういうことだったの？　楽しそうな三人を見ないで済むよう、タンは背を向けた。

『でも、早すぎるわ、おかあさま。まだ婚礼もあげてないのに』

靴のつま先にきれいな涙が一粒落ちた。ついて来なければよかった！　タンは世子の日常を盗み見たい気持ちに勝てなかった自分が愚かしいばかりだ。わたしは世子に愛されていると単純に信じて家にいればよかったのに……。溢れる涙にうつむいていたタンは、図体の大きい男たちに前を遮られた。

「おや、きれいなお嬢さんがこんないい夜に、何が悲しくて泣いてるのかなぁ？」

馴れ馴れしい。さっきからタンに目をつけていた男たちだ。だが一人歩きどころか外出さえしたことのないタンは、こういう夜にはどんなことが起きるのか知らなかった。

「どいて」

涙混じりでも、タンの言葉には威厳がある。まともな男ならタンの身分の高さに気づいて引き下がるだろう。だがこの三人の酔っ払いは小娘がにらみつけたのが可愛いだけだった。

「嫌なことはみんな忘れさせてやるから、俺たちと一緒に行こうぜ」

男がいきなり手を伸ばした。驚いたタンが後ずさりすると、彼らはさっと彼女を取り囲んだ。

タンは初めて恐怖を感じた。逃げようとして、後ろで待ちかまえていた男の胸に見事にぶつかった。

「おまえより、オレのほうが好きだとさ。この可愛い子ちゃんは！」

背後からタンを抱きすくめた男がにやにや笑う。あわてたタンは抜け出そうと必死になるが、押さえつけられて動けない。必死に抵抗するタンを面白がって、酔漢たちはさらに調子にのってゲラゲラ笑う。

その時、鍛冶屋の槌の音のようにガラガラと、だみ声が響いた。

「てめえら、このあたりの道を買い占めたつもりか？　なんで道をふさぎやがる？」

同時に三人の酔っ払いはガン、ガン、ガン！　と順番に頭を殴られてよろけた。ゆるんだ男の腕から、タンがぱっと駆けだした。

「逃がすか！」

一人がふらつきながらもタンの袖をつかんだ。酔っ払いたちが、痺れる頭をさすりながらだみ声のほうを見ると、恐ろしく鼻の穴が大きい中年男がヒョロヒョロの男を脇に従えて立っていた。

「てめえらが、このあたりの道を買い占めたつもりか、ってんだ」

殴りつけたのは団子鼻だろうが、弟分にも悪態をつかれ、酔っ払いはカッとした。だが可愛い子ちゃんの一人もつかまえた以上、つまらない喧嘩で時間を無駄にしたくない。

「八関会《はちかんえ》の夜じゃないか。いちゃもんつけずに行っちまえよ」

最初にタンにからんだ男が、団子鼻、つまり鉄洞《チョルドン》の火拳ケウォニの肩をつかんで押しのけようとした。すると、ケウォニはブーッと大きく手鼻をかんで、肩に置かれた酔っ払いの袖で手をふいた。

汚ねえっ⁉　男が目を疑って自分の袖を見下ろした瞬間、ケウォニは酔っ払いの手首をつかんで半回転ひねった。

「ぎゃあっ！」

男が手首を押さえて地面に転がった。それでぱっと酔いが醒めた残りの二人がタンを引っ張ってこそこそ後ずさりする。

「助けて！」

タンが細い声で悲鳴をあげた。するとケウォニの鼻の穴がひくっとした。これは地味な装いだが八関会《はちかんえ》で夜歩きするたぐいの娘ではない、と鋭い嗅覚が知らせる。白く細い指、よく整った艶のある長爪は、働いたこともない身分だ。酔っ払いに絡んで金品を巻き上げるより、こういうお嬢様の恩人になってお屋敷から褒美をもらったほうが、ずっと割に合う。

「おい、てめえら。いやがる娘をつかまえて乱暴するために八関会《はちかんえ》があるのかよ？」

ケウォニが地面にのびたヤツの身体をのっしと踏みつけた。ヨンボギも加勢する。

「いやがる娘をつかまえて乱暴する……だっけ？」

ケウォニとヨンボギは、まだタンを離さない酔っぱらいのほうへ突っ込んだ。だが二人が実力を発揮する前に、酔っ払いは『ぎゃあっ！』の一言を残して脚を抱えて地面に転がった。もろとも倒れかけたタンを一人の娘が素早く支える。その娘が、奴らに蹴りを入れた⁉　ケウォニは唖然とする。

「うん？　あの娘は！」

ケウォニは目を大きく見開いた。白い花が咲いたようにきれいな顔だち、大きな黒曜石の瞳、ついでに唇を一文字に結んだしゃらくさい表情！　路地裏で自分を殴りつけ、鉄洞《チョルドン》の居酒屋で使い走りをさせたあいつと瓜二つ。今は絹の薄い裳を幾重にも重ねた娘姿だが、偉そうに腰に手を当てているのは生意気な少年そっくりだ。ということは、この娘があいつだったんだ！

電光石火の悟りとともに、焼かれた内腿がぎしぎしうずく。こいつを捕まえるために都をしらみつぶしに探していたのに、まさかこんな盛り場で出会うとは！　さすが八関会《はちかんえ》のご利益だ。

『娘だったのか！　道理でなんだか細すぎると思ったぜ』

わなわなと目を怒らせるケウォニは、ヨンボギの背中をつついて合図した。

サンはタンをかばって声をかけた。

「だいじょうぶ？」

タンは助けてくれた娘を見てびっくりした。さっき世子や兄と一緒にいた彼女ではないか。

「今夜は酔っぱらいが多いから、お嬢さんの一人歩きは危ないけど」

サンだって酔っぱらってふらふら一人歩きをしていたくせに忠告する。

ふとサンのぼんやりした視界に、どこかで見たような鼻の穴が二つ、いや、三つ、ちらちら揺れて空へ伸びていく。その横で口をぱくぱくさせる奴も二重三重に揺れている。なんだろう、お化け？

サンは目をこらして脅した。

「おまえらもひどい目にあいたいか？」

タンがあわてた。

「ちがいます、この人たちは……」

『わたしを助けてくれたんです』と続けようとした瞬間、事態はタンの予想外に展開した。

ケウォニが突進してサンの両腕を捉え、ヨンボギが衣の上から足を抱えると、サンをかついであっというまに通りを走って横丁を曲がって消えたのだ。

取り残されたタンは混乱した。今のは何？　通りすがりに酔っ払い一人をのして助けてくれた小汚い二人の恩人。そこに来合わせて残りの二人の酔っ払いを倒してくれたきれいなお嬢様も恩人。そうしたら、汚い恩人たちがきれいな恩人のお嬢様をさらって行った。どうなってるの？　違う！考えてる場合じゃない！　タンはくるりと振り向くと必死で世子と兄がいた居酒屋へ走った。世子の恋人がさらわれた！　それも自分を助けたせいで。

二人はまだ座って酒杯を傾けていた。

「お兄様！　リン兄様！」

タンが叫んだ。そのとたん、リンの杯がガチャリと落ちた。驚いたのはウォンも同じ、酒瓶を持った手が止まって唖然とする。リンの目が動転して叫んだ。

「なぜここにおられるのです？　一人で出ていらしたのですか？　どうして……」

妹なのに、どんなに驚愕しても、世子妃様には敬語を使う真面目すぎる兄だ。

「それどころじゃないの。さっきご一緒だったお嬢様が、誰かにさらわれました。早く追いかけて！」

リンとウォンが同時に立ち上がる。腰の長剣を握り直して走りかけたリンが、はっと立ち止まった。振り向いたリンの目に狼狽の色がかすめた。世子邸下と世子妃様を道端に置いて自分が消えるわけにはいかなかった！

この融通のきかなすぎるリンに焦《じ》れて、ウォンが叫んだ。

「おれには真瑄《ジンガン》と壮宜《チャンウィ》がいる。妹御はおれが責任持つから、リンはサンを探せ！」

タンも叫んだ。

「二人の男よ。あの茶店の角の路地を右に入ったわ。急いで！」

世子と世子妃の許可が出たので、リンは疾走した。

『あんなに慌てたの、初めて見た』

タンは思った。タンが物心ついた頃にはもう、リンは上の兄たちよりずっと大人っぽかった。何があっても取り乱さない。次兄ジョンは、血も涙もない奴だとたびたび非難したが、氷のような態度の裏に深い思いやりがあるのを知るタンは、落ちついたリンの姿が好きだった。ところが今夜、兄は別人のように度を失った。兄は世子の前を退く際の一礼まで忘れてそのまま走って消えたのだ。

『あのお嬢様のために？』

微妙な感情がタンの胸中に細く流れこむ。彼女は誰？　さらに知りたくなる。視線を世子に戻すと、世子はリンが消えたほうに目をこらしていた。整った眉がゆがんでいる。そばにタンがいるのも忘れるほど。

『彼女を心配しているんだわ！』

タンは胸がひりひりした。わたしのせい。わたしが邸下を見に来なければ、彼女が災難に遭うこともなかったのに！　タンは涙が浮かんできた。

「心配いらない。リンが見つけるから」

凍えていたタンの耳たぶを温かい声が溶かしてくれた。見上げると、世子がタンを安心させるようにほほえんでくれた。温泉別宮で見た笑顔そのままなので、タンはこらえていた涙をとうとう落としてしまった。自分の意志とは関係なく落ちた涙のせいで、タン自身びっくりしたが、世子も驚いた。

「大丈夫だ！　サンは無事だ。あいつは見た目は細いが、結構強い」

どうして彼女を心配して泣いたと誤解されたのだろう？　タンは不思議な気がした。でも世子がとてもやさしいので、タンの自責のつらさも雪がとけるように消えていく。とりあえず、世子はタンの一人歩きを咎めず慰めてくれた。それで安心して涙が止まったとたん、突然タンは目の前の人物が、恋しいあの方だと思い出した。遠くで見ていても息が止まりそうだったのに。息づかいも聞こえる距離で向き合うなんて、正気が飛んでしまう。タンはもう、自分が何をしているのかわからなくなった。息の仕方も、まばたきの仕方も、どうしたらいいか忘れてしまった。背筋がパリパリにこわばって身体の動かし方もわからない。世子がタンの肩に手を置くと、タンは全身でびくっとした。

人ごみから守るためにごく軽くふれたウォンは、婚約者が緊張しすぎるほど緊張しているのを知った。ふれる前から凍りついてしまう気弱な少女が、どんな度胸でひとり夜歩きをしたのだろう。

『女とは、本当にわからないものだな！　サンにしても、あのおてんばが淑女姿で登場するなんて予想外だった。そりゃサンも、あの本性は隠せなかったが！』

ウォンは、サンがさらわれたほうにちらっと視線を向けた。心の中ではリンと一緒に走りたかったが、もう出遅れたし、立ち回りが得手でない自分が行っても役には立たない。それよりも自分がやることは、タンを屋敷まで送ることだ。

『なすべきことを先送りしないのが、君王の道』

ウォンが右手を上げて軽く合図すると、どこからともなく二人の男が現れた。彼らはいつも、つかず離れず世子を護衛する郎将《ナンジャン》だ。ウォンがささやいた。

「壮宜《チャンウィ》はすぐ綏靖侯《スジョンフ》リンを追い、危ないようなら助けろ。真琯《ジンガン》は、西原侯《ソウォンフ》の屋敷までおれとお嬢様の護衛をしろ。おれはそこから王宮に帰るから、壮宜《チャンウィ》はおれの寝所に報告しろ」

二人の武官はさっと頭を下げ、壮宜《チャンウィ》はリンの後を追った。ウォンは真琯《ジンガン》に追加の指示をした。

「かなり離れてついて来い。邪魔するなよ」

真琯《ジンガン》がまた一礼した。武官の表情は変わらないが、タンは顔から火が出るほど赤くなった。何を邪魔するなというの？　タンの胸はひそやかな期待にふくらんだ。

『男は我慢ができぬといいます。女人がそばにいれば身体が動くのが男というもの。もし邸下がタンのびっくりすることをなさっても、逃げたり恐がってはいけません。逆らわず、されるがままになるのですよ』

母の注意を思い出したのと同時に、タンの袖をかすめる世子の手を感じる。こんなに早く！　人が多いところで！　やっぱり男は我慢ができない、とタンは思った。恥ずかしいけど恐くはない。男女の行為をよく知らないタンとしては期待のほうがはるかに大きいので、世子が何を求めても喜んで従う用意ができている。

「祭りの夜は無礼なやからが多いので、道の内側を歩いた方がいい」

世子の柔らかい声がして、タンははっとした。真琯《ジンガン》はいつのまにか消え、ウォンはタンの前や横を通る男たちからタンをかばいながらも、タンの緊張を思いやってか、なるべくふれまいとしていた。ひそかに期待したその甘やかな『何か』はなかったが、タンは世子の抑制した態度と振る舞いを感謝し、そして嬉しかった。彼は、我慢のできる男なのだ。

『やさしい方！』

香灯が真昼のように照らす都を世子と並んで歩いている幸せが、タンのこわばりを少しずつほぐしていく。タンの挙動はあいかわらずぎこちなく、心臓もドキドキしっぱなしだが、世子と同じ空間、同じ時間を分け合っている証拠だと思えばとても嬉しい。タンの小指は、ぎりぎりで触れない世子の指をありありと感じている。その楽しい緊張感が、タンの頬を明るくした。

『何も話さなくていい、この方と一晩中ずっと一緒に歩いていけたら』

タンは祈った。だがウォンはぎこちない沈黙はあまり楽しくないので、タンの素朴な願いを打ち切った。

「なぜ供も連れずに一人歩きを？」

びくっとしたタンは大きな瞳で未来の夫を見上げた。目が合うと世子がにっこり笑った。怒っているのではない、たんに好奇心で聞かれたことがわかって、タンはほっとした。

『邸下に会いたかったの。ただそれだけ』

答えが口の中をぐるぐる回ったものの、そのまま沈んだ。そこまで正直に言えるほどタンは厚かましくなれない。

「一人で開京《ケギョン》の夜祭り見物をしたかったのか？　結婚する前の最後の八関会《はちかんえ》だから、いつもと違うように過ごしたかったとか？」

無言のタンの代わりにウォンが頭を絞ってくれる。タンはあいまいに笑った。肯定か否定かわからないが、うまく答えられないらしいので、ウォンは問い質さなかった。

ただ、真面目一本、道に外れたことひとつしないリンなのに、その妹はひとりで夜歩きするのが面白くて不思議で、大したものだと思われた。可愛いじゃないか！　ウォンは小犬のようにタンを撫でてやりたいほど愛おしくなった。ウォンの新妻は個性的だ！　素直で気弱で淑女の枠から外れないと見せて、実は無謀で軽率で衝動的な面がある。ウォンはタンが気に入った。

「きみさえ良ければ、次の八関会《はちかんえ》もこうして人々に混ざって夜中まで遊ぼう。本気だよ」

良ければ？　それはもちろん。世子さえ良ければいつでもどこでもついて行くわ！　けれどもタンは返事ができず、茶目っ気たっぷりに片目をつぶった彼にじっと見入った。タンの夫になる人は、とても風変わりだ。だからよけいに美しい。

「タン」

世子がタンの名前を呼んだ。妃を名前で呼ぶ世子なんて、彼は本当に、普通じゃない。

「二人だけの時は、ウォンと呼んでいい」

「……！」

「敬語も要らない。おれもきみに敬語を使ってないだろう？」

タンはその時になって、出会った時から世子が普通に話していたことに気がついた。まるで友だちのように。平民のように。世子はタンと距離を置かずに接している。もし格式通りに敬語を使っていたら、世子の魅力は半減していただろう。普通の言葉を使える世子は素敵だと、タンは思った。

とはいえ、ではタンも友だち言葉を使えるかといえば、それは別問題だ。

「邸下に敬語を使わないなんて、できません」

小さな顔の半分ほども見開いたタンの瞳を見て、世子が笑い出した。

「さすがリンの妹、兄と同じことを言うんだな。サンは敬語なんか使う気もなかったのに」

ウォンが名前を言ったと同時に、タンは忘れていた彼女を思い出した。笑いかけてすぐ沈んだ世子も、やはり彼女が気がかりなのだろう。

「あのひとは……」

恐れに揺れる婚約者の瞳にウォンはとまどったが、すぐにタンが何も知らないことに気がついた。

「サンは、おれとリンの友だちだ。女だが実は男と違わない。おれとリンとサンは兄弟みたいなものだ。きみはリンの妹でおれの妃だから、きみにとってもサンは兄弟みたいに近しい人間になるよ」

「リン兄様のお友だちですか？　あのお嬢様が？」

「そうだ。いいかい、おれも父王も、敵に囲まれて命を狙われている。敵の陰謀から自分を守り、自分の責務をやり遂げるには、才能があって忠実に働いてくれる人間がたくさん必要だ。それで、身分も家柄も男女も問わず、信頼できる人々を選んでそばに置いている。中でも最高なのがリンとサンだ。おれが一番大事に思い、信じている二人だ。だからきみも、リンとサンについてはおれと同じように思ってくれ」

「彼女はどこの家の……」

「サンが誰の娘かなんてどうでもいい。友だちなのが大事なんだ。今はそれをわかってくれればいい」

タンは素直にうなずいた。聞きたいことがどんどん口から出そうになるが、なんとかこらえた。世子のいくつかの言葉が、タンをうるさく問い詰める妃の態度から救ってくれた。サンの美貌にタンは委縮したのに、世子はサンを男と違わないと言いきった。女人でなく臣下なら、そして兄弟のような友ならば、別になんでもない間がらでは？　タンは純真に思った。とはいえ、兄に女友だちがいるとは思わなかった。世子の変わった気質が兄に伝染したのだろうか？　世子と兄の性格はとても違う。タンは遠回しに尋ねた。

「邸下はなぜ、リン兄様を親友にしたのですか？」

「きれいだったから」

えっ？　ためらいなく出た答えにタンはびっくりした。想像していた答えとかけ離れている。ウォンがほほえんだ。

「十歳頃だったか、遊んでいてたまたま貞和宮《ジョンファグン》の庭に入り込んでしまった。それが、伯母上に会いに来たリンに見つかってさ。おれが誰だか知らないリンは、王妃宮に忍び込んだ悪童だと思って叱りつけた。その初対面の感じが気持ちが良いほど爽快で、いつまでも見ていたいほどきれいだった。あの頃のリンは実にきれいだったんだよ。今は成長して男っぽくなってしまったが」

「顔が気に入ったから友にしたのですか？」

「きっかけは顔だな。リンの淡々としてまっすぐな気性が好きだ。からかいやすいしね」

「じゃあサンというお嬢様は？」

「同じだな。初めて見た瞬間、とてもきれいで胸がどきっとした」

そして今はもっときれいになった。ウォンはサンの娘らしい顔だちを思い出した。あんな柔らかい手に剣を持たせるなど！　汗に濡れた髪をかきあげる指は細すぎる。それにサンはリンよりもっと単純なので、からかうのもずっと面白い。どんないたずらをされても真顔で怒って追いかけてくる。サンといると退屈しない。人慣れしない猫のように爪を立てるところが可愛くてたまらない。おれのサン。ウォンは道の両側に下がる灯籠《とうろう》に、明るく笑い転げるサンのまぼろしを見た。

「お側に置く者を顔で選ぶなんて、信じられません」

「おれは優れた才能が好きだ。学問でも武芸でも外国語でも楽器でも絵でも、何かに優れた人間が好きだ。だから容貌が優れた人間も好きだ。生まれつきでも、努力して身につけても、その卓越した部分を愛している」

「でも、兄は外見だけの人間じゃありません」

タンはちょっと不満で言い返した。兄を過小評価されたくない妹の思いを感じて、ウォンは満ち足りたように笑った。

「タンの言う通りさ！　リンとサンは容貌以外にもいろいろな才能がある。一つだけでも立派なのに。だからそれだけリンとサンを愛している」

タンのつま先が迷子のように揺れる。

『邸下は容貌や才能の優れた人間を愛している……。じゃあ、わたしは？　わたしにできるのはせいぜい機織りとかお裁縫。それで邸下に愛してもらえるの？』」

タンは目の前が暗くなってきた。突然ウォンが袖を引いたはずみにタンはよろけた。世子がさっとタンの腰を支えた。タンはふと、さまざまな宝飾品を置いた西域の商人の露店で女客の中に混じっているのに気がついた。わたし、なぜここにいるの？　世子が、金の鈴や匂い袋を選んでいる。

「帯が地味だから」

ウォンが、タンの帯に鈴を結びながらささやいた。

貴婦人は外套《トゥルマギ》の帯に金鈴や匂い袋を色糸で結んで飾る。身分によって装いや装身具の贅沢さに制限があったが、現実には財産さえあれば平民でも高級な絹をまとって華やかに装っている。権勢家に仕える侍女ともなれば、なまじの貴族より贅沢な飾りをつけて歩く世の中だ。

けれどもタンの姿は平民より質素だった。それが気になったのか、ウォンが宝飾品の店に寄ってくれたのだ。タンは世子が鈴を買ってくれたことが嬉しかった。細やかに動くウォンの長い指が腰をかすめるとタンは恥ずかしくなる。そしてなんともいえず幸せになった。

「おれはいつもリンが羨ましかった」

突然世子が言った。タンの帯に結んだ玉のついた房をなでるウォンの目がおだやかに下を向く。えっ⁉　タンは目で尋ねた。モンゴル皇帝の外孫、次期高麗国王の彼が、いったい臣下の何を羨むというの？　できることならウォンの求めるすべてを自分が満たしてあげたい。

タンを見ないで玉をもてあそびながら、ウォンは独り言のようにつぶやいた。

「リンは兄や妹と深く愛し合っている。ジョンとは多少ぶつかるが、それだけお互いへの思いがあるからだろう。だが、おれは一人だ」

　ウォンにも兄姉がいるのをタンは知っている。国王と貞和宮主《ジョンファグンジュ》の間に生まれた江陽公《カンヤンゴン》と静寧院《ジョンニョンウォン》妃《ビ》と明順院妃《ミョンスンウォンビ》は、腹違いとはいえ兄姉だ。また、国王と宮女の間に生まれた庶子もいる。だが一人という言葉が嘘でないことも、タンは感じた。

「兄上や姉上はおれのことを恐れるだけだ。三人とも、おれの母上にひどい目に遭ったから。おれが兄上や姉上と話したい、一緒にお茶を飲みたいと言っても、恐がっておれと目を合わせてもくれない。だからおれは三人にわざと近づかず、恐がらせないようにしてやるのが精いっぱいだ。それが、兄上や姉上を愛する弟の方法なんだ」

　ウォンの寂しそうな笑顔を見たタンに、彼を抱きしめたい衝動が起きた。世子の指の間で玉がシャランシャランとぶつかる。

「同母の妹や弟もいたが、二人とも早くに死んでしまった。もう記憶もはっきりしないが、二人が無事に育っていたら、きみたち兄妹のように仲よくなっていただろうか。それとも、同じ母から生まれても権力が絡めば憎み合うことになっていただろうか？」

　虚しい微笑が唇のはしに浮かんで消えた。ついにタンは我慢できなくなり、玉をいじる世子の手に自分の手をそっと重ねた。この慎ましやかな接触に、世子がはじめてタンを見た。

「わたしが邸下の妹になります」

　丁寧な言葉づかいに真心があふれている。ウォンが声をたてずに笑った。

「きみはおれの妃だよ。妹になるのかい？」

「リン兄上は、邸下の兄弟なのでしょう？　それならわたしも邸下の妹です。妃だけど妹にもなります。血を分けた家族がいてもひとりぼっちだと感じる時は、家族より近い妹がいつもそばにいると思ってください」

タンはすらすら流れる言葉を押さえられなかった。口ではなく心が語っていた。理屈が合うかわからないが、タンは今本気で、世子の心にかなう優しいきょうだいになりたかった。

タンの気持ちが通じたのか、ウォンはタンと指を絡ませた。タンは胸がいっぱいになった。指から伝わるぬくもりがタンの全身を暖めてくれる。

『わたしは邸下の望む通りになります。それが何であっても。それが邸下のためのわたしの才能です』

タンは自分の手を暖かく包む世子の手を見ながら堅く誓った。タンの腰で鳴るいくつもの金の鈴の澄んだ音色が、おだやかに美しく聞こえる。

ウォンは右手で婚約者の手をとったが、左手の中に残した彩色紐をそっと握りしめた。紐の端には銀と珊瑚の飾り玉がついている。この店で最初に目についたのは、銀と珊瑚の紐だった。それですぐ手にとったが、婚約者のためではなかった。タンには似合わない。珊瑚が似合うひとは別にいる。珊瑚のなめらかな堅さを手に感じつつ、ウォンはおさまらない苛立ちをなだめていた。

『サンはどうなっただろう？　リンは追いつけただろうか？』

見上げた冬の夜空に満月がしんと浮かんでいる。ウォンは友の無事を、明るい月に繰り返し祈った。

◉

障子ごしの月光が静かに差し込む。亥刻《いのこく》（夜九時から十一時）も終わる頃なのに、ビヨンは眠れなかった。風に乗ってかすかに聞こえる音楽や笑い声が耳障りだ。みなが楽しむ八関会《はちかんえ》の夜なのに、ビヨンにとっては関係ない。いつもと同じ時間に夕食をとり、いつもと同じ時間に針仕事を終え、いつもと同じ時間に寝床につく。一つ違うのは、夕方、サンお嬢様が美しい娘姿で抜け出したことだ。ビヨンが勧め、本人よりビヨンのほうが熱心に装ってあげた。

人知れぬ恋を胸に抱く少女の絆で、ビヨンはサンの髪を赤い細絹できれいに結った。花盛りの年頃のお嬢様は、お化粧をしなくても十分きれいだ。髪を耳の後ろでひとつにまとめて垂らしたお嬢様は、飛んだり跳ねたり口をききさえしなければ、満月から降りて来た月の精に見えるだろう。そしてお嬢様を送り出したビヨンの胸がひりひり痛むのは、今日に限って寂しさがどうしようもなく心に沁みるからだ。

『今日も来なかった……』

ビヨンは指を上げて暗闇にゆっくり線を描く。目をとじると、顔の輪郭がいっそう鮮やかに思い出されて描きやすい。ビヨンは目をとじて彼を描いた。ビヨンの描いた彼が、闇の中でぶっきらぼうな表情そのままでぎこちなく笑う。するとビヨンのとじた目から涙が流れ、耳と枕を濡らす。

『ムソク……』

心の中で名前を呼ぶと、ビヨンは喉が詰まる。彼は来なくなっていた。塀を越えるのが見つかって騒がれて以来、ぴたりと足どりが絶えてしまった。捕まる寸前だったので、もう通うのは無理だとあきらめたのかも。泥棒のように出入りするのがいやになったのかも。ひょっとしたらビヨンに会いたいと思わなくなったのかもしれない。

「男ってのは、気に入った女はどんな手を使っても食っちまうんだよ」と乳母が言ったことがある。よくわからないが、男女の体の秘め事のことだとは、なんとなく察していた。ムソクはビヨンに指一本触れなかったが、ビヨンの身体はいつも緊張し、何かを切実に待っていた。さっさと食っちまわないということは、気に入った女じゃないという意味になるので、ビヨンは時々焦燥にかられた。そして結局、彼はビヨンを食っちまわなかった。彼の気持ちはビヨンに向かっていなかったのだ。

『忘れられたんだ。あたしのことなんか誰も覚えてない……』

お祭りの夜なのに、部屋にぽつんと置き去りにされたのがみじめで悲しかった。目をとじて暗闇に顔を描く手から、すうっと力が抜けた。冷たい隙間風が吹いた気がする。それがきっかけで、なじんだ汗の匂いを思い出した。身体の匂いは、ビヨンの身体に深く刻まれた彼の特別なしるしだ。ビヨンは恋しさが限界に達したのか、今日に限って幻の匂いが現実的に感じられる。匂いの記憶が鼻から吸い込まれて全身をかきみだして緊張させる。するとなぜか脚の間にぐらぐら沸き立つような興奮が起きる。こらえがたい微妙で不思議な感じに耐えられず、自然に脚に力が入る。ビヨンは足を組んでよじったが耐えられない。足の指まで震えて曲がる。

「ああ……」

ビヨンが泣きだしそうに溜息をついた。その瞬間、布団を握りしめたビヨンの手が、大きく熱い何かにしっかりと覆われた。

ビヨンはハッと目を開けた。誰かが暗闇の中でビヨンを見下ろしている。びっくりしたビヨンは寝台から飛び起きた。するとその人物がビヨンの手を押さえてささやいた。

「シッ！　ムソクです。お嬢様」

「あっ！」

半ば吸い込んだ息が外にほとばしった。月光を背にして膝をつく男の輪郭は彼だ。夢ではない。だから彼の汗の匂いが特別だったのだ！　ビヨンは濡れた目をこすった。やっぱり彼だ。広く角ばった両肩をぐっと開いてビヨンを見つめる彼はムソクだ。

「ど、どうやって……ここまで入ってきたの？」

「八関会《はちかんえ》なので人が油断すると思って塀を越えました。みんな酔っ払って、この別棟《はなれ》のあたりには誰もいません」

「でもどうして部屋の中まで……」

「もう我慢できませんでした。お嬢様に会えなくなって随分経ちます」

また涙があふれた。あたしのことを忘れてなかった！　あたしを想っていないわけでもなかった！　感激のあまり、ビヨンはその胸にわっと飛び込みたくなった。

すると突然、明るい月光でムソクの顔がそのまま見えるのがわかった。あっ！　小さく叫んでビヨンは急いで手で顔を隠した。ムソクにも自分の顔が見えてしまう！　ビヨンはムソクに顔を見せたことがない。いつかは見せるかもしれないけど、まだだめだ。

ムソクは、ビヨンが顔を隠した理由をよくわかった。一生消えない傷を持って生きるつらさより、愛する人に傷を見られるほうがつらいことを。

ムソクは穏やかに言った。

「俺の顔を見てください」

「だめ。あたしの顔も見えてしまう。あたしの傷は見たら絶対、ぞっとするわ」

ささやき声に涙が混じる。小さい肩が月の光に細く震える。ムソクは悲しげな笑顔でビヨンの右手を下ろした。するとビヨンは急いで左手で隠した顔をそむける。ムソクはビヨンの右手をゆっくり自分の顔に導いた。ビヨンの細くすべすべした指がムソクの左目に触れるように。傷は長く伸び、頬を過ぎて耳まで至る。ゆっくりとなぞっていたビヨンの指が小刻みに震えた。

「なぜ怪我をしたのか、聞いてもいい？」

「喧嘩をしました。死ぬところでした。だがこの傷は俺の自慢だ。この傷があればこそ、どんな辱めにも耐えて今も生きていられる」

「よく意味がわからない」

「いつかもっと詳しく話しましょう」

ビヨンはそれ以上聞かないほうがいいと思った。何かわけがあるのだろう。でも、傷が自慢になる人がいるなんて驚いた！　ビヨンは決して傷を自慢だと思えない。傷は傷。痛々しくて寂しい痕跡。一生他人に顔を見せられない悲しい烙印だ。

「あたしは盗賊に襲われて怪我をしたの。死ぬところだったの。あたしはこの傷が恥ずかしい」

「お嬢様が怪我したからこそ、誰かが怪我をせず助かったのかもしれません。犠牲は恥ずかしいことではない」

それは、あたしが怪我したからサンお嬢様が無事にすんだということ？　この傷があるから、大事なお嬢様が今も生きている、だからあたしの傷も自慢になる、そう考えてもいいということ？

ビヨンは胸がどきんとした。ムソクは手を放したが、ビヨンはまだ彼の左の眉の上から始まる盛り上がった跡を、とじた目と高い頬骨の上を横切って撫でている。その感触はよく知っているから。自分の顔にふれるたびに感じる困惑と不快さと悔しさとそっくり同じ。

でもムソクの顔のその傷跡は、強く美しく堂々としている。とうとうビヨンの目から涙があふれた。いつのまにかビヨンは顔を隠していた左手を下ろし、彼の傷を目で見ていた。まったく無意識だった。

ムソクはビヨンの素顔を初めて見た。深い傷は彼の想像よりずっと大きかった。ムソクは頑丈で節太の指で長い刀傷をそっとなでた。ビヨンの涙がいっそう熱くあふれる。ムソクはビヨンの顔にゆっくり顔を寄せた。ムソクの唇が、傷の始まるビヨンの目の真下をしっとり押した。傷にそって鼻筋から頬へと、彼はゆっくり小さな接吻を降らせた。

「気持ち悪くないの？」

「思った通りのあなたでした。きれいです。とても」

ビヨンの唇が震え、声を押し殺して泣いた。その震える誘惑にあらがえなくなったムソクは、そのままビヨンの唇を飲み込んだ。三十をすでに越えたムソクが、まるで十代の焦る少年のように狂おしくビヨンの唇を吸いあげる。唇を奪った次は、柔らかな頬と首に猛攻をかける。耐えていた堤防が決壊したように荒々しく猛烈に、ムソクが吸ってなめて噛む間、ビヨンはされるがままでいた。ところが、ムソクは突然ビヨンから離れて座ると、荒い息をついた。攻撃される時も止む時も心の準備ができていなかったビヨンは、自分が今どうなったのかわからないほど動転している。ムソクの白目が狂気を帯びたように光る。

「望んでいなければ、今言ってください」

彼は獣のようにあえぎ、そばにすり寄ろうとするビヨンを恐ろしい目つきで止める。

「今だ！　今言うんです。嫌なら嫌だと！」

ビヨンはムソクの急変の意味がわからない。何を望んでいるのかもわからない。ひとつだけわかるとしたら、ムソクと距離が離れた今の状態に耐えられないこと。

「いいのよ、あたしは」

「いいじゃない！　何も知らないくせに！」

ムソクが冷たく突き放す。なぜそんな言い方をするの！　この変わりようにビヨンは声をあげて泣きたくなり、途方にくれた。

はっとした。ムソクは自分をお嬢様だと思っている。身分の低い芸人と貴族の女人が情を通じれば命を失うこともある。それなら大丈夫！

ビヨンは男の太い首を精一杯抱きしめた。ムソクが首を振ろうとすると、ビヨンはさらに強く抱きしめた。

「身分のない者同士だから、いいのよ」

ムソクがはっとしてビヨンを見た。ムソクの目は罪意識と自制が混じってゆがむ。ビヨンがやさしく彼の顔にふれた。

「あたしはこのお屋敷の奴婢なの。お嬢様の代役をしてるだけ。だから……」

ビヨンの温かい唇が、汗びっしょりになったムソクの額に寄せられた。

「……どうか、あたしを拒まないで」

ムソクの額にふれた小さな唇が彼の大きな唇に押し入って埋もれた。誰に教えられたこともないのに、ビヨンの舌は彼の舌を探して口中をさまよう。

固まっていたムソクがビヨンの背中と腰をゆっくり抱きしめた。先ほどのようにはもう急がず、初めて経験するビヨンを恐がらせないようにそっと夜着の帯を解いて襟を開いた。素肌にムソクの大きな手のひらのまめが強く触れると、ビヨンは気が遠くなった。夢ならば覚めないで。ただこのまますべてを彼に任せたい、永遠に。すべて脱がされてやわらかい布団に寝かされたビヨンは、なんの抵抗もなくムソクを迎え入れた。

ビヨンは目を開けなかった。目を開けたらすべてが跡形もなく消えてしまいそう。ムソクも、ムソクと絡み合う悦楽の瞬間も。

ビヨンは目をとじたまま、自分の裸体を背後から抱いて横たわる彼を味わった。熱気にのぼせた身体が冷えると、ムソクのぬくもりがいっそうやさしく感じられた。ビヨンは満ちたりて、枕にした彼の腕を撫でた。ムソクはビヨンのうなじに唇を当てて強く押すことで応えた。しっとりくすぐったい感じに首をすくめてビヨンは笑顔になった。夢じゃないんだわ！

ビヨンは静かに目を開け、ムソクの存在を確かめたくて首を回した。ムソクはそこにいる。ムソクに笑いかけたビヨンの表情がハッと凍りついた。ビヨンとムソクが寝ているこの部屋は、お嬢様の部屋と扉一つしか隔てていない！　ビヨンは飛び起きて布団を引き寄せ、あらわな胸を隠した。

「どうした？」

ムソクの口から自然に敬語が消えている。

「お嬢様が帰って来たら……！」

ムソクは隣室との境の戸にちらりと視線を投げた。

「お嬢様はどこへ行った？」

「お友だちに会いに抜け出したの。お屋敷にじっとしてるのが好きじゃないから」

「驚いたお嬢様だな！」

彼はからから笑うと寝台から降り立った。月光に照らされた彼の裸体をすっかり見たビヨンは、赤らめた顔を膝に埋めた。するとムソクがビヨンの耳に熱い息を吹きかける。

「お嬢様にばれたら、寝所に忍び込んだネズミはその場で殺せと怒るだろうな」

「ううん。お嬢様はあなたが来たら一緒に逃げてって」

「逃げろ？　お嬢様は俺のことを知っているのか？」

ムソクの目が怪しく光った。

「あたしたちが芸人でも奴婢でもなく、普通の民として暮らせるように助けてくれるって。あらかじめ荷物もまとめておけって。あたしたちは今夜にでも逃げられるの」

「だめだ」

ムソクがきっぱり言った。

「どうして？」

「今は逃げられない。すぐ捕まっちまう」

「でも、お嬢様が……」

「お嬢様が結婚して貢乙女《みつぎおとめ》に行かずに済めば、寧仁伯《ヨンインベク》が放してやると言ったんだろう？　平民の戸籍を作ってくれて、一生食べていける財産までくれると？　それなら今急いで逃げなくてもいいんじゃないか？」

「それはそうだけど……」

「俺は待てる。もう少し我慢すればおまえは平民の戸籍がもらえるのに。おまえを一生逃げ回る目に遭わせたくない」

「お嬢様が、ふたりの面倒をみてくれると言ったわ」

「といっても寧仁伯《ヨンインベク》の手の中だ。すぐにばれる。そうしたら二人とも死ぬことになる。死ななくても、それぞれ違う所に売られて二度と会えなくなる。それでもいいのか？」

ビヨンはおびえて首を振った。また涙があふれそう。二度と会えないなんて！　それだけは耐えられないと思った。ムソクは彼女を暖かく抱いてやった。

「大丈夫だ。お嬢様が婚礼をあげるまで待とう。その時は俺も仲間を抜けて、新しい戸籍を作れるようにしておくから」

「そう簡単なことじゃないわ」

「難しいが、方法はある。おまえと一緒に暮らすためならどんな手段でも使う。心配しないで俺を信じてくれ！」

頼もしい声を聞いたビヨンは彼を強く信じた。彼に不可能はない。彼のたくましい胸から、ビヨンの好きな匂いが濃厚に漂う。言う通りにしていればすべてうまくいくんだわ！

「俺の言う通りにするか？」

繰り返し確かめるムソクにビヨンは素直にうなずいた。彼はさらに強くビヨンを抱きしめた。

「お嬢様が逃げろと言っても、ここにいると言うんだ」

「そうする」

ビヨンは自分をまた寝台に横たえる男におとなしく答えた。従順なビヨンはすぐにご褒美をもらえた。ビヨンは胸に顔をうずめる彼の髪に指をからませ、彼の手が導く通りに脚を広げた。さっき初体験を済ませたばかりの華奢な身体は、痛みのせいでこわばりつつも、熱く押し入る男を喜んで迎え入れた。汗ですべる彼の肩越しに、障子の上から注ぐ月光を見上げ、ビヨンはこの場と関係ないお嬢様のことを思い出した。

『お嬢様はお友だちとどうなったかしら？』

この夜、少女のあらゆる夢想を一足飛びに越えて最高の経験まで昇りつめた先輩の余裕で、ビヨンはサンのことを気づかった。月の御殿から降りた月の精のように美しいお嬢様は、お友だちの石のような心を動かせたかしら？　二人はどこまで任せ合うかしら？

だがすぐにビヨンは自分の身体をがむしゃらにかき回すムソクの荒々しく強烈な行為に巻き込まれて頭の中が真っ白になった。下半身の強い痛みが、いつしか狂おしい悦楽に変わっていく。ビヨンの背中が弓なりにしなる。ムソクがうめきとともにビヨンのからだに重なった瞬間、まぶしい月光がビヨンの視界に広がった。

◉

満月が都の路地すみずみまで照らす中、ケウォニとヨンボギは夢中で走った。人目の多い夜だが『実は女だった女顔の若様』が気を失ったことが幸いして、「酔いつぶれた娘」を介抱して背負っていても不自然ではない。酒場通りではよくあることだ。

ケウォニは、酔月楼の手前の柏の大木の下に「女顔の若様」を下ろした。

「オレが娘を捉まえてるから、ヨンボギ、おまえがあの塀を回って裏口から合図しろ」

宮殿のようにそびえる楼門は上客以外お断りといった豪勢な構えだ。あの黒檀に大きな金文字が彫られた看板の中に、二人を半殺しに痛めつけたやつらの連絡役がいると言われた。ヨンボギの病気の老母を人質に取られ、探し回った若様をついに連れて来たものの、やつらの顔すら見たことがない。「酔月楼の裏口を短く三回、長く二回叩け」と言われたのみ。そうすれば炊事場から使い走りの少年が出て来るので「注文の品を持って来た」と言う手はずだ。

「合図をしろって、で、でも、息を吹き返したらどうしよう。声を上げたら」

ヨンボギが不安がるが、娘をちらりと見たケウォニは鼻息を吹いた。

「フン、そう簡単に目は覚めない」

ケウォニも最初は、この娘を拉致するのは簡単じゃないと警戒した。路地裏で彼に電光石火の足蹴りを喰らわせた娘だ。凄い実力とまでは褒めないが、すばしっこさではリス顔負けだ。この天の与えた機会を逃したらと緊張したが、娘はちょっとじたばたしただけでぐったりした。頬も赤いし、どこかで飲みすぎたらしい。ケウォニは娘の鼻先に指を当てた。規則正しい息。眠りは深い。

「早く行け。当分は大丈夫だ」

ケウォニは、焦るばかりのヨンボギをなだめて促した。言われた通り、ヨンボギはもたもたと道を渡り、塀に沿って歩いて行く。ケウォニはどうも不安だという目で、その後ろ姿を追った。

「合図も忘れてなければいいんだが」

彼は苦々しくひとりごちるとサンの側にかがみ、塀にも模様を彫りこんだ華やかな妓楼を見上げた。あの屋根の下、柔らかく吸いつくような肌の女を抱いて山海の珍味や美酒を味わう贅沢なやつらは前世でどんな功徳を積んだのやら。我が子のような年頃の娘をさらって命に代える自分の境遇を思うと、こんな世の中、生きる甲斐もない気がする。一年食える田畑さえあれば十分なのに！

妓楼から聞こえる音楽や嬌声に耳をふさぎたくなった。

「ちくしょう、あいつら！　がつがつ食って下痢便垂らせ！」

ついケウォニの口から悪態が飛び出す。

「ところでヨンボギのやつ、遅いな。頭も回らないうえ足も回らないってか？　ちっとも使えないんだから、あいつはまったく！」

苛立ちが、戻って来ないヨンボギへの悪口に変わった。もうずいぶん経つんだがな。

怒りはだんだん心配に変わる。あいつらはケウォニとヨンボギを一ヵ月も寝込むほど痛めつけた。「少年」を探すのに血眼だったからだ。それがせっかく見つけてやったのに、なぜ出て来ない？まだ罠か？　疑いだすと気が焦る。どうせぴくとも動かない娘だ、ここをヨンボギにまかせて自分が妓楼に行くべきだった！　後悔したとたん、息せききってヨンボギが走って来た。ケウォニはぱっと立ち上がった。ヨンボギは泣きべそだ。

「どうした、おまえ！　何があった？」

通行人を意識して、ヨンボギの襟首をつかんで木の陰にひっぱりこんだケウォニが小声で尋ねた。泣き顔のヨンボギが怖かったというように必死で答える。

「どうした、おまえ、何があったって、その、戸を叩く前に女が出て来て、物乞いなら他所へ行けって。ち、違うって言おうとしたのに、桶の水をぶっかけるって。それでその、女が奥に行くのを待って……」

「ちょっと待て！」

さっきとは別の理由で腹が煮えくりかえったケウォニが、手をぐいと上げた。

「つまり、おまえが裏口で合図する前に女が出てきて、物乞いに間違われたってことか？」

「物乞いに間違われたってことかって、う、うん、だから……」

「待て待て！　女が、すぐ消えないと水をかけると言った、そうだな？」

「水をかけると言った。そうだなって、違う、かけるんじゃなくてぶっかけるって……」

「同じことだ、こいつは！　それで裏口の前で女が中に戻るのを待ったが、女は入ろうとしない。これだな？　おまえの結論は？」

「結論は、うん、待ってたけど……」

「いくら待っても女がそこにがんばってるんで、合図できなかったと」

「女ががんばってるんで合図できなかったとって、だから、その女が……」

「この役立たず！」

　大声で怒鳴りつけるわけにもいかず、ケウォニは自分の胸にげんこつを叩きつけた。

「だったら帰るふりをしろ。そしたら女も消えただろうに！」

「だったら帰るふりをしろって、そ、そうか、そうすりゃよかったんだ……」

　ヨンボギは、なるほどわかった、という顔でにんまり笑った。やれやれ。ケウォニはあきらめの混じった長い溜息を肺腑の底から吐いた。今さら驚くことか、ヨンボギはもともとそういうやつだ。何をやらせてもちゃんとできたためしがない。自分が行くんだった。それだけのこと。柏の大木の下で後悔したって始まらない。ケウォニはヨンボギの肩をぐっと押して座らせた。

「娘から目を離すな」

　ケウォニは偉そうに命令し、つかつかと道を横切って行った。が、すぐにばたばたと戻って来た。

「もし目を覚まして騒ぎを起こすとまずい。きゃっとも言えないよう縛っとけ。わかったな？」

ケウォニが手真似でさるぐつわをしろと命じたので、ヨンボギは大きくうなずいた。兄貴にすまない気持ちになったヨンボギは、ケウォニが消えるとサンに近づいた。

だがさるぐつわって、何を使って？　自分の空の手をぼんやり見下ろし、ごそごそと自分の衣服を探ってみた。だが使えそうな布きれがない。ケウォニの命令なら真冬の松岳山《ソンアクサン》の谷底だって飛び込む覚悟ができてるが、これはどうしたらいいのだろう。困ってしまって頭をかいた。すると手にひっかかったのが頭巾だ。これだと思い、頭巾をサンの口もとに持って行く彼の手がぴたりと止まった。

名前こそヨンボギだが、艶福《ヨンボク》など持ち合わせのない彼が見ても、目の前ですやすや眠る娘がとてもきれいなのはわかる。ケウォニの言いつけをしっかり守る彼は、娘から目を離せない。欲望ではない。かりそめに下界へ降りた天女を見たように、ヨンボギの素朴な胸に畏敬の念がこみあげる美しさだ。同じ顔なのに、あの時と今の娘姿では別人だ。小生意気で手が早い少年だった記憶はすっかり消えている。ヨンボギは頭巾をこそこそかぶりなおした。雪のように白くけがれのない顔に、よれて垢じみて真っ黒な頭巾なんて、恥ずかしすぎる。

『もう少し似合いそうなものは……』

見回したが干からびた地面と石ころばかりだ。ふと、サンの髪を華やかに結んだ赤い細絹が見えた。ヨンボギはおそるおそる絹をほどいた。彼女が目を覚ましたらどうしよう、と指が震える。目が覚めたら騒ぎになる、というより、せっかく眠っているのに起こしたら悪いという気持ちだ。脂汗をにじませてほどいた細絹だが、それでさるぐつわをかませるのも容易ではない。軽く唇に当てるだけじゃ意味ないし、だが強く縛ったら白い頬に跡がつきそうだ。つややかで豊かな髪をひっかけないようにも気をつける。

さるぐつわをするためにサンに覆いかぶさって不器用な指でがんばっているのだが、その後ろ姿は頬ずりしているか口づけしているか、どう見ても意識のない女人をもてあそんでいる様子だ。さるぐつわを実に美しく結ぶ仕事が完成した瞬間、ヨンボギは首根っこをつかまれて投げ飛ばされた。

次の瞬間、みぞおちに突っ込まれた堅い膝蹴りにヨンボギはぐっと息が止まった。続いて凄まじい力で首を絞める手が全身を硬直させる。怯えてまばたきすら忘れたヨンボギの瞳に、化け物が映った。美しい目から青い炎を放ち、蛇のように髪の毛を振り乱すこの化け物は、恐ろし過ぎる。修羅の化身か⁉

恐怖と苦痛の中でヨンボギはこの化け物を思い出した。『実は女だった女顔の若様』に出会うと、その後必ず現れる少年だ。以前は涼しい顔でさっと彼らを倒したあの少年が、今夜は怪炎を噴いて咆哮しながら襲いかかる修羅の化身だ。ヨンボギはさらに縮み上がった。首を絞めてもまだ足りず、大きな拳を高く振り上げた様子に、ひいっ！　と、息も絶え絶えにヨンボギは目をつぶった。

『殺される！』

だがヨンボギは死ななかった。逆に首から手が離れ、はっと息ができるようになった。

「ううん……」と、彼女のか細い声が漏れたので、修羅はヨンボギを放り出してそっちへ駆け寄ったのだ。たしかに天女様だ！　少なくともヨンボギにとっては。なんとありがたい！

ヨンボギはこの隙を逃さず、あっという間に行き交う人々にまぎれて逃げた。

リンは男を追わなかった。サンが無事かどうか確かめるほうが先だ。さるぐつわの絹をほどこうとしたリンは、きれいなだけの甘い結び方を見て不思議になった。

「う……」

サンがまた声をたてたが、大木の根元に乗せた頭が痛かったのか、ちょっとずらせてまた眠りに落ちた。ほほえみまで浮かべて眠る彼女に、リンはすっかり気が抜けた。猛々しく疾走してやっと見つけて奪い返したのに、のんきに寝てるとは！　いや、何もなかったのだから、これ以上の幸いはない。

サンの髪の幾筋かが頬と唇にかかるのを見て、リンは指をのばし、そっと払ってやった。指が唇を軽くかすめた瞬間、身体が硬直した。柔らかくて温かい。

リンは初めて悟った。なぜサンの名前を聞くたび、思い出すたびに、短刀で胸をえぐるような痛みを覚えるのか。なぜ世子がサンを女として想わないように密かに願ったのか。それはこの唇のためだ。もっと言えば、この唇にくちづけしたいリンの願いのためだ。

唇だけではない、なめらかな額、丸い頬、高く形のよい鼻すじ、細くて繊細な眉と端正なまぶた、その下で安らぐ黒曜石の瞳、細いあごの線とまっすぐ伸びた首筋、そして衣できちんと覆われたあらゆる部分を飲み込んでしまいたい熱い欲望が、ずっとずっと前からリンの内側で沸き立っていたからだ。

菩提樹の下で悟りを開いたのは釈迦だが、柏の下で落雷に直撃されたように心の殻が砕けたのはリンだった。心の底からサンを求めていたのはウォンではない、自分自身だ！

今まで押さえこんできた本心が一瞬のうちに広がったリンは、すやすや眠るサンの顔を見ると鼻筋がつんとしてきた。リンの彼女は無事だったのだ。

「サン、サン！　起きて」

リンはサンの頬を軽く叩いた。冷えた肌がとても柔らかいのが指先に伝わって、彼はびくりとした。指がわずかに触れただけで自分が動揺する事実に驚くし、そして恥ずかしくもなる。熟睡を邪魔されたようにサンがまた息を漏らすと、リンはもう手をふれられなくなった。仔猫のように細い声が心に刺さってひっかいて不思議な痕をつける。しっとりなめらかに潤う唇が何か言いたげに動いた。リンはつい親指をサンの唇に添えた。ほんの少し指が当たっただけで、唇は自然にうすく開いた。

「綏靖侯《スジョンフ》リン様！」

リンはさっと振り返って立った。壮宜《チャンウィ》が近くに走ってくると一礼した。

「邸下が、危険があればお助けしろと私を寄越しました」

「邸下は？」

なにげなく表情を整えてリンが尋ねる。

「世子妃様のお屋敷までお送りして王宮にお帰りになるとおっしゃいました」

「ではおまえも王宮に戻り、皆無事だと邸下に伝えてくれ」

「拉致したやつらについて調べることはありませんか？」

リンはきらびやかな明かりが漏れる妓楼街をちらりと見た。以前サンが忍び込んだ酔月楼はすぐ向かいだ。ここでサンに追いついたのは偶然か？　リンは唇を噛んだ。

「それは私に任せて早く王宮に行け。邸下が少しでも早く安心されるように」

壮宜《チャンウィ》は一礼して戻った。

酔月楼に目を向けてリンは考える。サンにさるぐつわをかませた男は、鉄洞《チョルドン》で会った弟分のほうだ。狩りの後で姿をくらまし半年もたったのに、なぜ今さらサンをさらったのだろう？　婦女子をさらって売り飛ばす悪人がたまたまサンを捕まえただけか？　それとも、世子を狙う酔月楼の陰謀につながっているのか？　矢の偽造を調べたのがサンだと知って捕まえたのか？

『いや、あれがサンだと知ったなら、陰謀仲間の寧仁伯《ヨンインベク》の娘をさらうはずがない。では、調べるよう指示した少年の顔を、この人ごみで見つけたということか。それで少女だったことがばれたのだ。とすれば、サンが一人歩きするのはもう危ない』

リンはサンの前に片膝をつき、じっと見つめた。小さく開いた唇から白い息がふと漏れる。リンはサンの唇に触れた自分の指を厳しくつねった。もし折よく壮宜《チャンウィ》が来なかったら自分は何をしてしまっただろう。自分でもわからない。とにかく自分が冷静に戻った以上、友に対して恥ずかしい真似はすまい。サンが目覚めた時にまっすぐ目を見られるように！　ちくしょう！　リンは癖のように頬の内側の弱い肉を強く噛んだ。

寒い中、いつまでも地面に寝かせてはおけない。ちょっとためらったがサンを背負って身軽に立ち上がった。だが意識がなくすべすべした絹の装いのサンはリンの背中を滑り落ちてしまう。リンはサンの柔らかなお尻を支えて揺すり上げざるを得なかった。すると「う……ん」。猫のような声が熱い息とともに、彼の耳たぶに沿ってうぶ毛をくすぐる。夢うつつに両手をリンの首に回したサンが、リンのうなじに鼻をあてた。ぎくっとしたリンが首を離そうとするとサンは安定を求めてよけいぴったりくっついてくる。柔らかくてきゃしゃな身体がリンの背中に密着して丸くなった。

魅惑的で生々しすぎる感触にリンは耐えられなくなった。とうとう背負うのをあきらめ、リンはサンを地面に下ろすと肩を強く揺さぶった。

「起きろ、サン！」

リンの温かい背中が消えて冷たい空気が胸に触れたのでサンは寒そうに首をすくめる。まだ目が開かないまま、サンはぬくもりを求めてリンの胸に寄りかかるようにくっついた。慌てる一方、リンはかちんときた。リンだと思うから寄り添ってきたんじゃない、温かければ熊でもいいんだ、サンは！

「サン、しっかりしろ！」

リンの声が厳しくなってやっとサンは目を開けた。二度ほどまばたきして焦点の合ったサンの瞳は、ごく間近にあるリンの顔にびっくりして、思わず突き飛ばしてしまった。とっさに手をついたので見苦しく尻もちをつくのは免れたリンが、小さく悪態をついた。

サンは心細げにあたりを見回した。

「リン……？　何してるの？　ここは……」

手の土をはらって立ち上がったリンは、腕組みをするとサンを見下ろした。

「聞きたいのは私のほうだ。百戯を見物に行ったはずが、みっともなく往来でさらわれたとは。

いったいどうした？」

「さらわれた？　わたしが？」

信じられないように瞳を見開いて記憶をたどったサンが声をあげた。

「そうだ。どこかのお嬢様にからんでた酔っ払いを二人蹴り倒した。そしたらまた男が一人いて……。じゃあ、そいつらに捕まったのね、わたし？　そいつらは？」

「逃げた」

リンの短い答えで、彼が来て助けてくれたのが十分わかった。サンのために駆けつけてくれたのは嬉しいが、闘いに負けてさらわれた覚えはない。正直に「酔いが回って」と言いたかったが、つい恥ずかしくなり、薄い裳の重なりを持ち上げた。

「やられたわけじゃない。裳が足にひっかかっただけ」

「言いわけはいい。私が来なかったらどうなったと思う！　なぜそんな格好で出て来た？」

サンは蒼白になった。今のリンの言葉はサンの人格の全否定だ。

少年姿のサンが「女のくせにそんな格好で」と言われるなら当然だ。「女の装いなんかサンには似合わない」と笑われても、まだわかる。サンのけなげな努力が通じない彼の鈍さも仕方がない。

だが少女の姿をした時に「そんな格好で」⁉

つまりリンは、「サンは男のくせにそんな格好で」と言ったのだ。リンはサンをどこまでも男としか見ていない。これではリンを想うサンが馬鹿をみるだけだ。

「細絹！」

サンが鋭く叫んだ。え？　とまどうリンをにらみつけ、サンはぱっと立ち上がると人差し指をまっすぐ伸ばした。

「わたしの髪を結んでいたのに！　なんでリンが持ってるの？」

折しも風が二人の間を吹き過ぎてサンの長い髪がなびく。雪のように白い顔に黒い絹糸のような髪が乱れかかる瞬間が狂おしい。その時になって何のことかわかったリンは、こぶしの中で丸まった赤い絹を差し出した。自分がサンの髪からほどいてくすねたわけでもないのに頬が紅潮し、声が小さくなる。

「きみの口をふさごうとしたやつらが、これでさるぐつわを……」

「言いわけなんかいい！」

サンはひったくるように細絹を取り返す。ビヨンが結ってくれた通りに結び直そうとしたが、何度やりなおしても、怒りで手が震えてうまくいかない。

「手伝おうか？」

見かねたリンが近寄った。それがサンの怒りを倍加した。女のくせに髪も結えないことが見抜かれてしまったではないか。

「いい！　どうせこんなの、わたしには似合わないんでしょ！」

子どものように頬をふくらませて言い放つと、酔いがさめたサンは歩き出した。サンがなぜ怒るのかわからないリンは黙ってその後を追う。歩幅が大きいリンはすぐにサンを追い越して先に立った。目立つ街中を避け、小さな森や丘を横切るリンの後をついて行きながら、サンは悔しくてたまらない。

どれほど歩いただろう。森の小道は雑草が裳にまとわりつき、リンについて行くのに苦労する。ちょっと振り向けばサンの苦労に気づいて立ち止まってくれそうなのに。リンはさっさと厄介払いでもしたそうに、速足でずんずん行ってしまう。

『あの鈍感な馬鹿に、一緒に歩く友だちと歩調ぐらい合わせなさいよ、って期待したって無駄よね』

また頭にきたサンは、月の光に照らされた道ばたの岩に腰を降ろした。息をきらせてがむしゃらに歩いて来たのが急に止まったので、額に冷たい汗が浮く。サンはしばらく目をとじて息を整えた。リンなんか振り返らなきゃいい。勝手にどこまでも行ってからわたしがいないのに気づいて慌てればいいんだと、すねてしまった。目をとじたまま耳をすますと、街のほうから祭りの喧騒が聞こえるが、森の中はしんとしている。北風に震える木々のざわめきだけだ。リンは本当に振り返らなかったの？

『ふん、行っちゃえ行っちゃえ、リンの馬鹿！　わたしは別に一人で帰れるんだから』

思いとは裏腹に溜息が出た。胸が重苦しくて立ち上がれない。もう少しここで気持ちを落ちつけなきゃ。やがて目を開けたサンはびっくりした。いつ戻って来たのかリンが心配そうな目をして、サンをのぞきこんでいた。

「大丈夫か？」

リンの声がやさしくて、今夜の寂しさや悔しかった記憶が一気に飛び、サンの口調はひときわ穏やかになった。

「大丈夫。ちょっとしたら立てるわ」

リンが外套《トゥルマギ》を脱いでサンに羽織らせた。まさかリンがこんな思いやりを知ってるなんて！　予想を超えた行動に、サンは目をぱちくりした。奇跡が起きた！

「汗をかくと冷えるから」

言いわけするようなリンの言葉に、サンはやっとのことでうなずいた。全身を暖かく包む松の香りに酔ったように、サンはありがとうと言うのも忘れた。

「母上から言われたことがあった。女人は身体を冷やしてはいけないと……」

リンはなぜか気はずかしそうに首を傾けて言いわけした。が、次の瞬間、顔色がかわって気まずそうになった。サンの首筋を暖かくおおう衿を見たとたん、衣が匂うのに気がついたのだろう。決して汚くはないが、今夜はサンを探して走り回ったので汗もしみたはず。サンが袖に腕を通して衿をきちんと合わせると、リンは倍もきまり悪そうになった。

リンとは反対に、サンは嬉しくなってきた。母上がどういうつもりで息子にそんな知恵を授けたのか知らないけれど、なんて素晴らしいお母さま！

サンは会ったことのない西原《ソウォン》侯妃《フ》に感謝した。サンは裳のすそをつまんで歩きだすと、恥ずかしそうにリンに説明した。

「裳が草にひっかかるし、風にはためいてよろけるし、速く歩けなかったの」

「すまない。そこまで考えが至らなかった」

リンはぎこちなく詫びて、サンに歩調を合わせてくれた。次々に起きる小さな奇跡で幸せになったサンは、癇癪を起こしたのを謝りたくなった。サンは、裳の装いをリンに一度も見せたことがない。だから、なぜ今日に限って違うのかと尋ねても当たり前だ。

「リンの言う通りだわ。こんな格好するんじゃなかった。やっと家を抜け出せたのに。似合いもしない身なりで、楽しく遊ぶこともできず、今夜を台無しにしちゃった」

サンが自責するように言うので、リンはまた当惑した。

「そんなつもりで言ったんじゃないんだ、危ない目に遭ってないかと心配したはずみに……。似合わないなんて、そんなことはない！　その逆だ。今日、きみは、私や邸下を驚かせてくれた。その装いがとてもよく似合っていたから……。誰よりもきれいだった」

サンは自分の耳を何度も疑った。まさかリンが、サンを女人としてほめるなんて、奇跡中の奇跡だ！　今日は願いごとが叶うお祭りだっけ？

感激のあまり、サンは袖の中で両手を合わせて満月を仰いだ。お釈迦様、山や川の精霊様、海に住む龍神様、松嶽山の神霊様、ありがとうございます！　八関会《はちかんえ》で祀られる神仏みんなに感謝した。あのたくさんの神仏がよってたかって御利益をくれない限り、こんな奇跡が起きるはずがない。

そしてビヨンにも感謝した。ビヨンがいなかったら、このリンが『きれいだ』と言ってくれただろうか？　やっぱり男が好きなのは「女らしい」女なのか。それでサンは精一杯女らしく淑やかに言ってみた。

「わたしもそろそろ身を慎んで女の手仕事を覚える年齢になったかなあと思って。剣や弓以外のものも扱う時が来たのかも」

「どんなものを？」

リンが不思議そうに尋ねる。リンは、女らしく語るサンの意図が把握できないらしい。サンは羞じらいながらほほえんだ。

「機織りとかお針とか……そういうこと」

「きみが裁縫？」

リンの口もとが微笑する。嘲笑ではない。だが、信じられない表情なのはありありとわかる。サンはちょっとカチンと来たものの、穏やかに忍耐した。

「もちろん今すぐ衣を縫い上げるとか、きれいな刺繍はできないけれど。今からでも習おうかなって。努力すればそのうちできる。七夕には、お裁縫が上手くなりますようにってお願いして」

「織姫様も困るだろうな」

リンが楽しそうに笑った。パチッ。胸の中で忍耐が破裂する音がした。それでもサンは忍耐の破片を集めてなんとか微笑を崩さなかった。サンがリンとこんな話題で冗談を言って笑えるのも、八関会《はちかんえ》の満月の奇跡の贈り物。サンは正直に答えた。

「そうよね。わたしの裁縫なんて、ばあやでさえずっと前にあきらめたもの。織姫様だって苦労するわよ。針に糸を通すことから覚えなきゃいけないんだもの」

「違うよ。きみはのみこみが早くて何でも一生懸命やる。だから何をしてもすぐに上手くなってしまう！」

急いで誤解を訂正したリンの声は真剣だ。いつもの低く落ちついた声だが、あきらかにいつもより暖かい。サンの胸が幸福でふくらんだ。

『好きよ、リン。わたしがこうしているのは、みんなあなたのため』

そう言ってしまってもいい気がした。

だがサンは、願えばすべて叶いそうな満月の下、ささやかながら満たされた心を感じていたくて、性急に告白する気持ちをぐっと押さえた。

「とりあえず、よかった」

リンが溜息をつくようにささやいた。何が？　リンを見返すサンの瞳が大きくなる。

リンは突然立ち止まった。サンも止まった。リンは考え込むように目を伏せ、サンは彼の唇に視線を向ける。上唇がちょっと薄くてすっきりした口もとには軽薄さがない。リンの口からは、不必要な言葉も不真面目な冗談も出たことがない。まさかその唇から、今夜はいつもと違う特別な言葉が出るのかも。

「サン」

リンの重い口が開き、サンの胸が打ち出した。答えようとするサンの声がおのずと震える。

「なに？」

「きみの言う通りだ。もう屋敷でおとなしくして女の仕事を身につけろ」

「え？」

そういうつもりじゃないんだけど？　訝《いぶか》るサンを見ようとせずに、リンは早口になった。

「もう金果庭には来るな。いや、屋敷の外に出る時はちゃんと供の者たちを連れて行け。一人で外出するな」

「じゃあリンやウォンにどうやって会うの？　うちの召使いたちを連れてどうやって……」

「会わないんだ」

サンは茫然とリンを見つめた。松の香りで、濡れた身体が凍りつきそうだ。サンをちらりと見やったリンが苦しげに額を押さえる。

「私たちはもう子どもじゃない。今までみたいに、ただ遊んではいられない。それぞれにやるべきことや責任がある。邸下は結婚し、婚礼が済んだら祖父の皇帝《カアン》に報告するため大都に行く」

「ウォンが大都に行くと、わたしは屋敷に閉じこもるの？」

サンは、はっと気づいてリンの腕をつかんだ。

「リンも行くの？　だから会わないって言うの？　いつ？　どれくらい長く？」

「いや、私は……今じゃない」

リンは、腕に食い込んだサンのかじかんだ指をそっと開き、自分の手の中に入れてゆっくり温めてやる。

「だが、すぐ邸下について大都に行くだろう。金果庭は閉鎖する。きみが来てももう誰もいない」

「リンに綏靖侯《スジョンフ》の称号が授けられたのは、禿魯花《トルガク》に行くため？」

「禿魯花《トルガク》に、爵位を持つ王族が選ばれやすいのは知っているだろう？」

サンの瞳がぐらぐら揺れる。リンの淡々とした態度がサンを困惑させる。たった今までリンが特別暖かいと感じたのは錯覚？

リンは今、サンに別れを告げているのだ。サンは強く首を振る。

「でも、リンが出発するまではいいでしょ。ウォンがいなくてもわたしたちは金果庭で会ってたんだし」

「だめだ。きみは……」

『危険だから』と言おうとして、リンはやめた。リンはサンをわかっている。サンの身に危険が及ぶからと言ったってサンは屋敷に隠れない。むしろ精一杯外を駆け、世子の敵を探して戦う少女だ。リンはサンの手を握って穏やかに言った。

「きみは屋敷で自分のすることをしろ。会えなくても友情は途絶えない。邸下と私が戻って来て、きみも結婚禁止が解けた頃……」

「その時まで待てない！」

サンが悲痛な叫びを上げた。

「父が今、わたしの婚礼を準備してるのよ！」

「それは無理だ。結婚禁止令に背けば流配だ」

「国王殿下の特別許可を引き出すって。リンとウォンが大都から帰ってきた頃、わたしは誰かの妻にされているのよ！」

その相手とは、リンの兄上。言葉が続かなくなったサンは喉がつまった。サンの瞳を見て、結婚話が本当で、状況が深刻なのを読み取ったリンは言葉を失った。リンの手の力も消えてサンの手から離れて落ちた。頭の中が真っ白になる。

「きみが……」

ややあってリンが口を開いた。

「……突然女人の仕事を覚えると言ったのは、結婚準備のためだったのだな」

「違う。わたしは……」

「最近、父親の監視が厳しくなったのも結婚のため」

「そうだけど、わたしは……」

「ならばよけいにきみは外に出ちゃいけない。婚礼の支度もある上に、外も危険な以上……」

無表情に話しているリンを見ながらサンは呆然とした。今夜の奇跡はすべてこの瞬間のためだったの？　あんなにわたしを感激させて喜ばせ、幸せを感じさせてから、一瞬で奈落の底に突き落としてあざ笑うためだったの？

わたしと遠く離れても、わたしが誰かと結婚しても、リンは別になんともない、悲しみ一かけら、涙一粒なく平然とするのを見せつけるためだったの⁉

「……リンは、わたしが父の言いなりにおとなしく結婚すると思うの？」

茫然自失していたリンが、その声で我にかえると、血の気の失せたサンの顔が目の前にあった。

「わたしは、自分が心から想う人でなければ結婚しない。もし無理強いされたら家から逃げる。逃げて捕まったらその場で死ぬ。わかる？」

「サン……」

「わたしは人形じゃない。親に利用されるために結婚する操り人形じゃない！　わたしは自分の好きな人と一緒に、わたしの思い通りに生きて行く！　わかる？」

「結婚は親同士で決めること。それが嫌だと死ぬ人はいない」

「わたしは死ぬ！　好きでもない人と暮らすなら、死んだほうがまし！」

「娘のきみに選択権はない。それに結婚相手を好きになるかもしれない。たいていの結婚は、親が選んでくれた伴侶者と人生を分かち合ううちに愛を育てるもので……」

「好きな人はもういるわ！」

ついにサンは訴えるように叫んだ。サンの長い髪がリンの間近でひるがえる。

「好きな人はちゃんといるの！　その人でなきゃだめなの！　その人と結婚できなかったらわたしは死ぬ！」

ありったけの思いをこめて訴えるサンは、もどかしさに泣きだした。

リンは心臓がつぶれそうな痛みをもちこたえるため、頬の内側を強く噛んだ。月の光を受けるサンは美しすぎて、だからリンはよけいに苦しかった。全身の感覚が消えてしまったのに心臓だけが激痛で七転八倒する。

その瞬間、痛みが憎悪に変わった。サンの心を奪った男。サンが死を辞さぬほど愛している男への敵愾心の炎が、リンの内側を猛烈な勢いで焼いた。

だがそれも一瞬、リンは自分が凄まじい嫉妬に身を焼かれていることを自覚すると、そんな自分を憎んだ。ありえない自制力で心中の熱気を冷やしたリンは、平静を装ってサンを見た。サンの顔は涙でぐっしょり濡れている。自己嫌悪と、サンがかわいそうすぎて耐えられない気持ちとが、リンの心臓を削りに削る。

「サン……」

リンは唾を飲み込み、まだ言葉が出るのを確かめた。

「……私で役に立つことがあれば何でもする。だからサンが死ぬなんて言わないでくれ」

「役に立つ？　リンが？　何に？」

泣きはらした唇は震え続ける。その唇が欲しいと言いたい衝動に襲われ、リンはつい視線を落とした。そして自嘲した。

『私にとっては相当な衝撃だったのだな、これほど自制心を失うとは』

「きみがどうしても逃げるなら手伝う。だが忘れないで欲しい。逃げたその瞬間、きみは身分を失う。賎民と同じことになる」

「そんなの関係ない。わたしはどんな境遇でも甘受できる。でも……」

サンの黒曜石のような両の瞳は深い絶望に襲われている。

「リンは、わたしを手伝ってくれるの？　わたしが逃げるのを？　じゃあその後は？　わたしが逃げたら、リンはどうするの？」

「きみが思い通りに生きていけるように、仏様に祈るだろう」

リンはまた口の中を噛んだ。すでにめちゃめちゃに破れた口中から血の匂いがふっと漂う。その男と一緒になれるなら賎民でもかまわない？　また怒りが沸くのを抑えようと、リンは深く息を吸い込んだ。

サンもめまいがして倒れかけた。この馬鹿は今、何を言ったわけ？　サンの好きな相手が自分かもしれないとは一瞬も疑わない。そんなことは完全に予想外。ご親切にもサンの逃亡を手伝った後、私は自宅に帰ります、と申し出たのだ！

『リンにとってのわたしは、結局その程度！　彼と逃げると言っても驚かない、誰かとの駆け落ちを喜んで手伝った後は永遠に会えなくても平気。素晴らしい友情だこと、リン！』

足の力が抜けていくサンの腕をリンが支える。そのまま彼の胸に抱かれてしまいたい衝動を必死で抑えると、サンは力の限りにリンを押し返した。

「リンに手伝ってなんか欲しくない。わたしがさっさと死ねるように放っといて！」

殺気走った恨みがましい目でかっとリンを睨んだサンは、一歩ずつ後ずさりした。リンが近寄ろうとすると、サンは激しく叫んだ。

「ついて来ないで！　リンがついて来たら今夜のうちに死んでやる！」

凍りついたように立ちすくむリンから、ぱっと背を向けたサンは駆けだした。はどけた髪、からみつく裳のかたまり、ぶかぶかの外套《トゥルマギ》がサンの足を引き留めるのに必死にあらがい、サンは見る間にリンから遠ざかっていく。やがて月光が差し込まない谷の道を疾走するサンは、完全に闇にまぎれてしまった。

第六章　縁談

国王が酒杯をコトリと下ろした。宦官の崔世延《チェセヨン》が間髪入れず杯を満たす。

チッ、このお追従屋が。王は急に機嫌を損じて宦官をにらんだ。

だが宦官は怯えもせずに笑みを浮かべる。何がお気に召しませんかな？　落ちつき払って尋ねる宦官は、小柄で痩せ型のわりには顔が大きい。きらりとする寄り目がちな瞳が、彼が愚鈍なおべっか使いではない証拠だ。王の心気を損じたのに、むしろ同志のように笑い返すふてぶてしさには、王も打つ手がない。

「また宮廷に戻れて嬉しいか、崔世延《チェセヨン》？」

長年宮廷を牛耳ってきた年配の崔世延《チェセヨン》は、細い肩をすくめて答えにした。王の私生活を支える宦官が王に及ぼす影響力は大きい。

「もちろんまた主上殿下にお仕えできて嬉しゅうございますとも。流配先でも主上殿下のことばかり考えておりました」

ククッ、王は嘲笑した。

「また余から甘い蜜を吸い取れるようになって嬉しい、とな。ならば離島に流されてまた魚釣りをしないですむよう、世子の前では気をつけろ。次は流配では済まぬかもしれんぞ」

「小臣は主上殿下ただおひとりに仕える身です。ほかのお方に尻尾は振れません」

「わかっておる。だから余が帰国して世子を大都に出発させたらすぐ、おまえを復権してやったではないか。そのうち生意気な世子が帰国しておまえがいるのを見たら、あやつは余のところに怒鳴り込むぞ？　『父上、あの毒蛇がなぜ王宮でとぐろを巻いているのですか？　せっかく私が追い出したのに、父上が恩赦なさるなんてありえません』と」

「高麗最高のお方は世子邸下ではなく、主上殿下でいらっしゃいます」

「当然だ！」

バン！　王は酒杯を卓に打ち下ろし、酒のしぶきがあたりに散った。王のひげがブルブル震える。

「余が王だ！　王は余だ！」

宦官はおちついて杯を満たすと肩をそびやかせた。もちろんあなたが王様です、と言うように。しかし王の肩は力無く下がった。衝動的に大声を出せば、無力さに虚しい思いがするだけだ。

「だが、あやつは偉そうに、弊害が大きい役職を廃止しろ、あの不正を裁け、指図ばかりする。あれの母親そっくりに、偉そうにのさばる」

「宮廷に仕える者はすべて主上殿下の臣下です。主上殿下は皇帝クビライ・カアンの婿どので、皇室では皇子の次に高い序列でいらっしゃいます」

「だが、あやつは皇帝の血を受け継ぐ外孫だ。子どもっぽい笑顔は見せかけだ。いつか余の背中に剣を突き立てて王に成り代わる気だ！　あやつの目はいつも言っている。『私は父上のような王にはなりません。私が王になればすべてを改革してやります』と！」

「王の政治とは、端で見るほど甘くはありません」

　王はフン、と激しく鼻を鳴らした。また感情が激してわめき散らす兆候だ。

「甘いものか！　あやつもすぐ悟る。『皇帝の婿どの』の立場での高麗の舵取りがどれほど慎重さを要するか！　近いうちにモンゴルから正妃を押しつけられれば、余がどれほど苦労してきたか、やつも骨身に沁みるはず！　あの若造が！　高麗国を存続させるためにモンゴルとの外交にどれほど気をつかってきたか、これっぽっちも知らない世間知らずが！　そもそも武臣どもの都合次第で王すら取り替えられていた状態から、高麗国の王権を取り戻したのは我が父上だ！　高麗国の存続のため、数多の高麗人がモンゴルの日本攻略に動員されたあげく、皆、日本の海の藻屑と消えた。鷹だろうと名馬だろうと貢乙女《みつぎおとめ》だろうと、献上できるものはすべて捧げてやっと保てる国が高麗だ！　わかるか、イジルブカ！」

　興奮し過ぎて息が荒くなった王の顔は土気色《つちけ》だ。王は老いを実感した。モンゴルとの長い戦争中に避難していた江華島《カンファド》、そして都の開京《ケギョン》に戻り、妻の父のモンゴル皇帝が統治する大都への往復。旅から旅への日々で高麗国を守り抜いたのに、残されたのは苦々しい記憶と恥辱と無力感、老いてしまった肉体だけだ。

「すべてが虚しい。崔世延《チェセヨン》、虚しいものだ……」

「殿下、殿下！　政務に御熱心なあまりお疲れになっただけです。少しお休みになれば、気力を回復なさいます！　実はこんなこともあろうかと、御用意したものがございます」

王が酔った目をとろんと開けた。ネズミのように光る崔世延《チェセヨン》の目は自信に満ちている。宦官の思惑を読みとった王は、馬鹿馬鹿しいと笑った。

「ふん。王惟紹《ワンユソ》が大都に行った隙にその妻を金呂《キムニョ》が献上したから、対抗意識を燃やしたわけか。だが余は飽きた。女には食傷した」

「いいえ、今夜は特別な逸品です。必ずやお口に合うことと存じます」

「そこまで余の機嫌を取って、何が欲しいのか？　まだ領地が要るのか？　官位に不足があるのか？　権力が欲しいのか？」

「ただ殿下がお気に召してくだされば、それにまさる喜びはございません」

王は空笑いした。宦官たちは競争のように夜毎に美女を押し込んでくるが、王はもう疲れてしまい、彼の男性はよけいに萎縮する。それなのに身体が枯れていくほど欲望は渇《かつ》える。

「では美味かどうか、一口ぐらい味見するか」

王は椅子にもたれてひげをしごいた。崔世延《チェセヨン》がさっと下がり、部屋にひとり残された王はまた酒を飲んだ。身体は疲れ酒量は多く、うまくいく可能性はあるまい。

『こんなに気の張る面倒ごとを、なぜ受け入れてしまったのか』

身体がけだるい。椅子の端まで腰がずり下がった王はほとんど仰向けだ。まぶたが落ちかかった頃に、扉が開いた。空気が変わったので人が来たのを知った。奇妙な香りだ。いつもの気品のある香りとは違う。ねばつくように不思議で甘い匂い、肌を燃やす熱さ、消えた欲求を揺り起こす野性の強さ。王は目をとじたまま鼻と耳を集中した。軽い絹ずれがゆっくり近づいて来る。それにつれて、王の血流を速める匂いも濃厚になる。

王は目を開けた。今夜の逸品は、今まで見たこともない不思議な姿をしていた。その意外性が、冷たく乾いていた欲望の泉をうずかせた。

王の前に立った彼女は羽織っていた衣を一枚脱いだ。すると、長く短くひらひらする薄い細布で作った奇妙な衣をまとっていた。その薄物はからだを隠していない。からだに無数の糸が垂れ下がっているようだ。王の視線はまず、娘の硬い下腹と豊かな太腿が出会う場所のきれいに揃えた黒い茂みに刺さったが、すぐに細布の衣をまとめる帯の上に向いた。細布の隙間に高く突き出る豊満な乳房の頂点に、二つの小さな赤い実が熟している。

口いっぱいにあふれる唾を飲み込んだ王は、娘の黒目がちの瞳に魅入られた。男の精気を吸い取り、身体から発するものをすべて飲み尽くす魔性の瞳。王は思わずうめいた。彼女はかすかに微笑むと、持って来た容器を卓に置いた。

「それは……何だ?」

王はゆっくりと尋ねた。女など何百人も相手にしてきた貫禄で、たやすく興奮には溺れない。しかしプヨンは王のひげがこまかく震えるのを見た。

「お疲れでこわばったお身体をほぐす香油です」

長く引き伸ばす言葉が印象的に耳に残る。

「ふん、余のからだが思わしくないから、あれがまともにできないと心配したのか?」

王はしらけたようにからんだ。だがプヨンはほほえみ返し、両手を容器に深く浸した。

「あれが何か、あたしは知りません」

「何だと？」

「あたしは王様のお疲れをお癒やしするために参りました」

彼女は手のひらいっぱいに香油をすくう。王はつい起き直った。

「どういう意味だ？　ただ揉むだけで帰るのか？」

「始まりはそうです」

王の衿をくつろげるとばかり思っていた彼女の手が思いがけないところに向かったので、王はとろんとしていた目を見開いた。彼女は自分の乳房をもみ始めたのだ。波打つ二つの乳房に比べてとても小さな手が、王の目前で自分自身を撫でまわして見せる。香油でつややかになった乳首をこすって尖らせる指、半ば開いた紅い唇、かわるがわる見た王の心臓がどきどき打ちだした。

「始まりがそうなら、その次は？」

「王様に従うだけです」

あえぐように語尾を長くのばした彼女が、王のすぐ手前にひざまずいた。王が手を伸ばしたが、彼女は王の手に胸を任せない。彼女は大胆にも王の夜着を開いて胸をあらわにすると、自分の乳房を強く押しつけて揉みまわした。見事なふくらみが王の胸を上下にすべり、乾いた皮膚にしっとり香油を塗る。いつほどけたのか王自身も気づかぬうちに、下衣が彼女の胸に押されてはずれ、王の足の間に座を占めた彼女は大胆に乳房を合わせて彼をはさんだ。弾力ある胸に無惨に挟まりよじれた肉が悲鳴をあげる中、彼女は顔を下ろし、真っ赤な唇でその先をそっと噛む。全身の血が一ヵ所に押し寄せる感覚に、王は戦慄した。こんなに簡単に復活するとは！　それも酔った状態で！　王は太腿の間に顔をうずめる彼女に目を見開いた。

「殿下はとてもお強くてあられます」

突然彼女が胸を離した。力に漲った男性が暖かいくつろぎの場所を探してくねる。かわいそうね、というようにプヨンが指で撫でてやりながら吐息をついた。

「あたしのお役目、もう終わってしまいましたわ！」

「違う。おまえの役目はまだたくさんある」

退こうとする彼女を、王はすばやく足ではさんで捕まえた。あら！　彼女が恥ずかしがるふりをして身をよじると、乳房が王の内ももに香油を塗って揺れ動く。

「続けろ。ずっと」

「何をでしょうか？」

小さく硬い乳首が男性に戯れるようにかすめる。王の目はすっかり輝いてきた。王は椅子のひじ掛けをつかみ、驕慢に尻を浮かせた。

「おまえのやり方で、思いきりやってみよ」

白く長いひげの中で声が出た。プヨンが顔を下ろすと、ぐっと噛みしめた王の唇からふうっとというしわがれ声が漏れた。彼女の大胆な始まりが、王のしおれた欲望を完全に復活させたのだ。

王も房事にかけては経験豊富だ。もともと頭脳明晰な王は、政治に力を振るえない分を狩猟と女で発散した。たくさんの女との交わりに飽きてくると、豊かな想像力でさらなる痴態や欲望を求めるようになった。だが王の前に出る女はみな王を恐れ、なすがままになるのが勤めだと信じていた。王が真に求める淫らな遊びに大胆に応じた女はいなかった。王の望む痴態を理解し、王のために進んで実行したのは彼女が初めてだ。彼をあっという間に復活させ、見事に応えてくれる運命的な相手についに出会えた！　初々しい少年のように王は溜息をついた。

プヨンはほほえみ続けた。喉がむせても彼女は笑う。口で笑えなければ瞳で。嬉しくて楽しくてたまらないように、ひたすら笑顔で舌をうごめかせ、乳房をこすりつけ、尻を振った。

『宋璘《ソンイン》様、すべては宋璘《ソンイン》様のため！』

最初から最後まで、彼女の頭の中は宋璘《ソンイン》だけだ。彼女の身体の下であえぐのも、彼女の乳房と尻を荒々しくつかむのも、彼女にとっては王ではない、宋璘《ソンイン》だ。自分の秘所を焼く熱い肉体は宋璘《ソンイン》のものだという幻想に閉じこもり、無事に絶頂に駆け上がらせ、すべてを吐き出させる奉仕に成功した。最後の最後まで、彼女は心の中で宋璘《ソンイン》を呼んだ。

彼女と並んで寝台に横になった王は充実感に満たされた。

これまでの思うに任せなかった人生はたんなる前触れ、今、真に生きがいのある人生が始まったのだ。王の肩に頭を寄せる彼女を見て、王は久しぶりに心の平穏を味わった。

「美味であった。崔世延《チェセヨン》の言った通り、逸品だ」

王がくすくす笑ったので、彼女は純真な瞳で見上げた。王の濁った目が淫蕩に光る。

「今日、おまえの才気をすべて見たとは思わない」

「もっとお見せすることをお望みですか」

「もちろん！　すべて見せよ。おまえにできることをすべて」

「すべてお見せしたら、次はどうなりましょう？」

「さあて……どうすればいいかな？　また最初から始めるか？」

「王様とあたし、二人で新しい遊びを作りましょう」

彼女は恐れ気もなく足を上げると王の太腿をはさんだ。王の口がほころんだ。

「新しい遊び……それもよかろう」

「ではあたし、朝まで王様のお側にいるお許しを頂けるでしょうか？」

「朝まで？　何を言う！　おまえは余の側を離れられぬ！　明日も明後日《あさって》も明明後日《しあさって》も余はおまえを離さぬ。夜も昼も狩りの時も、おまえは余のもとに居よ！」

「ではたくさんの遊びを作りましょうね」

彼女の声色に、身体はともかく情欲はすぐさま生き返る。王は豊かな乳房をがぶりとほおばった。

「おまえは誰だ？　おまえはいったい何者だ？」

「何でもありません。ただ一夜、殿下にお仕えする光栄を賜っただけの宮女です」

「違う、おまえは特別だ。誰とも比べられない女だ」

王は乱暴に覆いかぶさった。口からはみだす乳房に埋もれ、飢えたように吸って舐めると、もうたまらない。王がもう少しだけ若ければ再び燃えあがれたのに！　甘い乳首を飲み込むように吸っていた王が、哀願するように言った。

「余の側にいてくれ」

「でも皇女様に知られたら、あたしは命がなくなります」

「余の側から一瞬も離れるな。皇女に襲われる隙がないように。何でもおまえに与えよう。皇女に負けないようにすべてを、すべてを与える！」

王のひげが肌に吸い付き、王の口が胸にむしゃぶりつく。彼女の奇妙な仕草、耳に沁み通るしんなりしたあえぎ声、不思議で淫らな香りに恍惚とした王は、やがて気力が尽きて倒れた。押し寄せる睡魔と戦いながら、まだ乳房を含んだ王はつぶやいた。

「名前、名前は何か？」

「そのようなものはございません。あたしはただ王様のものというだけ……」

「では余が名前をつけてやろう。……誰とも比較にならないおまえは、無比《ムビ》という名にしよう。今日からおまえは無比《ムビ》だ……」

王の頭が彼女の胸からすべり落ちた。プヨンは寝台で眠りについた王を横目で冷たく見据えた。砂漠のように空虚な彼女の瞳から涙がぽろぽろこぼれ落ちた。

◉

広い王宮の庭で、タンは最初の王妃だった貞和宮主《ジョンファグンジュ》に会いに行く道すがら、ふと立ち止まった。タンに挨拶をするように、風で一本の枝が長く垂れたのだ。まだ春と呼ぶには早いのに、若芽がまばらに生えているのがけなげに見える。この生命が青々と育つ頃には、彼は戻って来るかしら？

大都に行った世子を慕うタンは突然悲しくなった。タンは帯に下げた金の鈴にさわった。しゃらんしゃらんと、彼女を幸せにする音。世子が皇帝に結婚報告のために旅立った後、八関会《はちかんえ》の夜の思い出だけが、王宮でひとりぼっちのタンの唯一の支えだった。

「なんて生意気な女なの！　世子妃様の御前を、御挨拶もせずに横切るなんて」

おつきの宮女の怒りのこもった声がした。タンもそちらを見た。貞和宮《ジョンファグン》につながる道を、王妃にも劣らぬ華麗な装いの若い娘が六、七人の侍女を従えて歩き過ぎる。

「あれは？」

ささやくようにタンが尋ねると、年配の尚宮《サングン》が、気に入らなげにそっけなく答えた。

「……新入りの宮女です」

「宮女があんな身なりで何人も侍女を連れ歩くの？　どんなお役目かしら？」

「お役目なんて！　ただ国王殿下のお世話をするだけです。きれいな顔と身体のおかげで、御殿とたんまり財産を賜った不埒でいやらしい女です。国王殿下が昼夜わかたず抱いて戯れ、ちょっとの間も手放しません。おかげであの娘の御殿につけられた侍女たちは、夜ごとに響く淫らな声にびっくりして、はずかしくて耳をふさいでも眠れないとか」

「おやめなさい」

顔を赤らめたタンが止めた。

「国王殿下が大事になさっている者について、あれこれ言うものではありません。主上殿下に不忠を犯す、罪なことです」

「殿下にお仕えする女人なら今までずいぶん見てきましたが、それについて何か申したことはございません。ですが、あの娘だけはいけません。男を誘惑して贅沢三昧するために生まれた女です。メスの匂いを振りまいて歩くものだから、宮廷の百官がみんな目を見張り、宦官すらよだれを飲むと。よっぽどの技巧だから、無比《ムビ》なんて名前を賜ったのでしょう。あんなのが主上殿下のおそばに居座っているところに、大都から皇女様がお戻りになられたら、一波乱ありますよ……」

尚宮が深く眉をひそめたのでタンも不吉な予感を読みとった。目を上げると無比《ムビ》という宮女はすでに消え、麝香《じゃこう》の匂いがほのかに漂っていた。貞和宮《ジョンファグン》に入ってもその匂いが消えないようで、タンは不快になった。

貞和宮主《ジョンファグンジュ》は窓辺にもたれて灰色の庭を眺めていた。歳月と心労で憔悴した姿が、さっき見た若い寵姫無比《ムビ》とは正反対なので、タンは胸が痛んだ。

「伯母様」

タンが静かに呼ぶと、初老の王妃は振り返った。

「幽閉暮らしの婆《ばば》のところに、世子妃が来てくれたのだね」

「外はまだ寒いですわ。窓をお閉めしましょう」

「寒い？　私の心よりは寒くないよ」

「伯母様……」

いたましさにタンは喉がつまった。昔の美貌の片鱗が残る貞和宮主《ジョンファグンジュ》には、若い愛妾にはない気品がある。姪の濡れた瞳を見た宮主は、笑って自分で窓を閉めた。

「伯母と呼んでもらえるのは嬉しいねえ。王宮に身内がいると思うと元気が出る」

「ではわたしのことも元気にしてください。世子妃じゃなく、前みたいにタンと呼んで」

宮主の口もとのしわが深くなった。

「タン」

返事のかわりにタンはきれいにほほえんだ。貞和宮主《ジョンファグンジュ》は嬉しそうに彼女の小さな手をとり、卓に導いて座らせた。宮主は黙ってタンを見つめていたが、ぽつりと言った。

「タンまで王宮に入らなくてすむよう願っていたのにねえ」

なぜ？　タンは目を大きく見開いた。

「結局私のようになってしまうからね」

「伯母様、わたしが来たくて来たのではありません。邸下が選んだのです」

「だけどタンは選ばれて嬉しかった。そうだろう？」

「……邸下を信じます」

宮主が溜息をつくように笑いを漏らした。いたましく見えるのはタンのほうだ。

「何を信じるというのかい？　世子の心を？　貢乙女《みつぎおとめ》に行くそなたを妻として連れ戻してくれたんだから、一生心変わりしないと？　いい子だね、国王殿下もそう言われたよ。いつまでも私だけを愛するのが口癖だったのに」

「伯母様が心配するのは、邸下がモンゴル帝国の皇女と結婚すれば、わたしがその下になるということでしょう？　そして邸下の気持ちとは関係なく、わたしも陥れられて幽閉されて、二度と邸下に会えなくなる？　それでもいいの。今はわたしが邸下の妃だから」

「それで満足だと？」

「邸下が妃にしてくれたことだけで、わたしは一生を生きられます」

「タン、ああ、タン！　そなたは本当に子どもだね」

貞和宮主《ジョンファグンジュ》は強く首を振った。

「夫の胸に抱かれているのが今はタンだけだから、そう言えるのだよ。苦しいのは、二度と会えないことじゃない！　タンの夫が、タンに愛していると言った唇で他の女にくちづけし、タンにふれた手でほかの女たちと戯れる。タンが寂しい夜をまんじりともせず明かしても、タンの夫はそういう女たちの胸を枕に安らかに眠るのさ……」

あけすけに言う伯母の前でタンは赤面した。といいつつ、タンはちらっと笑った。伯母の心配は先走りだ。もちろん姪がまだ処女だなんて想像もできないだろうけど！　愛してると言った唇？くちづけした手でさわってたわむれる？　胸を枕？　タンにすら指一本ふれない彼が、どうして他の女にそんなことができるだろう？　タンが純真なのと同様、世子だってまだ男女の秘め事に疎い少年なのに。タンは、はっきりと言った。

「邸下は違うわ」

「違う？　まさか！　男なんてみんな同じ。そなたの母親は何も教えなかったのかい？」

自信に満ちた姪の瞳に、宮主はあきれたように笑いだす。伯母が何を言っているのかはわかる。

男は我慢ができなくて、愛する女人がいても別の女に手を出す生き物だとは聞いている。でもタンの彼は違う。愛する女人にも抑制できる、稀な男なのだ。

『妹はまだ幼いから急がない』

同牢（婚礼の後、新郎新婦が食事をいっしょにとる儀式）の後、タンの衣を脱がせるかわりに、ウォンはタンの耳にささやきかけた。緊張しきって婚礼儀式をやりぬいたタンは、そんな夫の格別の思いやりのおかげで初夜をぐっすり眠れた。

もちろんタンも期待はしていた。帯に金の鈴をつけるために指がふれたぐらいではない、もっと秘めた、甘い、強烈な何かがあると思っていたのに。

でも今日でなければ明日、明日でなければ明後日、その『何か』があると思ってタンはずっと待っているのに、夫はいつも自制した。夫は世間一般の男とは違う、特別なのだ。……と言えば高貴な国王殿下が世間並の男になってしまうけど！　タンは伯母を見てきっぱり首を振った。

「あの方は違うの。伯母様」

宮主はタンの頬を静かになでた。

「タンにはまだわからないのだね。……国王殿下とモンゴル皇女は政略結婚。でも殿下の心は私にあると信じてた。もちろん若い皇女と寝室で何もせずにはいかないだろうけど。殿下は私にすまないと言われたけど、私は本当に平気だった。だから皇女が世子を産んだ時、私のほうからお祝いの宴まで開いてあげた。皇女のためじゃない、殿下のために。それなのにあの皇女は……」

伯母が悔し泣きしたこの話を、タンはもう数え切れないほど聞かされてきた。伯母は宮中に入ったばかりのタンをいたわるはずが、自分の不幸を嘆きだした。こうなったらもう最後まで黙って聞くしかないと、タンは経験上悟っている。

「王宮の東側といえば王と正妃の御殿の意味。だから私の御殿の東に長椅子をしつらえて王と皇女の席を並べてあげた。私の席は二人と向かい合う西にした。

そうしたら、『上座は普通は北なのに、皇女の席が東なのは、西の私が皇女と対等だと言い張ってるからだ』って、皇女の侍従が私を中傷した。無知な皇女がそれを信じて癇癪を起こしたせいで、私はひざまずいて謝罪させられたのだよ。そんなめちゃくちゃなことを正視できない殿下の表情が暗くなったら、皇女は『私の何が悪いのよ』と殿下にまでくってかかる。数え十六の小娘が泣いてわめいて宴会は最悪。その後で皇女は、私が皇女に呪いをかけたという濡れ衣を着せて幽閉し、二度と殿下に会えないようにした」

あの日の記憶がよみがえって心が高ぶった貞和宮主《ジョンファグンジュ》の目に涙が浮かぶ。怒りに震える唇に、だが凄絶な微笑が浮かんでくる。

「そこまで私を侮辱しても、高麗の人々はまだ私を正妃だと思っている。爵号を貞信府主《ジョンシンブジュ》に格下げしたって、みんな私を宮主様と呼ぶ……。皇女はどうしたって私に勝てない。だからほかの妃や愛妾を無視して、私だけを目の仇にするのさ、わかるね、タン」

タンは目を伏せて卓にかけた絹の模様を見るばかりだ。タンはこういう話は痛々しくて聞くのがつらい。でも独りぼっちの伯母様だもの、聞いてあげなければ。

その時、貞和宮主《ジョンファグンジュ》が急に卓布をわしづかみにすると興奮して大声をあげた。

「いいかい、私を愛していた殿下はね、その後は人妻、妓生《キーセン》、宮女の区別なくむさぼっておられた。それは私に会えない心の痛みからだと理解もしてさしあげた。でも違った。殿下は私のことをすっかり忘れておしまいになった」

「まさか！　心の虚しさから、周囲が献上する女人の相手をしておられるだけでしょう」

「タンは聞いてるかね？　新入りの宮女」

「……無比《ムビ》でしょうか？　その宮女だって、どうせすぐに飽きられるでしょう」

ところが伯母は首を強く横に振る。

「違う、あの無比《ムビ》は違う！　殿下の寵愛が深いとか、そんな類じゃない。いいかい、国に王様が必要なのは、国父として国土や民を守るためだ。それなのに高麗の国王殿下が軽はずみにも『無比《ムビ》に出会って真の人生が始まった！』とおっしゃったのだ。外交関係に大事な皇女のことも、国の母として民が慕う私のことも、すっかり忘れて。自分の人生の意味は女だと言い切ってしまえば、もう誰も国王としてお仕えしなくなる……。そこらの男と同じだと軽蔑されるだけ……」

誰かに立ち聞きされると困る話に進んでいくので、タンは急いで話を変えた。

「伯母様、今日わたしをお呼びになったのは、何かわけがあったのでしょう？」

貞和宮主《ジョンファグンジュ》は、はたと本題を思い出し、そのとたん、瞳が元気を取り戻した。

「そうそう。大事な話があったのだよ！　実はタンの母上が、折り入って私に相談したいと手紙をくれてね。夫の姉である私の考えを聞きたいと。それならタンも一緒に聞いたほうがいいし。そろそろ母上も着く頃だわね」

「お母さまが相談を？　何かあったの？」

「大事なことだから身内の間で話し合いたいと。だから私の娘夫婦……静寧院妃《ジョンニョンウォンビ》と斉安公《ジェアンゴン》も呼んでいる」

相談を受けた伯母は、一族の最年長者として頼られたことで自信を回復し、親族会議を開くことにしたのだ。しばらくすると、タンの母が末兄リンを連れて訪れた。

「世子妃様！」

婚礼以後、母である西原候妃《ソウォンフ》とタンはこの日初めて会えた。母は娘に敬語を使いながらも嬉しそうに手を握り、タンは思いがけず母に会えて声が詰まった。宮中で一人ぼっちの寂しさとわけのわからない悲しみが、母と向き会ったとたんに胸にこみ上げてきた。タンは涙をおさえて母を抱きしめ、懐かしい匂いに浸った。

そして静寧院妃《ジョンニョンウォンビ》と斉安公《ジェアンゴン》夫妻も到着した。近しい親族同士の話し合いだ。

皆がお茶を味わって軽い近況報告もあらかた済むと、タンの母が話を切り出した。

「実は、次男のジョンに縁談が来たのですが……」

「おや、めでたいこと。で、都で一番の美形を夫にできるとは、さぞや立派な家の令嬢であろう？」

姻戚によって家同士の絆を広げたり強めたり、上手にまとめることが一族の女性長老の証だ。ところがタンの母は暗かった。

「それが……寧仁伯《ヨンインベク》の一人娘です」

貞和宮主《ジョンファグンジュ》と国王の間に生まれた王女、静寧院妃《ジョンニョンウォンビ》がすかさず聞き返した。

「えっ、顔に傷があるという？　しかもごうつくばりの寧仁伯《ヨンインベク》の？　ジョンがそんな娘をもらうわけないでしょ」

「それが、ジョンがその娘がいいと言いまして」

意外な答えに、皆、しばらく押し黙った。沈黙を破ったのは斉安公《ジェアンゴン》だ。

「顔の傷は嘘だという話もあります」

貞和宮主《ジョンファグンジュ》は首を振った。

「王族など名ばかり、ただ賄賂で爵位を得た成り上がり者。……ジョンの父親こそ、あのような輩を嫌っていたではないか」

「主上殿下が、『婚姻禁止はまだ解けないが、特別に両家の結婚を許可する』と、ジョンにささやいたそうです。夫は『主上殿下の意には逆らえない』と言うだけで……」

それで困ったタンの母が、親族に相談を持ちかけたのだ。

静寧院妃《ジョンニョンウォンビ》が推しはかる。

「去年、もともと皇女は寧仁伯《ヨンインベク》の娘を貢乙女《みつぎおとめ》に指名したんでしょう？　だから皇女と世子がまた大都に出発した留守に、寧仁伯《ヨンインベク》が賄賂をばらまいて結婚を急いでいるわけね」

タンの母は途方にくれる。

「財産に目がくらんであんな家と縁組みしたと後ろ指をさされるのは我が家です。しかも、貞和宮《ジョンファグン》主《ジュ》様と寧仁伯《ヨンインベク》。皇女に憎まれる家同士の縁組みは危ないのではないでしょうか」

タンが同意を求めるように末兄を見た。

「でも、ジョン兄様は結婚したいのでしょう？　難しいけど、当事者の気持ちが大事ではないかしら？」

リンは蒼白で答えない。タンの質問に続いて王女がリンを見た。

「なぜジョンが結婚したがっているのか知っていて？　王室以上だと噂される財産目当て？」

リンはやはり答えられない。母がリンをかばった。

「リンも今ここで聞いたばかりなので驚いて……。まだ長男夫婦にも話していないのです」

王女がもどかしげに結論をつけた。

「父王には私から、その娘の結婚禁止を解かないように言いますわ！　ジョンが本当にその娘が気に入ったならともかく、財産に目がくらんで世間の笑いものになるなんて許せない！　だいたいジョンはその娘に一度でも会ったのですか？」

嫁候補の家は気に入らないが、次男が軽薄だと言われるのもつらい、母は困った。

「会っていません……。娘の傷の真偽もジョンは知らないらしくて……」

斉安公《ジェアンゴン》が助け船を出した。

「その娘は貧民に衣食をめぐみ、みなしごや年寄りの世話をしているとも聞いています。都では、父親とは大違いの評判のいい令嬢です。その話はリンも聞いていないか？」

「……事実です。貧民を熱心に助けています」

リンは重い口を開いたが、すぐに黙り込んだ。別なことを考えているように、リンの瞳は空虚だ。

次兄の恋なら叶えてやりたい妹と、相手の父親が気に入らない母や伯母たちとの議論は堂々巡りだ。

結局、国王が裁可し、ジョンの父があきらめ、当事者ジョンが望んだ以上、結婚するしかないのかも、という空気になる。

貞和宮主《ジョンファグンジュ》が話の締めくくりに言った。

「……その令嬢に誰かが一度会ってみてはどうかの」

母が二の足を踏むと、静寧院妃《ジョンニョンウォンビ》が代わりに会ってみようかと言った。するとタンが言い切った。

「わたしが会います」

タンがあまりにはっきり言ったので、王女もつい引っ込んだ。

『ジョン兄様の恋人を守れるのは、わたしだけ!』

恋を知り、恋をしているタンは使命感に燃えた。

「ではタンに任せるよ。きちんとした娘なら受け入れよう。家同士の縁組ではなく、本人たちの縁だと考えて」

貞和宮主《ジョンファグンジュ》がまとめて、話し合いはお開きになった。その後は貞和宮主《ジョンファグンジュ》の皇女と国王への愚痴が再開された。タンはいやになるほど聞かされた話なのに、タンの何十倍も聞かされている母や王女が熱心に相づちを打つのには驚かされた。王宮の女人の獄・冷宮に宮主が幽閉されていた時代、冤罪で苦労した斉安公《ジェアンゴン》まで熱心に語りだすと、タンは頭痛がしてきた。ふとリンを見ると、兄がそれとなく目配せをしていた。タンは眉を上げて尋ねる。

『わたしに話があるの？』

リンがまばたきで答えた。二人だけで話したい、と。

やがて皆が立ち上がると、タンは「世子邸下からリン兄様に伝言が届いている」と口実を作って、リンを自分の御殿に連れて行った。だが、リンがまだ座りもしないうちにタンは釘を刺した。

「ジョン兄様の縁談のことなら、わたしは賛成よ」

リンは立ったまま椅子の背に手を置いて唇を噛んだ。

いつも隙のない兄が何も言えなくなったので、タンはちょっぴり勝った気分だ。でも愛するリンを困らせたくないので、すぐに話を続けた。

「リン兄様も、ジョン兄様の縁談に反対なの？」

「私は……」

リンは口ごもって頬の内側を噛む。リンがこれほど話しにくそうな様子は見たことがない。

「ジョン兄様は世子邸下を嫌っている。世子邸下の妃のわたしの立場はリン兄様の味方よ。でも結婚となると……。好きな人がいるのに家族に反対されてできないなんて、ひどすぎる。もちろんリン兄様も好きな人がいたら、わたしも応援するわ。でも今回はジョン兄様が本気で結婚を願って……」

「ジョン兄上の結婚は、恋とは無関係です」

リンは厳しく言い捨て、苛立たしげに室内を行きつ戻りつする。妹の顔を見ないようにしてリンは付け加えた。

「私が反対する理由は、世子妃様と同じ理由です。兄上も相手の令嬢も、お互いへの恋愛感情がまったくありません」

「どういうこと？」

タンは眉をひそめた。

「なぜリン兄様に二人の気持ちがわかるの？」

「事情があって説明できませんが、恋愛によって結婚話が持ち上がったのではありません」

「他人がどうしてそう決めつけられるの？　世子邸下がわたしを想ってくださっていたことも、リン兄様は知らなかったじゃないの？　いつも邸下のそばにいたのに」

言い返すタンの頬に羞じらいの赤みがそっとさした。リンは乾いた唇を舌で濡らした。これ以上、遠まわしに言っても進まない。

「わかりました。ジョン兄上の縁談については何も言いません。ただ世子妃様にお願いがあります」

「お願い？」

「寧仁伯《ヨンインベク》の令嬢に会う時、私も彼女と二人きりで話せるようにしてください」

「ええっ？」

びっくりしたタンは耳を疑った。リンは妹と目を合わせ、低くはっきりした声で繰り返した。

「寧仁伯《ヨンインベク》の令嬢と会わせてください」

沈黙が続いた。兄妹は真剣勝負のように、自分の意志を相手の瞳に通じさせようと戦った。ついに妹が口を開いた。

「座って、お兄様」

タンはリンをまっすぐ見て尋ねた。

「わけを言って」

「この縁談が進めば、その令嬢が自殺するからです。一刻も早く彼女に会って話し合わなければ。彼女を死なせるわけにはいきません」

「ちょっと待って！　意味がわからないわ。なぜ彼女が自殺するの？　それになぜ彼女の生死を心配するのがリン兄様なの？　全部話して。わたしがわかるように！」

「……八関会《はちかんえ》の夜、私と邸下と一緒にいた少女を覚えていますか？」

タンはさっと髪の毛が逆立つ感じがした。忘れるわけがない。あの令嬢がいなければ、あの夜の邸下との思い出はできなかった。

「あの令嬢は世子邸下とお兄様の親友だと聞いたわ。彼女が寧仁伯《ヨンインベク》の令嬢なの？」

「はい」

「顔に傷はなかったわ？」

「斉安公《ジェアンゴン》が言った通り、貢乙女《みつぎおとめ》逃れのために寧仁伯《ヨンインベク》が嘘をついたのです」

「その令嬢が自殺って……縁談がそれほどいやで？」

「はい」

「でもお兄様はこの縁談についてさっき初めて聞いたと……？」

「八関会《はちかんえ》の夜、彼女が言いました。『結婚を無理強いされている、家出したい、逃げきれなかったら自殺する！』と。さっきわかったのは、その相手がよりによってジョン兄上だったことです」

「でも自殺なんて……みんな親が決めた通りに結婚するのが常識でしょう？」

「私は彼女をよく知っています。彼女は口先だけのことは言いません。不幸なことが起きる前に助けなければ。そして今彼女を助けられるのは私だけです」

「助けるって、どうやって？　本当に逃がしてあげるの？」

「逃げるしかなければ逃がします。でもその前に彼女に会って話さなければ。八関会《はちかんえ》の後、ずっと会えずにいるのです。世子妃様が助けてください、どうか」

タンは驚いてリンを見返した。こんな不安定な瞳をタンに向けるリンなど、見たことがない。うぅん、前にも一度だけあった。八関会《はちかんえ》の夜、令嬢が暴漢にさらわれたと聞いて度を失ったリンの姿が重なった。あっ！

気がついたタンは、姉のようにやさしく尋ねた。

「その令嬢は、リン兄様にとっての特別な人なのね？」

「……邸下が言われた通り、たんなる友だちです」

タンに見つめられたリンの瞳が揺れて下を見る。その困惑した表情でタンは悟った。新しい情熱と使命感が胸に火をつけた。リン兄様が愛していた令嬢に、ジョン兄様が求婚したなんて！でも令嬢はジョン兄様との結婚は死ぬほどいやだと訴え、令嬢を愛するリン兄様は見ていられずに令嬢を逃がして破談に持ち込もうとする！　恋とはなんて美しいの！

タンはリンの恋に同情するあまり、令嬢とリンは愛し合う仲だと思い込んでしまった。すっかり気持ちが高揚したタンは、ジョンも令嬢と結婚したがっていることをすっかり忘れてしまった。

「わかったわ、リン兄様」

リンの表情が素直にほっとした。それでタンの胸はいっそうせつなく揺れた。

兄が帰ってからも、タンは気持ちが焦り、居ても立ってもいられなかった。

『まさか、リン兄様が！』

世子にしか関心ない氷のようなリンが、誰かを愛して胸を焦がすという事実に、タンはすっかり感動してしまった。

『もし邸下がこのことを知ったら……』

タンはこみあげる感情のあまり、窓をぱっと開け放した。

もし世子が知ったら、今タンが決心したように、恋に落ちた二人を助けてくれるだろう。会わせるだけじゃなく、一緒に逃がしてあげるかも。じゃあ、わたしもそうしなきゃ！

タンの熱くほてる頬に、外の冷たい風が快い。自分とは関係のない他人の人生にこれほど心動かされるという事実に、改めて不思議な気持ちがして、タンはこの驚きを世子とわかちあいたかった。

今すぐに。

◉

ユーラシア大陸に広がる強大なモンゴル帝国。多くの地域《ウルス》が集まる帝国で、中国部分は大元国《ウルス》という漢字の国号を持っていた。モンゴル帝国全体を支配するカアンは、大元国の皇帝も兼ねる。

クビライ・カアンは大都に豪壮な宮殿を建てたが、その内部に広い草原を残した。遊牧民の誇りを忘れないように、そこにわざわざ幕舎《オルド》をしつらえて暮らしている。祖父チンギス・カンの『移動しない者には死があるのみ』という教えに従ったのだ。

だが八十歳も近いクビライ・カアンは、都の暮らしに馴染んだ孫や曽孫が、詩文や哲学を重んじる中国文明に影響されて勇猛なモンゴル戦士の自覚が薄れていくのに不安を感じている。

モンゴル帝国のカアンが戦場で軟弱では各地域《ウルス》が離反する。といって大元国皇帝に高い徳と学識がなければ、その手足となる官僚が従わない。勇猛さと学識、双方に勝れる者は誰かと、クビライは自分の後継を心配していた。それだけに、二つを兼ね備えるウォンを寵愛していたが、外孫で高麗国の王世子ではカアンになれない。

ウォンは大都に着くとカアンの皇宮に伺候し、美しい庭園で思いにふけりつつ、謁見を待っていた。ウォンは、はやくも高麗に帰りたくてたまらなかった。そう口に出せば『やっぱり新婚、妃が恋しいんだな』と笑われそうだが、それは違う。八関会《はちかんえ》から全然会えないサン、どこか暗く見えたリン。この二人がウォンの神経に絶えずひっかかるのだ。

ウォンは特にサンが気になっていた。冷静なリンなら何があっても自力で解決できる。だがサンは一途で感情的で衝動的だ。どっちへ走るか予想がつかない。気まぐれで無謀で勇敢な冒険家。リンに、サンの面倒をよく見てくれと繰り返し頼んでは来たものの、二人はいつも対立する。サンの挑発をリンが冷静に無視するから喧嘩にはならないが、リンに無視されたサンはよけい熱くなり、かっかと怒ってしまう。

『あいつら、おれがいないとだめなんだから！』

ウォンは握った手の中で小さな玉をもてあそぶ。八関会《はちかんえ》の夜にサンを想って選んだ、こまやかな珊瑚で飾った玉。タンになぜか後ろめたくて隠したが、ウォンはこの珊瑚の玉を肌身離さす持っていた。サンを想って手のひらで転がせば、珊瑚の玉がサンのように見えてくる。

「イジルブカ！」

背後から大声で呼ばれた。ウォンは、さっと玉を袂に隠して振り向いた。ウォンより年下なのに、一人前のたくましい胸板と前腕が誇らしげなカイシャンだ。ウォンがモンゴル皇族の中で唯一好感を持てるのはカイシャンで、従兄弟のように仲がいい。ウォンの従兄弟はカイシャンの亡き父だった。カイシャンはカアンに一番可愛がられる曾孫だ。だが幼いので後継者候補にはなれない。

「何を隠したのかなあ？」

カイシャンがふざけてウォンの袂を探る真似をするので、ウォンはにっこりした。世子たる者、上手な作り笑いは天性のものだが、これはウォンの本物の笑顔だ。カイシャンはずっと年上の武人たちからも敬愛される精悍な将帥気質で、リンと似ている。だがリンより茶目っ気もあるし、自由でのびのびしている。

「何でもない」

袖をはたいて質問に答えないウォンに、カイシャンも同じ笑顔を見せた。

「単純すぎるよ、イジルブカ！　隠すとかえってばれるのに」

「何が？」

「新妻の贈り物とかだろ？　女ってさ、ちょっとでも離れるのが嫌だから！　いつも自分のことだけ思ってくれって持たされたんだろ？　男が他の人間のことを考えるのを女は許せないんだよなあ」

「それは女に限らないのをまだ知らないな、チビ」

ウォンも悪戯っぽくカイシャンの額を指ではじいた。いてっ！　カイシャンはわざとらしく声をあげて飛びのいた。

「へーっ！　イジルブカも妃と同じ気持ち？　だから武将向きじゃないんだよ！」

「おれは戦う王じゃない、戦いを止める王になる」

「戦わず真のカアンにはなれない。俺たちは青い狼の血をひいている」

「血筋なら高麗人だって狼に負けないぞ？　モンゴルに屈服せず何十年も抵抗したのは高麗の戦士だけだ！　とはいえ、おれは高麗が戦争に引きずり込まれるのはごめんだ。多くの血が流れ過ぎた。おれが作りたい高麗は、詩と音楽と絵画の国だ。そのためには愛し合う人々が多くいないと。おれは人々が愛し合うのを支える王になる。言ってみれば愛の王さ……」

ゆったりほほえむウォンに向かい、カイシャンは、甘いな、と首を振った。

「モンゴル帝国は今、大きな紛争が西方と東方で続いている。平和が来るのはまだまだだ。だからおまえの高麗だけ戦争から抜け出せると思ったら大まちがいだ。それにイジルブカだって闘うつもりだろう？　自分の野望を達成するために」

「おれの野望？　愛の王になる野望か？」

ウォンの微笑がいつのまにか表面だけの笑顔になる。ウォンに距離を置かれたのを感じたカイシャンは、まあまあ、となだめる。

「俺はいつでもイジルブカを助けてやる。だから俺を警戒するな、正直に話せ」

「正直に言うのはカイシャンだろ。話があるなら素直に言え」

「イジルブカは高麗人妃と結婚したけど、本当はずっと前から、モンゴル皇室の姫のうち、誰と結婚するのが有利か物色している。だって高麗人妃の実家ひとつじゃ、高麗国内の多数の敵を抑えきれず即位も難しい。即位できても反乱がおきる。だがモンゴル皇室が妃の実家として後ろ盾になれば、高麗貴族は恐くて反乱も起こせない。それに高麗人妃では、モンゴル宮廷でイジルブカの序列が下がって、外交的に高麗国の立場も弱まる。そんなイジルブカの条件にぴったり合うのは誰か、俺だってわかるぞ」

　ウォンは首をかしげてとぼける。

「そうか？　おれはわからないなあ。愛する人と結婚したから」

「俺の従姉妹、ブッダシュリ」

　カイシャンがささやくと、ウォンはにやりと笑った。カイシャンは自慢げに続ける。

「クビライ・カアンの皇太子はカアンより先に亡くなったから、今は孫世代が後継者争いに必死だ。だからイジルブカは、カアンの孫たちの中で年長のカマラ伯父さんが後継者になると予想して、その娘のブッダシュリに目をつけている。当たりだろ？」

「推薦ありがとう。覚えておくよ」

「イジルブカ、俺には本心を見せろ！　俺はさ、イジルブカが皇室で人脈を作るのを手伝えるよ！

だから言うけど、カマラ伯父さんは帝位につけない」

ウォンの鋭い視線がカイシャンに刺さる。カイシャンは自信ありげにうなずいた。

「いいかい、西方の紛争鎮圧に行ったカマラ伯父さんは敗北した。東方の紛争を制圧して手柄を立てたのは、その弟のテムル叔父さんだ。どっちのおじさんが有利だと思う？」

まだ幼いカイシャンに図星を指されるとは思わなかった。しかもカイシャンの最新情報はウォンにとっては残念だった。ウォンはあらかじめカマラの娘を娶って「皇帝の婿どの」になるつもりだったのだ。

だがウォンは心中を顔に出す愚は犯さない。ウォンは余裕ありげに笑って答えた。

「クビライ・カアンが健在なのに、次期皇帝の予想をすると、それを利用して反乱を起こす気だと疑われるぞ、カイシャン」

「まあ、テムル叔父さんがカアンでも、ブッダシュリは一応役に立つよ。ブッダシュリはテムル皇帝の姪になるから、皇帝との血縁はわりに近い」

「おいおい、カイシャンこそ帝位への野望を正直に言ったらどうだ？　テムルの次を息子が継ぐとは決まってない。クビライ・カアンの曽孫同士の争いになれば、その頃には成長したカイシャンが帝位を奪い取る。そうなったらブッダシュリは、カイシャン皇帝の従姉妹になる、って？」

「俺はともかくイジルブカに損はないよ！　俺と組めばイジルブカは、カアンの次に強大な力を持てる。イジルブカは高麗国だけじゃない、帝国内にも領地を持つ大支配者になる」

幼さに似合わず、カイシャンの野心的な目が輝く。こいつはリンと似ているどころか正反対だな。

ウォンはくすっと笑った。

「カイシャンは、たかが高麗国の世子にすぎないおれに、なぜそんな話をする？」

「イジルブカは俺と同じ匂いがするからさ。イジルブカは狼だ。目的のためなら一番大事な人間さえ斬れる。手をいくらでも血に染める。躊躇なく冷酷で残忍な刑罰を下せる。いつか俺が自分の身内を踏みにじってでも昇るべき時が来たら、イジルブカを敵ではなく同志にしておきたい。※アンダとして生涯を共にしよう」

「カイシャン、そこまで言うとは、おまえにはお手上げだ！　チビと言ったのは取り消す。おまえの敵になって首を斬られるのはごめんだ。今すぐ指を切って血を交ぜよう。ところで、おれは愛する王になるのに、おれのことを血まみれで冷酷で残忍だとは、誤解も甚だしいぞ」

ウォンは降参したように両手を上げた。楽しそうな大げさな身振りに、また悪戯っ子に戻ったカイシャンが相撲をとるように飛びついた。

「花婿はまだ愛の夢から醒めてないな？　このご時世に愛なんて！　そんなに妃が好きなの？」

「ああ、そりゃ……」

首にしがみつき足をひっかけて倒そうとするカイシャンをかろうじて防ぎながらウォンはごまかした。実際よくわからない、全く考えたことがなかったので、正直、答えが出ない。するとカイシャンのほうが心配そうになる。

「いつかブッダシュリと結婚したら、その妃は傷つくよ。大丈夫？」

「彼女はわかってくれる」

「自信満々だな！」

「おまえも大きくなったらわかるさ、チビ！」

ふたりはもつれて転がった。さっきの秘密の契りが嘘のように無邪気に笑い、枯れ枝をカサカサいわせながら取っ組み合っているところに、やっと皇帝の伝令がウォンを迎えに来た。

枯葉だらけになった衣を着替えてからカアンの幕舎《オルド》に入ったウォンは、外祖父が眉をしかめるのを見て背筋がひやりとした。

クビライ・カアンは美しい外孫を誰よりも可愛がってくれる。ウォンが大都を訪ねればいつも両手を広げて大きな声で名前を呼んだ。だが今日は不機嫌に黙ったままだ。祖父のそば近く立つ母も頭を深く下げている。どうもウォンは皇帝の機嫌をそこねたらしい。だがウォンは恐れ気なく堂々とした歩みで皇帝の前に進み出ると、ひざまずいて礼をした。

「立て、イジルブカ。近う寄れ」

老人の声が重々しく響いた。ウォンが立って母后のそばに控えると、老クビライはフンと鼻を鳴らした。

「結婚したそうだな。大人になったわけだ。男になった」

※アンダ：盟友。義兄弟。互いの指を切って血を交えて飲み身体につける誓いをたて、衣や帯を交換する。

「はい、陛下」

「祝いごとではあるが……うむ……」

語尾があいまいに消える。横から母后が弁解する。

「妃はいくらでも娶れます。イジルブカはまだ始まったばかりです」

「無論だ！　※妻《めと》はできるだけ多く娶れ。十人でも二十人でも。だが、わしはその始まりが気に入らぬ」

皇帝は頬杖をしていた手を下ろすと、玉座のひじ掛けをバンと打った。

「同じ血族の女を妻にするとは！　わしは高麗古来の風習を許してきたが、これは違う、イジルブカ！　近親同士で交わるなど、禽獣と同じだ！」

「同じ王氏《ワン》ですが、妃と私は十一親等も離れています。そして彼女は世子妃として遜色ありません。正妃の役目に十分耐えられる……」

「正妃は皇女だ。高麗人妃はその下だ。皇女を母とするから、そちが世子になれたのを忘れたか。高麗人妃の王子が高麗国王になれるか？　第一、親族同士で結婚するとは浅ましい！　孔子の教え・儒教を取り入れたと言いながら、儒教の軽蔑する近親婚を繰り返す。そちの父親にも前々から申しつけていたはずだ！」

ウォンは、従順に皇帝に頭を下げた。

ウォンとしてもモンゴルの皇女を娶るつもりはあるし、タンとの結婚に皇帝が立腹する政治的意味も十分理解している。

古代からある慣習だが、高麗では龍神の子孫たる王家に他氏の血を入れず、血統の純粋さを守ることで王室の高貴さを守ってきた。そして王家の中だけで結婚することで、財産が他氏に流れるのを防ぎ、王家の結束を固めていた。

この王家の結束が、モンゴルからの離反を招くと疑われたのだ。だが、純粋な血統など、高麗ではすでに問題ではない。世子ウォンにはすでにモンゴルの血が半分入っている。それなのにまだクビライ・カアンは不愉快だという。ウォンは慎ましく答えた。

「無分別なことを犯しました。申しわけありません。今後はこうしたことで御心配をかけないようにします」

「イジルブカ、その言葉を証明しろ。高麗に戻ったらすぐ、ほかの家門から二番目の妃を迎えよ」

「はい」

「そちの息子が生まれたら、その子も王族同士で結婚してはならぬ」

「高麗で王族同士が結婚することは、今後一切ありません」

ウォンが皇帝の意に沿うことを約束して初めて、クビライ・カアンはにっこり笑って外孫を両腕に迎えた。

※妻はできるだけ多く娶れ。十人でも二十人でも。：当時は婚姻により有力集団同士のネットワークを構築して、社会を安定させていた。

「近う寄れ」

ウォンの両手を握った皇帝は、ひげの間から歯を見せて笑った。

「そちの妻はそれほど美しいのか？　貢乙女《みつぎおとめ》に来る途中で一目惚れして横取りしたそうだな。実に男だ！　そちの成長が誇らしい！　そちは美しい娘を手に入れる資格がある！　今は貞和宮主《ジョンファグンジュ》の姪しか目に入らないだろうが、妻を何人も迎えれば、それぞれに良い点があるのがわかるようになる。傷つくことはない」

ウォンは苦笑した。実際、皇帝に慰められるほどではない、ウォンは別に何とも思っていない。もちろん帰国したとたんに二番目の妃を迎えればタンは胸を痛めるだろうが、それはもともと王室の女人の義務のひとつだ。ウォンは自分でも冷静だと感じるほど淡々としていた。何かが胸の奥で苦しくひっかかったが、タンを心配するせいではなかった。

『何だろう、この感じは？』

ウォンはみぞおちのあたりを手で押さえた。胸がむかついて気分が悪い。

不快感は次第に耐えがたくなるのに、理由が思い当たらない。

カアンと軽い談笑を交わして幕舎《オルド》を出た帰り道、母の皇女がつぶやくのを聞いて初めて、理由がはっきりした。

「こんなことなら貞和宮主《ジョンファグンジュ》の姪じゃなく、寧仁伯《ヨンインベク》の娘と結婚しておけば、せめて財産は手に入ったのに！　今さら言っても後のまつりだけど」

そうだった。皇帝の詰問に頭を下げた瞬間、ウォンは思ったのだ。

『サンと結婚できなくなった!』と。

◉

サンはぼんやりと膝に置いた藍色の外套《トゥルマギ》を見ていた。やがて両手でかき抱くとそっと顔をうずめた。本当はもう何の匂いもしないけど、サンには松の香りがかすかにした。サンは寝台のそばに置いた小さな包みをまた開けて、きれいにたたんだ外套《トゥルマギ》を入れた。

ビヨンが入って来て首をかしげた。

「荷物が大きくなりませんでしたか、お嬢様」

「あ、うん」

「ここから都の城壁までは馬に乗れないから、荷物は少なく。おかねに換えられる小さい宝飾品だけにするのでしょう」

「やっぱり置いて行けないものがあったの」

サンは包みを抱いてほほえんだが、思いつめたその表情にビヨンは鼻がつんとした。

いくら宝石をまとめても、お嬢様は遊びに行くのではない、お屋敷を出るのだ。いつまで逃げるのか、また戻って来られるのか、誰にもわからない。ビヨンの唯一の慰めは、ムソクが力を貸そうと申し出たことだ。

「別棟《はなれ》の門を見張るのはグヒョンだけ?」

サンはいつもの調子で尋ねた。去年、しょっちゅう抜け出していた頃のように。だが、今夜出たら、もうずっと行ったきりになる。ビヨンは泣きくずれないように唇をぎゅっと噛んで首を振った。

「いいえ、グヒョンおじさんも見えません。ちょっと厠に行ったのか……」

「じゃあ今のうちに出なきゃ。今日はなんだか運がいいわ。ばあやは昼間から来ないし、グヒョンまで持ち場を離れて」

「彼は外で待っています」

サンは、『彼』という単語に不思議な抑揚を感じた。信頼がにじみでるその言葉には、頼もしさもある。そういう言葉が自然に出るなんて！　サンはビヨンがうらやましかった。

「あの、お嬢様、あの方にはいつお知らせしましょうか？」

扉を開けようとしたサンがギクリと手を止めた。

「……あの方？」

「前にお話しされたお友だち。旦那様が決めた結婚相手がその方じゃないから、こうして逃げるのでしょう？　でしたら、早くその方に連絡しなきゃ……」

「だめ」

サンは急いでビヨンの言葉を止めた。

「リンを困らせたくない。言ったでしょ、結婚したくない相手はリンの兄上だ、って」

「でも、リン様はきっとお嬢様を助けてくださいますわ」

サンは唇を噛んだ。

『あの馬鹿には二度と会わないんだから！　好きな男と逃げてうまく暮らせって仏様に祈ってくれるって！　わたしが自分のことを好きかもしれないって期待も想像もできない馬鹿。つまりリンはわたしのことを全然好きじゃない。今までも、これからも……』

サンは、心から気づかってくれるビヨンの手を強く握った。

「リンにはそのうち知らせる。まずは、ムソクと安全な場所まで行くの。それより問題はビヨンよ。意地を張らず、わたしと一緒に今出発しよう！　わたしが消えたのがばれたら、お父様がビヨンをただじゃおかない。ばあやが部屋に来ても、すぐばれるんだし」

「二人一緒にここを空ければもっと早くばれます。一人は残って時間を稼がなきゃ。ばあやさんは……あたしが何とかします」

「でもビヨンを置いては……」

「あたしはだいじょうぶです。ムソクが守ってくれると言ったから。彼はすぐあたしのことも助けに来ます」

「助けるって、どうやって……」

「お嬢様だって彼を見たら、信じますわ」

サンは何も言えなくなった。ビヨンがこんなに冷静で大人っぽいのは『彼』のおかげだ。気が弱くて恐がりなビヨンを変えたのは愛だろうか、それともムソクという彼だろうか？　ビヨンにひきかえ、片思いすら惨めに終わってしまった自分が情けなくて何も言えない。少年姿のサンはビヨンに導かれて素直に別棟《はなれ》の石段を降りた。

ビヨンの言った通り見張りはいない。内庭に通じる門を開けたビヨンの手を、サンがまたぎゅっと握った。

「ムソクが迎えに戻ったら、わたしの所に来てね」

「はい、お嬢様。心配いりません」

「ばあやが……わたしがこんなふうに出て行ったのを知ったら、とても悲しむわね」

「今はご自分のことだけを考えて急いで！　いつ誰が来るかわかりません」

ふだん抜け出していたのと違って、足が前に出ない。サンは別棟《はなれ》を振り返った。胸がズキンとする。さようなら、わたしが生まれ育った家！　ビヨンに何度も促されてやっとサンは庭を抜け出して行った。

サンが屋敷から無事に出たのを確かめたビヨンは急いで別棟《はなれ》に戻り、北斗七星に向かってひざまずき、頭を垂れて祈った。

「どうかお嬢様が無事に逃げられますように。どうか、神様、お願いです……」

どれほど長く祈ったかわからない。外で気配がしたのでビヨンは急いで立ち上がった。痺れた足がふらつくが、さっと卓上の紗を取って顔にかけた。その瞬間、扉が乱暴に開いた。こんな無礼な入り方をするのは屋敷の主人、寧仁伯《ヨンインベク》だ。

「乳母はいったい何をしている！」

入るやいなや寧仁伯《ヨンインベク》は怒鳴りつけた。ビヨンは恐怖で張り裂けそうな心臓を抱え、黙って部屋の片隅に立っている。

「世子妃様が数日後におまえに会いたいとおっしゃったのだ！　支度がたくさんあるのに、なぜか朝から乳母の影も形も見えんのだ、え？　ここにもいないのか？」

ビヨンはうなずいた。答えなければならないが、声が出ない。こんなに早く旦那様本人が押しかけてくるのは予想外だ。動転したビヨンは、計画通りの自然なお嬢様の真似ができない。しかし、「結婚しない」とわめいていた娘が最近はあきらめたようにおとなしくなったので、寧仁伯《ヨンインベク》はビヨンの態度を気にしなかった。

問題は、ずんぐりした乳母がどこを探しても見つからないことだ。婚礼の支度について乳母を相手に相談を重ねてきたのに、今日は誰も姿を見ていない。わざわざ別棟《はなれ》まで来てみたのに、ここにもいない。寧仁伯《ヨンインベク》は頭から湯気が出るほどかんかんになった。

「いったいどこへ消えた。重たい図体のくせに！」

「……」

「いつから見えない、え？」

「……」

「なぜ答えない？　いつからいないのかと聞いてるんだ、サン！」

「あ、朝から……」

聞こえるか聞こえないかの声が出たとたん、寧仁伯《ヨンインベク》が怪しそうに娘をじろりと見た。

「サン、どこか具合が悪いのか？」

寧仁伯《ヨンインベク》はビヨンに一歩近づいた。ビヨンもつい一歩退いた。寧仁伯《ヨンインベク》が鼻筋をしかめた。また一歩近寄ると、ビヨンも後ずさりする。

「サン？」

寧仁伯《ヨンインベク》は顔をぐっとつきだし、ビヨンの紗に鼻がつくほど顔をのぞきこんだ。黒い紗越しに娘の顔を確かめようと、彼は目玉をぐるぐる回す。ビヨンはがたがた震えてきた。予想外の展開に、つい気が小さくて臆病な地が出てしまう。寧仁伯《ヨンインベク》は、はっとして部屋を見回した。

「ビヨンはどこへ行った？」

「……」

「ビヨンはどこだ！」

寧仁伯《ヨンインベク》の強い手がビヨンの細い肩をつかんだ。さっきよりも小さい答えが震えながら出た。

「……と、隣の部屋に……」

「はあ？」

パシッ！　頬を打つ音が部屋に大きく響いた。手加減なしの殴打にたまらず、ビヨンは床に倒れた。

「おまえは！　サンはどこへ行った、え？」

寧仁伯《ヨンインベク》が倒れたビヨンの髪をつかんで引っ張り上げる。いきりたつ彼の手がわなわな震える。

「道理で乳母もいないはずだ。乳母と二人で逃げたんだな？　そうだな、え？」

「ち、ちがい……ます」

「そういえば門を守るグヒョンもいなかった！　おまえたちみんなグルになって、サンを逃がしたな、ちくしょう！」

寧仁伯《ヨンインベク》はビヨンを床に突き飛ばすと立ち上がった。こんな侍女と揉めている場合ではない。すぐに追わねば！　彼は入ってきた時と同じように乱暴に出て行く。

「あ、いけない！」

ビヨンは寧仁伯《ヨンインベク》の衣の裾に取りすがってでも引き止めようと、転がるように階段を駆け下りた。たとえ蹴り飛ばされても時間を稼がなくちゃ。大股で歩き去る寧仁伯《ヨンインベク》にやっと追いついたと思った瞬間、ビヨンの目の前で寧仁伯《ヨンインベク》が突然「うっ」と声をあげ、片膝をがくりと折った。とっさにビヨンが支えようとした時には、すでに彼は庭に倒れていた。一瞬のことで何が起きたのかわからない。寧仁伯《ヨンインベク》はうめき声すら出ず、口から泡を吹いている。ビヨンは夢中で揺すった。

「旦那様、旦那様！」

ビヨンは遠くの母屋に向かって大声をあげた。

「助けて！　誰か来て！」

寧仁伯《ヨンインベク》は、召使いたちが駆けつけて自分とビヨンを取り囲むのがはっきり見えた。召使いがビヨンに「お嬢様」と話しかける。声が出ない。召使いたちが自分を担いで母屋に連れて行こうとする。寧仁伯《ヨンインベク》は「違う！」と必死に手を振ろうとしたが、こわばった身体はピクとも動かない。指先がかすかに震えるだけだ。

『これは娘じゃない！　サンじゃない！　身代わりの侍女だ！　本物の娘を探せ！　娘を！　うちのサンを！　サン、サン！』

寧仁伯《ヨンインベク》が「これはサンの偽物だ」と伝えたくても、召使いたちは皆、お嬢様の身なりで紗をつけているビヨンが「お嬢様」だと信じて疑わない。寧仁伯《ヨンインベク》は喉を震わせて愛娘の名を絶叫したが、誰にも聞こえなかった。

その頃、愛娘はすでに紫霞洞《ジャハドン》を抜け、北の渓谷沿いに松岳山《ソンアクサン》へ向かっていた。

道案内のムソクの広い背中を見ながら歩いていると、ビヨンが『彼』を堅く信じる理由がサンにもわかる気がした。第一印象からして尋常ではない。目もとに長く伸びた傷のせいだけじゃない。鋭い眼光、筋肉隆々の腕、敏捷な動き、足音をさせない歩き方。金果庭でリンが訓練している男たちと似ている。武人の匂いもする。

『この人は、芸人の仲間じゃない』

では何者？　生来の好奇心で、こんな時にもサンはムソクを観察する。逃亡中のお尋ね者？　なんとなくそんな印象が一番似合う。

『でも、そんなことを聞いてみたって』

サンは苦笑した。自分は今、父と屋敷と身分を捨てて家出したところだ。どこでどうやって暮らすのか、先のことは何も決めていない。とりあえず都を出ること。そのためにビヨンの恋人の助けで都の一番外側の城壁・羅城を越えるのだ。ムソクの正体が何であれ、今のサンには関係ない。しかもムソクはビヨンが信じて愛している男。ビヨンが信じるならサンも信じるまでだ。

「もう少しです」

サンの息が速くなってきたので、ムソクが励ますように言葉をかけた。

「険しいですが、城壁まで一番の近道です」

「心配しないで。わたし、脚は丈夫だから」

　実際、サンの足どりは遅れない。こんなに細くて華奢な少女がなぜたくましいのか。ムソクはビヨンと比べずにはいられなかった。険しい道もへこたれずにどんどん歩ける彼女が侍女で、かよわいビヨンがお嬢様のほうがお似合いだ。実はビヨンが相談を持ちかけた時、ムソクはお嬢様を背負って山道を登る羽目になるのでは、と案じていたのに。杞憂だった。方角さえ知っていれば、このお嬢様はムソクの先に立って歩きかねない。

　背後からお嬢様が尋ねた。

「通行禁止の夜中なのに、どうやって都を出るの？　急ぎの伝令以外、城門は開かないのに」

「心配いりません。城門を通らないためにこの道を選びました」

「城壁を乗り越えるわけ？」

「はい」

「でも、何も持ってないじゃない？　鉤のついた縄とか」

「行けばわかります。あまり話さないでください。城壁より先に虎に会うかもしれません」

　少女は口をとじた。ムソクの言葉は脅しではない。時に虎は都の真ん中まで下りてくる。当然、山の中は虎がうようよしている。そのうちにやっと都の一番外の城壁・羅城の下に着いた。

　これからどうするのだろう？　サンが問いたげに見ると、ムソクが細く口笛を吹いた。一度、二度、三度。すると城壁の向こうから縄ばしごが投げ上げられ、こちらに垂れ下がった。

　サンの表情がこわばった。

「向こうに誰かいるの？」

「仲間です」

ムソクは平然と答えた。つまらないことを聞くなと言わんばかりだ。サンの口調が厳しくなる。

「他人を入れるとは聞いてなかったけど！　これは秘密なのよ！」

「秘密を守るからです。無事に逃げたければ俺を信じて下さい。信じられなければ、どうぞお帰りを」

感じたのは怒りより不吉さだ。だがここまで来たサンに今さら選択の余地はない。ムソクが縄ばしごの端を岩に縛り付けて固定すると、サンは黙って縄ばしごをつかみ、ムソクが感心するほど敏捷に駆け上がった。

城壁の向こう側の地面にサンとムソクが降りると、草むらに低く伏せていた男たちが立ち上がった。闇の中に現れた輪郭は四人だ。サンは警戒心から城壁にぴたりと背中をつけて懐に手を入れた。武器になりそうなのはウォンがくれた粧刀《チャンド》だけだ。

「え？　あ、あれ？　あれれ？　あ、兄貴！」

びっくりして声にならない声が飛び出した。その横からも「おおっ⁉」と驚く声がした。サンも思わずその顔を指さしてしまった。

「鉄洞《チョルドン》の火拳⁉」

ケウォニとヨンボギも、サンを前に顔を見合わせて呆然とする。思いがけない旧友に再会して声も出ない、という感じだが、少なくとも旧友ではない。草むらにいた残りの二人がとまどいながらムソクに近づいた。ムソクが顔をしかめてケウォニに尋ねた。

「知り合いか？」

「いや、知り合いというより」

ケウォニがハッと気づいた。

「この娘を？」

ケウォニの質問には答えず、ムソクはそばに来た二人に命じた。

「縛れ」

二人の手下がサンに飛びかかった。ケウォニとヨンボギに気をとられたサンは、その隙に、あっさり手足を縛られてしまった。慌てた以上に激怒したサンが一喝した。

「何をする！」

「口も」

ムソクが簡潔に命じた。しっかりさるぐつわまでされたサンが、縛られた手足をじたばたさせてもがく。その姿を見てケウォニが唇をなめた。

「こりゃなんだか、妙な気分だな」

「なんだか、妙な……」

ムソクは苛立たしくケウォニとヨンボギをにらむと、二人の仲間に言った。

「このお嬢様を隠していた輿に乗せて運べ。夜明け前に行き着かないと。急げ」

「おい！　オレたちはこの小娘……いや、お嬢様が死ぬとこさえ確かめれば用が済むんだ。手はず通りさっさとここで殺《や》れ。オレたちだってそう暇じゃねえんだ」

「オレたちだって、そ、そう暇じゃ……」

ムソクがパッと腕を振って脅すとヨンボギが黙った。ムソクがしゃべると頬の刀傷が脅迫するようにくねる。

「おまえらもお嬢様と一緒に来い。後で『彼』に伝言に行ってもらう」

「こんちくしょう！　この小娘のせいでオレたちは半殺しにされたんだぞ。しかもこのトンマのおっかあまで人質にとられて。正直、こんな小娘が死ぬのを見届けるなんて、まったく気がのらねえが、オレたちはさっさと『彼』と縁を切りたいんだ。だから決めた通り、ここで殺れ！」

「黙れ。刃向かえば、娘よりおまえらが先に死ぬことになるぞ」

ムソクが顔の刀傷をもっと強くゆがめた。ケウォニとヨンボギの両脇に立っていた二人も同時に刀を抜いてケウォニとヨンボギの喉首を狙う。ヒイッ！　怯えたヨンボギがケウォニの腕をつかんで目を白黒させる。

「あ、あ、兄貴」

「くそっ！」

「さあ、俺の言う通りにして生きて『彼』の所に戻るか、今この場で死ぬか、それはおまえたちが選べ。さっきも言ったように時間がないから即答しろ」

「だいたいオレたちはたんなる使い走りだ！　なんで仕事の内容がころころ変わるんだよ？」

ケウォニがおどおど言い返したが、ムソクの乾いた目はぴくりともしない。

「おまえらを殺して別の使いをたてたっていいんだ。さあ答えろ。死ぬか生きるか」

ケウォニは歯ぎしりした。この娘と出会って以来、二人の人生は面倒ごとばかりだ。どうして会うヤツ会うヤツ、ケウォニとヨンボギを殺そうと大騒ぎするのかわからない。二人は吹けば飛ぶような都のホコリにすぎない雑魚《ざこ》なのに。とはいえ、雑魚の一匹や二匹、さあ殺してください、と言うわけにもいかない。いったいオレたちゃいつから指名手配の大物様になっちまったんだか。

「くそっ！　じゃあ、一応は言う通りにするぜ。今日は『お嬢様が死ぬのを見届けろ』って言われて来たが、去年は『少年を生きたまま連れて来い』って言われてたんだし。無理に死ぬのを見ずに戻っても大丈夫だよな」

言いわけがましく言うケウォニには目もくれず、ムソクは仲間にささやいた。ムソクはサンの足首の縄を解いた。

「お望み通り、父上には絶対見つからない場所にお連れしますよ」

ムソクは、怒りに燃えるサンの目を無視してケウォニに言った。

「おまえらはお嬢様の両脇を歩け。この二人の刀が狙ってるから、妙な真似をするんじゃないぞ」

ケウォニとヨンボギは言われた通りにサンを立たせて歩けるようにした。すると刀を持った二人が前後を固める。彼らが出発して一人残ったムソクは、また縄ばしごをつたって城壁の内側に戻った。そして縄ばしごの端を切って城壁の外側に投げ上げると、ゆうゆうと紫霞洞《ジャハドン》の方角へ戻って行った。

第七章　山砦のとりこ

薄暗い納屋の中でケウォニとヨンボギはごろりと寝ていた。ちょっと離れた所では、サンが手足を縛られ、さるぐつわをかけられ、分厚い土壁を背に厳しい目をして座っている。その迫力ときたら、たまたま目が合ったヨンボギは縮み上がった。

ヨンボギがケウォニをつついた。

「あ、兄貴。なんでオレらをこんな所に閉じ込めるんだ？」

「知るか。もうすぐ誰か来るだろう」

「知るか、もうすぐ誰か来るだろうって、オレ、腹……腹減ったんだけど」

「腹が減るのはおまえひとりか？　ちっ。生かしとくんなら水ぐらい持って来い！」

「水ぐらい持って来いって、あの、あのお嬢様も腹減ってるよね……」

「とんま！　人の心配してる場合か！　しかも、これもみんなあの娘のせいじゃないか、くそったれ！」

ケウォニはサンに目をむいてすごんだが、サンが布包みを肩にかけているのに気づき、ヨンボギの尻を蹴飛ばした。

「ちょっと娘の荷物持って来い。干し餅ぐらい入ってないか？」

気の進まないことでもケウォニの言いつけなら何でも聞くヨンボギは、恐る恐る這って行った。サンの胸のあたりの布の結び目に手をかけようとしたが、サンは縛られた両足をパッと上げて思いきり蹴飛ばした。わわっ！　ヨンボギは一回転して飛んで行った。小犬のようにきゃんきゃん痛がるヨンボギを情けなさそうに見たケウォニは、結局自分でサンの肩を乱暴に押さえつけ、布包みをほどいて取り上げた。中を開けたケウォニは、ぽかんと口が開いてしまった。色とりどりのかんざしに耳環に指輪、金の鈴に目が回る。腹をおさえて這って来たヨンボギも声が出ない。飢えも渇《かわ》きもどこかに飛んでしまった。

「おい、この小娘……いや、お嬢様は普通のお方じゃないらしいぞ」

「普通のお方じゃないらしいって、こっちの衣も」

ヨンボギが包みの中の外套《トゥルマギ》を広げてみた。

「こっちの衣も、す、すっげえ上等な……ぎゃっ！」

何か言いかけては黙らされるのがヨンボギだが、飛んで来たサンの足蹴りで、また言葉が続かなくなった。手も縛られたまま外套《トゥルマギ》を取り返そうとするサンは、激しく蹴り続ける。ヨンボギは手足が自由なのに防ぐのに汲々とするのみ。サンが何を怒ってるのかわからず外套《トゥルマギ》を放さないので、ひたすら蹴とばされている。

「やめろ、やめろってば！　ちくしょう！　それを放せ、ヨンボギ、こいつは！」

やっとのことでケウォニが二人を引き離し、しわくちゃになった外套《トゥルマギ》を取り戻して睨みつけたサンを、あきれたように見た。さるぐつわのまま、サンはひっきりなしにもごもご言っている。放っておくと唇が切れそうだと心配して、ケウォニがさるぐつわをとってやった。そのとたん。

「おまえたち二人とも無事にすむと思うな！」

声が出るようになったサンに、ケウォニがふん！　と鼻を鳴らした。

「とうに無事じゃなくなってるし。オレらがこんな目に遭ってるのも、みんなお宅のせいだろうが！」

「みんな、お宅のせい……」

サンがチラッとにらむと、ヨンボギが目をそらして頭をかいた。サンは少し落ちついた声で言った。

「一昨日、城壁でムソクがわたしを殺すはずだったんでしょ？　誰のさしがね？」

「知らん」

ケウォニが、何もかも面倒くさいという表情でぶっきらぼうに言い返した。

「正直に言えば、その宝石をあげる」

ケウォニが鼻で笑って宝飾品をつかみ上げた。

「お嬢様、ご覧の通り、別にくれなくたってオレの懐に入るって寸法よ」

「閉じ込められてるのはわたしと一緒のくせに。誰か来たら、その懐を探ってみろって言う！　でもわたしの聞くことにちゃんと答えたら、わたしはなんにも言わないし」

ケウォニの手が途中で止まり、口ごもりつつ答えた。

「正直に言ったさ。オレたちは誰がやらせたか知らん」

「知らない人間の使いができるわけないでしょ？　わたしを殺せと言ったのは誰？　おまえたちとムソクの後ろにいる人間、『彼』って何者⁉」

「もしもし、お嬢様」

ケウォニの声に怒りが混じった。

「お嬢様にとってはオレらの命なんかハエの命と同じでしょうがね、オレたちだって、命はひとつしかないんですよ。その命が、すでにお嬢様のせいで一度奪われかけたんだ。お嬢様が鉄洞《チョルドン》に来て矢匠をかぎ回らせたせいで、オレたちは目隠しされたまま誰だかに死ぬほど痛めつけられたんだぞ。誰かって？　こっちが聞きたいぜ。いったいお嬢さんと、あの矢と、オレたちを酷い目に合わせたやつらとは、どういう関係なんだよ？」

サンは瞳をパチパチとして考える。

「じゃあおまえたちがわたしに矢の話をしたのがばれたの？」

「ああ、そうだよ！　八関会《はちかんえ》で見つけたお嬢さんをやつらに引き渡せていたら、こんなことにはならなかったのに。くそっ！　みんなこのとんまのせいだ！」

「ちょっと待って。八関会《はちかんえ》でわたしをさらったのは、『彼』の命令だったたってこと？」

「矢について調べた少年を捕まえると言われたんだ。そしたら女だったじゃないか。オレたちだってびっくりさ」

「ところがリンが来て、おまえたちを追い払った」

「くそったれ。こいつがお嬢さんを放り出して、修羅の化け物に殺されるって逃げて来やがった。ガタガタ震えるこいつにやっと聞き出したら、以前、路地裏で、男のなりをしたお嬢さんに加勢した若様だったと」

「そう。リンだったの。あの夜、リンがわたしを助けて……」

サンの声がおだやかになっていく。どういうことだ？　ケウォニとヨンボギは顔を見合わせて首をかしげる。はっと気を取り直したサンは、また厳しい口調で尋ねた。

「じゃあ、一昨日はなぜ殺そうとしたわけ？」

「オレらはたんなる使い走りなんだよ！　『彼』の指図だ。ムソクってやつが女を殺すところを確かめに行って来いと言われたんだ。ムソクが『城壁の向こう側に女を連れて行って殺す。自分の仲間二人と一緒に待ってろ』と言うから待ってた。まさかその女がお嬢さんのことだなんて、夢にも思わなかったわ！」

「ムソクは矢について調べた女だからわたしを殺すはずだったの？」

「たぶん……違うな。オレたちは『女顔の若様は本当に女だった』ことは教えてない」

サンはゆっくりうなずいた。『彼』はウォンの暗殺を企てた首謀者だ。そして『彼』はサンを殺すことにした。なぜ？　偽矢の秘密を調べたことは知らないのに。じゃあ寧仁伯《ヨンインペク》の娘だから殺すの？　父は『彼』の資金源なのに？　サンはケウォニとまっすぐ目を合わせた。

「『彼』について全然知らないなら、今わたしたちを閉じ込めているムソクの仲間についても知らないのね？」

「そうさ。オレらはお嬢さんを殺……その、すまん言い方だが、お嬢さんが死ぬのを確かめて報告すれば『彼』から放してもらえる、って約束だった。このとんまのお袋も返してくれると……。だが丸一日経っちまった以上、オレたちが逃げたと思われたかもしれん。そしたらこいつのお袋は……くそっ、病気でうんうんうなってる年寄りなんだよっ！」

「う、うう……」

突然ヨンボギが泣きだした。サンの瞳が気の毒そうになった。しばらく考えたサンは、二人にささやいた。

「よく聞いて！　ムソクと『彼』は今まで一味だった。だから理由はともかく『彼』はムソクにわたしを殺せと命じた。ところがムソクたちはわたしを取引の道具にするため殺さずここに閉じ込めた。あんたたちまで捕まったのは、『彼』のところに交渉に行かせるつもりだからよ。わかる？　あんたたちは、もうすぐここを出してもらえる。自由になったら『彼』の所じゃない、子男山《チャナムサン》の油市場のそばの金果庭という屋敷に行って！　サンが送ったと言えば綏靖侯《スジョンフ》リンに会わせてくれる。リンにわたしがここにいることを知らせて。そうすれば、あんたたちもわたしも命が助かる」

「あんたたちもわたしも命が助かるって、う、うちのおっかあは？」

鼻をすするヨンボギが訴えた。

「それもリンに話して！　おかあさんも助けてくれるから」

「やなこった！　オレらは『彼』に報告さえすればいいんだ。これ以上面倒ごとはうんざりだ。ややこしくなるだけややこしくなっちまったんだから」

ケウォニはぞっとしたように言い、懐の高価な宝飾品を放り捨てた。

「お嬢さんとこれ以上関わるのはまっぴらだ！　綏靖侯《スジョンフ》リン？　王族様か？　お嬢さんも似たような御身分だろ？　そんなお偉い方々のもめごとに巻き込まれて死ぬのはまっぴらだ。オレらは抜ける！」

「わからないの？　あんたの言う通りよ。お偉い方々が水面下で争ってる。わたしが死んだら『彼』が『放してやる』って言ったのは、いろんなことを知ってるあんたたちを殺すっていう意味よ。おかあさんも無事じゃすまない。わたしの言うことを信じて！」

サンは二人を見た。フン、とそっぽを向いたケウォニより、サンの目を避けられなくてどぎまぎしているヨンボギのほうが通じそうだ。サンは縛られた手でヨンボギの手をぎゅっと握った。

「あんたたちとおかあさん、そしてわたし、みんなが助かる道はリンに会うこと。わかる？」

柔らかい手に包まれたヨンボギがぴくっと固まった。ケウォニがカッとしてヨンボギを突き飛ばした。

「いい加減にしろ！　この話は無しだ！　使いにさえ行けばいいんだ！」

「話を聞いて！　でないとあんたたちも……」

木の扉がギイッと開いたのでサンの言葉が切れた。ほんのり明るくなった外から、体格の良い三十歳ぐらいの女が中に入って来て、宝飾品がはみ出た包みを踏んづけた。

「なんだい、金目のもので男たちを買収しようとしてた？」

女はからかうように釘を刺すと、黄粱混《こうりゃん》じりの握り飯と水碗を入れたかごを置いた。彼女はサンを嘲笑した。

「寧仁伯《ヨンインベク》はなんでも賄賂で思い通りにするって噂だけど、娘もそっくりね。血は争えないって？」

「あなたがここの頭《かしら》？」

サンが彼女に尋ねた。挑発したのに素直な質問が返ってきたせいか、彼女は険のある目つきを消して笑った。彼女はサンの手の縄をほどいて「めしでも食いな」と言った。

頭《かしら》ではないが下っ端にも見えない。そんなサンの推測は当たった。

しばらくして大柄で日灼けした男が入って来ると、彼女は『父さん』と呼んだ。

このひげもじゃの男が頭《かしら》なのね！

「食べ終わったか？」

低いしわがれ声が響いた。口もとに飯粒をつけたヨンボギが最後に残った握り飯をさっとつかんだ。男は爪先にひっかかったのが宝飾品だと気づくと、娘にあごをしゃくった。彼女は宝石をまとめると、かごに入れて出て行った。かごを惜しそうに見送るケウォニの前に、男が腰を下ろして言った。

「よく聞いて『彼』に伝えろ。『寧仁伯《ヨンインベク》の娘は隊正《テジョン》・柔心《ユシム》が預かった。これまでわしらの大義に合わん汚れ仕事を押しつけられてきたが、もう我慢ならん。連れて行ったわしらの仲間を返し、銀三百斤を持って来れば寧仁伯《ヨンインベク》の娘を渡す。寧仁伯《ヨンインベク》の財産をすっかり横取りするんだ、三百斤ぐらい何ともないはずだ。でないと今すぐ寧仁伯《ヨンインベク》の娘を開京《ケギョン》に返して今までのことをすべて暴露する。それと、これから互いの立場は対等だ。四日以内に連絡がなければすべて終わる』わかったか？」

「覚えきれるかよ」

ケウォニが本当に困り顔で言った。隊正《テジョン》ユシムは「わかるよ」と人の良さげな顔でうなずいてくれた。だがケウォニとヨンボギの立場は変わらない。ユシムは次の瞬間、言い捨てたのだ。

「まちがえずに伝えろ。ことがうまく運ばなけりゃ、おまえらはもちろん、『彼』の人質にされてるおっかあをムソクが殺す」

男は、これ以上泣き言は聞かん、とでも言うようにさっさと出て行こうとした。

「待って！」

凜とした声が響き、ユシムは立ち止まった。いつのまに足の縄をほどいたのか、サンがユシムを追って前に立ちふさがった。

ユシムは『言ってみろ』というようにあごをしゃくった。

「『彼』にそんなことを伝えたら、あなたたちは皆殺しになる」

「このお嬢さんは何を言い出すんだ？」

ユシムがサンを、いたずらな孫娘をからかうように見るので、サンもユシムの胸板をとんと指で突いた。

「あなたや娘さんや仲間、みんなが」

「これはまた、聞き捨てならないことを言うのう」

「考えてみて！　あなたは秘密を暴露するって『彼』を脅迫してるのよ。それなのに『彼』がこれからもあなたを信用して秘密を共有する人間だと思う？　銀を出すどころか、秘密を知るあなたたちを皆殺しに来るはずよ。秘密を知ってるこの二人だって、『彼』のところに行かせれば殺される！」

「わしらを街の与太者と一緒にせんでくれ。わしらは強力な部隊だ。わしらには勝てん」

「そんな強力な傭兵集団に秘密を握られ脅迫されておとなしくしてるほど『彼』は甘いの⁉『彼』はまた別の私兵を集めてここを襲い、その私兵たちも始末するわ」

ユシムはうなずいてサンを頼もしそうに見たが、聞き終わると外で待つ男たちに命じた。

「このお嬢さんを松花《ソンファ》の所へ連れて行け。それからこの二人にわしが言ったことを覚えるまで練習させて、だいたい覚えたら出発させろ」

「ちょっと！　わたしの言ったことがわかったんじゃないの？」

サンがユシムの袖を引いた。子どもをなだめるような目でサンを見たユシムは、袖を振りきって出て行った。しわがれ声が外から聞こえる。

「お嬢さんの言いたいこともわかるが、決めるのはわしだ」

「銀が要るなら、わたしが欲しいだけあげる。帰って来ない仲間も探せる。『彼』が何者か教えてわたしを自由にして！　そうしたらすべて解決してあげる！」

「家出してお屋敷に帰れないお嬢さんに、何ができる？」

ユシムの声が遠ざかる。刀を帯びた男たちがサンに近寄る。サンは一歩後ずさりしてヨンボギと並んだ。

「さっきわたしが言ったこと、覚えておいて。そうしないとみんな助からない」

ヨンボギにだけ聞こえるようにささやくと、サンは男たちに連れて行かれた。

◉

リンは人の気配を感じて耳をそばだてた。

世子妃と寧仁伯《ヨンインベク》令嬢は広明寺《カンミョンサ》の奥まった部屋で会うことになっている。その部屋の次の間は布団や法衣や頭陀袋（僧侶が経文や着替えなどを入れて持ち歩く袋）をしまう小部屋で、リンは長い足を窮屈に組んで座り、戸の隙間から様子を見ていた。身分からしてサンが先に部屋に入って世子妃を迎えるはずなので、サンが来たらリンは姿を見せるつもりだった。

やって来たのは二人の侍女だった。一人はどこかで見覚えがある。螺鈿《らでん》の小箱をいくつも載せた銀の盆を細長い卓に置いたものの、ぐずぐずして出ていかない。ひとりがそれとなく探りを入れる。

「ねえ、チェボン、お嬢様はまだ来ないんでしょ？」

「井戸でお願いごとをされるから、当分見えないわ」

ふたりは豪華な螺鈿の箱から目を離せない。中身が気になってしかたがないが、勝手に開けたのが見つかった時も怖い。

「ねえ、チェボン。これ、ちょっと曲がってない？」

「あら、世子妃様への贈り物だもの、まっすぐ置かなきゃよね」

言いわけを思いついた彼女たちは、そっと箱のふたを開けた。

「すごいわ！」

小箱いっぱいに詰まった真珠は、決して小粒ではない。ひとつ見ればもう止まらない。金の鈴、めのうや瑠璃の指輪、銀や七宝焼のかんざしなど、出てくる宝飾品に夢中になった。チェボンはつい、大きな琥珀がついた銀の指輪を手にとってしまった。

「すごい宝物ばっかり！　これをみんな世子妃様にあげちゃうの？」

「あら、チェボンは別棟《はなれ》でお嬢様のお世話をしてるんだから、宝石なんか見慣れてるでしょ？」

「お世話どころか！　お嬢様ったら本当に人嫌いなの。お風呂も着替えもみんなひとりでできるって、あたしは戸の外にいろいろ置いとくだけ。顔もいつも紗で隠して」

「あの災難から立ち直れないのね。食事もちょっとしか食べないって？」

「前はあたしが別棟《はなれ》の門まで食事を運んでたでしょ。あの頃はもりもり食べてたのに、今はほんの鳥の餌って感じ。あれでどうやって生きてるんだか」

「やっぱり婚礼前だもの、何かと心細い時期じゃないの？」

話がお嬢様の様子に移ったので、リンは耳をそばだてた。サンがとても悩んでいる！　もっと聞きたい！

「食べなきゃ身体も弱るでしょ。そんなんで花婿さんと夜を過ごせるの？」

ひとりが不作法な冗談を言ってくすくす笑った。するとチェボンが真顔になって声を落とした。

「あのね、これは本当に秘密だけど、お嬢様は……」

「え？　何？」

「……誰かいるみたいよ」

「え？」

「夜は母屋に帰っていいって、あたしを別棟《はなれ》から追い出すの。けどきのう、あたし、別棟《はなれ》の裏の石段でうっかり居眠りしちゃってね、目がさめたら夜中になってたの。あわてて立ちあがりかけたら、お嬢様の部屋から声がしたのよ」

「寝言でも聞いたんでしょ」

「それが……あえぐような声で……やだ、だから、ほら！」

「まさかあたしが想像した、それとは違うわよね？」

「それよ、それ！　最初はあたしもぽかんとしてたけど……布団とか衣とかガサガサ擦れる音がして、とぎれとぎれにあの声がして、そのうち男の低いうめき声が！」

「え、ええっ、ええっ、えええーーっ！」

「もう、びっくり仰天よ。顔は赤くなるし胸はどきどきするし、石になって固まっちゃったわ。それからしばらくしたら人が出て行くみたいな物音がして、静かになったの。そしてお嬢様がしのび泣いてて……。だからあたし、ゆうべは一睡もできなくて目が赤いのよ」

「どうしたらいいの！　旦那様に知らせたほうがいいんじゃない？」

「旦那様のお部屋に入れるのは、ぺ直司《チクサ》だけでしょ。第一、お嬢様が泣いているのを聞いたらかわいそうで、告げ口なんかできないわ。実は恋人もいるのに、縁談がどんどん進んでるなんて……」

チェボンは胸に手を当てて、本気でお嬢様に同情していた。

リンは頬の内側を噛んだ。男を部屋に入れた？　まさかそんな！　リンはこぶしを握りしめたが、すぐに自分を叱りつけた。

『まさかそんなだと？　私こそサンの何なのだ？　他人がどんな恋をしようと、横から口出しできる立場じゃない！』

好きな人でなければ死んでやる、というサンの叫びがあざやかによみがえる。死ぬかもしれない瀬戸際なら、恋人と夜も共にするだろう。

『私がここに来たのはサンを逃がしてやるためではなかったか？　逃げる先は当然その男の所じゃないか。それに腹をたてるとは、私という人間はどれほど身勝手なのだ。サンは一晩中悩んで泣いていたのに、それでもサンの友だと言えるか⁉』

しのび泣くサンを思うといたましくて耐えられない。だが憎んでもあきたりない。そして会いたい。どうしても会いたい。リンは壁に額を押し当てた。自分は無力だ。虚しい。

部屋の扉が開く音がした。

「お席を整えて、今出るところでした」

侍女たちが言いわけをして急いで出て行く。衣擦れがして部屋に二人の女人が入った。

「世子妃様はまもなくおいでになります。ほかには誰も近づきませんので、ここでゆっくりお待ちください」

妹付きの尚宮《サングン》の声だ。サンを案内して来たらしい。尚宮《サングン》が部屋を出て戸を閉めると遠ざかっていく。ひとり残されたサンが座る優雅な衣擦れがして、それっきり静かになった。リンはしっかり目をとじた。

『私はサンを助けに来た。サンがどんな決心をしても、私はサンの味方だ！』

リンは心の中で何度も誓い、ついに小部屋の戸をそっと押した。戸に下がった鉄の引き輪がカチリと音を立てた。その瞬間、じっと座っていた彼女がびくっとして小部屋を見た。

「サン、私だ」

リンが近づくと、紗で顔を隠した彼女は座ったまま後ずさりする。リンを見て脅えている！

「サン？」

リンが怪訝そうに眉をしかめる。彼女は今にも助けを呼ぶように扉を見た。その瞬間、リンは彼女に飛びかかって腕で首を絞めた。

「おまえ、サンではないな⁉」

彼女は必死で抵抗して顔を伏せようとするが、リンがさらに力を入れると、息ができなくて首がのけぞった。リンは左手で顔を覆う黒紗をさっと剝ぎ取った。目の下から頬にかけて長い傷跡がある。

リンは彼女を放す前に、注意した。

「私が尋ねることに答えろ。大声を出したり嘘を言えば、おまえの首をへし折る。わかるな？」

ビヨンは目でわかったと答え、息ができるようになると、目に涙が浮かぶまで激しくせき込んだ。その涙を見たリンは気まずくなって目をそらした。『姉妹のように仲の良いビヨンという侍女がいて、ビヨンが顔を隠して身代わりをしてくれる』と、サンから聞いたことがあったではないか。ビヨンがいくらか落ちつくと、リンは硬い声で尋ねた。

「ビヨン……だったのか。では、サンは逃げたのか？」

ビヨンはうなずいた。リンは血が頭から引き潮のように下がっていき視界が暗くなった。それでも、出た声は冷静だった。

「いつ？」

「み、三日前です」

リンは突然安心した自分に、やや慌てた。三日前なら、昨夜の情事はサンではない。まずそう思った自分に恥ずかしくなったリンは、わざとらしく首をかしげた。

「どこへ行った？」

「わ、わかりません」

「そんなはずはない！」

リンはまたビヨンの首を絞める勢いで、そばに座り直した。

「三日もたつなら、寧仁伯《ヨンインベク》だってサンじゃないことに気づいているはずだ。それなのにおまえが堂々とサンの姿をしているのは、何か事情があるのだろう？　サンが家出したことを世間に隠すため、寧仁伯《ヨンインベク》に命令されて身代わりをしているのか？　いや、まさかサンが自害を⁉」

「い、いいえ。違います！」

リンの鋭い視線に震えながら、ビヨンは必死で首を振った。

「あ、あたしはお嬢様が捕まらないよう、時間を稼いでいるだけです。……旦那様はお嬢様じゃないことに気がつきました。でも急病でお話もできなくなって、お屋敷のみんなはあたしがお嬢様だと信じてます」

「寧仁伯《ヨンインベク》が……重病なのか？」

「そ、そのようです」

「そのよう？　ビヨンがお嬢様のふりをしているなら、医者から話を聞けるだろう？」

「それが……旦那様の御具合を知っているのは、財産を管理してるぺ直司《チクサ》だけ……。変な噂が立ったら取引に差し支えると。だからお屋敷の人たちも、ほとんど何も知りません」

リンはしばらく黙った。それからビヨンを見たリンの瞳はせつなげだった。

「もしもサンが、サンの……誰かと逃亡しているなら、私が助けたい。寧仁伯《ヨンインベク》が重病なら婚礼は延期されるし、サンは帰って来たほうがいいかもしれない。サンが今どこにいるのか、安全かどうか、ほんとうに知らないのか？」

「ひょっとしてあなた様が……綏靖侯《スジョンフ》リン様ですか？」

リンの質問には答えず、ビヨンが震え声で尋ねた。リンはなぜそう聞かれたのか不思議になったが、答えた。

「そうだ、私がリンだ。サンから聞いたことがあるのか？」

もちろんです！　そのとたん、ビヨンは涙が出そうになった。

『この方なんだ。お嬢様があんなに……』

ビヨンのお嬢様をあんなに幸せにして、あんなに泣かせた、その張本人が真ん前にいる。

だがビヨンの想像していた姿と違いすぎたので吹き出しそうになった。だって、手首を折られかけた、首の骨を砕くと脅迫された、アザができるほどあごをつかまれた、木刀で滅多打ちにされたとか、お嬢様の描写はいつも乱暴者だったので、ビヨンが想像していたリンはとても凶暴な悪党づらをしていた。

ところが実は並はずれて白い肌と端正な顔つき、線が細くて薄紅色の唇をした少年だったなんて！

お嬢様ったら、ひどいわ。ううん、たしかにお嬢様の言う通りだった。彼はビヨンに会うなり首を絞めたもの。それも、サンじゃないという理由だけで。

でもお嬢様を想ってるのは本当だった！　ビヨンは、リンの性急で荒っぽい態度に安心した。

『お嬢様とお似合いの素敵な方。お嬢様には全然関心ないなんて、それは違う。本気でお嬢様のことを心配してる。やっぱり、この方もお嬢様を……』

ドキドキする胸をおさえながらビヨンは言った。

「お嬢様の居場所を知る方法はあります」

「というと？」

「お嬢様が安全なところに逃げられるよう、手伝った人を知っています。その人に尋ねれば……」

「その人？　誰だ？」

リンの口調がちょっとぎこちなくなる。ビヨンも顔を赤らめて言いよどんだ。

「あ、あたしの、し、知ってる人です。あ、明日会えるので……」

「ビヨンが昨日別棟《はなれ》で会った人か？」

「どうしてそれをご存知ですか？」

びっくりしたビヨンを見て、リンは失言を悟った。昨夜の情事がサンではないと確かめたい気持ちから、失礼なことを口にした自分は低俗きわまりない！　リンはビヨンにとてもすまなく、はずかしくなった。しかも逃亡者を助けたのは、サンの恋人ではなかった。

「ただの当て推量だ。では、サンは安全なんだな？」

「はい。あたしがその……知っている人に場所を教えてもらいます。リン様が行かれたら、お嬢様がどれだけお喜びになるか！」

リンはもっと恥ずかしくなった。

ビヨンのお嬢様は、『リンに助けられるぐらいならいっそ死んでやる』とまで宣言したことは、伏せていたらしい。

一方、ぎこちないリンの表情を見てビヨンは確信した。彼のお嬢様への気持ちは絶対に友情以上だ。でもお嬢様があれだけ違うと言い張っていたので、念のために尋ねてみた。

「リン様は、お嬢様をお屋敷に連れ戻すのですか？」

「知らない土地で心細い思いをするよりは屋敷のほうがいい。寧仁伯《ヨンインベク》が病気なら婚礼は延期できるし」

「延期しても、いつかはリン様のお兄様と結婚しなければいけないのでしょう？」

「たまたま我が家も寧仁伯《ヨンインベク》を良く思っていない。いったん時を外した縁談は、あえて再開するのは難しい。サンに会ったらそう言うつもりだ」

「それじゃあ、リン様はどうやってお嬢様と結婚するのですか？」

「何？」

「お家の皆様がうちの旦那様をお嫌いなので、お兄様とお嬢様の結婚を破談になさったら、リン様とお嬢様の結婚も破談になりませんか？」

ビヨンがリンの目をまっすぐ見て決死の覚悟で斬り込んだのに、その瞬間、リンはぽかんとした。

「私とサンの……？　なんのことだ？」

「うちのお嬢様は、ある方のためにお屋敷を一人で出たのに。リン様はお嬢様をお屋敷に連れ戻せば、それでおしまいですか？　リン様がそういうおつもりなら、あたしがお嬢様の居場所をお教えする理由はありません！　お嬢様はそんなリン様には会ってもつらいだけでしょうから！」

「なぜ私に会うとサンがつらいのだ？」

リンは面食らい、たじたじとしながら不思議そうに尋ね返す。

その瞬間、ビヨンはお嬢様の今までの苦労が手に取るようにわかった気がした。この男はどこまで鈍いのだろう。勘というものはカケラもないのか？　いちいち全部言ってやらなきゃ全然わからないわけ？　なんだか腹が立って涙が出そう。

事実、リンを咎めるようにビヨンの声は大きくなったが、もう半泣きだ。

「いいですか。リン様以外の人とは結婚できないから、お嬢様は小さな包み一つ背負って夜中に都を出て行ったんです！　リン様にとってはたんなるお友だちかもしれませんが、お嬢様にとっては違うんです！　八関会《はちかんえ》の夜、リン様のためにあんなにきれいに装って行かれたのに……。リン様はそれを見ても気がつかなかったんですか？　本当に？」

「サンが、私を……？」

信じられない顔でリンがつぶやく。リンのわかってなさに、いいかげん頭にきたビヨンは、とうとうリンを怒鳴りつけた。

「お嬢様の居場所は絶対に教えません！　あたしの首をへし折ると言っても、絶対に！　今わかりました！　お嬢様はリン様から逃げるためにお屋敷を出たんです。リン様のその鈍感さには、もう耐えられなかったんです！」

リンは、ビヨンが落ちつくのを黙って待ち、それから静かに話しかけた。

「明日、その人に私が会おう。どこに行けばいいか教えてくれ」

ビヨンはすすり泣いて断った。

「いやです。お嬢様がリン様に会ってまた悲しんだら見ていられません……」

「私はサンに会わなければいけない。そしてビヨンの言う通りなら、サンも私に会いたいはずだ」

リンの澄んだ声が、ビヨンの心に深く沁み入った。

「明日、彼はいつ訪ねて来ると？」

◉

「ユシムがそんな態度に出るとは。面倒なことになったな」

内容の深刻さとは反対にのんびりつぶやいた宋璘《ソンイン》はひげをしごいた。そんな従弟に宋邦英《ソンバンヨン》は、はらわたが煮えくり返った。

「面倒どころじゃない！　ユシムが、死なばもろともの覚悟で巡馬所に反逆行為を訴え出たら、俺たちは一族皆殺しだ。今まであの連中を使ってきたのがまちがいだった。もともとあいつらは命知らずの流れ者だ、どんなことでもやりかねん」

「うむ」

宋璘《ソンイン》は従兄の非難に言い返さずうなずいた。宋璘《ソンイン》は不機嫌そうな目で、部屋のすみで正座するしょぼくれた二人組を見た。目隠しされたケウォニとヨンボギは首をすぼめて精一杯小さくなっている。宋璘《ソンイン》はケウォニの前にかがみこむと、ささやきかけた。

「つまりおまえたちは、寧仁伯《ヨンインベク》の娘と一緒にユシムの巣窟に行ったんだな？」

「そうだよ、旦那」

ケウォニには相手の声が妙に生温かく聞こえた。この状況から解放されるためには、おとなしく答えるほかないだろう。だが打ち合わせ通り酔月楼の裏口を叩いたとたん、目隠しされて引きずり込まれたのはなんとも不吉だ。『彼』のところに戻れば殺される！　というサンの言葉が予言のように脳裏をかすめる。

「自分たちの大義に合わない働きばかりで耐えられない、だと？」

「まあ、あのひげづらは、ちょっとそれが気に入らないみたいでしたね」

「寧仁伯《ヨンインベク》の娘との交換条件が、仲間と銀三百斤だと？」

「結構欲張りなじじいですね」

「だめなら寧仁伯《ヨンインベク》の娘を証拠に、俺を殺すと脅迫したんだな?」

「いや、その、殺すとか、そんな恐ろしいことは言ってなかったです。暴露するとか、そんな感じで。だから、これからは対等に仕事をしようって。ということは、ずっと味方同士って感じだったし……」

「暴露した結果がどうなるか! 俺たちを殺すという意味だ!」

宋邦英《ソンバンヨン》は腹が立ってわめいた。彼としては、さっき自分がちゃんと伝えたのに、むさくるしい与太者に確かめ直す宋璘《ソンイン》がよけいに腹立たしいのだ。

「飼い犬に手を噛まれるってやつだ。あの反逆軍を食わせてやった結果がこれか⁉ うちの手の者だっているのに、なぜあんな危ないやつらまで抱え込んだ⁉」

「シッ、兄貴、その話は後でしよう」

「寧仁伯《ヨンインベク》はどうなった? まずムソクが裏切って、娘を殺さなかったじゃないか! やつは最初からそのつもりだったんだ! だからグヒョンを殺した!」

息を荒らげる従兄に、宋璘《ソンイン》はにやりと笑ってみせた。

「いや、ムソクが屋敷の帳簿や証文類を素直に届けに来た以上、ムソクやユシムはこっちと手を切りたいとまでは思ってない。ムソクは娘の見張りのグヒョンがこっちの手の者とは知らなかっただけだ。俺を揺さぶれば取引できるだろうとは、やつらも実に可愛いもんだ」

宋璘《ソンイン》はまたケウォニにささやく。

「ムソクが娘を連れて来た時におまえたちが殺せばよかったじゃないか。そうしておけばこんな面倒はなかったんだが」

「ええと、旦那がおっしゃったのは、ムソクという奴が女を殺すのを確かめろ、ってことだけでした。だから、それ以上はできないと思ってました。出しゃばって何かやったせいでことが台無しになったら、旦那方に迷惑をかけるじゃないですか」

「たしかに言う通りだ。みんながおまえのように考えてくれりゃ、それも悪くないんだが……」

宋璘《ソンイン》がちらりと宋邦英《ソンバンヨン》を見た。

宋邦英《ソンバンヨン》はむっとした。俺が何も考えてないっていうのか？

「だが、言われたことしかできない馬鹿正直なやつってのは、ちょっと状況が変わると慌てふためいてことを仕損じる。馬鹿につける薬はないってな」

宋璘《ソンイン》の言葉でケウォニは背筋がぞっとした。湿って生温かい声が急に乾いて重く聞こえるのは、死の前兆だ。ケウォニは急いで叫んだ。

「旦那方がどこのどなたで何をして、何をするつもりか、オレたちは全然知りません！　だから言われた通りにしただけなのに！　旦那だってよくわかってるじゃないですか！」

「もちろん、よくわかっている。だが兄貴がおまえたちをここに連れて来たのが間違いだった。俺は下っ端なんかを間近で見るのは大嫌いだ。そんな畜生どもが俺の声を聞いていると思うだけで虫唾が走る」

「オレたちを見てくれ。ちゃんと目隠ししてるじゃないか！　旦那の顔も知らない！　しかもオレたちはバカだから覚えるのも苦手だ。何をお話したかなんて、すっかり忘れちまった！」

ケウォニの哀れな叫びを聞き流し、宋璘《ソンイン》は宋邦英《ソンバンヨン》に近づいて静かに言った。

「ユシムが妙な気を起こした以上、消すしかない。それからこいつら……」

宋璘《ソンイン》はケウォニとヨンボギのほうにあごをしゃくった。

「……もう使い道がないばかりか、ムソク、ユシム、寧仁伯《ヨンインベク》の娘までみんな会ってしまった以上、すぐに片付けてくれ」

「か、片付けてくれって、う、うちのおっかあは？」

息を殺していたヨンボギが泣き出した。宋璘《ソンイン》が親切に教えてやった。

「兄貴の話じゃ、老いぼれのくせに、実にわめきたてたそうだ」

「あああっ！」

耳をつんざくような嗚咽がヨンボギの喉から絞り出た。宋璘《ソンイン》が眉をひどくしかめた。

「俺はうるさいのは耐えられん。特にクズどもは」

宋璘《ソンイン》は首を振りつつ出て行った。従弟が立っていた場所を見て不満げに溜息を漏らした宋邦英《ソィバンヨン》が、廊下に半身を出して部下を呼んだ。

「誰かいるか？」

ガツンッ！　宋邦英《ソンバンヨン》は後頭部が炎に包まれたと感じた瞬間、そのまま前に倒れた。

普通なら恐れ多くて影も踏めない御貴族様だが、ケウォニは急ぐあまり宋邦英《ソンバンヨン》の背中をむんずと踏みつけて一気に廊下に飛び出した。殺しても足りない利口ぶった卑怯者！　目隠しだけで両手両足は自由のままとは、鉄洞《チョルドン》の火拳を見くびりやがって！　背中さえ見せれば後頭部を一蹴りで倒してやる、この技でオレに勝てるヤツはいないんだからな！

廊下を駆け出したが、しまった！とケウォニはまた宋邦英《ソンバンヨン》を踏んづけて部屋に戻り、むせび泣くヨンボギを立ち上がらせた。魂が抜けたように見開いたヨンボギの目から涙がぽろぽろ流れ落ちる。

「立つんだ、この野郎！　人が来る！　ぐずぐずしてられねえ！」

ケウォニの言う通り、二人が廊下に出たとたん、走って来る男たちに見つかった。ケウォニとヨンボギは必死で妓楼を飛び出した。二人とも街中を逃げ回るのは経験豊かだが、やつらの私兵も侮れない。妓楼や居酒屋がひしめく小路には隠れる場所もあるものの、全力疾走していては脇見をする余裕もない。だが、ただ前へ前へと走るだけでは捕まるのも時間の問題だ。通行人をつきとばし、露店や商売人の平台を蹴散らして、二人は背後から迫りくる死の恐怖で滅茶苦茶に走った。

「ど、ど、どうしよう、あ、兄貴！」

走りながら泣き、泣きながら走るヨンボギが息をきらして叫ぶ。知るか！　歯を食いしばったケウォニが、ハッとサンの顔を思い出した。

「おい、ヨンボギはお嬢さんの言ったこと覚えてるか？」

「だ、だ、誰？」

「城壁で一緒に連れて行かれた娘！　あの娘が教えた場所、覚えてるか？」

「チャ、チャ、子男山《チャナムサン》」

「そうだ！　油市場のそばの金果庭！　綏靖侯《スジョンフ》リン！」

「そ、その、金……」

「いいか、この野郎。あの分かれ道で別行動だ！　二人とも助かるか二人とも死ぬか！　油市場の先の金果庭という屋敷を探せ！　そこで綏靖侯《スジョンフ》に会って、『オレたちを助けてくれたら、お嬢さんの居場所を教える』と言え！　意味わかるな？」

「う、う、うん！」

分かれ道で子男山《チャナムサン》の方角にヨンボギを突き飛ばしたケウォニは、そばの店からさっと乗馬鞭を取り上げ、道の真ん中に立ちはだかった。

「あ、あ、兄貴！」

振り返ったヨンボギが仰天して叫ぶと、ケウォニが叱り飛ばした。

「急げ！　このとんま！　言ったことを忘れるんじゃないぞ！」

ヨンボギが振り返りつつもヨタヨタ駆けて行く後ろでは、追っ手の私兵はもちろん、乗馬鞭を万引きされた店の主人や付近の商人まで、束になってケウォニに突進する。通りがかりの人々も足を止めて様子を見る。団子鼻から思いきり鼻息を吹いたケウォニは、両腕をぱっと広げて道を遮り、大声で野次馬たちに向かって叫んだ。

「はやく※街衢所《がいくしょ》に知らせろ！　乗馬鞭泥棒が出た！　そいつをぶち殺そうとする奴らで街は大騒ぎだ！　ぼんやり見てるんじゃない。衛兵どもを呼んで来い！」

私兵の一人が飛びかかろうとする。ケウォニは力一杯鞭を振るった。ケウォニの目の前で刃がギラリと光った。

◉

ソンファは天を仰いでため息をついた。苛つくを通り越してもう同情に値する。サンがご飯のかたまりをこねくりまわして一刻《ガク》（十五分）はたつ。ご飯粒はべとべとの糊に変質しているだろう。

「いったい、いつできるんだい？　みんな、お腹の皮と背中の皮がくっついてるよ」

「それが、ご飯同士がくっつく代わりに、なぜか手にくっつくばかりなの」

まとまらないご飯のかたまりを見せながらサンが訴える。案の定、米粒はつぶれて形がなく、糊というより餅に見える。

「手のひらに水をつけなかったの？」

「えっ」

失敗したご飯のかたまりを竹の椀になすりつけ、サンは手を濡らしてまた挑戦する。ぎゅうぎゅう力いっぱい握りしめるせいで、飯粒はまた餅になった。ソンファが見ていられず叱りつける。

「ちょっと。おにぎりに恨みでもあるわけ？　力を入れたら固くてまずくなるでしょ。ご飯も多く取り過ぎ。もう少しちゃんとできないわけ？」

※街衢所：都の通行の監視と犯罪の取り締まりをしていた役所。

「あっ、ごめんなさい」

サンは素直に謝り、ご飯のだんごを置き、水をつけた手に少なめにご飯を取った。今度は一生懸命手を柔らかくにぎにぎしているうちに、ついに丸い形になった。サンは握り飯を差し出した。

「これならどう?」

サンは目を輝かせて評価を待つ。一口ほおばったソンファは顔をしかめた。自信があったサンは首をかしげた。

「やっぱり、まずい?」

「まずい以前に、味がない。何もつけなかったね?」

「えっ? 何か入れるものだったの? ご飯を小さく丸めたら出来上がりじゃないの?」

目をぱちくりするサンの前に、ソンファが小さな袋をぽんと放った。

「せめて塩気はつけなきゃ。みんな汗びっしょりだから、しょっぱいものを食べなきゃやってけないのさ」

「ああ、そうなんだ」

サンが塩をつまんでおひつに振るのを見て、ソンファはくすっと笑った。少女はここに人質として捕まっているのに、勝手に仲間のように振る舞いだした。身分は王族だというのに、ソンファにぞんざいに叱られても怒らない。『彼』と取引が成立したら殺されるのに、遊びにでも来たように快活で、手伝いまでしてくれる。ソンファは高貴なお嬢様など見たことないが、サンが一風変わっているのはよくわかる。

ただ、どんな王侯貴族の令嬢でも、家を采配する女主人になれば、召使いに用を言いつけみずから立ち働くこともあるので、家事は一通りこなせるように習っているもの。それなのに不思議なことに、このお嬢様は女人の仕事がまったくできない。機織りは知らない。裁縫もへたくそ。台所に入ったこともない。それじゃいったい何ができるわけ？　あきれたソンファがいやみを言ったのが二、三日前だ。

『着るのも食べるのも人任せ。自分じゃなんにもできない。誰かがお世話してあげなきゃ暮らしも立たない。働かなくても食べていける御貴族様って、ほんとにいい身分だわね！』

ソンファに容赦ない言葉を叩きつけられても、サンは怒らなかった。むしろうなずいたように見えた。

『その通りだわ！　今までは、誰かがやってくれたおかげで生きてきたの。これからは一人で生きるんだもの。わたし、最初から習わなきゃ』

そしてソンファにつきまとって何でも手伝い始めた。怒鳴られ、叱られ、馬鹿にされても、いじけたりすねたりせずに何度でも元気にやり直す。可愛くもあるし、けなげなものだとサンを見直したソンファだが、塩を振るサンから慌てておひつを取り上げた。

「こらっ、塩をどれだけ入れた⁉」

「え？　多すぎた？」

手についた塩まではたき入れながら、サンが目を丸くする。ソンファは、その天真爛漫さにまた唖然とする。

「塩は値段が高いんだから、大事にするんだよ。お屋敷ならいくら使ってもいいだろうけどね！」

「ごめん、そうだよね。気をつける」

「それに塩辛くて食べられなくなったじゃない！」

これだけのご飯を食べられなくしたことが申しわけなくて、サンはおろおろする。

「どうしよう。水を入れる？」

「それじゃ冷たいお粥になっちゃうでしょ。どいて！」

ソンファはサンをどかすと、釜のご飯をおひつに移したがまだ足りない。

「こんなんで、お屋敷を出てひとりでどうやって暮らすつもりだったの？　食べるものも着るものも、いちいち自分で作るのが暮らしってもんだよ」

かまどに火をおこしたソンファの横にかがんで、サンは正直に言った。

「考えたこともなかった」

「どうにかなると思ってた。わたしってほんとにだめね」

「だからなんでお屋敷を出ちゃったの。贅沢すぎるよ」

本心でなくてもぽんぽん言ってしまうソンファは、言った後ではっとした。

「……そうよね。贅沢すぎるよね」

膝を立ててあごをのせたサンが炎を見つめて、独り言のようにつぶやいた。

「みんなが苦労して働いてたのに、わたし、何も考えていなかった。あれこれ手を出してはみたけれど、何もうまくできない。本当に役立たずなの。友だちを守るとか、親身になってあげられる人もみるのに、わたしはただ自分が楽しければよかった……。結局一人で生きていくことになったのに、なんにもできない。わたしの身代わりになってくれた人にも合わせる顔がないわ」

「あ、そこまで自分を責めなくても。そんなにひどいわけじゃないからさ、あんたも」

正直に自分をさらけだすサンを見て、ソンファは言い過ぎたと思って慰めた。このお嬢様の家出の理由はソンファも仲間から聞いていた。生きていくだけで精一杯のソンファから見れば贅沢な悩みだが、本人にとっては切実な問題だとわかるソンファは、やさしい気持ちになって尋ねた。

「サンがお屋敷を出たのは、男物の外套《トゥルマギ》の持ち主のせい？」

サンはぴくっと震えたが、答えられずに顔を膝に埋めた。

「なぜその彼の所に行かず、ムソクなんかについて来ちゃったの⁉」

「放っといて」

ちぢこまったサンをしばらく見ていたソンファだが、やがて同じように座りこむと膝にあごを乗せた。

「言ってごらんよ、姉さんとでも思って。知恵を貸してあげられるかもよ？」

ソンファは、はっとして、また口をつぐんだ。

姉だなんて！　身分違いを忘れて気軽にしゃべってきたせいで、つい出てしまった言葉だ。しかも、もうすぐ殺される娘に何を言ってやれるわけ？　ソンファの後悔にも気がつかず、サンは打ち明けた。

「わたし、怒っちゃったの」

サンは膝に埋めた顔を上げ、かまどの炎を見つめた。

「『結婚を無理強いされたら逃げる、好きな人じゃなきゃ死んじゃう』って言ったのに、向こうはその『好きな人』が自分だなんて想像もつかないの。だからご親切にも、『逃げるなら手伝ってやる』なんて言うの。わたしが誰を好きなのか、あの人はまったく関心がない。あの人にとって大事なことは別にあるから。いつもそうだった。わかってたけどもう限界。だからあの人には二度と会わないって決心した。その時、たまたま手を貸してくれる人が現れて。それがムソクだったの。もしムソクを紹介されなくても、誰でもいいから手伝ってもらったと思う」

「『大事なことが別にある人』ねえ……。その人に言ったの？　『わたしが好きなのはあなたよ！』そう言った？」

「言ってどうなるの？　わたしのことなんか何とも思っていないのに。ううん、心のすべてを世子に捧げた人なんだもの、ほかの人に気持ちを向ける余地なんか残ってない」

「ばかねえ！」

ソンファが指でサンの額をはじいた。

「言う前からなんで決めてかかるの。あんたは自分の気持ちを言い、彼も自分の気持ちを言うだけよ。恥ずかしがらず、要らない気をつかわず、正直にありのままを話すの！　いいかい？　いくら仕事が大事でも、仕事を理由に女を拒む男はいないよ。仕事もするし女も手に入れるのが男だから」

「彼はそんな男じゃない」

「そんな男じゃない男はいない」

「どうしてわかるの？　ソンファは男じゃないのに」

「経験ってのがあるからね。サンみたいな子どもとは違うのさ」

「片思いをしたこと、あるの？」

「あるよ。十年間」

サンは目を見開いた。十年！　自分との途方もない差を感じて、サンはソンファに尊敬の念を抱いた。淡々としたソンファの表情に比べれば、自分の恋など子どもの遊びのように思える。でも、片思いのつらさにどうやったら耐えられるの？　サンはつい聞いてしまった。

「十年も片思いして、どうなったの？」

「夫婦になった」

え？　サンの口がぽかんと開いた。サンが驚くのもわかるというように、ソンファはうなずいた。

「十三の年から好きだった。最初はわたしのことを可愛がってくれて。ほら、ここは特別な仲間の集まりで女の子はほとんどいなくて、わたしはみんなの妹だった。だから彼はわたしのことを妹としか思えなかったんだよね。大事にはしてくれたけど、愛じゃなかった。

まあ、あの頃のわたしたちは毎日命がけだったから、愛どころじゃなかったし。しかも彼は不器用で自分の気持ちを見せない人だった。サンのいい人みたいに、大義にすべてを捧げてた。『愛だの家族だの甘っちょろいことは来世でやれ』。そう言って若者らしい楽しみも捨てていた。

そんな人だとわかってたけど、好きになったら後戻りもできないよね。だから十七になった年に、愛してるって言ったの。先の見えない危険な日々だけど、一瞬でもいい、人間らしく生きたいって。

だから妻にしてって、そう言ったの……」

「……そうしたら？」

「あっさりふられた。わたしたちは人並みに暮らせる立場じゃない。死んで当たり前の集まりだったから。それなのに人間らしく生きたいなんて、欲張り過ぎ。あの人はそれがよくわかってた」

サンは自分のことのように耳を傾けた。自分とソンファ、リンと彼が重なる。

「どう言っても彼を説得できなかった。彼をそばで見ている一日一日が絶望的で、死んでしまいたいとさえ思った。でも彼に会えなくなるのも耐えられない。

だから決心したんだよね。どんなに悲しくても彼を見ながら生きようって。一生、彼の同志として働き、彼の妹としてそばにいるって。

そして父さんが『彼』と出会い、わたしたちの放浪暮らしが終わった。そう、サンを殺せと命令した『彼』よ。わたしたちは『彼』の仕事の一部を引き受ける代わりに、この山に隠れ甲を得て、田畑を作れるようになった。一応の報酬も手に入った。生まれて初めて地に足のついた生活ができるようになった。わたしが二十三の時だね。

それでわたしは欲が出た。だから『妻にして』ともう一度言って、もう一度断られた」

「ひどい。わたしには無理、耐えられない」

「断られただけよ！　わたしのことを嫌いじゃない、ただ妻は要らない、というわけ。だから、わたしももう、普通に頼むのはやめることにした」

「他に方法があるの？」

「うん。あまりいい方法じゃないけど、追い詰められたわたしの最後の方法だった」

「……どうしたの？」

「夜中に彼の布団に裸で入ったの」

サンが首まで真っ赤になったのでソンファが吹き出した。

しばらく笑ったが、やがてソンファは真顔に戻った。

「あの時はそんなことしか思いつかなかったんだよね。彼もびっくりして怒ったわ」

「じゃあ……また別の方法を使った？」

「ふっ！　話はまだ終わってないの。だから怒った彼に言ったのよ。『今夜のことだけで一生を生きられる、わたしを生かす力になる』って」

「でも、それは……」

「哀願？　そうよ。わたしは、すがったの。そうまでして彼のものになりたかった。だから彼の手をとって……」

ソンファはサンの手を自分の左胸に当てた。ふくらみを感じたサンがびっくりして手を引こうとするが、ソンファはしっかり握って放さない。

「……こんなふうに当てたの。わたしの心臓がどれほど強く打ってるか感じてみてって。無我夢中で彼の手をつかんでいたら、いつのまにか、彼がわたしの胸を力いっぱいつかんでた」

「わかった、わかったから、手を離して！」

赤くなったり青くなったりするサンをからかうだけからかうと、ソンファはやっと手を放してくれた。

「そうしてわたしたちは夫婦になった。まあ、あんたにもそうしろと勧めてるわけじゃないけど」

「勇気があるのね。すごいわ」

サンは繰り返しうなずいて、両手を頬に当てて熱を冷やす。

「その彼、わたしもここで見たことある人？」

「見てるよ。ここでじゃないけど」

「え？　ここにはいない人？」

「ムソク。彼がわたしの夫なの」

サンの頬の熱い血が一瞬で凍りついた。サンが真っ青になったのを見て、ソンファがふっと笑った。

「ムソクがお屋敷でやったことをわたしが知ったら、って心配してくれたの？」

「知って……いたの？　彼がしたことを？」

サンの声が震えた。何でもないようにソンファは答える。

「それもみんな、わたしたちの大義のため。サンが今ここに捕まっているのはムソクのせいよね？　つまりムソクはその子に本気じゃあない。彼が他人の気持ちを受け入れない性格なのは、さっき言った通りよ」

ソンファは落ちついた口調だが、ともすれば感情的になりそうな気配を、必死で押し殺している。

ソンファの苦しみを感じとったサンは、よけいに混乱した。

ビヨンはムソクを信じてすべてを与えた。ソンファは夫が他の娘を抱くのを受け入れた。

ソンファは苦しむ。ビヨンも苦しむ。それを大義という言葉で正当化するの？　それは違う。何かおかしい！　サンはたまらなくなり、つい声が大きくなる。

「大義って何？　わたしを殺してうちの財産を横取りする大義？　わたしの友だちの信頼を踏みにじる大義？　妻を裏切る大義？」

「ちがう。わたしがいいって言った！　サンがムソクを非難するのはわかる。だけど、そういう汚れ仕事も避けられない。大きな目的のためには犠牲もやむをえない」

ソンファも大声で言い返すので、サンも負けじと声を張る。

「もっと大きい目的？　『彼』の言いなりになることが？」

「『彼』とは目的が同じだったから手を組んだんだ。この地からモンゴル勢力を追い払い、高麗人の国を作るために！」

ソンファの陶酔したようにきらめく瞳の中にただならぬ意志が読み取れる。この隠れ里の人々は流浪の民のようなのに、サンの荘園にさまよいこんで来た流民とは全く違う。サンはささやいた。

「あなたたちは……何者なの？」

「もう二十年近く前、最後までモンゴル軍と耽羅《タムナ》で戦った軍がいた。父さんもその一人よ。全滅したといわれてるけど、南海岸には生き残りがいた。わたしたちは死ぬ寸前に島を脱出し、国中をさまよいながら戦ってきた。つまり、三別抄《さんべつしょう》の最後の生き残りがわたしたちよ」

「三別抄《さんべつしょう》！」

リンに聞いたことがある。かつて高麗を牛耳った武臣・崔《チェ》氏の時代に組織された、官軍とは別の特殊部隊、左別抄と右別抄。そしてモンゴルの捕虜になったが逃げ帰って来た兵を編成した神意軍。この三つの軍を総称して三別抄《さんべつしょう》といった。

モンゴルの侵略で武臣政権は江華島《カンファド》に避難してそこに宮廷を置いた。陸地に取り残された民は田畑をモンゴル軍に荒らされているのに、平時と同じ重税を高麗宮廷に納めさせられた。たまりかねた民が反発すると、武臣政権は民を暴徒扱いして三別抄《さんべつしょう》に鎮圧させた。

長い戦争で国土は荒廃し、白骨が累々と野に晒され、ついに先代国王が戦争を終わらせた。いったん講和を結べばモンゴル皇帝は敵ではない、むしろ国王を高麗の代表と認めてその後ろ盾になった。そのあおりで、王室を軽んじていた武臣政権は崩壊した。三別抄《さんべつしょう》は雇い主を失ったのである。それで三別抄《さんべつしょう》は王室を恨んで大規模な反乱を起こした。民も、荒廃した国土復興のために重税をかけた王室を嫌い、三別抄《さんべつしょう》に味方した。

苦戦した高麗王室はモンゴル皇帝に救援を求め、モンゴル軍は反乱軍・三別抄《さんべつしょう》を耽羅《タムナ》まで追い詰めて全滅させた。

それから二十年近くたつのに、ソンファは、自分たちは反逆者の三別抄《さんべつしょう》だと堂々と名乗る。サンは腑に落ちない。

「でも全滅した頃って、ソンファは十歳にもならない子どもでしょ。お父さんはともかく、ここにいる人たちも戦える年齢じゃなかったのでは？」

「そう。父さんは右別抄の隊正《テジョン》だったけど、あとは三別抄《さんべつしょう》の軍卒の子どもとか、紛れ込んだ流民たちだね。でもわたしたちはみんな三別抄《さんべつしょう》の誇り高く生きている！」

ソンファは熱く語るが、サンはよくわからない。

「誇り？」

「モンゴル軍と最後まで戦ったのは三別抄《さんべつしょう》よ！　三別抄《さんべつしょう》こそ高麗人の高貴な精神を守っている！　王室は命惜しさにモンゴルの言いなりだけど」

「ちょっと待って。三別抄《さんべつしょう》は倒れた武臣政権に仕えてたから王室に反逆しただけでしょ。モンゴル軍と戦う気もなかったはず。モンゴル軍が王室を援護しに来たから、結果的にモンゴル軍と戦っただけ。高麗の誇りとか反モンゴルなんて口実。田畑を荒らすモンゴル軍と最初から最後までずっと戦っていたのは普通の民よ！」

「わたしたちがその普通の民だから同じことよ。あんたたち王族とは違う」

「三別抄《さんべつしょう》が普通の民？　違う。武臣政権に逆らう普通の民を弾圧する軍だった。つまり支配者の手先よ。もしソンファたちが普通の民なら、『彼』の言いなりに世子暗殺や人殺しをするのは変じゃない？　今の世子は貪欲で不正な高官を処罰し、民の暮らしを安定させる政治を準備している。でも『彼』は金や権力を持つ人々が好き放題できる世の中にしたい。そのために世子が邪魔だから暗殺しようとしたんじゃないの！」

ソンファが失笑した。

「何言ってるの。世子はモンゴル皇女の息子。モンゴル人のくせに！」

「高麗人でもあるわ！　モンゴル帝国が強大なのは事実。この現実を認めて、高麗人が高麗国を守って生きる道は、モンゴル皇室の一員という立場を逆利用する世子の政治よ。世子は国王殿下を説得して勧農使《カンノンサ》を廃止したし、賄賂で政治を惑わす奸臣《かんしん》も流罪に処した。それにひきかえ、『彼』は民のためにどんな政治をすると言ってるの？　民のことなんか口にしたこともないでしょ！　『彼』は反モンゴルの振りをして、あなたたちを利用してるだけ。モンゴルの血が入った世子が死んで喜ぶのは誰？　民じゃない。強欲で腐った高官たちが万歳を叫ぶのよ！」

ソンファは当惑した。サンの話は筋が通っている。だが年下でお嬢様育ちのサンに言い負けたくないソンファは、頑固に否定した。

「わたしたちはモンゴルの飼い犬じゃない。高麗人の国を作るのよ！」

「高麗人の国？　聞こえはいいけど中身は何？　強欲で無能でも、人脈と賄賂が使えれば出世する高麗人高官ばかりの国？　そいつらに土地も米も種籾《たねもみ》まで奪われて夜逃げする農民があふれる国？『高麗人の国』になっても、同じ高麗人が民を苦しめるんじゃ意味ないわ。だいたい『彼』がちょっとでも普通の暮らしを大事に思ってたら、あなたたちに人殺しを押しつける？」

「ふ……。三別抄《さんべつしょう》は反逆者の烙印を押されてる。どこにも行き場はない」

輝きが消えた視線を落としてソンファがつぶやいた。サンはその手を握りしめた。

「道はある。世子を訪ねて、あなたたちを利用した『彼』が誰か教えて。そして世子と一緒に高麗の民を生かす道を進んで！」

「ありえない！」

飛び上がったソンファは、激しくサンの手を振りほどいた。

「世子につくなんて、高麗を裏切ることだよ！」

「違う。『彼』と手を組んだことが、あなたたちの誇りを裏切ることだった」

サンは、はっきり言いきった。

「しかも『彼』を脅迫した以上、『彼』から報復されるわ。『彼』はあなたたちを使い捨てとしか思ってない」

「何か焦げてる匂いがするけど？」

台所の戸がぱっと開いて男が中をのぞきこんだ。びっくりしたサンは、かまどの中ですっかり灰になった枯れ枝を火かき棒で集めるふりをした。ソンファが髪をなでつけながら立ち上がった。

「ピルド、なんで台所まで来たわけ？」

「隊正《テジョン》さんに、娘を連れて来いと言われて」

「『彼』の使いが来たの？」

「ああ。隊正《テジョン》さんの山砦に今着いたって」

「仲間は？　一緒に来たの？」

「仲間と銀三百斤はまだ峠を越える頃だって。ところで飯はまだかい？　ウエッ！　ペッ！」

握り飯を一口ほおばったピルドが悲鳴をあげた。

「何だ、こりゃ？　オレたちを殺す気か？」

「うるさいわね。この子を連れて行きな。それからみんなにご飯はもう少し先だと言っといて。作り直して持って行くから」

ご飯を混ぜるソンファの背中で、台所を出て行くサンの足音がする。ソンファは振り返らない。

いや、振り返れなかった。殺されに行く人に挨拶できるほどソンファは心臓が強くない。

「いろいろ教えてくれてありがとう。次はもうちょっと上手になってるね」

サンはほがらかにソンファの背中に言った。ソンファは思わずぴくりとした。ふたりに「次」はないのに。

ピルドについてユシムの山砦へ向いながら、サンはあたりを見回した。交州道《キョジュド》（江原道）が近いらしく、針葉樹が天を突かんばかりに生い茂る。さっきの台所がある山小屋で女や子どもたちが暮らし、山砦をユシムや男たちが守っている。人々の腹を満たすには足りない、わずかばかりの段々畑。やや離れたところにある男たちの稽古場。この反逆軍の残党の要塞を、密集した木々が屏風のように取り囲む。いったいどこに出入り口が隠れているのかわからない。

「仲間と銀は本当に来るの？　森の向こうも見えないのに」

ピルドはつられて振り返ったが、別に気にしない。

「森の入口の峠に見張りがいる。何か起きても、そこは稽古場に近いからすぐ駆けつけられる」

ピルドはサンがあちこち注意深く視線を向けるのを見て付け加えた。

「だからお嬢さんが逃げようったって、すぐ追いつける。第一、隠れ里の出口だって見つからないさ。無駄なことは考えるな」

ピルドは腰の刀をトンと叩いて見せた。ふん。サンは軽く鼻で笑った。だがユシムの山砦がだんだん近付いてくるのに逃げ道が見つからないサンの顔に、さすがに陰がさしてくる。このまま山砦に入れれば、『彼』の手の者に確実に斬られるだろう。

『でも生きていたって何が違うの？』

疑問がサンの心に重く垂れ込めた。屋敷には帰れず宝飾品もない。身分を失った以上、人目を避けて生きるしかない。あてもなくさまよって手間賃仕事を求め、物乞いする流浪の暮らし。いったいどうなるのだろう。ついには病んで飢えてぼろぼろになって行き倒れる。そんな悲惨な末路を想像すると、絶望的になってしまう。

『いっそ、ここですっぱり死んだほうがましってものよ』

サンは諦めたようにうつむいた。サンの様子が変わったのを見たピルドが、気は進まないものの声をかけた。

「おい、大丈夫か？」

サンが答えずつま先を見ながら歩いていると、ピルドが独り言のようにしゃべりだした。

「そりゃ、これから殺されるんだ、平気なわけないよな。正直、この何日かお嬢さんを見てて、オレたちはすごく変な気がしたんだ。きゃっきゃと笑いながらあちこち顔を出して、いろいろ手伝ってくれて、できないことは教えて欲しがる。子どもたちと一緒にどろんこになって遊んでくれる。お嬢様だってのに、オレたちが敬語を使わなくても怒らないし。飯だって、出されたものを何でもぱくぱく食べる。高麗一の大富豪のお嬢様だなんて、どう見ても信じられないよ。まあ、殺されるのがわかってる人間が普通に暮らすほうがおかしいかもな」

「あなたはどうして生きてるの？」

「はっ？」

唐突な質問に、ピルドは口をつぐんだ。なぜ生きてるって？　生きてるから生きてるんだろ？　とっさに出た答では質問に比べて深みがない気がして、ピルドはこそこそ鼻の下をこすって悩んだ。サンがまた尋ねる。

「なぜ生きられるの？　まともな衣も着られず、食べるものは黄梁《こうりゃん》混じりの握り飯。いつ死ぬかわからない危険な毎日なのに。どうして平気で生きていけるの？　三別抄《さんべつしょう》の誇りがあれば生きられるの？」

「三別抄《さんべつしょう》とか、オレは関係ないしな」

　ピルドは恥ずかしそうに頭をかいた。

「オレはここに入っていくらも経たないんだ。もともとは百姓でさ。だけど飢えて、郷吏に米を一升借りただけなのに、返す時には百升にも増えてて。無茶苦茶だろ。頭にきてつい郷吏をぶち殺して逃げたところを、隊正《テジョン》さんに拾われたんだ。死んでもおかしくないのに、似たような身の上の仲間と一緒にいられる、たぶん、それが慰めになってるんだな」

「これからもずっとこうして生きて行くの？　やりたいことはないの？」

「誰だってやりたいことはあるだろ。もしできることなら、昔みたいに田んぼを作って普通に暮らしたい。オレは人を殴ったり刀を振ったりするの、正直好きじゃない。いつかことがうまくいったら、広い土地で仲良く人間らしく暮らそうって隊正《テジョン》さんやソンファが言うから、それを楽しみに生きてるんだ」

「いつかって、いつ頃？　刀を振り回して血まみれになって、今日死ぬかもしれないのに？」

「正しいことをするためだから、仕方がない」

「正しいこと？　三別抄《さんべつしょう》は関係ないと言ったのに？」

「ソンファが言った。隊正《テジョン》さんがすることはみんな正しいって。ソンファが言うならそうなんだ」

サンは、ピルドの抑揚が微妙に揺れたのを感じた。ソンファについて話すピルドが急に子どもっぽく頭をかいたので、サンはとまどった。

「ソンファには夫がいるんでしょ？」

「夫？　さっぱり帰って来ないムソク兄貴？　だいたい、ムソク兄貴こそ、いつ殺されてもおかしくないことばかりやっている。夫婦といってもソンファは後家とおんなじだよ。それに……兄貴はソンファが今どうしているか、全然気にかけてやらない。だから万一ソンファが浮気したって、兄貴は何も言えないはずだ」

「じゃあ、ピルドがソンファを想うように、ソンファもピルドを……」

「違う、違う！　そうじゃない！　ソンファはムソク兄貴しか知らない！　オレなんかに目もくれない！」

ピルドが顔を真っ赤にして必死で弁解する。

「ただ見てるだけだ！　手を出そうなんて、夢にも思ってない！」

心の秘密をうっかりばらしてしまったピルドは、一人であわてふためいた。

「オレはただ、ソンファに夫がしてやれない分、遠くからでも見守ってやりたくて……。それだけだ。それ以上じゃない、本当だ！」

「うん、わかった」

サンはうなずいた。ピルドはサンがまもなく死ぬのを忘れたように、人さし指を口の前に立てた。

「誰にも言うなよ。オレは欲なんか出さない。見ているだけで胸がいっぱいだから、死ぬまでこのままでいいんだ。だから誰にも言うんじゃないぞ」

サンの胸がじいんと響いた。一生見ているだけで十分だという素朴な愛！　サンは気づいてくれないリンに失望して、もう二度と会いたくないと怒ったのに。

『このまま死んでしまったら？』

サンは、ふと恐怖に襲われて凍りついた。リンに二度と会いたくないという望みは叶う！　でも、わたしは本当に会いたくないと思ったの？　違う！　指先がかすかに震えたのに始まって、全身ががたがた震えだし、止まらなくなった。

『会いたい、会いたい、リンに。一度だけでいい、もう一度！』

青ざめたサンの唇から、かぼそいつぶやきが漏れた。

「だめ。わたし……行けない」

「え？」

数歩先んじていたピルドが振り返った。ピルドと目が合ったサンが、首を振った。

「わたし、ここを出なきゃ。わたし、会わなきゃいけない人がいるの」

「だが、隊正《テジョン》さんが……」

「こんなふうに終わっちゃいけない。ソンファが教えてくれた。言わなきゃだめって！　わたし、まだ一言も言ってなかった」

「お、おい……」

ソンファまで持ち出されると、ピルドは困って及び腰になる。サンが何を言うのかわからないが、意味はわかる。死ににになんか行きたくないんだ！　ピルドはサンを可哀相に思うものの、逃がすわけにはいかない。サンがゆっくり後ずさるにつれて、ピルドもサンに迫って行く。

「遅かったな、お嬢さん」

しわがれ声がサンの歩みを止めた。いつのまにかそばに来たユシムがサンの腕をつかんだ。ひげもじゃの男は怒声を発した。

「悪賢い娘だ。こういう未熟なやつをたぶらかして逃げる算段か？」

「違う！」

「違いますよ！」

サンとピルドが同時に声を上げた。言いわけ無用とばかりに、ユシムは自分でサンを引っ立てて山砦へ向かう。引っ張られながらサンは必死で言った。

「仲間と銀が着いたのをちゃんと見るまでは、わたしを引き渡しちゃだめ！　わたしを引き渡したとたん、わたしもみんなも殺される。男も女も、ここにいる人はみんな！」

「またその話か？　お嬢さん、終わった話だ」

「あなたたちは思い違いしてる！　これはモンゴルへの抵抗とか、高麗人の国にすることには役に立たない！　金と権力を持つ連中に汚れ仕事を押しつけられたあげく、使い捨てられるのよ！」

「先になってみないとわからんことだ」

「先なんかない！　今気がつかないと手遅れよ。頑固じじい！」

「わしらは反逆者として生きて来た。今さらほかに道がない。『彼』と取引する以外、わしらは生きる手立ても、行くところもない。だからお嬢さんにはすまんが、おとなしく逝ってもらう」

「行くところはある！　あなたたちはみんな、わたしの荘園で田畑を耕して暮らせる！　安全で豊かに！　広い土地で仲よく一緒に人間らしく生きられるの！　ピルド！」

いよいよ山砦の門前まで引っ張って来られてもサンはあきらめず、大声でピルドを呼んだ。え、オレ？　ピルドはサンを遠く見ながら、ぼんやり立ち尽くす。

「ピルド！　おまえは行って、峠を越えてくる連中を出迎えろ」

ユシムの命令でハッと気を取り直したピルドは、可哀相な少女を一瞥し、さっと消えた。もうサンには死出の旅路しか残されていない。

ユシムが引き戸に手を伸ばした。その瞬間、サンは懐から粧刀《チャンド》を抜いた。だがサンがユシムを刺す前に戸が勢いよく開き、中から黒衣の男が躍り出ると刀を大きく振った。二太刀目で背中をばっさりやられたユシムがよろめく。

「ユシム！」

サンがユシムを支えようとした瞬間、また中から二人の黒衣の男が飛び出した。そのとたん、山砦の床から火がごうっと燃え上がり、またたく間に丸木組みの砦を包んだ。黒衣の男たちの刃がまたぎらりとする。とっさにサンを胸の中にかばったユシムの背中と腰を、続けざまに刀が斬った。

「てめえら！」

即死しても不思議でないのにユシムは大声で一喝すると刀を抜き、サンを襲う黒衣の男たちと対峙した。

「モンゴルが珍島《チンド》と耽羅《タムナ》を焼いた時も生き残ったわしだ！　隊正《テジョン》ユシムの首級《くび》はただでは斬らせん！　覚悟しろ！」

「娘を殺せ！」

頭目らしい黒衣の男が地を蹴って跳び、ユシムの肩に刀を打ち下ろしながら叫んだ。命令通り、もう一人がサンに向かって勢いよく刀を振り上げた。絶叫が響いたが、サンの悲鳴ではない。どさりと地に倒れたその黒衣の男の断末魔だ。山砦の炎に気づいて駆けつけたピルドが斬ったのだ。ピルドは血まみれで立つユシムを見ると動転し、今さら足がガクガク震えだす。ユシムがピルドにうなる。

「娘を連れて行け！　山小屋の連中も連れて森に逃げろ。行け、ピルド！」

「隊正《テジョン》さん！」

敵をはがいじめにして一緒に地に転がるユシムを残し、むせび泣くピルドはサンを引っ張って必死に駆ける。生き残った黒衣の男が猛烈な勢いで追って来た。サンを突き飛ばしたピルドの腕に刃が走る。ザシュッ！　血が噴き出し、サンの顔に温かいものがかかった。ピルドの悲鳴に気が遠くなりつつも、サンはとっさに粧刀《チャンド》を強く握り、刀を構える男の手の甲をスパッと斬った。予想外の一撃で刀が手から落ちる。いきりたった男は左手でサンを殴り倒し、馬乗りになって左手でサンの首を絞めた。

『死ぬんだ！　このまま』

地面に頭を強く打ちつけられ、呼吸ができずにぼやけていくサンの視野には、刀を取り直した男のゆがんだ顔がある。瞬間、生きたいという願いが炎のように燃え上がった。男の左手がリンの首から離れ、刃がサンの首筋の血管を狙う。その瞬間、両手に思いきり力をこめて粧刀《チャンド》を男の胸へと突き上げた。ドゥッ！　男は悲鳴も出せずにサンの上に倒れこんだ。一緒に男の刃も顔に落ちてくる。男が重くて避けきれない！　サンは目をとじた。

『あなたに会わなきゃいけないのに。リン！　わたし、あなたに言うことがあったの！』

サンは完全に意識を失った。

ソンファは握り飯を入れたかごを頭に乗せて稽古場のほうに歩いていく。父の山砦にちらりと目をやったソンファの足どりがまた重くなった。

『可哀相な子！』

ソンファは首を強く振った。

『今さら考えて何になる。もう取り返しがつかない』

ソンファは唇を噛んだ。もう山砦に着いた頃だろう。すでに殺されたかもしれない。

『ありがとう！』、『ごめん！』。ほがらかな声が耳に残るソンファは涙が出た。片思いだの恋だの胸を焦がして立派なお屋敷を家出したのに。こんな終わり方は、みじめで可哀相すぎる。

どうしてわたしたちは、恋に落ちると前後の見境もなく、こうも愚かな真似をするのだろう。過ぎし日の自分にサンが重なる。答えはない。それが恋というものかもしれない。ソンファはしょんぼり稽古場に入った。

腹を空かせていた男たちが稽古を止めて嬉しそうに集まって来る。我がちに握り飯を取る彼らを見て、ソンファが尋ねた。

「ピルドはどうしたの？」

「あれ？　あいつ、どこへ行った？」

「さっき隊正《テジョン》さんに呼ばれたから、山砦にいるんだろ」

サンを連れて行っただけなのに、山砦に長居する理由があるの？　なぜ戻らない？

ソンファは山砦が見える坂道を登ってみた。その途中で、空に黒煙が広がるのが見えた。

「あれ、何の煙⁉」

誰も答えられない。その時、周囲の森から矢が雨あられと飛んで来た。火矢もある。稽古場の小屋にたちまち火がついた。一瞬のうちにあたりは猛烈な煙に覆われた。そして一群れの黒衣の男たちが襲ってきた。

奇襲攻撃に右往左往するユシムの配下は、修羅場と変わった稽古場で全滅の危機に瀕した。だが稽古中でそれぞれ武器を手にしていたのが不幸中の幸いで、たちまち熾烈な斬り合いが繰り広げられた。

ソンファは男たちが身体を張って作ってくれた抜け道をかろうじて走り出た。燃える山砦を目指して走ったが、途中で剣をかまえる少年に前をふさがれた。色白でりりしく、すらりとした少年のそばで、身を縮こまらせた男がソンファを指さした。

「こ、この女も仲間です！」

ソンファはそれが、開京《ケギョン》に行かせた二人の与太者の弟分だと気がついた。この間抜け顔が奇襲部隊を案内してきたとは！

『サンの言った通りだ！「彼」はわたしたちを皆殺しにする！』

ソンファの首すじにぴたりと剣が当てられ、少年が口を開いた。

「寧仁伯《ヨンインベク》の娘の居場所を言え」

この阿鼻叫喚の地獄の中では淡々と冷静すぎる声だ。その抗いがたい威厳に、ついソンファはサンの居場所を指さしそうになった。

『だめ。こいつらに居場所を教えたら、わたしを殺してあの子も殺すんだわ！』

ソンファは素手で首すじの刃をぐいっとつかんだ。ヒッ！　間抜け顔が息を呑んだ。ソンファの予想外の大胆な行動に、剣で脅す少年もやや驚いたらしい。ソンファは目に力をこめてはっきり言った。

「わたしは隊正《テジョン》ユシムの娘、場所はわたしだけが知っている。仲間を殺すのをやめれば教えてやる。でなきゃこの場でわたしを殺せ！」

「おまえたちは白衣のほうか？」

ソンファが答える前に、少年はソンファの腕をねじって刃から手をはずすと間抜け顔のほうに突き飛ばし、稽古場の真ん中に躍り込んだ。敵味方が入りまじる斬り合いの中で、ソンファは少年の動線をたやすく追えた。彼が行くところ行くところ、黒衣も白衣も男たちは草のようになぎ倒される。ソンファは歯ぎしりした。

「ひどい！　皆殺しってわけ⁉　あの子の居場所は絶対教えない！」

「絶対教えないって、ち、違うよ。峰打ちだから……」

間抜け顔が冷や汗をかいて弁解する。少年をよく見たソンファは、敵味方関係なく急所を打って転がしているのを知った。軽快な身のこなしで何十人も相手にする様子は、まるで剣舞だ。驚いたソンファは開いた口がふさがらない。

「あの少年は、いったい何者？」

「あの少年は、いったい何者って、お嬢さんが呼んで来いと言った綏靖侯《スジョンフ》リン様……」

ソンファはまどろっこしい男の言葉を最後まで聞いて、やっとわけがわかった。

「『彼』の手下じゃなかった。この二人はあの子が呼んでくれた味方……」

そして多分あの少年が、サンが羽織っていた外套《トゥルマギ》の持ち主なのだ。いつのまにかソンファの前に少年が戻って来た。荒い息を整えながら、彼が忍耐心を絞り出すように静かに言った。

「仲間を殺すのは止めさせた。彼女の居場所を言え」

言われた通りにしてきたとは、また律儀な若様だこと！　ソンファは危うく吹き出しかけたが、少年がサンにすっかり惚れ込んでいるのを悟った。ソンファの目をかすめた笑いに気づいたリンが、剣を突きつけたのだ。

「おまえが教えなくても私がここを隅々まで探せばすむことだ。だがその前におまえは死ぬ」

「いいから早く行こう。急いで！」

ソンファが先に立って駆け出した。さっき見た煙は父の砦に異変が起きた徴《しるし》だ。山砦に近づくにつれてソンファの胸が強く打ち出す。

『父さんは簡単にはやられない！　ピルドも一緒なんだし！』

だが無惨に転がる死体の数にソンファは驚愕した。半ば燃えた階段の下に黒衣の死体が倒れている。ちょっと離れてユシムともう一人の黒衣がからまったまま倒れていた。そのやや離れた所にピルドが横たわっている。ピルドの近くで、また別の黒衣がうつぶせに死んでいる。

「父さん！」

ソンファが一言悲鳴をあげてユシムの身体を起こした。ユシムが死んでなお固く握りしめた刀は、組み合った男の背中から腹を貫き、ユシム自身の腹にまで半寸ほど刺さっている。ソンファは父を呼び、髪をかきむしった。

ピルドをひっくり返したヨンボギが、さっきのように、息を呑んだ。

「この人、生きてる……！」

ソンファが走り寄り、ピルドを抱き起こして叫んだ。

「ピルド！　ピルド！」

ピルドの腕がぶらりと力なく垂れる。傷をぎゅっと押さえながらソンファは無我夢中で彼の名を呼び続けた。

一方リンは、サンが見つからないので慌てている。生き残った者が見えない。

『サンはどこだ？　逃げたのか？』

やっと、うつ伏せになった男の下に隠れてほとんど見えないサンの姿に気がついた。あたふたと男を脇に押し退けると、血まみれになったサンが横たわっていた。ありえない衝撃で、リンはしばらく呆然とした。

『死んだ⁉』

リンはどさりと膝をついた。真っ白だったサンの顔が血に染まっている。リンは震える手でサンの頬にふれた。まだ温かい。

『私がサンを殺した！　私が遅すぎた！　私のせいで死んだんだ！』

激情に襲われてリンはサンをしっかと抱きしめた。とても温かくてとてもやわらかい。しばらくしてやっと、リンは何か不自然だと気がついた。サンの胸に耳をつけると、サンの心臓は規則正しく打っていた。急いで指を鼻の下に当ててみる。息が温かい。無事だったのだ！

「サン！　きみは私を殺す気か？」

リンはサンの頬を軽く叩いた。サンがぴくりと動いた。まつげが震える。ぱっと目をあけたサンは、悪夢にうなされたような恐怖の悲鳴をあげた。リンがおだやかに呼んだ。

「私だ。サン！」

「……リン？」

信じられないように、大きな瞳が不安げに揺れる。

「もう大丈夫だ」

胸がつまったリンはかすかに笑った。サンは手を伸ばしてリンの頬にさわり、それではじめてリンが来てくれたことを信じた。緊張がいっぺんに解けて安心したのか、サンはリンの首を精一杯かき抱き、激しく泣きだした。サンのうなじに顔を埋めたリンも、血の匂いの中でサンの蘭香を感じた。ついさっき、もう失われてしまったと思いこんだ香り。リンは黙ってそのままサンを強く抱きしめた。

第八章　亀裂

隠れ里はすっかり廃虚となった。山砦は全焼し、稽古場は墓地になった。ヨンボギと二人で最後の墓に土を盛ったリンは、鍬《くわ》に寄りかかって立った。陰惨な風景を見回すリンの胸はふさがる一方だ。黒衣の襲撃者は全員死んだ。「殺さなければ殺される」という危機感で生きてきたゆえか、ユシムや仲間の復讐のためか、生き残った数少ないユシムの配下は、リンが転がしていた黒衣の襲撃者を皆殺しにしてしまった。襲撃を命じた『彼』について自白させる前に。

ユシムの配下は『彼』について何も知らなかった。ソンファですら知らなかった。

「知っているのは父さんだけだった」

この結果はリンをいたく落胆させた。ムソクについても尋ねたが、同じことだった。

「ムソクも『彼』ではなく、ある娘に指示されていたと。でもその娘の正体はわからない」

落ちついた面持ちで答えていたソンファが、突然恐怖に怯えた。

「ムソクは生きているの⁉」

リンは答えられなかった。

あの日、ビヨンを訪ねてムソクに会わせてもらう前に、ヨンボギが金果庭に乱入してケウォニを助けてくれと大騒ぎしたのだ。要領を得ないヨンボギの説明を聞き、とにかくケウォニを救いに行き、サンを助けに山砦に来るまで、リンはムソクの存在をすっかり忘れていた。

こうなった以上、たぶんムソクも『彼』に殺されただろう。『彼』は、自分につながる糸をすべて切ったはずだ。

『今回の「彼」の目的は、寧仁伯《ヨンインベク》の財産を奪うことだ。だから財産がどこに流れたかを調べれば、犯人がわかる。捕えて、サンにやったことをすべてやり返す！』

リンは鍬を放り捨てた。もう、ここでできることはない。

サンを連れて開京《ケギョン》に帰るだけだ。リンは山小屋に足を向けた。

そこではサンがソンファたちと荷物をまとめていた。サンは生き残った人々を福田荘園に迎えるつもりだ。彼らが三別抄《さんべつしょう》の残党だと知ったリンは反対したが、サンは意志を曲げない。

「この人たちだってウォンの民よ。だから保護してあげなきゃ」

「三別抄《さんべつしょう》は反乱軍だ。しかも昔だけじゃなく、狩りの世子暗殺の陰謀にも荷担した。きみが引き受けてきた流民とは違う。邸下への反逆者を荘園に入れるのはきみが危険だ」

「今は違う！」

サンがすがるようにリンの腕にしがみついた。

「この人たちが願うのは田畑と住む家だけ。この人たちがユシムについてきたのは、人間らしく生きられなかったせいよ。それに本物の三別抄《さんべつしょう》だったユシムが死んでしまった以上、もう反逆を企てる人はいない。お願い、リン！　わたしの話を聞いて」

結局リンは、サンを説得しきれなかった。どうしても不吉な予感がするが、サンのうるんだ黒曜石の瞳を見ると、最後までだめだとは言えなかった。

『やむをえない。ソンファたちの戸籍も偽造するしかないな』

サンを止められない以上、共犯になるしかない！　それがリンの結論だった。

歩きながらリンは懐の粧刀《チャンド》を出した。サンにかぶさっていた死体の胸に深々と刺さっていたのをリンが見つけ、洗って丁寧に磨きあげたのだ。さやを撫でつつ、リンはサンが粧刀《チャンド》を刺す光景を想像した。死の恐怖の中で、稽古ではなく本当にサンは人を殺したのだ。

『どれほど恐ろしかっただろう。可哀相なサン……』

意識を取り戻したとたん悲鳴をあげ、しばらくリンから離れられずに泣いていたサンを思い出すと、胸が切り裂かれるようだ。あとちょっとでも早く到着して襲撃者を片づけていれば、サンがあんな凄惨な経験をせずにすんだのに。すべて自分のせいだ。

『こんなことは二度と起きないようにする！』

リンは粧刀《チャンド》を握りしめた。ふと、遠くからソンファが駆けてくるのが見えた。何か重い予兆がリンの胸を襲う。

「何があった？」

「綏靖侯《スジョンフ》様！　リン様！　お嬢様が大変です！　突然倒れて！」

「何だと、どうして⁉」

「あの時は怪我をしてないと思ったけど、もしや内臓とか痛めたのでは……」

リンは疾走した。あまりの速さに、ソンファもヨンボギもすっかり置いて行かれた。

一気に山小屋に着いたリンは一番奥のサンの部屋に直行した。気がせくあまりリンは勢いよく戸を開け放った。

「きゃっ！」

中にいたサンは動転した。サンは着替えの最中で、白く細い肩があらわだった。驚いたのはリンも同じで、丸くなめらかな曲線を見て、呆然と立ちすくんだ。サンがあわてて床の衣を拾い上げて首から下を隠す。

「どうしたの、リン！」

「あ、私は、その……」

リンは弁解の言葉が見つからず焦ったあげく、手の中の粧刀《チャンド》を差し出した。

「これを返そうと思って……」

「そんなの後でいいでしょ！　早く出て行って！」

それで我にかえったリンは戸をバタンと閉じた。自分が馬鹿になった気分だ。これほどきまり悪い経験も初めてだが、こんな無分別な行動をしたあげく呆然としたのも初めてだ。生まれて初めて、リンは顔から火が出る、という意味を知った。

足早に山小屋を出ると、追って来たソンファにぶつかった。ソンファにさっきの真剣な様子はない。興味津々で楽しそうな顔が、まだ紅潮しているリンを見て小気味良く輝いた。

リンは腹立たしくなり、低い声でソンファを咎めた。

「何の真似だ？」

「あら、なぜ二人きりにならず、こんな外におられるのかしらね？」

平然と言い返すソンファを前に、リンは頬の内側を噛むばかりだ。ソンファが嘲笑する。

「部屋を飛び出しちゃったら意味ないじゃないですか。隠してきた想いを打ち明けられるよう、手伝ってさしあげたのに」

「よけいなことだ」

「ちゃんとお嬢様のそばに付き添ってあげないから、ああ言うしかなかったんでしょ。お嬢様はリン様を好きで、リン様もお嬢様を好き。なのにリン様は、やることがあるって逃げてばかり、ろくに話もしない」

「事情があるのだ。でしゃばるな」

「お偉いさんは恋のやりかたも違うと？　まさか！　好きなら好き、嫌いなら嫌い。それだけでしょ。まったく、どんな立派な事情があるにしたってですよ。あのお嬢様がここでひどい目に遭ったのも、そもそも綏靖《スジョン》侯《フ》様がもたもたして、わけがわかってなかったからじゃないですか！」

ずけずけ言ってのけるソンファの前で、リンは口をとじた。ソンファの叱責は当たっている。とはいえ、衣を脱いだ令嬢の部屋に男を入れる非礼はやはり許せない。

「お嬢様に失礼を犯すな。悪いことをした」

「失礼？　お嬢様が望んでることじゃないの。綏靖《スジョン》侯《フ》様はね、それがわからないからだめなんです！　口で言えなきゃ行動で表すものでしょ！　一体全体、なんで今頃になっておたおたやって来たんだか！　いいですか、自分の荷物だとわかった以上、さっさと引き受けなさい！」

リンが反論を思いつく前に、ソンファは追いついたヨンボギをずるずる引きずって行ってしまった。一人残されたリンは、山小屋にまた入るわけにも立ち去るわけにもいかず、気まずく立ち尽くした。

だがソンファの指摘は効果があった。『お嬢様が望んでる』リンは胸をぐさりと突かれたのだった。

荷物を背負い、怪我人を荷車に乗せ、隠れ里を離れる時が来た。人々は最後に、稽古場に葬られた仲間に別れを告げた。女はみんな泣いたがソンファは泣かなかった。ソンファは自分のかんざしを抜いてユシムの墓に挿した。そのかんざしに染みついた黒い血痕はユシムのものだ。それを見て、他の人々も持っていた物を墓地に供えた。墓標代わりの物を残した彼らは静かに森を抜けて行った。

外の世界に通じる峠を越えると、ソンファが皆を止めた

「綏靖《スジョン》侯《フ》様とお嬢様は一刻も早く開京《ケギョン》にお帰りください。わたしたちは怪我人や子どもがいるので、数人ずつゆっくり福田荘園に行きます」

「大丈夫？」

サンが心配そうに尋ねると、ソンファはきっぱりうなずいた。

「早く行って、父やみんなを殺した『彼』を見つけて！　わたしたちのせいで時間を無駄にしないで」

サンがリンを振り返ると、リンもうなずいた。すると気の利かないヨンボギが割り込んだ。

「じゃあ、オレもリン様とお嬢様と一緒に開京《ケギョン》へ……」

「あんたはわたしたちと行くの！」

ソンファがヨンボギの耳を引っ張った。いてっと悲鳴をあげてヨンボギが文句を言う。

「行くのって、けどお嬢様の荷物を運ぶ人もいないと……」

「その荷物は、お嬢様が自分で背負って来た荷物でしょ」

「自分で背負って来た荷物でしょって、で、でもオレは兄貴に……」

「ケウォニはすっかり治るまで金果庭で看てやるから、心配せずに福田荘園に行け。落ちついたら金果庭に見舞いに来て良いから」

リンが結論を出すと、ヨンボギは首をすくめて引っ込んだ。

ソンファがリンにいたずらっぽく目配せしたので、リンは気まずく目をそらした。

人目につかないよう夜道を旅するソンファたちが散って行くと、道には二人だけが残された。リンはさらに落ちつかなくなった。

サンは、並んで歩くリンの横顔をぼんやり見ていた。いつものように、リンはまっすぐ前だけを見て歩く。それでもいい。それで十分。また生きて会えたんだもの！　サンは八関会《はちかんえ》の夜のように、天地神明に感謝した。ただ見ている以上の欲は出さない、見守る以上のことは望まない。そう言ったピルドの気持ちを実感した。

ソンファは心の中の言葉をそのまま打ち明けろと助言したが、サンはもう欲張らないことにした。サンが呼べば、リンはいつでも駆けつけ、助けて、安心させてくれる。

もちろん友だちとして。

恋人ではないけれど、リンはいつもそばにいる。

『リン、わたしの気持ちをわかって欲しいなんて、あきらめた。リンと友だちでいるのが、ずっと会っていられる方法なら、わたしはそれでいいことにする』

サンは悲しくも未練がましい微笑でリンを見つめる。でも、どうしてリンは、脇見することを知らないのだろう！　心の中で嘆いたとたん、リンがサンを見たので、サンは胸がどきんとした。

「どうかしたか？」

「ううん、別に……」

サンは慌てて目を伏せた。永遠に友だちでいる決心はしたものの、なんでもない気持ちでリンを見るのは難しい。何となく、つま先にひっかかった小石を蹴飛ばした。

「さっき返すと言った、あれ、いつ返してくれるのかなって……」

「ああ、あれ」

リンはさっと懐から粧刀《チャンド》を出した。サンが受け取ろうとしたはずみに、サンの手がリンの手にさわった。そのとたん、ふたりともハッと息を止めて手を引いた。はずみで粧刀《チャンド》が音をたてて地面に落ちた。粧刀《チャンド》を拾おうと同時にかがんだ二人の額が、こつんとぶつかった。

「すまない！」

「ううん、わたしこそ」

二人の間にぎこちない空気がよどむ。沈黙。ふだんから特に会話することもなく一緒にいたのに、今の沈黙は息もしづらいほどだ。やっとリンが口を開いた。

「さっきは悪かった」

「何が？」

「きみがその……ああいう時に戸を開けて」

ああいう時？　ちょっと考えて、サンの顔がぱっと赤くなった。サンが上衣をすっかり脱いだので両肌《もろはだ》が見えた、とリンは言ったのだ。

しまった。リンは頬の内側を噛んだ。言わなくてもいいことを言ってしまったので、さらにぎこちなくなった。

不自然な沈黙。さっきの倍も具合が悪い。しんと静まり返った森の道に二人の足音だけが響く。

またしばらくして、リンはさっきより苦労して口を開いた。

「たぶんきみの縁談はなかったことになる。世子妃様も手を貸してくださると言った。だからきみは、きみが好きなその人と……」

「もういいの。そのことは」

「ええっ？」

リンが立ち止まって驚きの声をあげた。サンもびっくりして立ち止まった。

「どうかしたの？」

「もういいとは、どういうことだ⁉」

「家に帰って、今まで通りに暮らすの」

「その人じゃなきゃだめだと、きみの口で言ったじゃないか！　その人のために家を出たんじゃなかったのか？　その人でなければ……死ぬと、だからきみが……」

わけがわからなくなったリンは言葉が続かず混乱している。サンの瞳は絶望的に暗くなった。

「何なの⁉　開京《ケギョン》へ戻ったら、その人と逃げられるようにまた手伝ってくださると、今言ってるわけ⁉」

恋人が無理なら友だちとしてそばにいるとさっき誓ったものの、こんなのひどすぎる！『他の男と仲良く逃げるのを喜んで手伝おう』などと言い出すリンをじっと見てるなんて、死ぬより残酷だ。逃げろじゃなくて、いっそ死ねと言ってくれたら！　サンは唇を震わせてリンをにらみつける。

怒ったサンと向き合うリンは、途方にくれた間抜け面だ。

「もういいというのは、その人のことをもう好きでないという意味か？」

「そうよ。もう、好きじゃなくなるの！」

「好きじゃなくなる？　それはどういうことだ？」

「わたしはその人じゃなきゃ死ぬほど好きなのに、その人はわたしにまったく気がないからよ！

しかもほかの男と逃げるのを手伝おうなんて、よく言えたものね！」

「あ……」

リンの短い声がサンの神経をひっかいた。

ひどい。誰のことを言ってるのか、本気でわからないの？　この馬鹿！

サンのかっとしやすい血がグツグツ煮えくりかえる。

それなのにリンはさっきより落ちついたようだ。リンの口もとに薄い微笑までかすめたようで、サンはますます頭にきた。

「その人について話してくれ、サン。どんな人？」

「馬鹿よ」

「ああ、そうか。その馬鹿について教えてくれ」

「最低の馬鹿。わたしの言うことが全然聞き取れてない」

「うん」

「人の気持ちが全然わかってない。そのくせ、すべてお見通しだって涼しい顔して、まちがったことばかりしゃべるの」

「そんな」

「鈍くて固くて、石ころみたいな心臓で。人間らしい気持ちの持ち合わせもない、馬鹿よ」

「本当にそう思っているのか？　そんな人間が好きなのか？　サンは？」

互いの胸が触れそうに近くに立ったリンは、サンの瞳をのぞきこんだ。サンはすっきりした松の香りを、気持ちを落ちつかせるために深く吸い込んだ。けんか腰だったのがいつのまにかしんみりして、サンの黒曜石の大きな瞳が悲しげにまたたく。サンはかろうじて唇を動かした。

「その馬鹿は……意志が強くて、大きな抱負を持っていて。飾らないまっすぐな心の人だから、わたしも尊敬してるの。でもいつも前しか見ずに進んで行くから、わたしのことを一度も振り返ってくれない。いつもそばにいて、その人だけを見ているわたしを……」

サンの瞳がうるんできた。

『これ以上はだめ。どうがんばっても普通に言えない』

サンは限界に達したのを感じた。サンの意志を裏切って涙が頬を濡らす。

「サン、それはまさか……⁉」

リンは両手でサンの頬を包み込んだ。

「その馬鹿は、今まできみをどれほど苦しめてきたのかもわかっていなかった。遅きに失したとは思うが、今からでも心から後悔したら許してくれるか？」

どういう意味？　サンはリンの顔がゆっくり下りてくるのを無防備に見ていた。松の香りが温かい息にのって深まる。ゆっくりした動きなのにサンは避けられない。リンの唇が羽根のようにおだやかにサンの唇にふれた。熱くてやわらかな感触にサンの瞳が思いきり見開く。やがて唇を離したリンが、ぼうっとしているサンを見ながらぎこちなくほほえんだ。驚きがおさまるにつれて、サンはリンが自分に何をしたのか、ぼんやり悟ってきた。

「こんなことを言うわたしが、かわいそうになったの？」

小さくつぶやく声が震える。リンは眉を強くしかめた。

「そんな！　サン、いくら私でもそこまで馬鹿じゃないぞ」

リンの唇がまた下りてきた。

これは夢だ。サンは目をとじて自分の唇を覆う熱気をじっと感じた。ゆっくりと動く熱い唇が、サンの敏感な紅い唇をくまなく撫でてくすぐる。めまいがする。夢にしては生々しすぎる！　不思議な奇跡に、サンは息をするのも忘れた。

「サン、息はしなきゃ！」

リンが心配そうに唇を離した。ふっと息をついてから、サンは努力して目を開けた。

「わたしの知るかぎり、その馬鹿は、こういうことのやり方を知らないはずだけど」

「じゃあ少しは馬鹿が治ったらしいよ。その馬鹿は」

薄く笑うリンを見ると、火がついたように顔が熱くなったサンは、リンの胸を精一杯押し返した。

「自分のことだとわかっていたくせにとぼけたの⁉　そこまで意地悪な人だったの？」

「ごめん。どう言えばいいかわからなかった。きみも知っているように馬鹿だから」

リンはサンの手首を捉えて強く引き寄せた。ふらっとしたサンはリンの胸に倒れこむように抱かれた。サンの腰のあたりを左手でしっかり支えたリンは、右手であごに触れ、自分の顔を近づけた。

真っ赤になったサンが悲鳴をあげた。

「道ばたよ、リン！」

「大丈夫だよ」

「でも、誰か通ったら」

「きみのその馬鹿は、全然気にしないさ」

「わたしの知る限りあなたは……」

『……そんな人じゃないのに』と言いかけたサンは何も言えなくなった。リンがサンの唇を覆ったのだ。さっきよりずっと大胆になった唇が、サンを一気に押し分けて広げる。リンの舌が滑りこみ、しっとりと秘めた柔らかさにからんで、出ておいでと誘う。素直に引き出された薄紅色の舌から、リンは待っていたように甘い蜜を吸い取った。

サンは驚きで身体が震えた。リンの熱い息、もつれる舌、すべてがサンだけに向かっている。冷静沈着で高雅な彼が、自分の身体の小さな部分を制御できずに息を切らせている！　こんな大事件が起きるなんて夢にも思わなかった！　足がふらついてまっすぐ立てなくなったサンはリンの衿を握る手に力をこめた。リンの腕もしっかりサンを抱きしめる、いったん始まると、さらにさらに深く求める甘く激しい接吻がいつまでも続き、サンの背は弓なりにしなっていった。

◉

「寧仁伯《ヨンインベク》の娘が瑞興侯《ソフンフ》ジョンと？」

ウォンの余裕のあった笑顔が消え、なめらかな額に陰がさした。大都から帰国してまっ先に訪ねた妃タンが教えてくれた最初の話が、タンの次兄ジョンと寧仁伯《ヨンインベク》の娘に縁談が持ち上がった件だった。

『サンの父親とジョン、あいつら、おれの留守を狙って！　ジョン、おまえごときがサンを⁉』

ウォンがこぶしをかたく握りしめた。

もう少し大都に滞在しろと引き止めるカイシャンを振り切り、ひさしぶりに家族とゆっくりしたいという母の気持ちも踏みにじり、大急ぎで帰国したウォンの頭の中を占領しているのはサンだった。

サンと結婚できなくなった今になってやっと、強烈にサンを求める自分に気がつき、一刻も早くサンに会いたかった。

それが、帰るやいなや聞いた話がサンの縁談とは！　自分には手が出せないサンを横取りするジヨンへの怒りと敵愾心が、長い忍耐の時間の分だけ一気に燃え上がる。だがタンは首を振った。

「でも、その縁談は流れたのと同じです。うちでは、あちらのお嬢様を良く思っていないので……」

『良く思っていない？　サンを？　サンは真珠だ。珊瑚で飾られた銀だ。サンに比べれば、ジヨンなど木屑だぞ』

「……あちらのお嬢様も強く拒否しました」

『当然だ！　サンが結婚なんかするはずない。サンは自由に羽ばたく鳥じゃないか』

タンがちょっとはずんだ声で、憧れるように語る。

「それでお嬢様は家出までしました」

「何、サンが？」

世子の顔もぱっと明るくなった。それ見ろ、たいした娘だぞ！　ウォンは愉快に笑ったものの、ふと真顔になった。

「どこへ行ったのか？　家出した先は安全な場所か？」

タンはまた首を振った。

「家出したのは秘密です。人に知られれば余計な噂をされますから。幸いリン兄様が探して連れ戻したそうです。お嬢様は無事です」

「リンが？　やっぱりリンだ！　だが屋敷に戻れば縁談が再開されるんじゃないか？」

「いいえ。寧仁伯《ヨンインペク》が倒れて重病だとか。お葬式になるかもしれないという噂です。それで結婚の話も立ち消えになりました。ジョン兄様はそう思ってないようですが……」

「ジョンはまだあきらめないのか？」

ウォンが顔をしかめると、タンも夫について眉をひそめた。

「一人で意固地になってます。寧仁伯《ヨンインペク》が他界したら、天涯孤独になったお嬢様を引き取るんだと」

「サンは一人でも立派に生きていける」

「その通りだわ。勇気があって強い人です。わたしだったらあそこまでできません」

ウォンは妃を見て口の中が苦くなった。サンをほめるタンのきれいな瞳に偽りはない。愛するサンのことを良く思ってくれる妻の純粋さに、ふとすまなくなった。

ウォンとしては、タンのことも大事に思っている。ただ、妹として、という点が問題といえば問題だ。

「ジョン兄様をあきらめさせなくては。それで、わたしが呼んで説得しようと思います」

本気で心配してくれるタンに心動かされたウォンは、卓の下に隠れたタンの手をぐっと握った。

「大丈夫だよ、タン。それはおれが解決できる」

「邸下が？　どうして？」

手を握られてどぎまぎする胸を落ちつかせようと努めるタンが尋ねた。

「ジョンはサンとは結婚できない。これは皇帝の厳命だ」

「皇帝陛下が、わざわざうちの兄の縁談を……？」

「タン、実は……」

ウォンはしばらくためらった。タンはきっと傷つくだろう。だがタンも理解して乗り越えなければならない問題だ。妃の運命《さだめ》。

「……おれとタンが王族同士で結婚したことで、皇帝が激怒した。それで、王族同士の結婚は今後禁止すると答えざるを得なかった。皇帝から直接命じられた以上、おれは皆にそれを守らせる義務がある。そして、おれも皇帝に、王族ではない女人を次の妃にしたと言わねばならない」

握った手に力をこめたが、ウォンはタンの目を見られなかった。タンにすまながる夫の思いやりに感激したタンは、ウォンの手を握り返した。

「わたしは大丈夫です。邸下の本意ではなく皇帝の命令ですもの……」

「妃を何人迎えようとも、正妃はきみだ」

もちろん次期カアン候補カマラの娘ブッダシュリを迎えたら話が違うが、今すぐのことではないので、ウォンはそう言いきった。

「そして誰にも子どもを産ませる気はない」

誰にもの前に『きみを除いて』という言葉がなかったが、タンは疑わなかった。まだタンすら抱かないウォンなのに、他の女人を懐妊させるのは無理だわ！　タンは、それは別に気にしていない。

タンの悩みは別にあった。

「でも邸下、そういう理由でジョン兄様の結婚を破談にしたら、リン兄様はどうなるでしょう？」

「リン？　なぜ？」

「リン兄様とサンお嬢様のことです。二人とも王族なのに」

「どういうことだ？」

「二人は想い合う仲です。王族同士の結婚が禁じられたら、結婚できなくなるわ」

今、何と言った？　ウォンは頭を殴られたように愕然とした。誰が誰を想っていると？　おれのリンが？　おれのサンが？　あの二人が？

こわばった世子の顔に、タンがほほえみかける。

「びっくりしたでしょ？　わたしもでした。リン兄様にそんなことができるなんて想像もつかなかったし。でも改めて考えてみればわかるような気もします。リン兄様も男ですし、あんなきれいなひとを毎日見ていたら、好きにならないほうがおかしいでしょう？」

それはそうだ。おれも男だからサンを愛するようになったのだ。だがリンは例外だ！　リンに限ってそんなはずはない。リンの心はおれへの忠誠心で溢れているはずだ！

ウォンは激しく混乱して額を押さえた。このめまいを引き起こした原因は、リンの心にウォンではない別の存在が入ったせいか、サンがウォンではない別の男を愛したせいか、それともその両方なのか、見当がつかない。ウォンは口ごもった。

「ど、どうしてそれがわかった？　二人がそう言ったのか？」

「いいえ。リン兄様は違うと言いました。でも言わなくてもわかるわ。お嬢様がなぜ家出したのか、なぜリン兄様が探しに行ったのか、お嬢様がなぜリン兄様について戻って来たのか」

緊張した眉間を開いて、ウォンはほっと息をついた。

リンが違うと言うなら違うのだ！　そんな推測で人を驚かせるんじゃない、ちくしょう！　二人はおれと友情を契った仲だ。互いをきわめて大事にするのは当然だ。だが、恋はありえない。リンは女に関心がない、サンは女らしく振る舞わない。ウォンは繰り返し二人の関係を否定したが、心の奥深くうごめく疑惑を振り捨てられない。

『あいつらに会わなければ。一刻も早く！　だがその前に……』

世子はさっと立ち上がった。

「国王殿下に会わねば。重要な仕事の最中だから後日にせよと言われたが、すぐに裁許を頂くことがある」

タンは寂しさを隠してほほえみ、夫について立ち上がった。帰国するやいなやまずタンに会いに来てくれた夫だ。ずっと待っていたのに、もう行ってしまうなんて。でも、会いに来てくれたのは嬉しい。たとえ手を握る以外に特別な接触がなくても十分だ。

すたすた立ち去るウォンの後ろ姿を目で追いながら、タンは名残惜しさをきれいにたたんで、心の奥にしまいこんだ。そしてウォンが完全に見えなくなった瞬間、タンは小さく「あっ！」と叫んだ。

『国王殿下の重要な仕事？　あの妖艶な寵姫とお過ごしなのをごまかす言いわけじゃないの！　大丈夫かしら。邸下が国王殿下の邪魔をして、また仲がぎくしゃくしてしまったら！』

タンの推測通り、王は公務ではなかった。王がいたのも無比《ムビ》の御殿だ。王にとっては実に重要な用務の最中なのに、世子が押しかけてしつこく謁見を求める。ついに息子を入れた王はすっかり不機嫌になっていた。

部屋に入ったウォンは、刺激の強い肉感的な香りに鼻をしかめた。まだ日も高いのに、すでに夜着姿の父が椅子にもたれている。その後ろには絹のとばりが幾重にも垂れていた。奥にはきっと大きな寝台があるのだ。衣擦れが聞こえる。男を誘う魅惑的な香りを、そのわざとらしい衣擦れから発散しているのだ。ウォンは気づかぬふりをして、あえて生真面目に挨拶をした。

「国王殿下の午睡の邪魔をして、大変申しわけありません」

しらじらしい！　息子が平気で邪魔をしたのがわかっている王は、苦々しく舌打ちした。

「母上が、どんなに大事な御用かと気にしておられました」

ドキッとした王は身を起こして座り直すと、息子に向かって卑屈な笑いを浮かべた。

「世子も男だ。父を理解せよ」

息子はフッと嘲笑しかけたのを隠し、わかります、という微笑を浮かべてうなずいた。

「もちろんです」

「帰還するなり世子妃の所に駆けつけたとか。さすがに親子は似ているな?」

この世で一番似たくない人物、それはあなただ。

それでもウォンはおだやかにほほえんで座っている。早く世子を帰したい王が性急に尋ねる。

「皇女のさしがねで来たのではなかろう。何の用だ?」

「寧仁伯《ヨンインベク》の娘の結婚禁止令を解き、瑞興侯《ソフンフ》ジョンとの結婚許可を出されると聞きました。ですが、それはなりません」

「それが火急の用件か？　どうせ寧仁伯《ヨンインベク》が生死の境をさまよっているから、許可は先送りだ」

「それが、まずいことになりました。私が王族同士で結婚したことに皇帝が激怒して、今後高麗では王族同士の結婚を禁じると言われました」

「それなら、余が即位した時も言われた、皇帝の口癖程度のこと。今さら騒ぐことはない。寧仁伯《ヨンインベク》は余に忠誠を尽くしてきた以上、他界しても娘の面倒はみてやらねば」

「娘の面倒をみる方法はありますが、結婚はいけません」

王の目が血走った。

『おまえがだめだと言うからには、余が絶対結婚させてやる！』

王がフンと鼻を鳴らすと、ウォンが静かに言葉を重ねた。

「寧仁伯《ヨンインベク》が死んだら、娘には適当な爵位を与えて王室の保護下に置きます。寧仁伯《ヨンインベク》の財産が莫大なことは誰もが知っています。一人娘がすべてを相続するのに結婚を許せば、その夫に財産がみな渡ります。結婚させずに王室が保護すれば、その財産は結局王室のものになります」

ウォンはちょっと言葉を切り、早口で続けた。

「寧仁伯《ヨンインベク》の娘の結婚を禁じてくだされば、私の次妃として洪文系《ホンムンゲ》の娘を娶《めと》ります」

「なんだと？　本気で言っているのか？」

王は身を乗り出した。洪文系《ホンムンゲ》は王の世子時代からよく仕えた寵臣だ。だが、かつて貢乙女《みつぎおとめ》逃れのために長女の髪を剃ったことで皇女の怒りを買い、財産を没収され流罪となった。皇女は娘を血だらけになるまで鞭打ったあげく、二番目の娘ともども自分の家来に投げ与えた。洪文系《ホンムンゲ》の流配はやがて王が解いてやれたが、もう側近にはできなかった。

しかし、洪文系《ホンムンゲ》が世子妃の父になれば、宮廷に復権できる。王はじっくり考えた。

「そして三番目の妃は、国王殿下の選んだ家の娘を娶ります。今後は、国王殿下が大事にしておられる臣下を追放したり非難はしません」

だんだん卓に上体がつくほど身をのりだす王の肩越しに、ちらりと絹のとばりを見たウォンは息を整えた。

「……とばりの後ろの存在を認めるように、母上を説得します」

とろんとしていた王の目が丸くなった。

「なぜそこまで譲歩する？　寧仁伯《ヨンインベク》の娘の財産を狙っているのか？」

「王室のためです。国王より裕福な王族を作るのは望ましくありません」

「世子が提案を持ち込む時、理屈や証拠でごり押しせず、条件取引ができるとは思わなかったぞ」

「賢明な君主とは、譲歩すべき所を知ることと、今さらながら悟りました」

「ハハハ、世子は結婚して大人になったのだな。嬉しいことだ」

ひげの裏では開いた口がふさがらないが、とりあえず王は満足した。

息子には母后を説得する力がある。皇女は王には強いが、息子に弱い。息子が味方につくなら、王の寝床の無比《ムビ》は安全だ！　それなら寧仁伯《ヨンインベク》の娘なんか老いさらばえるまで独りでいろ。王は快く条件を受け入れた。

「わかった。世子の言う通りにしよう」

「小臣も約束を守ります」

「洪文系《ホンムンゲ》の三女は才色兼備と聞く。婚礼はいつ頃あげるつもりか？」

「早ければ早いほどいいでしょう」

父子の意見がこれほどぴったり合ったことも、かつてない。二人が笑顔で会話をしめくくったのも、たぶん初めてだろう。

だが部屋を出て戸が閉まったとたん、大喜びで無比《ムビ》を呼びたてる王の声が聞こえたウォンは、吐き気がした。

『汚らしい老いぼれが！』

足を踏み出すと、ねっとりからみつく娘の声も聞こえる。

『妖婦め！』

一瞬でも早く外に出たい殿閣だ。ウォンは供の者たちに次の行き先を告げた。

「寧仁伯《ヨンインベク》の屋敷に行く」

ウォンはさっと馬に乗った。

王宮を出ると吐き気が消え、ときめく期待が胸を満たした。サンに会うのはひさしぶりだ！

八関会《はちかんえ》の夜、美しい娘姿のサンを見てから随分たつ。その間にウォンは婚礼をあげ、遠い国に行き、帰ったとたんにサンの縁談をすんでのところでくいとめた。

これで落ちついた気持ちでサンに会える。サンを愛している事実を自覚して最初に会う、思い出に残る日になるだろう。ウォンの胸が幼い少年のように高鳴るのも無理はない。

突然、何か物足りない気がした。すぐそばにリンがいない。

『おれが帰国したのに、なぜまだ姿を見せない？　いまだに版図司《パンドサ》に出入りして、敵の陰謀を暴くのに追われているのだろうか？』

リンがいない時は、いつも正当な理由がある。世子への配慮と忠誠だ。あらゆる時間を使っておれのために東奔西走してくれる友！

ウォンは、サンだけで満たされていた頭と心を、その時初めてリンのために一部、場所を空けた。思い出すと会いたくなる。ウォンは郎将《ナンジャン》・壮宜《チャンウィ》に合図した。

「金果庭に行って綏靖侯《スジョンフ》リンに伝えよ。寧仁伯《ヨンインベク》の屋敷でおれが待つと。金果庭にいなければ、心当たりをみな探せ！」

いつもなら真っ先に会う友なのに、今日はすっかり忘れていた。タンが告げたサンの縁談にウォンが動転したせいだ。

『リンはおれの分身と同じなのに、悪いことをした』

ウォンの肩を張っていた力がふっと抜けた。恋を始めたばかりのウォンには、他のことを考える余裕がなくなったのだろう。今は何よりもサンに会うのが急で大切なのだ。

ウォンは一気に寧仁伯《ヨンインベク》の屋敷に着いた。突然の世子邸下の来訪に召使いが慌てふためく。ウォンは寧仁伯《ヨンインベク》の見舞いの口実で、直ちに邸内に案内された。たしかに寧仁伯《ヨンインベク》のかげんはひどく悪そうだ。もちろんウォンは寧仁伯《ヨンインベク》の病状などどうでもいい。父親の看護をしているはずのサンが寝室にいないではないか。

「サンはどこか？」

世子が問うと、奥の間との境の隅に控えていたチェボンが転がり出て答えた。

「別棟《はなれ》におられます。『一人でいる、誰も入れるな』と厳しく言われましたが……すぐにお呼びします」

「いや、おれが行く。おまえたちはお嬢様の言うとおり、ほかの誰も別棟《はなれ》に入れないように」

平伏するチェボンはさすがに顔を上げられず、いつか粥布施で会ったことには気がつかない。

だがチェボンは知りたいことが山のようだ。世子が旦那様の賄賂を一切受け取らなかったのは、屋敷の者なら誰でも知っている。その世子が、帰国したその日に旦那様の見舞いに飛んで来た？

それも病人のことは適当で、お嬢様の所在を尋ねた？　しかもお嬢様を名前で呼んだ！　他家の女人は名前で呼ばないのが礼儀なのに。しかもなぜ世子がお嬢様の名前を知っているわけ？

『これこそ本当のびっくり仰天よ！』

最近、この屋敷は驚くことばかりだ。

半月前からお嬢様も突変したので召使いたちは唖然としている。一ヵ月前に旦那様が倒れた直後は別棟《はなれ》に閉じこもっていたお嬢様が、突然母屋に住まいを移し、屋敷の大小事をもれなく指図するようになったのだ。たまに黒紗をかけるのを忘れて顔が見えることもある。刀傷などまったくないきれいな顔が召使いに知られていき、屋敷がひっくり返る騒ぎになった。

多くの召使いが小さい頃のお嬢様の顔を覚えていたので、それが成長したお嬢様本人なのは疑わなかった。ほんとうは燦然と白い花が咲き誇るように輝くお嬢様だったことには、皆が喜んだ。

チェボンとスニョンの仲良し侍女が知りたいのは、なぜ別棟《はなれ》でのひそやかな夜が終わったか、ということだ。あれからもチェボンは別棟《はなれ》の裏の石段にうずくまって夜を明かし、男の顔は見られなかったが、お嬢様の情事を二、三回は盗み聞きした。

ところがお嬢様は母屋に移り、夜のしのび逢いは消えてしまった。そして閉じこもってよよと泣いていたお嬢様は、屋敷を采配する闊達な女主人になってしまった。おかげで屋敷も順調な営みを取り戻してきたところである。

いったい何があったのだろう？　そういえば半月前、お嬢様は旦那様の快癒祈祷のためお寺にこもりに行った。そして二、三日後に戻ったお嬢様はまるで別人になっていた。そして今度は世子邸下がお嬢様の名前を呼び、わざわざ自分から別棟《はなれ》に足を運ぶなんて！　チェボンはスニョンを探して猛烈な勢いで駆けて行った。

チェボンが説明した通りに母屋を抜け、孔雀の歩く華やかな大庭園に足を踏み入れたウォンはあきれ返ってしまった。

『寧仁伯《ヨンインベク》のやつ、屋敷の中は王宮顔負けの贅沢三昧だったのだな』

その奥に中庭がある。四阿《あずまや》のそばを通って進むと、やっと高い塀と小さな門に守られた別棟《はなれ》が見えた。サンはここから街に抜け出していたのか。

別棟《はなれ》の庭の門扉の前に立ったウォンの胸がいきなり激しく打ち出した。

『この木戸を開ければサンがいる！』

ウォンも経験豊富とまではいわないが、ある程度は女の扱いに慣れているし自信もある。それなのに、木戸にかけた手の震えが止まらない。それは、ちょっと好みだぐらいの相手ではない、心から愛する少女のゆえだ。しかも自分の手には入らない。だから彼女のために、この愛と自分の望みを隠さなければ。そう思うとよけいにせつなくなったのかもしれない。ところが。

扉を押しかけてウォンは、はっと止まった。サンの小さい声が聞こえる。しかも独り言ではない。

「もう、方法はなくなってしまったのね」

弱々しい声。あのサンが落胆した声に、ウォンの胸が痺れるように痛んだ。

次の瞬間、低く澄んだ男の声がした。

「いや、市場の店を一軒一軒聞き込みをしよう。向こうがいくら狡猾でも、あの莫大な財産を懐に入れた痕跡は残っているはずだ」

ウォンの好きな冷静で力強い声。誰の声かすぐわかる。

『あの二人が別棟《はなれ》に?』

ウォンは扉に手を置いたまま動けなくなった。

『いや、二人が一緒にいてもおかしくない。友だちだ。おれがいない間は、ずっと二人だったじゃないか』

ウォンは扉を押そうとするが、なぜか力が入らない。

『だが金果庭ではなく、サンの別棟《はなれ》で? 誰も来るなと厳しく言いつけて?』

ウォンは今まで感じたことのない理不尽な腹立ちが胸の奥からこみあげるのを感じ、冷静さを取り戻そうと赤い唇を噛んだ。白い歯で美しい唇が切れそうだ。

『リンとサンは秘密の話をしている。おれに対する陰謀について何かつかんだのかもしれない。サンは重病の父を置いて外出できない。ならば金果庭の代わりにここで相談しても不思議じゃない』

ウォンがそう思うなら、今なぜ堂々と扉を押して入って行けないのだろう？ ウォンは答えが出ない問いに、初めてとまどいを覚えた。

帰国したウォンが真っ先にここに来たら、リンとサンはこれ以上ないほどびっくりして大喜びで迎えてくれるはず。それなのにウォンは門の外に立ちあぐねている。

『二人は想い合っています』

タンの声が浮かんだ。それがひっかかるのか？ いや、それはタンの憶測だ。おれは信じない！

ウォンはまた唇を噛んだ。

扉の隙間からサンが見えた。髪を赤い細絹で片側に結んで垂らしている。紗はかけていない。幅広の帯で締めた腰が、ふんわり広がる裳のおかげでより細くてきれいだ。少年姿でもきれいだが、この女らしくやわらかい曲線はなんと美しいのだろう。額、頬、鼻すじ、眉、瞳、唇、卵形の顔、うなじ。一つ一つを見ても、全体の調和で見ても、完璧な美しさだ。以前は別に感じもしなかった熱いものがウォンの身体の奥を奔った。

サンから五、六歩離れた後ろにリンが立っている。二人は会話しながらも、適当に距離を置いている。ウォンの前でわいわい口喧嘩していた頃より、むしろ距離が感じられる。表情も深刻だ。

『想い合うなど、ありえない！』

ウォンは改めて否定した。それなのにウォンはまだ門の外で立ち聞きしている。

サンが声を高めてリンに言い返した。

「ひとつひとつ聞き込み？　市場に無数にある店を聞いて回るなんて無理だわ。それにお父様の病気が噂になった以上、商人たちはお父様への支払いも借金も投資の利潤も口をつぐんで踏み倒すに決まってる。ペ直司《チクサ》が帳簿も証文もすっかり持って逃げたから、こちらには証拠もない。しかも官庁に隠した土地の収入帳簿も取られてしまって。ペ直司《チクサ》を利用して財産を奪った『彼』についてはもうわかりっこない」

「あきらめてはいけない。調べていけばペ直司《チクサ》の行方や『彼』の正体を追えるはずだ。ペ直司《チクサ》が偽造した手形が届いて支払を要求されたのだろう？　私も急いで調べる」

「でも手形の真偽は証明できない。それを本物だと信じた商人たちには支払わないと迷惑をかけるわ」

サンは行き詰まったようにうつむいた。

山砦から戻ったサンを待っていたのは、誰もいない別棟《はなれ》と重病の父親だった。ビヨンも消えてしまった。ビヨンの行方が心配なのに、サンは押し寄せる請求書の支払いで手一杯だ。

まず来たのは、世子妃への贈り物として買った宝石類の支払いだ。チェボンとスニョンが盗み見したおかげで品物の種類と数が確かだとわかり、サンは屋敷の銀で支払った。そして次々に請求が届き、屋敷の銀はすぐに底をついた。その一方、屋敷の収入になる売上金や荘園の利潤を届ける人々は一切来なくなる。

屋敷に入る銀や物の流れが止まってしまったので、何百人もの召使いを食べさせるため、サンは荘園を売るところまで追い込まれた。リンが官庁の記録をひっくり返し、寧仁伯《ヨンインベク》に支払う銀を誰かが着服していないか調べたが、無駄だった。むしろ寧仁伯《ヨンインベク》が不正な取引をしていた証拠が出るばかり。

「これぐらい、なんでもない！　地方には荘園がまだたくさんある！　わたしはちゃんとやっていける。でも……」

サンは両手で顔をおおった。

「……この屋敷にいると、ぞっとするの。お父様は倒れ、ビヨンもばあやもグヒョンも消えた。きっと『彼』の命令でムソクが殺したんだわ。わたしのそばにいつもいてくれたひとたちが……あんまりよ！　召使いが何百人いても、わたしには誰もいない」

「サン」

リンがおだやかに呼んだ。

「おいで」

広げたリンの腕にサンがすべり込む。サンはごく自然にリンの胸に顔をうずめ、すがるようにリンの襟を握った。リンはサンの腰と背を引き寄せて、髪に頬を寄せた。サンの背中をさすりながら、リンがささやきかける。

「誰もいないことはない。私だっているし……」

「じゃあ帰らないで」

リンの言葉を遮ったサンは、子どものようにせがむ。リンの顔が困惑する。はっきりだめだと言いきれない隙を突いて、サンはさらに頼む。

「帰らないでここにいて。わたしのそばにずっと」

「そうはいかない。サンもわかっているだろう？　きみは父上のそばに戻らないと……」

「母屋に戻れば、証文や支払いや金策で頭が痛い！　わたしのつらさがわかるなら、そばで助けて！」

「私も私なりに手伝っている」

「証文や銀の問題じゃない！　ただわたしのそばにいて！」

サンがリンの胸にしがみつく。サンを押し止めようとしたリンの両手があいまいに宙に浮いたが、すぐにあきらめたようにサンをまた抱きしめる。サンの衿に顔をうずめ、蘭香に包まれながらリンが吐息をつく。

「サン、私が堂々と屋敷に出入りしたら世間が何と噂するか、わかるだろう？　きみの父上は倒れたし、きみと兄の縁談もきちんと終わっていない」

「そんなのどうでもいい」

「よくない。それに今日は邸下がお帰りになる。早く行って邸下にお会いしたい」

「そうよね。いつもリンは……」

サンは思いきりリンの腕を飛び出した。

「……ウォンが優先だわ。わたしなんか二の次！　リンはいつもウォンのことを一番大切に考える！」

「そんな言い方はないだろう？　今日だってきみが呼ぶから駆けつけた。だから邸下のお迎えに行けなかった。私にとってはサンも邸下も、どちらも大切だ。今は、私もサンもするべきことがある。また次に会おう」

「本当に？」

サンがしなをつくって確かめる。

「本当にウォンと同じぐらいわたしが大切なの？」

リンは薄く笑ってうなずいた。世子がリンにとってどんな存在か、サンほどわかっている人間はいない。世子と同じぐらい大切なら、この世で一番大切なのと同じだわ。次はウォンより大切かと問い詰めてやる！

今日のところはと、にっこり機嫌を直したサンはまたリンを抱きしめた。すぐそばのサンの額に、リンはそっと唇でふれた。そこでしばらくためらったものの、やがてサンの頬やとじたまぶたをしっとり濡らす。やがて唇が離れると、リンの前にはふたつの瞳をしっかりとじ、頬をばら色に染め、紅い唇をわずかに開いたサンがいる。額に軽くくちづけするだけのつもりだったのに、サンの表情に惹かれ、そのままサンに接吻した。サンは無意識に首をのけぞらせ、深々とリンの舌を迎え入れると、上気した頬で思いの丈をこめてリンを味わう。サンの熱い反応に惹かれたリンはつい激しく唇を重ねてサンのすべてを奪っていく。息も絶え絶えにあえぎつつ、ふたりは互いを逃がすまいと求め合う。

やはり入らないでよかった！　ウォンは考えた。

本当に入らないほうが良かったのか？　反問せざるをえない。さっさと入っておけば、あの二人らしくもない男女の姿態を見ずに済んだのに。ウォンの最愛の友の顔をして、激情に流され貪欲に唇をむさぼりあう男女を。

『二人は想い合う仲です』

タンの勘は当たっていたのだ。

ウォンのリンは、あんな人間ではなかったはずだ。それなのにウォンの眼はあれが事実だと明言する。

ウォンのサンも、世間知らずのおてんばで闊達な少年のはずなのに。実は男に甘え、男の誘い方を知る魅惑的な娘だった。

ウォンはゆっくり後ずさり、そのまま母屋に戻った。

「王宮にお帰りになりますか？」

世子を待っていた真琯《ジンガン》が尋ねた。

「いや、母屋で会ったほうが良さそうなので、途中で引き返して来た。部屋に案内せよ。令嬢が戻るのを待つ」

真琯《ジンガン》に答えると、ウォンは、スニョンとおしゃべり仲間のチェボンに案内を命じた。部屋に落ちついたウォンは、珊瑚で飾った銀の鈴を袂の中でしゃらんしゃらんと転がした。

『二人は想い合っています』

ウォンは理性的に考えようと努めた。『二人は弓を競べている』とか『二人は剣術を磨いている』

ンというふうに。

『二人はおれの親友だ。リンはおれの分身だ。そしてサンと仲良くなれとリンに勧めたのはおれだ。二人が互いを好きになったとすれば、おれがさせたことだ。ふたりが仲良く幸せなら、まず祝福する人間はこのおれだ』

この世で最愛の二人を一瞬で失うこともできる、失わずにもいられる。ならばウォンの決定に迷いはない。それなのにウォンの心はおだやかでない。

『どうせサンとおれは結婚できない。だから未練がましい愚かな真似はすまい！』

ウォンは卓をこぶしで打つと立ち上がった。だが次の瞬間、部屋に入って来たサンを見るとウォンの心はどうしようもなく乱れた。サンの声が美しく響く。

「ウォン!?、今日着いたばかりなのに、こんなにすぐ来てくれるなんて！」

サンはウォンを明るい笑顔で迎えた。

『ああ、この声が聞きたかった。この顔がとても見たかったのだ』

ウォンは目をとじ、そして開いた。今のサンの姿に、初めて会った時の少年姿が重なる。あの時、美しいと思った。あの美貌に感嘆して手に入れたくなった。美しさ自体が、ウォンにとっては大切な価値だから。素晴らしい美術品を所有するように彼女が欲しかった。

今まではただそう信じていた。だが思い返せば、あの感情はそんな単純なものではない。耽美を越えた何かが、あの時すでにウォンの心に芽生えていたのはまちがいない。

それが今頃になって、初対面でもう彼女に恋していたのを悟ったのだ。もちろんあの時は女だと知らなかったが、同性でも愛したかもしれない。

そしてその愛はたぶん、リンへの愛とは違ったことだろう。

サンは、ウォンに濃厚で強い欲望を起こさせる唯一の存在だ。きわめて生々しい欲望。触れたい。抱きたい。舐めたい。噛みたい。吸いたい。

サンの姿を上から下へとじっくり眺めていたウォンの瞳がサンの唇で止まる。いつもより赤く熟した唇は、先ほどの激しいくちづけの証拠だ。思わずその唇を噛みちぎりたい衝動が炎のように激しく燃え上がった。ウォンの露骨な視線を意識したサンはつい顔をそらし、再会に感激したふりをして手で口を隠した。

羞じらうのか⁉　ウォンはサンらしくない態度にかっとなる。怒りが欲望の炎に油をそそぐ。

「思ったより元気そうでよかった。父上が病気で、ジョンもしつこいらしいが」

自分の声が静かなことに、世子自身、驚いてしまう。

「世子邸下は何でも知っているのね。でも大丈夫。乗り越えられる」

「支えてくれる人はいるか？」

「え……別に」

やさしい微笑を浮かべたウォンの瞳が一瞬光った。

「リンは？　おれがいない間、きみを見守ってやれと言っておいたのに」

「……なかなか会えないわ。わたしは家を離れられないし」

「そうか」

フッ。ウォンは小さく笑った。

ウォンはゆっくり椅子に座ると卓上で両手の指を組んだ。口もとに浮かべた笑みは、かつてサンに見せていた率直な笑顔ではない、世子特有の尊大で計画的な笑いだ。

「おれが助けてやれそうでよかった」

「ウォンが？」

「市場の商人や荘園管理人どもが、この時とばかりに財産をごまかし始めたのだろう？　手形を偽造して銀を巻き上げる詐欺師も次から次へと来るだろう。まあ、それはきみの父親がやってきたことの報いかもしれないが、きみがその始末を押しつけられることはない」

「でも……」

「財産がすっかりなくなってしまったら、きみはどうなる？」

「わたしは平気よ。わたしの力で作った財産じゃないもの」

「サン！　きみはかまわなくても、じゃあきみが責任を持つ何千もの人々はどうなる？　屋敷の召使いたちは？　各地の荘園の農民は？　きみが受け入れた流民たちは？」

サンはハッとしてウォンの向かいに座った。

「流民のこと、知ってたの？」

「おいおい、サン！　彼らが平民身分に戻ったのをまだ知らなかったのか？　リンは何も言わなかったのか？　おれがリンに言って、きみの流民たちの戸籍を作ってやった」

ああ、そこまで気づかってくれたのね！　サンは感動して、花開くような明るい感謝の笑顔を見せた。ウォンもつい満ち足りて、心から嬉しい笑顔を返してしまった。

だがそれも一瞬、ウォンは世子の顔に戻ると話を続けた。

「きみが荘園を売ってしまえば、民はほかの強欲な荘園主の下では生きていけない、さすらいの暮らしだ。役所に見つかれば賤民に落ちるかもしれない」

まぶしく輝いたサンの顔がうちしおれる。

「ほかにも問題はある。瑞興侯《ソフンフ》ジョンがどうしてもきみをあきらめない。国王殿下はお気に入りのジョンのために特別に結婚許可を出しかねない。それから、問題はおれの母上だ。母上がジョンの縁談を怪しんで調査を命じれば、寧仁伯《ヨンインベク》の嘘はすぐに発覚し、きみは貢乙女《みつぎおとめ》に行かされる。きみが守る民も散り散りになる」

袖の中でサンの手が震えているのがわかる。ウォンはわざと声を明るくした。

「だけどサン、そんな顔をしないでいい！　おれが約束したじゃないか」

ウォンはサンのほうに身を乗り出し、なにげなくすぐ隣に座った。

「きみの人々を守る方法がある。きみ自身が、国王から王女のような爵号を賜るんだ。本人が爵号を持つ王族なら、財産を管理してくれる役人が派遣される。王室と官庁が後ろにつけば、きみの財産を横取りした奴らも捕まえられる。きみへの支払いを渋っていた連中も、銀を出さざるを得なくなる。母上の攻撃もそれで防げる。王女並みになったきみは高麗を離れられない、だから貢乙女《みつぎおとめ》には行けないという理由がたつ。ジョンとの結婚もしないですむ。結婚すればきみの財産はジョンの家に入るだろう？『有力王族に、国王以上の莫大な財産を持たせるのは政治的にまずい、かなり先のことだがきみに何かあった場合、王女の財産なら王室が回収できる』。そういう口実を作れば、国王はきみとジョンを結婚させるのは損だと思って縁談を許さないはずだ。わかるかい？」

「ええ……」

「きみが王女の身分を持って生きるかぎり、みんなを守れる。ただ、その前提をきみが一歩でも外れたら、すべてが崩れる。きみの流民やみんなを守れない」

「外れないというと……？」

「きみが結婚しない限り、皆を守れる」

サンが目を見開いたのを見て、ウォンは皮肉っぽくたたみかける。

「え？　きみは結婚して夫と家に縛られ、外出もままならない人妻になるのが夢だったのか？　今まで女人の手仕事なんかひとつもせずに、好きなだけ外を飛び回ってきたのに？　きみは数々の武芸の腕を磨き、難解な書物も読みこなし、詩文や演奏もたしなむ。きみは自由にしか生きられない。だから、おれの軍師とか学者とか相談役になって、おれを補佐してくれるんじゃなかったのか？」

「あの、ウォン、わたし本当は……」

「おれが父王と母上を説得するにも口実が要る。『きみの莫大な財産が、結婚によってどこかの王族や士大夫の家に持っていかれるのを防ぐため』と言うしかない。そうすればきみの人々は守ってやれる」

「でも……」

「いいかい、サン！　一生独りでいろ、なんて言ってない。将来、状況がどう変わるかは誰にもわからない。ただ、今の危機を乗り切るため少しでもいい方法を選ぶだけ。だからこの先、何が起きてもおれはいつもきみを助ける。それを忘れるな」

サンは答える言葉を失って、黙って卓を見下ろした。ウォンはさっと立ち上がった。

「なるべく早く、きみの財産を守れる者を派遣する」

世子は戸を開け放すと庭に面した広縁に出た。供の者が駆けつけるより早く自分で履き物をはいた世子は、つかつかと石段を降り、左右に分かれて礼をする随行員の真ん中を歩き去った。遅まきながら世子の見送りを思い出したサンは外に走ったが、ウォンの姿はもうなかった。

「壮宜《チャンウィ》が戻りました。邸下」

真琯《ジンガン》が告げると、馬上のウォンが護衛武官を振り返る。壮宜《チャンウィ》が進み出て一礼した。

「綏靖侯《スジョンフ》リン様のおられそうな所はすべて探しましたが、見つかりませんでした」

「もう一度探せ。今度は見つかるだろう」

「綏靖侯《スジョンフ》様に、東宮にお伺いして邸下にお目にかかるようにとお伝えしますか?」

「いや、とても疲れて休むから、今日は来るなと言え。そしておれの呼び出しにいつでも応じられるよう、自宅で待機していろと。絶対に勝手に歩き回るなと」

壮宜《チャンウィ》がまた退いた。顔を厳しくこわばらせたウォンは、真琯《ジンガン》にも命じた。

「ひょっとしてリンが壮宜《チャンウィ》と行き違ってこちらに来るかもしれない。そうしたら、今壮宜《チャンウィ》に言った通りに伝えよ」

ウォンは馬の腹を思いきり蹴り、矢のように王宮へ駆け出した。都の通りを恐ろしい勢いで疾走する世子の馬に、誰もついて行けない。

まるで何かに追われて逃げるように、ウォンは繰り返し馬に鞭を当てる。

事実、彼は逃げていた。ウォンを見つけたとたん駆けよるリンから。そのリンを見たら抑制が効かないほど激高しそうな自分から。黒いもやのように胸を濁す、生まれて初めて感じる不吉な憎悪から。

ウォンはこぶしから血が噴き出さんばかりに手綱を握る。

リン、おまえは女を求める気持ちはないと、はっきりおれに言った。おまえのすべてはおれのために存在する。おれを愛しているから、恋人など必要なかったのだ。なのにおまえは、おれの知らない間に、おれと同じぐらい、いや、おれよりも愛する恋人を作った。よりによって、おれの愛する彼女を！

本当に想う人がほかにいたら後悔すると、おれに忠告したのはリンだったな？　そうだ。おれは後悔している。おまえの妹と結婚したせいで、サンをおれのものにできなくなった！

サンを守ってやれと命じたのはおれだ！

片思いのまま放っておけばよかったのに、愛し合うよう結び付けたのはこのおれだ！

今になって、あのすべてを後悔している。

そしてリン、わかっているな？　おれを後悔させたのはおまえだ、リン！　おまえがサンにくちづけした瞬間、おれは激しく後悔したのだ！

リン、これでは以前のようにおまえに会えない。おれだけを見ていたまっすぐな瞳がサンを思って動揺するのを。自分を律するきよらかな唇が、サンの息づかいを含んでおれに語りかけるなど。

おれは正視できない。

おまえに奪われたサンなど、とても見られないのと同じように。

サンに奪われたおまえなど、見たくもない。

それなのに、だが、でも、どうしても、おまえに会いたい！　憎いのと同じぐらい会いたくてたまらない！

おまえが憎いのに、憎むなんてありえない。顔を見られないのに、おれは会いたくてしかたがない。

こんなふうにすべてが崩れて滅茶滅茶になるなど、予想すらしたこともなかった。おれはどんなに後悔しても足りない、リン！

リン、おれはどうすればいい？

方法は一つだ。おれも変わること。

これからはリン、おまえの前でも仮面をつけ、偽りの笑いを浮かべる。内心を深く隠し、冷たい氷で武装する！　そうでもしない限り、どうしておれが平然とおまえの前に立てる？

リンが見るおれが以前のウォンでなかったとしても、それはおまえのせいだ。

覚えておけ、リン！　おれが変わった結果なにが起きようと、それはリンがおれを後悔させたからだ！

自己嫌悪に身悶えしつつ、ウォンはさらに速く、さらに猛々しく馬を駆った。

『王は愛する』中巻に続く

訳者あとがき

この小説は、韓国で二〇一七年にヒットしたMBCドラマ『王は愛する』の原作です。高麗時代の美しく知性あふれる王子ウォン（イム・シワン）、ウォンと堅い絆で結ばれた友リン（ホン・ジョンヒョン）。二人が出会ったはつらつとした美少女サン（ユナ）。三人の生涯にわたって美しく続くと思われた友情が、愛によってきしみだす波瀾のドラマは、日本でも人気を博しました。

原作者キム・イリョンは、二〇一一年に、この『王は愛する』を処女作として作家デビューしました。発表されるやいなや、原作小説は韓国内外から注目されドラマ化の話も決まりますが、実際のドラマ制作は満を持して二〇一七年となりました。

訳者も初版発売直後に原作を手に取りましたが、全三巻というボリュームには圧倒されました。でもそれだけ主要人物三人の心のひだがじっくり描かれます。上巻では三人がいちばんきらめいていた少年少女の頃が描かれます。ウォンはリンを無条件に信じ、リンはあらゆる犠牲を払いウォンへの忠節を尽くします。勇気をもってひたすらに生きるサンに、二人はそれぞれ惹かれます。けれども、どれほど恋と嫉妬の感情が二人の心に嵐を起こしても、それは消えるには深すぎる友情でした。中巻への展開が期待されます。ドラマに続き、原作小説も日本でご紹介できることになって、とても嬉しいです。このみずみずしい原作は、ドラマになる前の最初の『王は愛する』のかたちです。ドラマと同じように愛していただければと願っています。

小説の背景知識については、多くの研究成果に頼りました。特に、森平雅彦先生（九州大学・朝鮮史学講座）の御研究が大きな助けになりました。『モンゴル帝国の覇権と朝鮮半島』（世界史リブレット・山川書店）についで『モンゴル覇権下の高麗─帝国秩序と王国の反応─』（名古屋大学出版会）が出版された時は、ウォンの世界が広がりました。ウォンが置かれた難しい立場、その条件に屈せずむしろ逆利用して自らの理想を政治に生かそうとする知略とが浮き彫りになりました。質問にも答えてくださった森平先生に感謝します。ただし、本書の訳文・訳注での誤りの責任はすべて訳者にあります。

翻訳中、森田優衣花さんに何度も読み直しと助言を、高橋友絵さんには感想をお願いしました。おふたりの協力に感謝します。

上巻主要参考文献

「高麗史」
森平雅彦「モンゴル帝国の覇権と朝鮮半島」山川出版社
同『モンゴル覇権下の高麗』名古屋大学出版会
豊島悠果「高麗王朝の儀礼と中国」汲古書院
斎藤忠『古都開城と高麗文化」第一書房
杉山正明『クビライの挑戦」朝日新聞社（講談社学術文庫）
北村秀人「高麗時代の京市の基礎的考察」大坂市立大学文学部人文研究第42号第4分冊
桑野栄治「高麗末期の儀礼と国際環境」久留米大学文学部紀要国際文化学科編第21号
韓国教員大学歴史教育科・吉田光男監訳「韓国歴史地図」平凡社
文光善・洪南基「開京—高麗・千年の都—」梨の木舎
이승한『혼혈왕 충선왕 : 그 경계인의 삶과 시대』푸른역사（李昇漢『混血王忠宣王—その境界人の生涯と時代』青歴社／日本語版未刊行）

王は愛する 上

初版発行　2018年 12月15日

著者　キム・イリョン
翻訳　佐島顕子

発行　株式会社新書館
〒113-0024　東京都文京区西片2-19-18
tel 03-3811-2631
（営業）〒174-0043　東京都板橋区坂下1-22-14
tel 03-5970-3840 fax 03-5970-3847
http://www.shinshokan.co.jp/
印刷・製本　中央精版印刷株式会社

ISBN978-4-403-22126-2 Printed in Japan

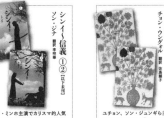

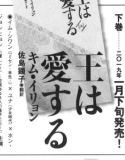

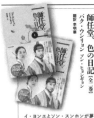

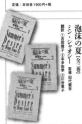

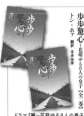

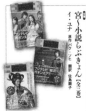

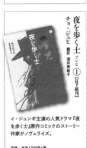

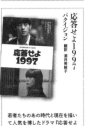

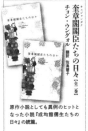